U0927697

中国纪实文学年度佳作2017

山西出版传媒集团
山西人民出版社

图书在版编目（CIP）数据

中国纪实文学年度佳作 2017 / 李朝全主编 . -- 太原 : 山西人民出版社 , 2018.4

ISBN 978-7-203-10336-3

Ⅰ . ①中… Ⅱ . ①李… Ⅲ . ①纪实文学－作品集－中国－当代 Ⅳ . ① I25

中国版本图书馆 CIP 数据核字 (2018) 第 032145 号

中国纪实文学年度佳作 2017

主　　编：李朝全
责任编辑：张小芳
复　　审：刘小玲
终　　审：员荣亮
装帧设计：八牛 · 设计

出 版 者：山西出版传媒集团 · 山西人民出版社
地　　址：太原市建设南路 21 号
邮　　编：030012
发行营销：0351-4922220　4955996　4956039　4922127（传真）
天猫官网：http://sxrmcbs.tmall.com　电话：0351-4922159
E-mail：sxskcb@163.com　发行部
　　　　sxskcb@126.com　总编室
网　　址：www.sxskcb.com

经 销 者：山西出版传媒集团 · 山西人民出版社
承 印 厂：山东新华印务有限责任公司

开　　本：710mm × 1000mm　1/16
印　　张：17.75
字　　数：328 千字
印　　数：1—5000 册
版　　次：2018 年 4 月　第 1 版
印　　次：2018 年 4 月　第 1 次印刷
书　　号：ISBN 978-7-203-10336-3
定　　价：46.00 元

序言

历史记忆与文学创作

——2017 年中国纪实文学扫描

李朝全

纪实文学是一种历史书写，因为它所记述和描写的对象是已经发生的历史，是已然的事实。它是在事实、史实和真实的基础上所进行的一种艺术的再加工、再创造。因此，优秀的纪实文学实质上应该是历史和文学的统一体，它天然地具有文学（包括艺术性加工和创造）和历史学（包括史志、文献、记忆）的双重价值。

既然纪实文学是对历史的一种记忆性书写，那么其同现实生活、社会变革必然需要建立一种密切的联系。一个新时代，人们新的生活方式、生存境遇，包括人们的梦想追求、奋斗牺牲、情感心路，等等，都在纪实文学的表现范围之内。而社会文明进步、发展进程中的各种焦点难点问题也时常成为关注历史发展前行的纪实文学作家们着力的重点。

主题创作成就斐然

2017 年党的十九大的召开举世瞩目，也定将对中国未来的发展产生深远影响。执政党的治国理念和思想、社会主要矛盾的深刻变化等都影响着国家的未来和百姓的命运，决定着国计民生的前途。作家们牢记文学的初心与使命，在“中国梦”和迎庆党的十九大主题创作方面频频发力，推出了一批有影响的作品。何建明的《那山，那水》在《人民文学》首发后，由红旗出版社出版了单行本，印数已过 12 万册，《求是》杂志社等为该书举办了首发仪式及研讨会。该书通过描写习近平同志于 2005 年首次提出“绿水青山就是金山银山”论断的地点安吉县余村在这一科学思想指导下十几年来发生的巨大变化，表现了科学发展新理念对于中国乡村变革发展的极端重要性，这也是一部献给生态文明、美丽乡村和美丽中国建设的深情礼赞。由国务院扶贫办支持创作的中国作协重点扶持项目——纪红建的长篇纪实文学《乡村国是》全景式地反映了中国脱贫攻坚战的生动画卷。作者采访了全国十余个贫困连片地区的200多个村子，以令人信服的讲述呈现了中国扶贫脱贫、向贫困总决战所取得的辉煌成就。彭学明展现了习近平总书记提出精准脱贫思想的地方——湘西十八洞村脱贫情况的纪实文学《人间正是艳阳天》发表在《人民文学》2017年第10期头条，将国家发展的战略思想与老百姓内心的渴求、向往结合起来书写，别具特色。刘裕国的长篇纪实文学《通江水暖》则反映了大巴山腹地革命老区的脱贫决战。笔者的《国家书房》讲述了“农家书屋”工程全面实施十年来在推进农村精神文明建设方面所取得的可喜成就，《香港，你的明天更美好》描写香港回归20年后的社会生活面貌。

值得关注的一个现象是，随着2020年全面建成小康社会日期的日益临近，大批作者投入到采访创作扶贫、脱贫主题的纪实文学作品中，《纪实文学》出现了同质化、模式化、缺乏可读性和感染力的倾向。“中国梦”主题创作亦存在着类似困境：视野比较狭窄，视角比较单一，手法比较单调。这是作家们在创作中需要认真思考解决的新问题。

需要提出的另一个现象是，在书写“中国梦”主题的纪实文学中，许多作家纷纷聚焦科技创新主题，出现了一批描写和反映中国高铁、航天、海洋深潜、超级计算机、机器人、大飞机等主题的纪实文学。如许晨的《第四极——中国“蛟龙号”挑战深海》，龚盛辉、曾凡解的《决战崛起——中国超算强国之路》，王雄的《中国速度——中国高铁发展纪实》，李鸣生的《中国人是怎样上天的》等。刘斌的纪实文学《中国之翼——C919大型客机纪事》是此类题材创作的一个新收获。此类作品因涉及尖端科技，容易引起读者关注，但其可读性和艺术性还要进一步加强。

艺术探索不断挺进

纪实文学是一种非虚构创作。本年度，非虚构创作的“试错”与“冒犯”问题受到关注。周晓枫在《文艺报》刊文，谈到自己的散文创作一直都在试错。其实，包括近年来的部分散文、纪实文学和非虚构作品，一直都在“试错”和尝试，“冒犯”甚至违背各种文体的限定性，试图打破所谓的创作铁律或边界。譬如小说的虚构手法及技巧在散文和纪实文学中的运用，使得许多顶着“非虚构”之名的作品实质上混融了虚构与非虚构的手法，并非严格意义上的报告文学或纪实文学。纪实文学也在尝试思辨体等种种新样式。如杨黎光的“中国现代化三部曲”

即属此类。与之相对应的是，纪实文学非虚构创作手法也“逆袭”了小说创作。孙惠芬的长篇小说《寻找张展》就采用了一种准纪实的、非虚构式的手法展开叙事。因此，文体观念、创作边界似乎正日益变得模糊，有可能从中创造或孕育出一些新的创作样式或形态。

非虚构的漫溢现象成为文坛关注的一大热点。一是打破纪实文学文体边界，实现跨文体创作的突破。同时，可能影响到对文体序列和文学观念的重新审视与定义。传统的小说、诗歌、散文、报告文学和戏剧的分类遭遇全面挑战，全媒体时代究竟何为文学、文学为何成了新的课题。丁捷的《追问》就是一部值得追问的作品。非虚构、纪实，采取了多人经历的混合杂糅，加以大量的艺术想象和艺术加工，重新捏塑而成的反腐纪实，影响很大。二是对于传记和传记文学，有人提出应予以区分，传记文学可以虚构，等同于传记小说、纪实小说。三是传播的泛滥。新兴传播方式使传统传播方式的优势几乎荡然无存，打破了文学的传统格局，亟须引起作家的高度关注。

文学尖兵功能日益凸显

短篇纪实文学雄风犹在，报章报告文学广受关注，值得特别点赞。李春雷追溯全国优秀县委书记廖俊波先进事迹的短篇纪实报告《初心——“新时期党员、干部的楷模”廖俊波纪事》在《人民日报》首发，同时由新华社发布通稿。在前一晚的央视《新闻联播》节目中还提前做了预告，尤其引人关注。李青松反映塞罕坝生态建设成就的短篇报告《塞罕坝时间》在创作完成后不到48小时即由《人民日报》编发，引起较大反响。这提示我们，纪实文学可以更好地发挥自身作为文学轻骑兵的优势，可在短篇创作上着重用力。短篇创作，对文字表达的要求更高，也有利于作者精益求精、认真锤炼作品。这对于纪实文学创作风气将会起到一个很好的示范作用。

2016年4月至2017年4月，中国作协组织资助了一批“中国报告”中短篇报告文学专项工程，已发表逾100篇作品，涌现出诸如在2017年“两会”上受到全国政协主席俞正声高度评价的王宏甲的《塘约道路》和马娜的《小布的风声》、哲夫的《水土中国》（这些作品都受到了当地政府及有关部门的高度赞赏，作家也被授予了相关荣誉，相关部门召开了有影响的研讨活动）、丁一鹤的《东方白帽子军团》（入选中国报告文学学会和北京文学两个年度报告文学排行榜）、丁燕的《男工来到电子厂》、阿慧的《大地的云朵》等。

这项工程对于倡导报告文学（纪实文学）写短、短写有推动意义。启示有两点：

一是组织化创作容易出成绩。在重大节庆等时间节点，组织作家采访采风、“三入”，在纪实文学、非虚构创作方面容易取得突破。如许晨的《第四极》，铁流、纪红建的《见证——中国乡村红色群落传奇》，纪红建的《马桑树儿搭灯台——湘西北红色传奇》等，实质上都是这种组织化创作的优秀成果。中宣部《党建》杂志相继为《见证——中国乡村红色群落传奇》《塘约道路》召开研讨活动，社会反响很大，经验值得推广。二是作品扶持可以取得四两拨千斤的效果。中国作协重点作品扶持工程14年来扶持了约1300个选题，其中纪实文学约占1/4，大批作品产生了较好的社会反响，可谓硕果累累。

记忆文学持续成为创作热点，特别是个人叙事史的书写，将个人命运同时代和历史风云勾连，凸显大时代背景下的个人、家庭或家族的命运，极易引发特定群体的强烈共鸣。有的是耄耋老人的陈年往事，有的是年轻人在城市生活的心酸与艰辛，如草根底层人物的生存叙事——买房经历、育儿经历、教育新经验、抗癌治病经历等，无论是通过纸质还是网络自媒体等传播，都容易受到关注。譬如微信公众号推出的《我是范雨素》，《时代文学》刊发的杜鹃的《我在新西兰当保姆》和矫健的《我们的车队》等皆属优秀之作。

创作题材、艺术、队伍等需要不断改进和提升

现实题材创作方面存在短板和不足，在倡导、鼓励和引导方面还要重点发力。

2017年是第十四届全国“五个一工程”奖评选之年。上半年，纪实文学作品研讨会陡增，多数被研讨作品都要申报“五个一工程”奖。这些作品基本上包含两大类。一类是关于英模人物、先进典型的事迹报告，譬如陈启文的《袁隆平的世界》、张子影的《试飞英雄》、谌虹颖的《放歌天地间——艺坛将星阎肃》、吴文辉追忆已故三十年的福建省东山县原县委书记的《谷文昌》、任林举讲述全国优秀乡镇党委书记吴金印的事迹的《此念此心》。另一类是反映我国在全面推进小康社会建设、实现中华民族伟大复兴的“中国梦”主题的作品，譬如反映中国创造和中国智造方面新进展的王雄的《中国速度——中国高速铁路发展纪实》，王鸿鹏、马娜的《中国机器人》，许晨的《第四极》，陈新的《蛟龙逐梦》。其他重大题材的作品，有杨黎光的《大国商帮——承载近代中国转型之重的粤商群体》、陈启文的《大河上下——黄河的命运》等。由于今年“五一个工程”奖图书类获奖名额从28部压缩到了10部，竞争更为激烈，因此各地宣传部门、出版单位等都加紧了对计划参评作品的宣传推介，注重在《人民日报》《光明日报》等重要媒体纷纷刊发名家评论文章，导致这其中亦不乏一些溢美之词。众多作者

也对得奖寄予期望，反映出纪实文学创作渴望引起社会关注的内在焦虑。

九月，第十届全国优秀儿童文学奖和第十四届全国“五个一工程”奖相继颁发。在儿童文学奖获奖作品中，舒辉波的纪实文学《梦想是生命里的光》正面描写十几个家庭陷入困境的孩子自强成长的故事，作者的跟踪采访功底比较扎实。现实题材参评作品比较匮缺是这部长篇纪实作品脱颖而出的一个重要原因。而在“五个一工程”奖的评选中，获奖的三部纪实文学只有一部《中国机器人》可算是现实题材，另外两部——《抗日战争》《谷文昌》均属于历史题材。现实题材创作还需要下更大气力不断予以引导和推进。

纪实文学在创作上也存在着一些亟须提升的问题。纪实文学作家必须正确处理好全部真实与局部真实、新闻真实与艺术真实、主观真实与客观真实的关系。问题报告始终是创作的热点，尤应强调立场和价值取向，要注重从从善、劝上、劝善、正向价值入手。近期社会问题纪实作品集中在农村问题——老人、妇女、儿童三个留守群体和空巢老人，空心村现象，农民工回乡，农村婚姻困境，城市中的“农二代”“穷二代”等问题，也反映了普遍存在的问题，如生态安全、环境污染、雾霾来袭、教育、医疗、住房、就业、法制、全面二孩、人口安全、粮食安全和社会、道德、人心等问题。要正确看待普遍存在的邀约写作的得失。邀约写作或组织创作，客观上为纪实文学创作创造了便利和条件——创作对象的题材重要、人物典型；但有些作家也存在着某种程度的为稿费、为获奖写作的思想倾向。有人因此讥讽之为“订单文学”，这些命题作文式的订制作品在思想性、艺术性的打磨上可能会有欠缺或不足。如何保持作家在创作上的独立性和自由选择裁量权显得至关重要。全媒体思维、互联网 + 的思路，对于纪实文学这种源自新闻与文学联姻的文体是一种严峻挑战。如何进行互联网 +，如何推广传播等，值得深入研讨。

与此同时，纪实文学创作队伍问题依旧存在。

2012 年以来，中国作协和中国报告文学学会通过举办纪实文学作家班、全国报告文学创作会等方式，培养了一批青年纪实文学作家，使队伍青黄不接的状况有所好转。特别是鲁迅文学院第 24 期报告文学作家班群体正在迅速成长为纪实文学创作的中坚力量，丁晓平、余艳、马娜、高艳国、张子影、程雪莉、李琭璐、刘标玖、黄立轩、邢小俊、杨绣丽、陈茂慧、江雪等一批作家都陆续有不错的新作发表出版。2012—2015 年举办了四届全国报告文学创作交流会，与会者人数不断攀高，达到 230 人。但纪实文学作者的培训需求仍未能得到充分满足。中国作协报告文学委员会和中国报告文学学会 6 月 5 日至 7 日在著名纪实文学作家徐迟的家乡浙江湖州南浔镇召开了 2017 年全国报告文学创作会，这是第五届创作会，共有200多位来自全国各地的纪实文学作者参加交流和培训。创作会这种开门办会、举办文学讲座的方式大受欢迎，同时也反映出广大基层纪实文学作者群体存在着很强烈的培训需求。今年下半年鲁迅文学院又举办第33期作家（非虚构创作）高研班，相信能在一定程度上满足这种需求，并如鲁迅文学院第24期一样，再为纪实文学界培养出一支青年作者队伍。

另一个引人注目的群体是60岁以上的实力派作家。杨黎光、蒋巍、王宏甲、张雅文、黄传会、李迪、梅洁、李鸣生、董保存等都不断取得新成就，令人刮目。有人称是纪实文学写作使人越活越健康。

回顾2017年的纪实文学创作，令人欣喜的是作家们在各方面扶持奖掖政策的助推下辛勤耕耘取得了丰厚收获。因纪实文学距离人们的现实生活最近，因此也容易受到关注并产生社会反响。随着我们国家向着决胜全面建成小康社会迈进，纪实文学的创作视野和天地必将得到进一步拓展，其在文学体裁序列中的重要地位亦将得到巩固与提升。

2017年10月于北京

目录

国计民生

现实焦点

历史记忆

国计民生

中国速度——中国高速铁路发展纪实（节选）

第三种权力——中国第一个村务监督委员会成立纪实

中国速度

——中国高速铁路发展纪实（节选）

王　雄

中国高铁前奏曲

当国外高速列车时速达300公里时，中国旅客列车的最高时速仅为100公里。中国铁路需要大发展，列车速度需要大提高。

1997年4月1日，中国铁路第一次成功实施大提速，列车最高运行时速达到140公里。而后，又相继进行了5次大提速。它在有效解决中国铁路“瓶颈”问题的过程中，也为中国高铁时代的到来做好了技术理论和生产实践的准备。

从一定意义上讲，中国铁路的既有线提速正是中国高速铁路的前奏曲。

大提速的倡导者

自1991年到2003年，傅志寰先后担任铁道部副部长、部长，参与和主持了4次铁路大提速。

傅志寰出身铁路世家，父亲是火车司机。他8岁就读铁路小学，那时的梦想就是“父亲开火车，自己长大了造火车”。他在大学读机车专业，工作后研究电力机车，管理铁路。2003年，傅志寰任职全国人大财经委主任委员。他离开了铁路，可情结依旧，多年来一直惦记着铁路，关心铁路发展。

早在20世纪80年代初，时任铁道部株洲电力机车研究所副所长的傅志寰在德国进修期间，时常乘坐火车出行。当时德国旅客列车的时速为200公里，他凭窗外望，沿线风景呼啸而过。这时，傅志寰很自然地想到了祖国火车轮击打钢轨的“哐当哐当”声和蒸汽机车吞吐烟雾的“喘气声”。他想，中国的火车什么时候能够快起来呢？

火车提速成为傅志寰的不懈追求。

1984 年，傅志寰调入铁道部科技局工作，先后担任总工程师、局长。

1989 年，傅志寰来到广深铁路调研。

广深铁路与深九铁路合称广九铁路，建于 1907 年至 1911 年，是香港、九龙与大陆联系的唯一铁路线。它北接京广、广茂铁路，南经深圳市，过罗湖桥至香港九龙，沿途穿过珠江三角洲，全长 179 公里。

改革开放后，深圳成了经济特区。珠三角地区经济迅速发展，进出口货物和旅客大量增加，原有广深铁路单线难以满足运输需要，于是在 1984 年增建了第二线。傅志寰调研发现，这是一个很好的提速试验区段：一是处于路网的尽头，线路不长，只有 146 公里；二是以客运为主，货运量不大；三是沿线人口密集、经济发达，市场需求量大，来往于广州和香港之间的境外旅客多，即使提高票价也能接受。如果与德国铁路一样，白天跑客车，夜间开货车，客货互不干扰，可以避免客车提速引起的运输能力降低问题。

经过深思熟虑之后，傅志寰建议将广深铁路作为提速试验线。

很快，铁道部就此组织了论证，于 1990 年 9 月向国家计委报送了《关于广深铁路技术改造项目建议书的报告》，并获得批准。目标是将最高时速从原来的 100 公里提高到 180 公里。

铁路提速，而且是在既有干线上实施，面临的困难和风险不言而喻。

当时，安全大环境不尽如人意，飞机坠、轮船沉、火车撞的新闻时见报端。曾有记者问傅志寰如何看待提速风险，傅志寰答："风险肯定存在，但不能畏惧风险。"

繁忙干线运输能力十分紧张，不同等级列车"混跑"。在同一条铁路线上既要开行特快旅客列车，又要开行普通旅客列车，还要开行大量低速的重载货物列车，各种列车之间的速度差很大。速度差越大，对运输能力的影响越大。此外，客、货列车对技术装备要求不同，甚至相互矛盾，处理不好，不仅会降低运输效率，而且会威胁列车安全。

傅志寰到哈大线检查工作时了解到，日伪时期，哈大线上蒸汽机车牵引的"亚细亚"号列车最高时速就达到了 130 公里，而新中国成立了几十年，中国最快的列车仍未达到这一速度。火车速度慢，难以适应社会发展和人民群众的期盼。在公路、民航的竞争面前，铁路在客运市场的份额持续下滑。傅志寰认为，中国铁路既有线进行大面积提速势在必行。

1991 年初，傅志寰就任铁道部副部长后，直接负责广深线提速工作，侧重负责提速机车车辆的开发。铁道部总工程师沈之介则主导提速线路技术攻关。

1994 年 12 月 22 日，广深铁路经过提速改造后时速达到 160 公里，开行了“春光号”中国首列准高速旅客列车。直达列车将广州与深圳间的运行时间由原来的 2 小时 48 分缩短为 1 小时 12 分，发车间隔 15 分钟，而且舒适度大为提升，受到广大旅客的欢迎，为广深线带来无限“春光”。高密度、快速度的城际列车让铁路在运输市场竞争中占足优势，实现了安全可靠的要求。

广深铁路提速走出了一条投入少、见效快的发展新路子，注定会载入铁路发展史册。

而后，随着香港回归祖国，广东经济迅猛发展，广深铁路迅速成了粤港经济、文化交流的“黄金通道”。

广深铁路是国内最早开行时速 160 公里快速旅客列车的铁路，被称为中国高速铁路成长、成熟的试验田。曾代表中国最先进的“蓝箭”动车组、跨区间无缝线路、高速轨检车、高速道岔、信息化调度指挥系统等一系列技术与设施，都是在广深铁路率先投入使用，为全国铁路实行大提速提供了经验和样板。

傅志寰在向铁道部党组的建议书中写道：实践证明，对全国铁路既有线进行大规模提速的时机已经成熟。提速是花小钱办大事，少投入多产出。改造每公里铁路只需投入几百万元，而建成一条单线铁路每公里则需要 2500 万元，且周期长。

1995 年 6 月 28 日，韩杼滨部长召开部长办公会，批准了傅志寰的建议，决定在既有繁忙干线开展提速试验。提速目标值：旅客列车提到时速 140 公里至 160 公里，货物列车提到时速 85 公里至 90 公里。同时强调，提速必须把安全放在首位。

由此，吹响了中国铁路提速的进军号。

试验首先在京沪、京广和京哈三大干线展开。其中，沪宁线作为提速试验的首选。这三条干线里程占全国铁路的 9.5%，却完成了全国铁路近 30% 的运量。鉴于广深铁路提速的经验，三大干线提速试验十分顺利。紧接着，对三条干线进行了整治，更换提速道岔，改平交道口为立交，线路实行全封闭管理。

1997 年 1 月 5 日，在中国铁道科学研究院北京环形铁道试验线上，国产机车冲击时速 200 公里的试验正紧张进行着。铁道部分管科技工作的副部长傅志寰亲自坐镇驾驶室指挥，试验结果表明，国产机车时速达到了 212.6 公里，实现了中国铁路进入高速领域的突破。司机室里一片欢呼。这意味着国产机车具备了提速的条件和实力。

众所周知，铁路提速最大的难点是安全问题。由于中国铁路装备较差，管理水平不高，多年来重大伤亡事故时有发生。在这种情况下谈“提速”问题，曾引起很大争议。在傅志寰的积极推进下，围绕提速开展技术创新，研发和采用了一批新的技术装备。如车辆轴温报警器、红外线测温仪、轨道检查车、接触网检查车、信号电路检查车等，形成了“地对车”“车对地”多种检测技术的监控网络覆盖，为大提速做好了充分的准备。

事实证明，大提速后二十年，没有因为提速直接造成行车重大事故和旅客死亡事故。

提速革命论

在中国铁路的发展历程中，1989 年是一个具有代表性的年份。

新中国成立初期，铁路发展很快，营业里程从新中国成立初的 2.2 万公里，很快增加到 5 万公里。“文革”期间停滞了十几年，铁路营业里程一直徘徊不前。1978 年改革开放后，随着经济社会的迅猛发展，铁路开始出现不适应现象，并且愈演愈烈，终于在 1989 年成为制约国民经济发展的“瓶颈”。

从 20 世纪 80 年代中期开始，中国铁路运输进入全面短缺状态。乘车难、买票难、运货难的现象日益突出。运输市场竞争日益激烈，铁路客、货周转量占整个社会运输的比重已经从 1980 年的 60.5%、71.7%，一度下降到 1990 年的 34.9%、54.6%，铁路面临着严峻的挑战。

由此引起中央领导的高度重视。1990 年以后，铁路投资稳步增长，占到全社会固定资产投资的 2% 以上，1998 年投资达到 500 亿元。尽管如此，由于铁路投资大、建设周期长、见效回报慢，铁路发展速度与国民经济的增长速度相比，仍然是不适应的。

这时，中国铁路每天货运装车的需求为 16 万车，而铁路只能满足 60% 左右，有 40% 左右的货物不能及时承运；全国铁路开行的客车每天提供的座席为 242 万个，而每天实际运量达到了 290 万人，客运高峰时每天达到 420 万人。

为了加快铁路发展，1991 年 3 月 1 日，国务院决定设立铁路建设基金。这是一项专门用于铁路建设的政府性基金，即从铁路货物运输费用中按照一定比例提取部分资金专款专用。基金主要用于国家计划内的大中型铁路建设项目及与建设有关的支出。按当时的货运费清算，每年大约有 400 亿元。显然，对于庞大的铁路资金需求来说，这只是杯水车薪，但表明了国家积极支持铁路发展的政策态度。

要想铁路不拖国民经济的后腿，就必须多修铁路。

然而，国家也不可能一时拿出太多的钱来大量修建铁路。而既有线提速时间短、见效快，能够比较快地满足国民经济需求。

专家认为，列车的“重量、密度、速度”是铁路扩能提效中相互关联的三个重要因素。长期以来，中国铁路进行技术装备更新的扩能改造都是遵循提高列车重量和增加行车密度的原则，对提高列车速度的储备能力不足。

旅客列车速度和货物列车的周转时间，一直是衡量运输技术水平的主要指标，在一定程度上反映了一个国家铁路的水平。从这个意义上来看，铁路运输速度的提高也是科技进步的体现，是社会进步的一个重要标志。

有资料显示，1994 年初，世界上已有 25 个国家的旅客列车最高时速达到或超过时速 140 公里，旅行时速超过了 100 公里。提速前的 1993 年，中国列车平均旅行时速仅有 48.1 公里。

一个正在步入现代化的中国，铁路必须走出“老牛拉破车”的困境。

中国列车速度的落后原因在于，基础设施及技术装备的落后，但落后的现实也再一次显示了铁路提速的必要性。

在没有高速铁路的中国，提速是中国铁路的出路之一。

列车提速，不仅加快了铁路走向市场的步伐，提高市场竞争力，也大大推进铁路生产力的发展，带来铁路线路基础、机车车辆、通信信号技术手段的进步。通过合理利用提速资源，不断优化运输产品结构，使广大旅客获得了实实在在的实惠。

实施列车速度提升，这不仅涉及行车组织，而且关系到铁路基础设施、线路轨道标准、牵引动力、车辆性能、机车车辆制动能力、行车安全设施、道口防护等各个方面，都必须进行提速改造。

沪宁线历经百年沧桑，到 20 世纪 90 年代中期，每天开行旅客列车 75 对，开行货物列车 53 对，高峰时段沪宁线平均每 7 分钟就始发一趟列车，其中南京、上海西站平均不到 4 分钟就要发一趟列车，其繁忙程度不仅在全国铁路中首屈一指，而且在世界上也是独一无二的。

破解沪宁线难题，唯一的办法是提高列车的运行速度。

1995 年起，沪宁线开始进行提速改造。经过线路改造、更换提速道岔、更换新型机车，提速均达到了设计要求。试验列车取名“先行号”，时速达 160 公里，全长 303 公里的沪宁线运行时间由 4 小时缩短为 2 小时 48 分，在社会上引起很大的反响。

1996 年 4 月 1 日，中国第一列快速旅客列车“先行号”在上海站首发，最高时速达 140 公里，上海至南京全程时间缩短到 2 小时 48 分，比原来缩短了近三分之一。

翻阅沪宁铁路的速度史：沪宁铁路通车时，从南京到上海耗时 10 小时。1912 年 1 月 1 日，孙中山先生从上海乘沪宁铁路专用花车到南京就任中华民国临时大总统，路上花费 7 小时。1958 年 2 月 26 日，上海至南京开行特快列车，全程时间由 5 小时 02 分缩短到 3 小时 59 分。

中国第一次铁路干线提速试验取得成功。

由此，1997 年 4 月 1 日，一直被人们称为蜗牛速度的“铁老大”，正式开始实施第一次大面积提速。

京广、京沪、京哈三大干线全面提速。以沈阳、北京、上海、广州、武汉等大城市为中心，开行了最高时速达 140 公里、平均旅行时速 90 公里的快速列车 40 对，“夕发朝至”列车 78 列。全国铁路旅客列车旅行时速由 1993 年的 48.1 公里提高到 54.9 公里。

舆论认为，第一次铁路大面积提速是中国铁路改革的一个转折点，是对中国铁路传统运输组织方式的一次深刻变革，不仅在列车运行速度上实现了飞跃，更转变了中国铁路运输的组织、经营理念。

1998 年 10 月 1 日，中国铁路第二次大面积提速。京广、京沪、京哈三大干线的提速区段最高时速达到 160 公里，广深线采用摆式列车使最高时速达到 200 公里，全路旅客列车每小时平均速度达到 55.16 公里，“夕发朝至”列车增加至 228 列。铁路大提速被国内 64 家产业报刊评为 1998 年十大新闻之一。

紧接着，铁路部门又选择了兰新线、陇海线等条件差、运距远的线路进行提速。2000 年 10 月 21 日，中国铁路第三次大面积提速，重点是亚欧大陆桥陇海线、兰新线、京九线和浙赣线，为西部大开发进程提速，提速线路长度达到了 3411 公里，拉近了西北和内地的时空距离。与此同时，列车等级和车次进行重新分类和调整；全国铁路实行联网售票，400 多个较大车站可办理异地售票业务。

2001 年 10 月 21 日，中国铁路第四次大面积提速，提速范围基本覆盖全国较大城市和大部分地区，对武昌至成都、京广线南段、京九线、浙赣线、沪杭线和哈大线进行提速。哈大线、京广线南段，以及条件较好的单线铁路汉丹线，列车最高时速达到 140 公里。

2004 年 4 月 18 日，中国铁路实行第五次大面积提速，京沪、京广、京哈等干线部分地段线路最高时速达 200 公里，全路旅客列车平均旅行速度为每小时 65.7 公里。这次大提速，让几条干线的线路基础达到了运行时速 200 公里列车的要求，达到了国际上高速铁路的运行标准。

至此，中国的高速铁路建设可谓“万事俱备，只欠东风”。

火车速度的提高意味着更高的效率，尤其在这样一个快节奏的现代社会，迅捷的交通对于社会生活的重要意义更是毋庸置疑。大提速使中国铁路驶上了快车道，有效遏制了铁路客运量下滑的局面，提高了市场份额，提升了铁路的竞争力。

专家认为，在整合国内市场资源方面，铁路的作用尤其突出。铁路的提速为一个大国的市场化提供了重要的技术支持。随着能源、土地、环保压力的不断增大，铁路运量大、能耗小、成本低、效率高的优势将更加凸现。

这一年，全路运输生产经营主要指标均创历史最好成绩。旅客运输完成 11.17 亿人次，创 15 年来发送量新高；货物运输完成 24.78 亿吨，同比增长 10.9%。其中，煤炭运输完成 11.66 亿吨，增量首次超过 1 亿吨，同比增长 15.5%。运输收入完成 1787.73 亿元，同比增长 12.2%。

既有线“新速度”

2007 年 4 月 18 日，全国铁路实施了第六次大提速。

这次大提速在京哈、京沪、京广、京九、陇海、浙赣、兰新、广深、胶济等干线展开。白色的“和谐号”动车组第一次进入了中国人的生活，写进了中国铁路发展史。列车运行时速达 200 公里，其中京哈、京广、京沪、胶济线部分区段时速达到 250 公里。

这是既有线的新速度，也是既有线提速能达到的最高速度。

时任铁道部副部长的胡亚东在新闻发布会上说，在这次铁路大提速中时速 120 公里及以上线路，其延展里程达到 2.2 万公里，比第五次大提速增加 6000 公里。其中，时速 160 公里及以上提速线路延展里程达到 1.4 万公里，时速 200 公里线路延展里程达到 6003 公里。到 2008 年底，全国铁路将有 480 列时速 200 公里及以上的国产动车组上线运行，覆盖全国 17 个省和直辖市。

新华社报道说，铁路第六次大提速，以英文字母“D”打头的动车组的运行，形成了以北京、上海、广州为中心的快速客运通道，中国铁路进入高速时代。

国际铁路联盟认为，时速达到 200 公里，是公认的高速列车与普通列车的分界点。

提速过程中，铁道部门始终把提速安全摆在最主要、最关键、最核心的位置。对提速的安全进行了反复的科学论证，投入了上亿元经费，组织了 50 余项重大课题攻关，提速后的安全可靠性，是建立在大量科学论证基础之上的。

郑州铁路局是中国铁路六次大提速的实践者和受益者，也是每次大提速的“试飞基地”。

每一次大提速前，铁道部都要在郑州铁路局的京广线许昌至漯河区段进行多次科学试验和模拟运行，为提速提供各项参数和科学依据。中国铁路史上的六次提速中，既有铁路线的“第一速度”都诞生在这个区段。1997 年的第一次提速，最高时速 140 公里；1998 年第二次提速，最高时速 160 公里。在第六次大提速前的试验中，这一路段的最高时速超过了 250 公里。

2006 年 12 月 20 日上午，陇海铁路提速工程现场大雨滂沱，雨点打得人睁不开眼。随着封锁线路命令的下达，郑州工务机械段上千名施工人员开始更换新型枕木。这次东陇海线线路设备整治的关键是更换混凝土枕木施工，需要更换轨枕 25.7 万根，要想年底前完成任务，每天必须换枕 6000 根以上。然而，这次大规模的换枕任务只用了 45 天时间，按时且高质量地完成了任务。

这次大面积的换轨施工，是在保持陇海线正常运行情况下进行的，采取开“天窗”的办法，即利用行车空隙突击进行。在这一个半月的时间里，施工人员吃喝都在线路上，顶着寒风冻雨，人拉肩扛，靠人海战术，为提速赢得了时间。

时任铁道部总工程师何华武表示，对主要提速干线模拟运营表明：中国铁路已掌握了既有线时速提至 200 公里至 250 公里的设计、施工、制造、试验、运营、管理和维修的成套技术和技术标准体系，实现了时速 200 公里至 250 公里动车组、时速 80 公里至 120 公里 5500 吨货物列车、双层集装箱列车等各种速差较大的客货列车在既有线上共线运行的目标。

事实证明，实施铁路第六次大提速，技术上可行、安全上可靠、经济上合理，已经完全具备实施条件，标志着中国铁路既有线提速水平已跻身世界先进行列。这时，世界上只有十多个国家铁路旅客列车的最高运营速度达到了时速 200 公里。

第六次大提速推出的三大系列客运产品，让广大旅客喜出望外。

第一系列，推出了 416 列城际动车组快速客车。主要集中在环渤海、长三角、珠三角三大城市群，以及以郑州、武汉为中心的中原城市群，以沈阳、长春、哈尔滨为中心的东北城市群，以西安为中心的西北城市群，适应大城市群内高密度客流的需求。

第二系列，增加了一站直达和夕发朝至列车。新增 7 对一站直达特快列车，由原来的 19 对增加到 26 对。同时，夕发朝至旅客列车增加 32 列，总数将达到 337 列。

第三系列，增加了传统的普通旅客列车。增开 52 对中长途普通旅客列车，其中中西部地区增加 29 对，占增加总数的 55.8%。井冈山首次开行至北京、上海、深圳的火车，海南省西环线铁路开行从三亚至北京、上海、广州的火车。

这次大提速，更加科学地统筹了速度、密度、重量三大要素，在提高列车运行速度的同时，努力压缩列车追踪间隔时间，提速干线动车组列车追踪间隔 5 分钟，其他干线客车 6 分钟、货车 7 分钟，进一步增加了干线行车密度。

时速 200 公里及以上动车组的开行，创造了中国旅客列车的新速度。

以京哈、京沪线为例：北京至哈尔滨全程运行 7 小时 58 分，比运行图上的最快客车压缩 2 小时 32 分钟；北京至沈阳北 3 小时 59 分，压缩 1 小时 33 分钟；北京至上海 9 小时 59 分，压缩 1 小时 59 分钟；北京至济南 3 小时 25 分，压缩 43 分钟；北京至青岛 5 小时 48 分，压缩 1 小时 42 分钟。

中国人民大学公共管理学院行政管理学系主任毛寿龙认为，铁路发展是工业进步的象征，也进一步推动了工业社会的进步。每一次工业革命都为其提供了重要的技术支持。国际经验表明，高速铁路改变了几个发达国家的交通运输格局的构架，也改变了人们的生活方式。

事实上，“像风一样快”的“和谐号”动车组，让人们的出行更加便捷，生活半径不断扩展。这年五一黄金周期间，动车组车票供不应求，列车上座率达100%。伴随着时速200公里动车组的开行，铁道部进一步优化了其他客车开行方案，增开一站直达、特快、快速、普通旅客列车，满足不同层次、不同地区的旅客需求。同时，列车到达和开行时刻普遍得到优化，为广大旅客创造了更便捷舒适的旅行环境。

铁路客货运能分别提高18%和12%，是第六次大提速带给社会的又一个惊喜。在当前铁路运力非常紧张，新线建成投产尚待时日的情况下，铁路人依靠实施既有线提速，实行内部扩大再生产，从一定程度上缓解了铁路运输能力紧张的状况。

由当时的铁道部经济规划研究院牵头十多家单位完成的“第六次大提速”经济分析评估研究报告显示：运输成本降低和旅行时间节省所产生的消费者剩余价值创造的社会效益为每年300多亿元；此次提速仅周转量一项将促GDP年增200多亿元。铁道部经济规划研究院研究员吴卫平解释说，由于提速，将有不少运输业务从高速公路和航空转向铁路，而由于铁路运费成本平均低于公路和航空，“社会总消耗将得到节省”。

北京交通大学交通运输学院教授纪嘉伦认为：合理的综合运输体系应该是航空、公路、水路、铁路各种交通工具统一规划、协调发展、互相补充、有序竞争。但长期以来，在综合运输体系内，铁路发展相对滞后，难于形成各种运输方式之间的有效竞争。铁路六次大面积提速，将使铁路在整个运输市场中的份额和竞争力进一步增加，有利于综合运输体系的进一步形成。

经过六次大提速后，中国铁路跨入了世界铁路既有线提速先进行列。它对既有线路时速200公里以上的提速线路延展里程，几乎相当于德国、法国等欧洲9国既有线时速200公里提速线路里程的总和。250公里的最高时速超过了发达国家既有线提速的最高目标时速240公里。当时中国铁路总营业里程排名世界第三和亚洲第一，完成客货运量居世界第二，运输效率居世界第一。

然而有人担心，铁路大提速会不会让普通列车“大减速”。从媒体报道不难看出，大城市尤其是特大中心城市，仍然是此次提速惠顾的重点。而既往的几次提速经验表明，伴随大城市之间铁路提速的，往往是沿途中小城市的交通利益相对受损。铁路运输组织规律告诉我们，囿于铁路交通容量的有限性，大量开行高速列车，往往意味着普通列车的减速——为给高速直达列车让路，普通列车势必会大量增加避让等待的时间。还有大量中小城市站点不再被安排停靠，于是当地居民不得不放弃家门口的车站，绕道去大城市乘坐火车，从而增加了交通成本。另外，随着“和谐号”动车组的开行，速度快了，但票价提高了一倍，遭到了许多埋怨。

火车提速的同时，速度较慢的绿皮车逐渐退出运行。这使得低收入人群逐渐失去了获取较廉价的车票的机会。如此一来，一面是高端旅客出行的提速，一面是普通旅客出行的减速，如何相互兼顾，是个新的课题。

有趣的是，就在中国铁路实施第六次大提速不久，越南铁路部门也开始学习中国铁路的经验，酝酿着越南铁路大提速。据中新网报道，越南铁路总公司副经理阮达祥介绍，越南政府将对现有南北铁路进行提速，把它建成电气化铁路。

毫无疑问，铁路大提速，也是一种变革。它是向传统的铁路运输组织模式的挑战，也是对传统的思维方式的突破，对于夯实中国铁路基础，拓展铁路新技术领域，都将产生十分积极的影响。特别是高速动车组技术的引进、消化、吸收再创新，搭建起国产动车组的技术平台，为中国高铁时代的到来，做好了必要的理论和实践准备。

多年以后，中国科学院院士何祚庥评价道，铁路提速应该有两方面含义：一个是加快铁路的发展速度，一个是提高列车的运行速度。无论是运行速度还是发展速度，都是值得提速的。

历经六次铁路提速后，乘坐火车的人数一次次地刷新着纪录，相对便宜的火车票价，使得多数人仍将火车选为旅途工具。无论是“速”还是“素”，旅客列车的服务质量都得到了很大提升，特别是直达快速列车也被旅客戏称为“准星级宾馆”。但是，与人民群众的需求和日益紧张的客运相比，人们心中的火车“蜗牛”时代仍没结束，期待着真正的中国高铁时代的到来。

京津城际先声夺人

2004 年，中国铁路迎来了大发展的春天。

新年伊始，国务院常务会议讨论通过了《中长期铁路网规划》，其最大的亮点是，首次提出了“中国高铁网构想”，把中国“高铁梦”及其灿烂远景展示在世人的面前。

2008 年 8 月 1 日，历经三年艰辛建设的京津城际铁路，在北京奥运会前夕如期运营。

京津城际铁路作为中国第一条高水平的时速为 350 公里的高速铁路，汇集了当今世界高速铁路的最新科技成果，标志着中国已经系统地掌握了时速 350 公里的高铁技术，为中国高速铁路建设提供了示范和借鉴，在中国铁路发展史上具有里程碑意义。京津城际铁路运营速度居世界首位。至今，欧洲和日本高速铁路列车速度普遍在时速 270 公里到 320 公里，无一达到 350 公里。

“和谐号”动车组飞驰在广袤的华北平原，风一般地呼啸而过。

中国高铁时代扑面而来。

中国高铁网构想

高速铁路始于20世纪后半叶，作为铁路复兴的重要标志，在世界各国得以快速发展和广泛运营。进入21世纪以来，为适应经济全球化、贸易自由化的深入发展，应对能源短缺、气候变化的严峻挑战，高速铁路以其高速度、大能力、舒适安全、节能环保等优势，越来越引起世界各国的重视。

交通运输发展面临着占用宝贵土地资源、消耗紧缺石油资源等问题，同时也带来了尾气排放、噪声污染、交通堵塞等诸多问题。而铁路运输却具有显著的技术、经济优势；发展越快，作用越突出，社会运输成本就越低，对资源利用和环境保护越有利。

2003年9月8日，中国《经济日报》在一版显著位置，发表了一篇题为《铁路会不会拖小康建设的后腿》的读者来信，同时配发题为《我们能无动于衷吗？》的编辑点评，作者是中国铁道科学研究院首席专家钱立新。

钱立新在这封“读者来信”中，集中近年来铁路多个部门的调研成果，列举了一组发人深省的数据：2002年，全世界铁路营业里程约120万公里，其中中国铁路有7.2万公里，约占6%；全世界铁路完成的工作量为8.5万亿换算吨公里，其中中国铁路完成了2万亿换算吨公里，约占24%。

中国铁路以占世界6%的里程，完成了将近全世界工作总量的四分之一，运输密度为世界之最。

由于铁路运输能力受限，中国年人均乘车率很低，仅为0.8次，而日本为43次，德国为19次，俄罗斯为3.8次，印度为5次，均远远高于中国。

据铁道部权威人士分析，到2020年，中国GDP将比2000年翻两番，年均增速达7.2%。按照国民经济这一发展速度，铁路货物周转量将增长119%，铁路货物发送量将达到40亿吨，铁路旅客周转量将比2003年增长200%左右，铁路旅客发送量将达到40亿人次左右、比2003年的10.5亿人次翻两番，铁路不适应经济发展的矛盾会更加突出。

铁路需要大发展，路在何方？

《经济日报》因势利导，组织开展了题为《铁路会不会拖全面小康的后腿？》的专题大讨论，相继发表了《企业盼望铁路尽快打破瓶颈》《百姓盼望铁路加快发展》《中国需要多少铁路》《铁路为美国贡献了什么？》《铁路带动日本经济腾飞》《法国铁路经历两度辉煌》《加快建设客运专线是大势所趋》等14篇大篇幅的讨论文章。

显然，《经济日报》的这场大讨论为铁路大发展提供了舆论准备。

《中长期铁路网规划》显示，到2020年，铁路将建成超过1.2万公里时速200公里及以上的客运专线和约1.6万公里的其他新线，全国铁路营业里程达到10万公里，主要繁忙干线实现客货分线运输，复线率和电气化率达到50%，运输能力可满足国民经济和社会发展需要。

规划中的客运专线网，即高速铁路网，其布局可以形象地称之为"四纵四横"，可覆盖450万平方公里的国土，让8亿人口的区域受益。

南北方向称为纵向。"四纵"为：北京—沈阳—哈尔滨（大连）高速铁路，全长1612公里，连接东北和关内地区，由沈阳过承德，与北京接轨；北京—上海高速铁路，全长1318公里，贯通环渤海和长三角东部沿海经济发达地区；上海—杭州—宁波—福州—深圳高速铁路，全长1650公里，连接长三角、东南沿海、珠三角地区；北京—武汉—广州—深圳（香港）高速铁路，全长2350公里，连接华北、华中和华南地区。

东西方向为横向。"四横"为：青岛—石家庄—太原高速铁路，全长906公里，连接华北和华东地区，由太原到石家庄向东，在德州与京沪高速铁路接轨，再向东到胶东半岛；徐州—郑州—兰州高速铁路，全长1346公里，连接西北和华东地区，由郑州到西安，向东在徐州与京沪高速铁路接轨，向西到兰州；上海—南京—武汉—重庆—成都高速铁路，全长1922公里，连接西南和华东地区，在南京与京沪高速铁路接轨，武汉向西沿长江到重庆、成都，形成沪汉蓉沿江大通道；上海—杭州—南昌—长沙—昆明高速铁路，全长2264公里，连接华中、华东和西南地区，长三角经南昌，在长沙与京广高速铁路接轨，经贵阳到昆明，形成沪昆大通道。

同时，以环渤海地区、长三角地区、珠三角地区，以及辽中南、山东半岛、中原地区、江汉平原、湘东地区、关中地区、成渝地区、海峡西岸等经济发达和人口稠密地区为重点，建设城际高速铁路，覆盖区域内主要城镇。

随着国民经济持续快速增长、区域经济发展战略实施，工业化、城镇化、市场化进程加快，社会主义和谐社会和资源节约型、环境友好型社会的建设，对交通运输发展提出新的更高要求，运输需求和运输结构也将发生深刻变化，铁路在综合运输体系中的作用更为突出。

国家"十一五"规划纲要明确提出加快发展铁路，各级地方政府也迫切需要铁路建设，《中长期铁路网规划》提出的路网规模总量等已不适应国民经济和社会发展需要。

2008年10月31日，国务院正式颁布了《中长期铁路网规划》调整方案。

新调整的方案，将 2020 年全国铁路营业里程规划目标由 10 万公里调整为 12 万公里以上；客运专线由 1.2 万公里调整为 1.6 万公里，其中时速 250 公里的线路有 5000 公里，时速 350 公里的线路有 8000 公里，并与既有线提速改造工程相衔接；铁路电气化率由 50% 调整为 60%。

在原“四纵四横”客运专线网的基础骨架上，进一步延伸并扩大客运专线覆盖面，加强客运专线之间相互连通和衔接；进一步扩大城际客运系统的组团建设，在环渤海、长三角、珠三角城际铁路的基础上，加快了长株潭、成渝、中原、武汉、关中、海峡西岸城镇群等经济发达和人口稠密地区的城际轨道交通建设步伐，未来将形成连接所有省会及 50 万人口以上城市、覆盖全国 90% 以上的人口、总里程达到 5 万公里以上的快速客运网。这将大大缩短城市间的时空距离，省会城市间总旅行时间节省 50% 以上。

到 2020 年，中国将会形成以北京为中心的 1 至 8 小时的高速铁路网络圈。除乌鲁木齐、拉萨、海口以外，绝大部分省会城市及区域中心城市都将被高速铁路网络圈所覆盖，城市之间的时空距离将会被进一步拉近，经济和社会运行效率将会大大提高，将会有更多的城市和地区享受到高速铁路带来的便捷生活与全方位的“拉动效应”。

这是一张布局合理、结构清晰、功能完善、衔接顺畅的铁路网络图。繁忙干线实现客货分线，迅速释放既有线的货运能力，加之快速发达的客运专线网，将有效形成人便其行、货畅其流的运输格局。运输能力满足国民经济和社会发展需要，主要技术装备达到或接近国际先进水平。

亮丽的“中国名片”

2008 年 8 月 1 日，北方蓝天如洗，风和日丽。

京津城际铁路正式投入运营。

首发的两列“和谐号”动车组分别从北京南站和天津站同时启动，相对而开。北京方面是中国高铁“1 号”，司机李东晓；天津方面是“2 号”，司机赵威。他们激动而又平静地按响第一声风笛，奏响了中国高铁时代的序曲！

这天中午，刚落成的北京南站以超大面积的玻璃穹顶，让候车大厅的各层面透光明亮。在电子牌的引导下，旅客相继登上了北京南站开往天津的 C2275 次“和谐号”动车组。这是京津城际铁路开通后的首次载客运行。12 时 35 分，列车缓缓启动，速度迅速攀升。运行中的列车很稳，听不到钢轨接缝处的“咣当”声，也几乎没有噪音，没有带来不适的感觉。

一位名叫刘慧文的旅客说，她在北京一家 IT 企业工作，家住天津，每周都要在两地间奔波一两个来回。她算了一笔账，从北京到天津，自驾车需两小时，普通列车 1 小时 56 分，动车组 1 小时 10 分，而现在的京津城际高铁只需要 30 分钟，时间又缩短了一半。刘慧文的激动之情，溢于言表。

一位南开大学历史学系研究生兴奋地说，旧时坐双轮马车从天津到北京，至少需要在路上颠簸两天半。1900 年，京津铁路开通时，列车时速才 30 公里。

30 分钟后，C2275 次列车正点到达天津站。

对天津来说，这也是一个特别的日子。奥运圣火在滨海新区传递，加之京津城际列车的正式通车，可谓双喜临门。

早在 2003 年，天津市领导就曾提出，为促进环渤海地区经济和社会发展，改善京津间的交通环境，希望能建造一条连接京津的高架城际铁路。天津方面愿意在投资比例、征地拆迁等方面提供大力支持。这一想法，与铁道部一拍即合。

京津地区是中国经济发展最快的区域之一，也是中国城市化水平最高的地区之一。

北京与天津相距 120 公里，历史上的两城关系十分纠结。新中国成立前，天津是北京的海上门户，因为有海港和租界，对外贸易比较繁荣，工业也比较发达，经济基础比北京还好一些。新中国成立后，新中国受到敌对势力的封锁，对外贸易的重心放在了上海和广州，紧邻北京的天津的外贸优势就没有了，只剩下工业支撑。

改革开放后，北京和天津都得到了快速发展。到 2002 年底，北京市常住人口 1423 万人，人均国内生产总值 28449 元。天津常住人口 1007 万人，人均国内生产总值 22380 元。据当时预测，到 2015 年，京津通道年客流密度将达到 1.24 亿人次。

打通京津通道，自然成了两城人民的期盼。

京津铁路通道连接京原、京包、京通、京山、京沪、京广、京九等多条重要干线，是京沪、京哈客运通道的共同段，也是环渤海京津冀地区城际轨道交通网的主轴，还是中亚和欧洲地区路桥走廊，承担着区域对外中长途运输和区域内城际客流。

现状是，京津通道路网的作用日益突出，瓶颈制约现象日益严重。既然是重要的大通道，就不应该只是一条高铁，而应该有多条铁路。

《中长期铁路网规划》明确提出，京津通道需要修建三条客运专线，“十一五”期间先修建京沪高铁和京津城际铁路。2004 年 12 月 3 日，国家发改委批复了京津城际轨道交通建设项目可研报告。这样，京津通道既是京沪通道的组成部分，又与津秦客运专线一起，构成关内外交流的主通道。以最小的成本，尽快形成和完善京津通道和城际铁路网。

毫无疑问，设计时速 350 公里、无砟轨道的京津城际铁路，是当今世界等级最高的高速铁路。由此，铁路有关部门展开了一场高铁技术的攻坚战。他们在系统总结秦沈客运专线基础工程、遂渝线无砟轨道综合试验段、第六次大提速时速250公里线路等研究试验技术成果的基础上，提出了110项重大科研课题，开展客运专线技术创新工作。

2005年3月28日，国家发改委公布了《环渤海京津冀地区城际轨道交通网规划（2005—2020年）》，在2010年阶段目标中，明确提出了“建成北京—天津—塘沽城际轨道交通线，构建京津冀地区城际轨道交通网的主轴”的要求。这条城际高速铁路，设计年度的最大区段客流密度，近期为2320万人，远期为3280万人。

2005年7月4日，京津城际铁路在北京与天津交界处的大王沽镇开工建设。

天津，传说是哪吒的故乡。当年哪吒协助姜子牙讨伐纣王，凭借高强的武功和风火轮的神速屡立战功。京津城际铁路的开工建设，无疑为天津的发展装了追风赶月的“风火轮”。

细观京津城际铁路走向，由北京南站东端引出，沿既有京山铁路线南侧向东，再沿既有京山线北侧至天津站，全长120公里，设北京南、亦庄、武清、天津4个车站，预留永乐站，同时还预留了至首都国际机场、天津西站和塘沽方向（天津滨海国际机场）的出线条件，由铁道部、天津市、北京市、中海油共同投资建设。

京津城际铁路沿线经济发达，道路纵横交错，土地资源极其宝贵。设计中，广泛采用了桥梁替代传统路基技术，桥梁长度占线路总长度的87%，列车几乎是在“空中通道”上行驶。与填高的8米路基相比，每公里桥梁可节约土地55亩，仅此就节约土地5500余亩。

高速列车轨道沉降误差以毫米计，标准比Fl赛车跑道还高。京津城际铁路告别了枕木，研发了国际最先进的、具有自主知识产权的CRTSII型板式无砟轨道系统。全线铺设板式轨道板34535块，精确度达到0.1毫米。这标志着中国已经完全掌握了无砟轨道的设计建造技术，形成了中国铁路无砟轨道技术标准和规范。无砟轨道使用寿命能达到60年，大大降低了综合维护成本。

还有集成创新的时速350公里的“和谐号”动车组、自主设计的轻量化简单链型悬挂接触网系统等，这些先进技术的运用，实现了不同速度级列车混合运行、地—车安全信息连续传输等多项创新，实现了重要设备远程监测、监控和远程操纵。

三年中，中国铁道科学研究院、铁道第三勘察设计院等诸多单位的专家学者，中科院、工程院诸多院士，以及一大批工程技术人员，日夜奋战在实验室和工程现场，在多年技术积累的基础上，以中国人的聪明才智，系统解决了高速铁路的一系列重大关键技术问题。

事实证明，中国铁路人打胜了这场战争。

2008年6月25日，时任中共中央总书记的胡锦涛考察了试运行中的京津城际铁路，他欣然登上国产“和谐号”动车组，感受中国速度。

胡锦涛殷切嘱托道，不仅要建设一流的设施，还要有一流的管理、一流的服务。

来自美国、英国、俄罗斯、日本、意大利、澳大利亚、印度、南非、波兰等30多个国家的政要，国际组织领导人、铁路同行和境外记者等累计200多批次的上万人考察了京津城际铁路，对中国高速铁路发展快、水平高、投入少的表现，给予充分肯定，赞叹不已。

北京奥运会和残奥会期间，京津城际铁路更是让大批国内外游客感受了“中国速度”，感受到了中国铁路的现代化。

2008年7月，14名日本高速铁路知名专家在体验了京津城际铁路后非常震惊。他们感叹道：“做梦也没想到中国高速铁路发展这么快，技术水平在很多方面已超过日本。”

同年8月2日，英国《泰晤士报》发表评论说，京津城际铁路高速列车每小时350公里的速度，令法国的高速列车相形见绌，让日本的子弹头列车看起来像蒸汽机车。

京津城际铁路的成功运营，无疑向世界展示了一张亮丽的“中国名片”。

高铁“同城效应”

高铁的问世，不只是一场经济地理上的革命，也是一场时空观念上的革命，影响着中国社会生态，改变着人们的观念和生活方式。高铁让中国变“小”，让人们的生活圈扩大。异地工作、异地消费、异地置业，都成为可能。高铁像魔术师一样，悄然改变了我们的时空观念和生活方式。

“大运量、高密度、公交化”的京津城际铁路，让京津两地居民工作和生活的范围迅速扩大。城市间的交通已经变为城市内上下班的通勤交通，京津城际铁路实现了高速铁路的公交化运营，着实打造起北京和天津这两座人口超过千万的特大城市间的“半小时经济圈”，很快显现出“同城效应”。“双城记”升级为“同城记”。

京津城际列车实行公交化运输，最小行车间隔只有3分钟，京津间全程直达运行时间半小时。从空中鸟瞰，一列列白色铁龙，接二连三，快速穿行，好似一条流动的银白色长廊。

北京地铁线路最小行车间隔为两分半钟，从这点来看，京津城际已达到了公交化的运行标准。同时，列车发车模式采取交错发车的方式，每一列车只在一个站停留，以保证列车能够高速运营。

有研究表明，北京人每个月上下班的拥堵成本是375元，上海人可以忍受的拥堵时间为 48 分钟……而现在人们仅花几十元、30 分钟，即可从北京抵达天津，这无疑大大节约了出行成本。

时任铁道部总工程师何华武，曾在笔记本上记下了一组密密麻麻的有趣数字。他以机场轨道交通为例，给乘坐京津城际高铁的旅客算了一笔账：在机场轨道交通费用上，香港 34 公里需要 100 元，上海 30 公里需要 50 元，北京从东直门出发 26.1 公里需要 25 元，而京津城际 120 公里的票价不超过 70 元!

京津城际铁路大大缩短了京津间的时空距离，加速了两地间的经济文化交流，给以北京、天津为中心的环渤海地区经济社会发展注入了强大动力。2008 年 8 月，京津城际高铁开通的当月，天津市社会消费品零售额达到 171.4 亿元，同比增长 25%。

开行公交化的高速列车，对于一部分先富起来的人来说，在一个城市工作，在城际高速铁路连接的另一座城市买房定居，将极有可能成为现实。2008 年，天津楼市的总成交量中，有三成是外地购房人群，其中北京市民在一半以上。

周末去天津吃海鲜、听相声，成为越来越多的北京市民的休闲方式。2008 年外地到天津的旅游者消费超过 750 亿元，城际高铁对 2008 年旅游增长的贡献率为 35%。2009 年上半年，天津社会消费品零售额达到了 1176 亿元，同比增长 20.7% 左右，增幅居全国第二。

京津城际铁路开通的当年，天津免费开放的 6 个博物馆、纪念馆，就接待外地观众近 80 万人次；由北京来津的旅游团体观众占 90%，比以前增加了 30%。天津各大小剧场迎来观众人数超千万，比京津城际铁路开通前增长了 70%。百年老店“狗不理”总店和各个分店业务量则增长了 20% 到 50%；泥人张、杨柳青年画等传统工艺品销量分别达到 500 万元和 640 万元，比上年同期增长近 50%。

小廖是天津音乐学院的学生，时常关注北京音乐会的演出信息。他说：“北京的大型剧场比较多，音乐会、话剧几乎每天都有，从天津跑过去享受一下是经常的事。”他以前常坐的是动车组列车，70 分钟的行程不算长也不算短，再加上赶往火车站的时间、等候列车的时间,怎么也要三个小时。如今一个小时就搞定。

“中午从北京到天津吃顿包子，下午回去还不耽误上班。”已故著名艺术家阎肃在试乘了京津城际高速铁路后，做了这样一个形象的描述。有了京津城际高速铁路后，京津两地的百姓在居住、工作、教育、娱乐等方面的选择更加广泛了，文化、休闲的资源在城市间实现了共享。

高速铁路带来的经济效益十分明显。据资料显示，2009 年北京市实现地区生产总值 11865.9 亿元，比上年增长 10.1%。天津市房地产业、物流业、旅游业、餐饮业等产业得到快速发展，2009 年社会消费品零售总额完成 2430.83 亿元，增长 21.5%。

“不仅如此，北京的高端人才也将不再局限在中关村，天津滨海新区的开发开放亟须吸纳北京的高端人才、信息等资源。”南开大学经济研究所副所长谢恩全表示，随着高速铁路的开通，将京津之间的行程缩短至 30 分钟，京津地区密集的人才、信息、技术资源，更加便捷地扩散和疏解。

天津中原地产投资顾问部总监高飞说，随着天津滨海新区的加速发展，将吸引更多高端商务人士来往于京津之间。许多国内外大企业的生产地在天津，总部在北京，人员来往频繁。一些目前在北京的企业因为产业链条的延伸，可能会考虑到天津这样的土地相对充裕的城市投资发展。

同城化效应，让北京和天津两座城市都有了重新定位：北京是“国家首都、国际城市、文化名城、宜居城市”；天津则是“国际港口城市、北方经济中心和生态城市”。北京不断推动产业升级，服务业已经占到 70%；天津也在全力开发滨海新区，发展金融和高新技术产业。

尤其可贵的是，京津城际铁路作为中国高速铁路建设的示范性工程，为大规模的高速铁路建设，特别是京沪高铁的建设运营提供了极为宝贵的经验和样板。

千呼万唤始出来

舆论认为，京津城际铁路就是京沪高铁的“袖珍本”。

以京津城际铁路为起点，中国高铁建设热潮开始席卷全国。

北京交通大学运输管理学院教授杨浩认为，作为在全国推广建设高速铁路前的一个实验和示范工程，京津高速铁路从基础设施建造，到动车组生产，各个方面都成为国内高速铁路建设的技术储备。

2008 年 4 月 18 日 9 时 05 分，温家宝总理宣布：京沪高速铁路全线开工。

千呼万唤始出来，京沪高速铁路终于迎来了它的黎明。

若从 1990 年京沪高速铁路的相关可行性研究提上日程算起，到准备着手修建，历经李鹏、朱镕基、温家宝担任国务院总理的三届政府，争论不休，几起几落，整整期盼了 18 年。这 18 年，让中国铁路人思考得太多太多；这 18 年，让中国铁路人积累了一笔丰富的财富。

成就京沪高铁

2006 年 2 月 22 日，国务院第 126 次会议研究并批准了京沪高速铁路立项方案。这是党中央、国务院的一项重大决策，在中国铁路发展的历史上具有划时代的意义。

3月7日，国家发展和改革委员会在关于京沪高速铁路项目批复中指出，经过充分论证、科学比选，各方面就技术方案等重大问题基本取得一致意见，项目建设时机已经成熟，同意建设京沪高速铁路。批复强调，京沪高速铁路采用轮轨技术建设，与既有京沪铁路的走向大体并行，全线为新建双线，按最高时速350公里设计。一次建成高速铁路线路1318公里，设置23个客运车站。

这标志着京沪高速铁路由论证决策进入即将开工建设的新阶段，也意味着"轮轨"与"磁悬浮"长达十多年的争论终于水落石出，中国未来"四纵四横"的高速铁路干线网络将深深打上轮轨烙印。其实，就这十多年的时间而言，是人们对高铁不断认知的过程，更是统一认识和积蓄力量的过程。

多年来，为了拥有自己的高速铁路，为了真正拥有自己的高铁技术，中国一大批专家学者奋发图强，先后研制出了"中华之星""先锋号""长白山号"等国产动车组列车，掌握了无砟轨道高速线路技术，为打造中国高铁品牌，促进引进、吸收、消化再创新国外先进技术，创造了条件，发挥了重要的基础性作用。

新华社及时向社会发布了这一喜讯，消息的标题是：京沪高铁预计年内开工，副标题是：全程运行时间只需5小时。消息写道，届时京沪线将实现客货运输的分离，客运时速可达300公里，从而实现中国两大经济区——京津唐地区与长三角之间的客货无障碍运输。

2008年1月26日，国务院第205次常务会议批准了京沪高速铁路开工的报告。

4月18日，北京大兴区京沪高铁北京特大桥桥址施工现场，彩旗飘扬，艳阳高照。身穿深蓝色夹克衫的温家宝总理与工人代表一起挥锹铲土，为京沪高速铁路奠基。

此时，8台大型旋挖钻机同时开钻。

近18年的科学论证，200多项科研试验顺利完成，一系列关键重大技术全面突破……京沪高铁终于在春天里全线开工。

京沪高速铁路自北京南站至上海虹桥站，连接北京和上海两个中国经济规模最大的直辖市。总投资达2209.4亿元。

京沪高铁是新中国成立以来一次性投资规模最大的建设项目，完全可以与国内的三峡工程、青藏铁路、西气东输、南水北调等重大工程相提并论，在人类工程建设史上亦有资格占据一席之地。

这条世界上一次建成线路最长、标准最高的高速铁路，完全由中国自主建设。

从此，京沪高速铁路重大工程建设正式进入普通民众的视线。当日，各大媒体都作为头条重大新闻进行了报道，多家网站亦制作专题、专栏进行跟踪报道。

温家宝总理下达了开工令，十几万建设者迅速汇聚到沿线建设工地，展开了京沪高铁“大会战”。全线上场人员超过 13 万人，到场机械设备近 3 万台（套）。高峰时，全线每天消耗钢筋超过 1 万吨、水泥 3.5 万吨、混凝土 11 万立方米。

三个月后，即 7 月 20 日上午，京沪高速铁路上海虹桥站及相关工程在上海奠基。

上海虹桥站位于上海虹桥机场西侧，是集高铁、航空、地铁、城市公交等多种运输方式为一体的现代化虹桥综合交通枢纽的重要组成部分。虹桥站北端引接京沪高铁、京沪铁路、沪宁城际铁路；南端与沪昆铁路、沪杭甬客运专线、沪杭城际铁路接轨。

车站采用平直、方正、厚重的建筑造型，把传统建筑特色与现代建筑元素相结合，追求既稳重又充满活力的建筑效果。站内设计采用大空间布局、无站台柱雨棚技术，空调系统利用地热能，屋顶局部采用太阳能发电，运用多项新技术、新设备控制站内噪声。旅客不出站即可完成与航空、地铁、公交、出租车等交通工具的便捷换乘。

2010 年 11 月 15 日，京沪高速铁路全线铺轨完成。

2011 年 5 月 25 日，京沪高铁全线开通前夕，全国政协副主席、科技部部长万钢及国内 30 名工程界知名院士、专家，乘坐 CRH380A 高速动车组，对京沪高铁进行了检查评估。

专家组一致认为：京沪高铁轨道状态达到了高平顺和高稳定的要求；通信信号和牵引供电系统稳定可靠；CRH380 型动车组符合高速度、高舒适性要求；运营安全保障设施齐全，开行方案合理；各项指标均达到世界先进水平。

2011 年 6 月 30 日，京沪高铁全线开通运营，这是世界上一次建成线路最长、标准最高的高速铁路。它贯穿北京、天津、河北、山东、安徽、江苏、上海 7 省市，连接环渤海和长三角两大经济区。

京沪高铁是中国高铁技术创新成果的集大成者，也是目前世界上技术标准最高的高速铁路。它在工程建设、高速列车、列车控制、客站建设、系统集成、运营维护和环保标准等技术领域开展了一系列技术创新，取得了一大批重大创新成果。

京沪高铁沿线分布着广泛的软土、松软土和深厚软土，其中有厚度达 38 米的淤泥质土的不利地质条件。控制路基沉降和结构变形是高铁建设中遇到的难题之一。施工中，工程技术人员在对全线 19 个典型工点的桩基进行了实验研究后，对 30 多万根桩基设计进行了验证和优化。路基竣工后，沉降最大未超过 2 毫米，桥梁墩台沉降未超过 1 毫米，大大低于 15 毫米的控制标准。轨道几何状态合格率达 100%，优良率达 98%。

京沪高铁全线有 104 项重点性控制工程，无砟轨道 1298 公里，沿线与 70 处跨越省级以上公路干线、59 条既有铁路交叉，跨越 26 处通航河流，设计中尽量与公路、既有铁路共用同一走廊。线路的最小曲线半径、最大坡度、线间距、隧道净空断面等主要技术标准，都位于当前世界高铁之最。

中国工程院院士王梦恕在接受凤凰网记者采访时谈道：中国高铁整体上达到国际先进水平，而且稳定性相当好。譬如说，北京到上海温差很大，京沪高铁钢轨热胀冷缩就有几公里差别，不仅做到了不让它热胀冷缩，而且做到了轨距不超过正负 2 毫米，高度差不大于 2 毫米。

有这样一组数据：

京沪高铁全线 3.2 万个桥墩，29251 孔 900 吨级箱梁；40 万块精确到“毫米级”标准的 CRTS Ⅱ型轨枕板；4066 公里接触网，每米的平直度误差在 0.05 毫米以内，低于标准要求的 0.1 毫米。这些数字的背后是国家综合实力和京沪高铁建设者创新能力的集中展现。京沪高铁工程质量一次检验合格率 100%。

2011 年 6 月 20 日，就在京沪高铁开通前夕，中国人民银行特发行京沪高速铁路开通“熊猫”金银纪念币一套，以纪念这项伟大的工程。该套纪念币共 2 枚，其中金币 1 枚，银币 1 枚，均为中华人民共和国法定货币。

大地飞虹

记得蔡国庆有首歌叫《北京的桥》。歌词中唱道：“北京的桥啊千姿百态，北京的桥啊瑰丽多彩……”

其实，京沪高铁最值得一说的也是桥。京沪高铁沿线的桥多达 288 座，桥梁总长度占线路总长的 81.5%，也就是说，全线有 1074 公里的桥。大地飞虹，桥桥相连，整个京沪高铁，就是一座巨大的桥。仅此，京沪高铁就节省用地 59070 亩。

南京大胜关长江大桥、济南黄河特大桥、丹阳至昆山特大桥等一系列世界级桥梁工程，都因京沪高铁而诞生。其中，南京大胜关长江大桥是京沪高铁全线重点控制性工程，这座“个头大、跨度大、荷载大、速度高”的大桥，创造了当年的多项世界第一。

地处长江南京段的大胜关，元末时，因朱元璋在此大胜陈友谅而得名。这里江面宽阔，水深流急。在此建造六线高速铁路大桥，无疑代表了中国桥梁建造的最高水平。南京大胜关长江大桥创造了多项中国之最、世界之最，标志着中国桥梁建造技术跻身于世界领先行列。

个头大。大桥全长 9.27 公里，长度相当于两座南京长江大桥加上一座武汉长江大桥。大桥共架设 11 个桥墩，一个桥墩相当于 7 个篮球场。据说，这座大桥钢梁总用量达到了 8.2 万吨，相当于武汉长江大桥钢梁用钢量的 4 倍；混凝土总用量达到了 122 万立方米，是南京长江一桥、二桥、三桥的总和。

跨度大。六跨连续钢桁梁拱桥，其主跨长度 336 米，大桥通航净高 32 米，可以确保万吨级巨轮顺利通航。

荷载大。南京大胜关长江大桥为京沪高速铁路和沪汉蓉铁路过江通道，同时搭载双线地铁，为六线铁路桥，也就是说可同时并行 6 列火车，为世界大桥之首。大桥的支撑最大反力达 18000 吨，是目前世界高速铁路设计荷载最大的大桥。

速度高。大胜关长江大桥设计列车通过时速为 300 公里，作为六线六跨特大桥，其列车通过速度居世界之最。

早在 2006 年 5 月 10 日，京沪高铁重点控制性工程——南京大胜关长江大桥就已先期开钻动工。等京沪高铁全线正式开工时，江面主桥墩和引桥桥墩已经渐次出水，一座现代化的钢铁大桥正在悄然成型。

2007 年 10 月 17 日，美国利哈伊大学约翰·费尔教授慕名来到南京大胜关长江大桥工地考察。这位国际桥梁与结构工程协会的知名专家，对大桥的规模和技术含量感到惊叹。他说，如此工程不亚于日本的明石海峡大桥的规模，是 21 世纪的一项宏伟工程，将对国际桥梁的发展产生积极的重大影响。

2008 年 8 月 1 日，日本桥梁专家、世界桥梁结构工程协会前主席、东京大学名誉教授伊藤学带领 9 名日本桥梁专家，专程来到大胜关长江大桥工地参观。参观完后，伊藤学先生动情地说，从世界桥梁发展过程来看，20 世纪二三十年代，技术发展的焦点在美国，到了四五十年代，欧洲各国桥梁界都把目光聚焦在中国。目前，中国的桥梁建设规模、技术水平，特别是大跨度桥梁的建设水平都已经跃居于世界前列。

2011 年 1 月 11 日上午，上海虹桥始发至安徽合肥、湖北武汉的 44 趟动车从南京大胜关长江大桥通过，标志着这座“世界铁路桥之最”的长江大桥正式通车。

没有举行庆典，唯有大桥下的滔滔江水在欢呼和歌唱。

当天零点起，中国铁路执行新的运行图，南京大胜关铁路大桥首次启用。

上海虹桥站至武汉、合肥方向的 11 趟旅客列车改由大胜关铁路大桥通过，为南京长江大桥铁路桥分流，并大大减少了运行时间。

巨大的天蓝色的钢梁，波浪式安卧在天水之间，给人以无限的遐想。中铁大桥局集团的负责人自豪地说，中国人能在世界上任何一条大江大河上造世界上最大的桥。这个集团的前身是铁道部大桥工程局，他们的第一个作品就是武汉长江大桥。

武汉长江大桥是中国的一个标志性建筑，是古往今来万里长江上的第一座桥。

毫无疑问，当今的南京大胜关长江大桥则又是一座新中国的标志性建筑，是一个时代的象征。

总理来到我们身边

2011 年 6 月 30 日，一个中国铁路史上不寻常的日子。

经过铁路建设者 38 个月的艰苦奋战，京沪高铁这天胜利通车运营。

午后，北京南站洋溢着欢乐祥和的节日气氛。“热烈庆祝京沪高速铁路开通运营”的红色电子显示屏十分醒目，宣告着中国铁路史上又一个有纪念意义时刻的到来。

14 时 25 分许，温家宝总理、张德江副总理，在铁道部党组书记、部长盛光祖的陪同下，走进宽敞明亮的北京南站候车大厅。

温家宝专程绕道来到大厅北侧的旅客中间，微笑着与大家一一握手。他向一位旅客亲切地询问道:“是第一次坐高铁吗？都是去上海吗？”“我是去上海。”“我是去济南。”……大家纷纷向总理表达着自己即将乘坐高铁列车的兴奋之情。

整个候车大厅涌动着浓浓深情，几百米的距离，温家宝足足走了 7 分多钟。总理的亲切关怀，让大家感到无比温暖。

告别候车旅客，温家宝来到站台休息室。这里摆放着京沪高速铁路建设沙盘、南京大胜关长江大桥模型、CRH380 动车组列车模型，四周墙壁上悬挂着图片，着重展示了京沪高铁建设中中国铁路的自主创新成果。

在沙盘前，温家宝听取了盛光祖关于京沪高速铁路建设及运营情况的汇报。

京沪高铁通车后，京沪间最快将在 4 小时 48 分内完成，比以往压缩了 5 个小时，环渤海和长三角两大经济圈一日联手成为现实。

沙盘、模型、图片，记录了广大铁路建设者的卓越奉献，展示了京沪高铁建设的重大成就，也体现了中国铁路自主创新、节能环保的建设理念。

温家宝动情地说，建设京沪高速铁路，对于完善现代交通运输体系，促进经济社会发展，满足人们出行需求，意义重大。温家宝指出，京沪高铁工程建成通车了，但实现高铁安全、科学、有序、高效运营，充分发挥京沪高铁的效益和作用，任务还很艰巨。

站台旁，中国自主研制的 CRH380 新一代高速列车整装待发。

温家宝登上列车，来到驾驶室，察看列车现代化的操作系统，了解列车发车准备情况。

担当此次驾驶任务的是中国高铁司机“第一人”——北京机务段动车组指导司机李东晓。

温家宝一把握住李东晓的手说：“我们见过面。”

2008 年 9 月 27 日，温总理考察京津城际铁路时，就是李东晓担当的驾驶任务，他的过硬技术给总理留下深刻印象。总理赞许道："你的技术很娴熟、操作很标准，有口令，有手势。"

14 时 59 分，李东晓以笔挺的姿态敬礼报告道："Gl 次列车发车准备就绪。"

15 时整，盛光祖下达发车指令。

列车平稳启动，驶出站台，迅速提速，向上海驶去。

10 分钟后，列车显示屏显示时速达到 300 公里。

"您坐高铁有什么感觉？"总理亲切地向身旁的一位老年旅客询问。老人说："我和京沪铁路有渊源，50 年前从上海到南京上大学，沪宁线坐快车都要跑 8 个小时。1968 年南京长江大桥通车时，我就在那趟首发车上。这次特意前来感受崭新的京沪高铁。"

一位年轻旅客接过话说："总理好，我叫路威，在中国农业科学院读书。这几年我经历了石太客专的通车、京津城际的通车、武广高铁的通车、沪宁高铁的通车。咱们国家铁路的变化实在是太大了，我们青年学子由衷地感到高兴。"

总理风趣地提示他说："你今天这不又经历了京沪高铁通车吗？"车厢里顿时响起开怀的笑声。

突然，旅客中传来一个小伙子的喊声："中国速度！"这个车厢聚集着不少前来体验的火车迷，他们盯着车厢两端的电子显示时速，兴奋地欢呼着："中国速度！中国速度！"

有一位吕先生在和温家宝握过手后，提出一个要求，希望总理能在他的首发车票上签个名。温家宝欣然答应，拿过签字笔，在这名火车迷的车票上签上了自己的名字。

21 分钟后，Gl 次列车抵达廊坊站。温家宝走下列车。

在总理的身后，一列列高速列车飞驰而过。

京沪高铁演绎传奇

2016 年 1 月 8 日上午，中共中央、国务院在北京人民大会堂隆重举行 2015 年度国家科学技术奖励大会。党和国家领导人习近平、李克强、刘云山、张高丽出席大会并为获奖者代表颁奖。京沪高速铁路工程荣获国家科学技术进步奖特等奖。

京沪高铁是世界上一次建成运营里程最长、标准最高的高速铁路。在这里，诞生过时速 486.1 公里的世界纪录，创造了开通运营 4 年半运送旅客约 4 亿人次的奇迹，实现了开通仅 3 年就实现盈利的传奇。截至 2015 年 12 月 31 日，京沪高铁累计开行高速动车组 367556 列、日均 223 列；累计运送旅客 4.02 亿人次，日均运送旅客 24.4 万人次。2015 年，日均发送旅客达 33.5 万人次，其中 4 月 30

日运送旅客达48.9万人次。

京沪高铁是一个庞大的综合体系，实现了五大技术创新，即创新了复杂工程环境下高铁工程建造技术、研制了CRH380系列高速动车组、构建了时速350公里的CTCS-3级列车运行控制系统、构建了高铁运行检测验证成套技术、创新了中国高速铁路技术发展模式。这些技术创新涉及机械、土木、电子、电气、材料、信息、测量控制等多个学科领域，堪称“高铁技术博物馆”。

京沪高速铁路建立起了中国高铁技术体系，形成了高速铁路设计、制造、施工、验收、运营的技术体系和标准体系。京沪高速铁路技术体系有力推动了铁路行业的科技进步，其成果推广应用于石武、沪昆、合福、宁杭等高铁建设，成为中国高速铁路技术创新的“样板工程”。

2013年2月，京沪高速铁路工程项目通过了国家验收，认为“全线运营安全稳定，各项检测指标稳定地保持在相关规定指标的最优水平，实现了预期的建设目标”。该项目获得国家发明专利53项、实用新型专利116项、外观设计专利5项、软件著作权8项，以及新增国家级工法9项，撰写专著14部、论文235篇。

“通过京沪高速铁路工程技术创新，中国时速350公里高铁技术体系已成熟完备，时速380公里的高铁技术得到了初步验证，整体技术达到国际领先水平。动车组最高设计速度、接触网接触线的强度和导电率、平均旅行速度等技术指标均居世界首位。”中国铁路总公司总工程师何华武说。新一代CRH380高速动车组，已经成为京沪高铁的一道亮丽“风景线”。当它以时速300公里行驶时，每秒推进83米；当它以时速350公里行驶时，每秒则推进97米，如离弦之箭。这是喷气式飞机低速巡航的速度！

专家认为，京沪高铁创造的世界铁路运营最高速度有着两个方面的意义：一个是中国高速动车组是世界一流的，另一个就是京沪高铁的线路质量是世界一流的。

京沪高铁还大幅改善了中国东部地区的投资环境，对加速区域经济一体化、推进产业结构升级、助推城镇化进程及创新铁路投融资体制改革发挥了重大作用，为经济社会发展提供了强大的绿色、低碳运力支撑，为沿线百姓创造了安全、方便、温馨的出行环境。

选自《中国速度——中国高速铁路发展纪实》，外文出版社，2017年3月

第三种权力

——中国第一个村务监督委员会成立纪实

李　英

引　言

2004 年 6 月 18 日，浙江省武义县后陈村建立全国第一个村务监督委员会，意味着中国农村基层民主从“秋菊打官司”式的上访告状，进入了农村管理行使“第三种权力”——分权制衡、民主监督的阶段。

后陈经验引起了市、省、中央领导的高度重视。时任浙江省委书记习近平，于 2005 年 6 月 16 日到后陈村调研并在村里主持召开座谈会，对后陈经验给予充分肯定。随后“后陈模式”在全省乃至全国推广，被写进《中华人民共和国村民委员会组织法》。

这是一次农村民主自治的生动实践，然而其内幕却鲜为人知。作为一名新闻从业者，我历时三年深入采访，记录这一事件错综复杂的全过程，记录农村群众与基层干部对腐败行为的深恶痛绝，以及他们的幽怨、奋争和对民主的艰苦探寻。

后陈从“红旗村”变“问题村”

2003 年岁尾，“前腐后继”的村干部腐败像一群闻到血腥味的鬣狗，赶不跑，轰不绝，这深深困扰着两个人：一位是武义县委副书记、纪委书记骆瑞生，另一位是白洋街道工业办公室副主任胡文法。

胡文法临危受命，被派往后陈村任党支部书记。

位于武义县城东北的后陈，是白洋街道管辖的行政村。

平展展的土地，水面辽阔的前湖、西塘和可塘，波光粼粼，把后陈村装点得颇有水乡模样。村西有条很宽很大的武义江，自南往北波涛滚滚地流到金华，在金华与义乌江合并为婺江，然后婺江流进兰江，兰江流进富春江、钱塘江。

这是一个漫长的冬天，漫长得特别。天天阴沉着脸。

时近年关，按例说村民们应该置办年货了。可是今年村里静悄悄的，鸡不啼，狗不叫，没有一点动静。

村民们三三两两聚在一起，不说半句与年节有关的话，交头接耳地在谈论同一个话题。

村里要分土地款了！

村民们最最关心的是，村里收进的土地征用款子到底有多少，这些钱怎么分，按户分还是按人头分，什么时候能够分，分现金还是分银行存折，分到手的钱能否自作主张派用场，等等。

特别特别地现实。只有把钱放进自身口袋，才是最最要紧的事，是天大的事。

一直以来，村民们最不放心的是村干部大权独揽，暗箱操作。村民们想盯住村集体收进的巨额土地征用费，可是，想盯又盯不上。

为什么？

因为村民没有盯钱的权力，没有盯村干部的资格。

坦白地说，如果没有工业化、城市化大潮铺天盖地扑到小小的武义县，就不会有城乡接合部的开发区建设，就不会有后陈村人做梦也想不到的土地被征用。当然也就不会有巨额土地征用费，不会有村干部的贪污腐化，不会有后陈村人上访不断而成为全县闻名的“上访村”“问题村”。

很简单，就这么回事。

都说金钱是妖魔，是鬼怪，它会使一些好干部变坏。

20世纪90年代中期，如火如荼的建设高潮中，金丽温高速公路建设项目涉及后陈村，出现村干部重大决策不公开、村务管理不透明、财务支出不规范等问题，出现了村民对村干部的信任危机，而且这些问题与日俱增。

2000年前后，因工业园区开发及城乡一体化建设需要，后陈村有1200余亩土地被征用，土地征用款收入高达1900万元。如何管好用好村集体的巨额资金，成为村民的关注焦点。村干部专权擅权与村民关心关注引发的激烈矛盾，加上部分村干部以权谋私，使得干部信任度彻底崩溃，村庄秩序严重失控，矛盾百出，村民们怨声载道。

就这样，后陈从一个“红旗村”变成了“问题村”。

2001年12月，武义县农村审计站工作人员进驻后陈村，对后陈村自1996

年至 2001 年 11 月的村级财务进行了全面审计。村民们以为盼来了“包青天”，一时间喜笑颜开，群情振奋，纷纷向审计人员提供线索。审计期间共收到群众来信 28 封，其中反映村财务方面问题的有 16 封。

审计报告出来后，却令村民们大失所望，大家对这份官方审计报告很不满意，对诸如“认识不足”“公开不规范”之类不痛不痒的表述不买账。

要知道，进入新世纪的村民，多有文化、有头脑，而且多有法制意识。特别对关系到切身利益的事情，想用官样文章吓唬，想用甜言蜜语糊弄，是应该进博物馆的老套路了。

这是隔靴搔痒、糊弄百姓！尤其是审计报告“未发现村主要干部有贪污、挪用问题”的结论，使村民们更是议论纷纷、情绪激愤。

一个月吃掉一万多元，这是陈岳荣、张舍南、陈联康等村民无论如何不能接受的。

陈岳荣是村民代表，他和村民心里有杆秤。村里的钱是大家的、集体的，村干部哪能像自己口袋里的一样，今天想拿去喝就喝，明天想拿来吃就吃，甚至连他们自己家里新房子买把门锁都拿到村财务报销，真是太目中无人了。

还有，村里沙场承包收进多少钱，都用哪儿去了；餐费及烟酒等招待开支那么多，都招待谁了；土地征用款准备如何分配、如何使用，等等，村民们一点也不清楚，全蒙在鼓里。1900 万土地征用收入的钱，是挨家挨户分发，还是集体保管，村民和村干部的意见分歧很大，南辕北辙。对村干部的不满和对村里现状的担忧，导致后陈村民上访不断。

陈岳荣他们主张写信上访，结果村民纷纷响应，毫不迟疑地在上访信上签了名，摁了手印。四五百名村民歪歪扭扭的签字和鲜红的手印，像火炉里飞出的火星，密密麻麻地布满了几大页白纸，灼得人眼睛生疼。

投诉信像断了线的风筝，有去无回。于是村民们开始一拨拨上访，少则几十人，多则数百人，街道、县里，纪委、信访局、检察院、法院，该递交的材料都递交了，该去的地方都去了。

就这样，后陈村成了全县有名的上访村。凡是武义县政府门前有几百上访群众聚集时，机关干部们就知道，肯定是后陈村村民上访来了。

县委、县政府对后陈村村民的上访十分重视，每次都由县委、县政府主要领导接待。武义县委副书记、纪委书记骆瑞生就多次接待过后陈村上访群众。骆书记因此与后陈村村民张舍南、陈岳荣、陈联康等上访带头人，变得很熟悉了。

但是，后陈村的问题该怎么解决呢？

那些年，后陈村这样的“问题村”在中国的农村并不少见。尤其在农村和城市接合地区，经济开发的大潮风起云涌，群体利益多元分化，经济利益纷争多发，农村治理面临困境。有专家指出，农村社会治理正面临着社会矛盾调处风险期、集体信访纠纷激发期、公共服务均等化需求急增期和基层治理能力现代化准备期的“四期叠加”挑战，高速发展的集体经济带来的频繁利益纷争，成为首要的不稳定因素，甚至严重影响了中国经济社会的平稳转型和执政“基石”的稳固。

新世纪之初，后陈村在武义已经成为闻名全县的“问题村”。新任的支部书记不到一年因为挪用公款被开除党籍，从此他心灰意冷，把村里的房子租给别人，自己则在邻村开了一个轮胎店。平时即使回村也不串门，收了房租就回他那个小店，小店成了他的家。他刚当选村支书时也曾经受到村民的拥戴，可是没有制约的权力导致他挪用公款，从而失去了村民信任，于是村民们天天上访，把他拉下了马。整个后陈乱成了一锅粥，曾经的支部书记成为后陈村的“陌路人”。

还有本县柳城畲族镇的乌漱村，早在1999年曾经查办过一起村干部贪腐案。时任乌漱村党支部书记兼出纳的吴某，贪污村里投资水库电站的分红后，做假账贴在村务公开栏里，当晚就被村民揭下来告到了检察院。检察院查证属实，依法逮捕，起诉吴某。最后法院认定他侵吞集体资产7.5万余元，以贪污罪判处有期徒刑10年。

新华社浙江分社摄影记者王小川得知检察院准备将被贪污的公款还给村里时，专程赶赴武义采访，采集了检察官向村民返回公款的新闻组图，以《武义：村务公开，村官下台》为题发表在1999年3月25日的《人民日报》华东版上，在武义这个小县引起了不小的震动。

村务不公开，决策不民主，蒙得了一时，蒙不了一世，给村务管理敲响了警钟。群众的眼睛是雪亮的，而且终有觉醒之时，那就是权力倾覆之日。

后陈村只是20世纪末中国农村治理乱局的一个缩影。武义县纪委书记骆瑞生、后陈村新任党支部书记胡文法敏感地意识到，如何破解村务财务管理混乱凸显的村庄治理危机，是中国农村民主政治遭遇的一个重要课题。

胡文法出任“问题村”支部书记

2004年元旦刚过，1月4日胡文法在街道党委副书记、纪委书记徐向阳的陪同下，到了后陈村。

胡文法，后陈村人，个子较高，满头黑发，红铜色的脸上略带微笑，穿着半新半旧的夹克外套，随和当中透着几分刚毅，一看就让人感觉是饱经风霜、踏实干事的乡镇干部。

后陈村办公楼二楼会议室里，村“两委”成员、党员和村民代表坐得满满的，有的交头接耳，有的大声说话，但每个人都笑容满面。有不少村民是赶来看热闹的，会议室里坐不下，就站在过道，里三层外三层，把会议室挤得水泄不通。

徐向阳代表街道党委宣读了任命文件。

当后陈村的这个村支部书记，等于将屁股坐到火坑上去。这一点胡文法心里早就明白：“我是后陈村人，自己和家人的户籍关系一直都在村里没有迁出来，坦白地说，心中或多或少与村庄还有难割舍的情缘。”

几天前，村民张舍南特意跑来找正在白洋街道工作的他，说：“文法，咱后陈现在已经成为全县后进村，名气可大了。大在哪儿？一个字，‘乱’哪！”

没等胡文法提出问题，张舍南紧接着说出此行目的：“我看只有你回村里去，后陈可能还有挽回局面的希望。”

胡文法说：“我离开后陈已经多年，对村里情况不大了解。”

张舍南说：“不管怎么说，你从小在后陈村长大，人头熟，闭着眼睛也能说个道道出来。”

胡文法说：“我在街道工业办公室（以下简称“工办”）上班，管着一摊子事，还要做联村包片工作。”

张舍南感到一下子无法说服胡文法，心中不免有些失望。他呆呆地不知如何收场。但在临走时扔下一句话：“为了村民利益，我们要继续上访，直到把问题解决！”

张舍南前脚刚走，后脚又来了几位后陈村民。有说是到街道办事的，有说去县城买东西的，都说只是顺便拐过来看看他这个老邻居的。

村民们走了一拨又来了一拨。胡文法心里知道，他们跑到街道办，其实话里话外都表达着同一个意思：希望他回村当掌门人。

后来听人家说，张舍南早早把书面请求报告送到街道办去了。

改良版的“三顾茅庐”。

胡文法，不得不认真了。

胡文法祖籍在永康——武义县隔壁。当年因为日本鬼子驻扎在他们村庄不远的地方，三天两头进村抢掠烧杀，闹得鸡犬不宁，而村民们对荷枪实弹的日本鬼子心惊胆战，只能东躲西逃。眼看着地里庄稼成熟了，胡文法的祖父无奈，只得带着一家老少离开祖祖辈辈生活的家乡，一路颠沛流离，好不容易找到武义后陈村落脚。

后陈村坐落在武义江东岸，宽阔的武义江原是水上大通道，后陈村有三三两两的店铺，这在当时算是繁华之处。

武义江两岸有不少村庄，但是没有桥梁，没有渡船，人们过往得绕一个大圈子，极不方便。胡文法的父亲找来木头做了一艘长长的木船，开始干起摆渡的营生，后来大家就叫他胡长船了。那时候他父亲为人摆渡，多是尽义务做好事，并没有收入，偶尔碰上来往于集市的生意人，会施舍一点。可对胡文法父亲来说，渡船方便了两岸的村民，因此认识的人多了，还赢得了口碑。这对于他们外迁人来说，是不容易的事情。而更重要的，渡船成了他们一家人的栖身之处，老小三代人夜晚挨挨挤挤地睡在一个船舱里，住的问题就这样解决了。

新中国成立了，胡文法家融入后陈村，在村里建了低矮的泥瓦房，有了真正意义上的家，成为地地道道的后陈村人。

新中国成立后，胡文法的父亲胡长船被推选为后陈村高级农业合作社社长——相当于现在的主任，成了后陈村人的主心骨。他和村民们一起斗地主，分田地，组建互助组、合作社，每天为村里的事忙得不着家。当时后陈还没有支部，父亲胡长船很早就在上郜村支部加入了中国共产党，1956 年被上级派回后陈村当了第一任村支部书记。他的母亲李兰芬 1958 年入党，当了村妇女主任、副大队长，一干就是几十年。

那时村里也没正儿八经的办公室，开会就在自己家里开，村干部们就围着八仙桌坐，坐不下就搬个凳子在边上坐，或者干脆坐在门槛上。

那时候村干部没有什么误工补贴，全是义务工作，忙完了村里的事，再做家里的事。村民们大到婚丧嫁娶，小到鸡鸭丢失，都要找村干部。胡文法的父母亲作为村干部，为乡邻们解决困难热情周到，办事不带任何私心杂念。他们早早立下规矩，不收受村民任何礼物。

胡文法受到父母亲的言传身教，骨子里从小就灌输了老老实实做人、认认真真做事的精气神儿。任村干部几十年的父母亲，就是胡文法的最好榜样。

而今一切都变了，连气候都莫名其妙地变得夏天特别热、冬天特别冷了。

难道不是吗？村干部已经和村民们闹得水火不相容了，上访、告状、围堵、谩骂……已成为后陈村的“家常便饭”。

到底有什么不可调和的矛盾呢？问题到底出在哪里呢？村民们为什么要三顾茅庐请他回去呢？他小小一个街道工办副主任，势单力薄，下去能为村里做点什么呢？

如同掉入万丈深渊，胡文法深思、苦思，彻夜不眠。

想不到仅仅过了两天，街道主任代表组织找胡文法谈话了。

主任说：“后陈已经成为全县闻名的‘问题村’，同时上游两个村子也不稳定，群众上访不断。我已经没办法了，只得派你去后陈村当书记了。”

上邵村出现了大片的违章建房，地基像私有一样，菜园、自留地随便转换，房屋不按规划放样随便搭建，违章建筑像雨后的韭菜齐刷刷地冒出来；下邵村也是因为土地征用款问题，村民三天两头上访。胡文法听说过，上游的上邵村和下邵村本来就比较难搞。然而比较起来，最乱的还是后陈村。

胡文法心里知道主任的话无法拒绝，但还是不由自主地说："我已经住白洋渡十多年了，村里情况也不大了解，村里的事也从来没有管过，当书记没经验。"

主任说："你就别推了。街道对后陈村的情况，看在眼里，急在心里。大家一致推荐你去当村支部书记，这不是空穴来风。你在街道工作多年，有丰富的工作经验。但更重要的是看中你人品好，不贪不占，做人做事光明正大，组织上放心。"

胡文法被感动了，眼睛都湿润起来。

自己毕竟是组织上的人，怎么能不服从，怎么能对组织上的信任视而不见，怎么能将村民们的满腔热情拒之门外呢……

"你这次回去不仅仅是救急、灭火，更重要的是抓稳定、抓发展。"主任毫不含糊地说，"给你三个任务——一是把村里的乱摊子收拾好，尽快稳定下来；二是把制度完善起来，找到根治的办法；三是代表组织考察村里下一届班子人员，把村'两委'建设好。至于你的个人待遇，街道也作了充分考虑，完成任务回来给你中层领导待遇。"

胡文法说得也很明确："工作我会尽力去做，至于待遇问题，我从没考虑过。"

平地一声雷，胡文法回村任党支部书记的消息传遍了后陈村。村民们奔走相告，把这当作后陈村的一件大事情。

徐向阳宣读完白洋街道的决定，没等胡文法开口，会议室里就像炸开了锅，急不可待的村民们争先恐后站起来，你一言我一语地抢着说话。

"村里账目多年不公开，我们要求清查清查！"

"听说土地征用款都被村干部拿去投了保险，几千元回扣被私底下分掉了。"

"说得好听的保险，村里 16 岁到 60 岁的人投同一险种——等人死了可获得 1200 元赔偿。大笑话呀，笑掉牙呀！ 16 岁的人等到闭上眼睛断了气才有 1200 元赔偿，这不等于拿钱打水漂，白白地送给保险公司吗？"

"村里沙场包出去，早就挖过界了，也没人管。"

"几百万、上千万土地征用款，该怎么分？"

"村里的招待费高达几十万，都招待谁了，吃的什么山珍海味？"

还有说得更直接的："村干部花天酒地，不管老百姓死活。"

胡文法一边抽烟，一边静静地听着，心里想，干部、群众之间的积怨怎么会如此之深，怎么会矛盾如此深重呢……

这个会开得像山歌里唱的那样：天上布满星，月牙儿亮晶晶，生产队里开大会，诉苦把冤申。

村民们一个个苦大仇深的样子，或控诉或咒骂，这个没骂完，另一个又挤进来骂。骂人也是个力气活儿，有的骂饿了，跑到外边买张麦饼吃完回来接着骂，没完没了。

这真是会有多长，骂有多久。

据说以前村里经常开会，一开就开到凌晨一两点钟，骂的和挨骂的都挺不住了，也就散会了。现在，胡文法第一次参加会议，没想到就是这样的马拉松。

骂人是语言技巧的演绎，是感情与态度的表白，也是一种阐述见地的方式。胡文法一边在本子上记录，一边轻轻地点头。

徐向阳坐不住了，大声地说："请大家安静一下，胡书记第一次参加会议，大家总得听听他的讲话吧！"

掌声噼噼啪啪地响了起来。

等大家平静下来，胡文法语气缓慢地开口说："我虽然这些年很少回村来，可是心里一直装着我的乡亲邻里。我这次回来工作，需要大家支持。我们村究竟出了什么问题，刚才村民提了一些，我已经记录了，但要好好梳理、好好核实。来日方长，我回村当党支部书记不是一天两天的事情，哪些问题需要先解决，大家提出来，我们一起想办法解决。我们先易后难把问题一个个解决掉，好不好？"

听着胡文法实实在在、一句不多半句不少的话，望着胡文法黝黑的额头上深深的几条抬头纹，村民们生出了一些亲切感、信任感。

"问题村"到底存在哪些问题

后陈村有胡文法光屁股的童年伙伴，有曾经朝夕相处的街坊邻里，还有堂兄堂弟、七姑八姨、表姐表妹一大串，真可谓"爹娘亲娘舅亲，打断骨头连着筋"。虽然在外工作多年，但各种信息通过不同渠道都会传到他的耳朵，尤其是村里乱象丛生的传闻，让他的耳朵都磨出茧子来了。

说真话，胡文法对后陈村的情况，还是有些了解的。

随着如火如荼的开发区建设的推进，后陈村大片大片的土地被征用，一幢幢高楼、一排排厂房，在原本属于后陈村的土地上像雨后春笋噌噌地冒出来。

但是外人不知道，在大开发、大建设的大潮之下，后陈村涌动着一股暗流。

这股暗流是被村掌权者高高在上、目无王法的气焰逼出来的，涌动着村民们日益不满的愤怒情绪。

有个村民姓陈名忠荣，不由自主地被卷进这股暗流。

他是个血性汉子，跟村民们一样坐不住了。他当时还是村支部委员，可是像他这样的班子成员，对村账目也一头雾水。

普通村民怎么样可想而知。

村民们只听说村里有上千万土地征用费进来，但谁也说不清具体数目，谁也不知道怎么安排。作为普通村民不知情可以理解，但是村班子成员两眼一抹黑，实在天方夜谭。

当时村支部书记一手遮天，大小事情一把抓，天大的事情一个人说了算，活脱脱一个土皇帝。

在陈忠荣家里，经常聚着情绪激动的村民，陈岳荣、张舍南和陈联康是常客。

陈岳荣从 20 世纪 90 年代末开始，曾先后四次带领村民集体上访，是闻名全县的上访“头目”。

张舍南是 20 世纪 70 年代末期的高中毕业生，在村里算得上是文化人。早些年外出养珍珠蚌，是村里数一数二的富裕户。

陈联康年富力强，血气方刚，当过后陈生产大队副大队长，有天不怕地不怕的胆量。

他们在村民中，都有很高的威信。

陈联康开口了：“我们几次去村里查账都无功而返，还受一肚子气。”

张舍南说：“堵得住黄鳝洞，塞不了狐狸窝，要制止村干部胡来很难啊。忠荣是村干部，堂堂村支委和我们一样不知情，真是大笑话。”

陈忠荣憋着一肚子火说：“书记是极少听取人家意见的人，是一个很专权、很自以为是的人，而且得一望十、得十望百，贪得无厌。为了村民最关心的事情，我和他吵过无数次了。他肯定也在心里记恨我了。”

张舍南站起来大声说：“忠荣，你要站出来为村民说话！村民们一定会支持你的。”

陈联康拍了一下桌子：“得饭望饱，闹事望了。”然后用征求意见的口气说，“看来我们要两条腿走路，一是调查村里账目往来，一是继续上访！”

正当大家讨论怎样上访的事情，有人跑来说：“外面有人打架了。”

大家跑出来一看，原来是村书记和一个村民在吵架，还动了手脚。

这个敢与书记吵架动手脚的村民身份很特殊，是县保险公司会计的岳父。看到围观的村民越来越多，村民们的表情大都漠然，但显然都是同情他支持他的。

老人家对村民们说：“大家都来评评理，他仗着是书记，就欺负咱小老百姓。

还有大家都不知道的事，村书记和主任用村里的土地征用费投了保险，而且数额不小，96 万呢，回扣就是村书记和主任拿的。”

村书记振振有词地说：“保险是为每个村民保的，16 岁以上的村民都保了。”

这一说，围观的群众闹哄哄的说什么的都有了。

“这么多钱投保，我们为什么一点都不知道？”

“给 16 岁的人买保险是什么意思？”

“村干部的心都在想些什么鬼花样！”

“让村书记说说，村里的钱都哪儿去了？”

这次吵架对村书记来说是孔雀开屏——屁眼自露，把 96 万元土地征用款拿去买保险的事给抖了出来。要不村民们还蒙在鼓里不知道有买保险这回事呢！

没过几天，陈忠荣他们又得到一条线索，前两年建高速公路碰到后陈村的一条小溪，需要改道砌护坡，县里补偿了后陈 7 万元钱。

陈忠荣们找到村会计盘问，村会计说：“没有啊，从来没有看到这笔钱进来。”

这在后陈村又不亚于投了一颗重磅炸弹。霎时间，成为街头巷尾人们谈论的中心议题。村民们再也不相信村干部了。但大多数人敢怒不敢言，因为上面不重视，村民拿干部没办法。

陈忠荣坐不住了，急匆匆找到张舍南、陈联康几个人说，后陈再也不能这样下去了，必须向上级部门反映情况。

于是他们几个先是到县农业局查询，农业局的干部说 7 万元补助款早拨下去了，都快一年了。他们回来又问村会计，村会计说确实没有收到过。

钱到哪儿去了？

他们通过朋友去街道再一次查证，钱确实早已下拨。

于是他们连续几次到县里、街道上访。村书记终于感到再也隐瞒不了了，慌手慌脚把 7 万元钱交到了村财务。

陈忠荣们穷追不舍，最终敲定村里的收据和街道下拨日期整整相差 11 个月。

村民们愤怒了，11 个月才把补助款交到村里，这不是挪用公款吗？如果不去查的话，这个钱会交出来吗？大家知道，挪用公款几千块钱都要负刑事责任的，村书记把 7 万元挪用了将近一年时间，居然逍遥法外，安然无恙。

还有溪滩畈问题。

那是 2001 年，园区开发建设以后，沙石料供不应求，价格一路飙升。谁拥有开采承包权，谁就像有了一台印钞机，钱就像渠水一样哗啦啦地流进来。

与后陈村相邻的郑进村，前些年乡政府在那里办过农场。后来农场地不够，按照上级意见，就把后陈村的土地划给他们了。后陈村人当时是不同意的。

后来，郑进村在这块土地上办沙场，矛盾果然凸现出来。土地是我们后陈村的，郑进村凭什么挖沙、卖沙、赚钱，坐享其成？

于是后陈村村民三五成群地去运沙路上拦车。但怎么拦得住呀，人家是轰隆隆的钢铁拖拉机、翻斗车，村民们赤手空拳。于是两地村民一天到晚打口水仗。

承包人拍着胸脯说："我们采沙都是合法的，一有合同，二有土管部门许可证。"言外之意是，他们在县里有后台。

没有不透风的墙，后陈人终于了解到其中一些内幕——原来街道的书记，插手了沙场承包的事。

当年街道书记用的车是一辆解放牌吉普车。给他开车的驾驶员和邻村的一个书记把那片沙场承包下来，显而易见这承包本身就有猫腻，能说你书记没份吗？事情明摆着，有街道书记插在中间，吵架这种习以为常的事情当然不会及时解决。

村民们看在眼里，气在心里。

有一次，运沙车开出来陷到坑里，承包老板一个电话打到街道，吉普车带着钢索开过来把运沙车拉了出来。那时候，那辆吉普车是街道最好也是唯一的公务用车，沙场老板竟然可以呼之即来。

后陈人看吉普车在前面拼足马力拉，后面的运沙车吭哧吭哧从坑里往上爬，活脱脱一出老牛拉破车的滑稽剧。

自从郑进村办沙场后，后陈村的路被轧得坑坑洼洼、一塌糊涂，晴天扬尘漫天，雨天水漫金山，没法走。

后陈人说，沙场在我们后陈的地面，运沙的路也是后陈的，有一段还是以前后陈村向下邵村买来的，可是沙场的经济效益后陈村一分也享受不到。后陈人越想越气。再说吉普车这"王八"，那时候乡政府穷，买吉普车的钱是各村出的份子，后陈村也出过钱。可是今天公家的车在给私人干活，还耀武扬威拿乡政府吓唬人，后陈人越看越生气，越说越愤怒。

当吉普车开到村委办公楼门前时，很多村民有意无意地站到路中间，不让过。吉普车非但没有停下来的意思，反而加大油门……想轧过来，还是吓唬吓唬村民？

村民们怒不可遏——"乡政府的车想撞人啦！"

于是围观的人越来越多，村里的男女老少都向村办公大楼这里聚拢，于是几百人把吉普车围了个水泄不通，争辩、谩骂混杂在一起，像火山喷发。

村民们要捍卫自己的利益，但并不知道违法的后果。有年轻人上去敲打吉普车，想找地方解解气。

"把吉普车翻了！"有人大声喊叫。

年轻人一齐喊了起来："一、二、三！翻！"

仅仅三五秒钟的时间，吉普车被翻了个底朝天，真像只王八，四只轮子呼噜噜地朝天扒拉。

“街道不解决问题，这车就别想开走！”

大家吭哧吭哧又把车翻过来，然后推到办公楼院子里，锁了起来。

刺耳的警笛呼叫声越来越近，派出所干警赶来了。他们是来解救吉普车和驾驶员的。村民们不约而同地上前把干警围起来，你推我拽，气氛紧张。

面对愤怒的人群，干警们不知所措，乱了阵脚，立马夺路而逃；他们带着吉普车驾驶员从围堵的人群中硬挤出去。村民们在后面怒吼着、追赶着。

村民们愤怒的情绪终于有了一次发泄的机会。

看着锁进院子的车子，村民们傻笑着说：“胜利了，胜利了！”

然而翻车、扣车事件震动了县委、县政府。

对于这种中国式的突发事件自然有中国式的解决办法。

派出所先是抓人，把带头的几个人都抓起来，该警告的警告，该拘留的拘留，把闹事的先押起来。

夜已经很深了,陈联康和几个上访带头人也作为嫌疑人,被带到派出所做笔录。

小小的派出所里灯火通明。被带到派出所审讯做笔录的人太多了，除了涉嫌的当事人，还有很多亲属、朋友也跟着来到派出所。他们有的坐在走廊的长条凳上，有的蜷成一团蹲在院子的树底下，有的哈欠连连，有的抽烟解闷，有的低头不语。

民警喊：“陈联康进来！”

陈联康仿佛从梦魇里被惊醒，打个激灵从地上站起来，准备进屋。这时，守在旁边的儿子、媳妇立马围上来，扯住陈联康的袖子说：“你可不能承认。”

陈联康笑了笑说：“共产党最讲实事求是，我没啥好怕的。”

陈联康走进办公室，灯光很刺眼，刚才在院子里黑乎乎的，一下子亮堂了，很不适应。

审讯的干警先给陈联康拍了照片——好像面对一个什么要犯，正儿八经地开始审讯。

干警：“希望你好好交代问题。”

陈联康决然地说：“我没问题好交代。”

干警：“别跟我装糊涂，交代什么你心里很清楚。”

陈联康坐在凳子上，一副岿然不动的样子。

干警：“这次翻车事件有预谋、有组织，你是不是策划者？”

陈联康：“全是村民自发的。”

干警："没人组织，为什么那么齐心？"

陈联康说："村里财务乱得不能再乱了，村民们早就心怀不满了，拦运沙车也不是一天两天的事了。"他说得没有半点含糊。

干警："翻车时，你在现场吗？"

陈联康："我在现场。"

干警："那怎么解释和你没关系？"

陈联康嘿嘿一笑："我就站在村委办公楼那棵大树下面。我是看热闹的。"

干警："你必须把事情讲清楚！"

"我已经讲得很清楚了！"陈联康的语气极肯定。

独虎好擒，众怒难犯。就这样，陈联康们被莫名其妙地关了一夜，最后因为证据不足，第二天就被放了出来。

过了没几天，陈联康在武义三中工作的女婿赶到家里，对老岳父说："你别再去凑热闹了，村里乱得一团糟，咱惹不起啊！"

陈联康说："看到村干部又霸道、又贪污，我能不气？"

女婿说："你带头上访，替人垫刀背、冒风险，我们做晚辈的整天提心吊胆，怕你遭人报复。"紧接着又说，"我们学校食堂正缺人，我已向校长推荐让你去管食堂。你当过副大队长，又有文化，年纪也不大，校长对你很满意。"

陈联康闷声不响愣在那里。

女婿说："校长已经同意，这机会得来不容易，你就别犹豫了。"

陈联康忖前思后，最后还是同意女婿的安排。难得女婿有这份孝心，再说村里的乱局也真让人寒心，恐怕不是三天两天能治好的。三十六计走为上，走掉了眼不见为净。陈联康无奈地离开了他的故乡后陈村。

县纪委介入对村书记进行调查核实，街道党委很快就把村书记免了。村里的党员干部集中到县党校办培训班，统一思想，提高认识，维护稳定，促进发展。

我多次到后陈村采访，村民给我描述当时的乱局："上级对后陈村采取了很多措施，可是这一切，似乎对后陈村都不奏效。"

村支部因此改选了，新的党支部书记干了一年多时间，又出问题，很快被开除党籍了。

后陈村面貌依旧，但是矛盾重重、问题多多。村民们仍然匆匆忙忙地奔走在上访路上。

新支书做的第一件大事

住在白洋街道十多年的新任支部书记胡文法，搬回后陈村住了。

一大早匆匆走出家门，他先沿着前湖绕村子步行，转来，折去。

后陈村地处空旷的武义江畔，早晨的天气特别清爽、凉快。村民们三三两两的，已在田头地角劳动。他们看到胡文法，一个个都打起招呼，有的还停下手中活计，近前来唠几句。胡文法就村里的事请大家支着，村民们觉得胡文法真心实意回村来，是想好好为村里办事的，所以都乐意向他反映情况。

张舍南远远地看见了，大声喊道："文法，咋这么早？"

"早起已成习惯。"胡文法说，"舍南，咱们村的事你应该最清楚。村民们眼下最关心的是什么事，你得多给我说说，参谋参谋。"

"文法啊，一家人不说两家话，村民们最关心的是村里土地征用款怎么个分法。"

"说得好，我也认准是这事！"

胡文法回村后多次召开座谈会听取意见，挨家挨户走访征求意见，大家反映最集中的就是土地款的问题。他把村里近三年的账本复印下来，一页页仔仔细细地翻看，甚至叫老婆也帮着翻看。

不看不知道，一看吓一跳！这里面疑点、猫腻不少，真让人如陷云雾深处啊！

例如，村干部去派出所做一个暂住证，成本只需 20 元，可请客吃饭倒要花几百元。再例如做一个工程，请客送礼动辄是上万元。此外账里还有什么钓鱼费啊、香烟钱啊。其中有一些，还涉及街道和县里的干部。真是深不可测，问题多如牛毛。

张舍南说："现在村民们特别看紧两件事——一件是村里到底有多少钱，都用到哪儿去了，账目一定要公开；第二件呢，听说村里还有几百万元钱，那么大家要求分钱到户，怎么分？"

胡文法说："你看准的问题，正是村民们最关心的问题。账目正在清理，春节前要公布。至于土地征用款怎么分，村'两委'要讨论，还要向村代表征求意见。总之，这两件事春节前都要有个明确的结果。"

张舍南说："好！你回来了，大家心里平和了许多。"

胡文法说："村里的事要办好，还要靠大家一起努力。"

张舍南说："你胡文法啥时用得着我们，我们一定会出力。不瞒你说，我和陈忠荣几个都是村里上访的带头人。我们去县里上访已经熟门熟路了。上访次数多了，我们连信访局的干部都混得很熟了。这次你回来了，我们几个才没有去上访。村民们早盼着你回来解决问题呢！”

胡文法说：“很快就到年关了，怎么着也得让村民过一个安稳年。问题要先易后难，一个一个解决。”

张舍南连说：“对，对，对。”

胡文法走到村口又碰到了陈玉球。她是村支委、村妇女主任，健壮的腰肢上别着一大串钥匙，有办公楼的、会堂的、祠堂的，等等。其他村领导不管的事都归她管，她就像一个大管家。

陈玉球说：“文法，你没来时，我们心里都急死了。”

胡文法说：“我既没有三头六臂，也没有灵丹妙药。以前老人们说，八两换半斤，人心换人心，我首先要用真心诚意换得村民的信任。因为要把村里的事办好，得靠大家齐心协力。”

胡文法夜以继日工作一阵子之后，基本上摸清了村里矛盾百出的根源——村里财务不公开，民主监督和民主决策缺失；权力过分集中，书记和村主任两人说了算，项目想给谁干就给谁干，想收多少好处就收多少好处；村干部以权谋私，侵占村民利益，胆子太大。村里问题多，群众意见大，可想而知。

胡文法理出头绪，准备快刀斩乱麻，给村民一个满意的答复。

很快就要过春节了，池塘边已经有点桃红柳绿的意思，胡文法着手召集村“两委”和村民代表开会。

在这次会议上，胡文法提出要建立一个财务监督小组，这是他到后陈几十天日思夜想的第一个大事情。

他认为船到江心补漏迟。早早防范，才能把不合理的支出管住，才能让村民放心，才能叫村民不上访、少上访。他估计村民肯定没问题，但是主任会支持吗？他心里七上八下的，有点吃不准。

他打了个比喻：就像门口这池塘，一边需要用制度把堤岸巩固起来不让漏水；一边希望全村人努力把池塘的水蓄起来，蓄满了才能应日后之用。

村民们听得云里雾里弄不明白。

胡文法说：“我们农村是集体所有制，也就是说整个村子的土地、房屋乃至一草一木，每个村民都有份。可是，我认为村庄相当于社会上的股份制企业，每个村民就相当于股东。也因此，我们不妨参照股份制企业管理模式，在村内设立一个相当于监事会的机构，来加强管理。”

与会者愈听愈糊涂了。村民们压根儿不知道股份制企业里的“监事会”是怎么一回事。

“简单地说就是监督企业经营与财务的机构，能够看管住花钱、用钱、批准的人。”

“哦……”与会者好像听懂了。

为了此方案，胡文法翻阅了许多法律、法规和文件，他设计了后陈村“监事会”，草拟了财务管理制度。他将财务管理制度初稿和成立后陈村村民财务监事会的想法提交大会讨论。

胡文法清了清嗓子说：“今天会议的第一个议题是建立后陈村财务监督小组。”他说了建立这个监督小组的原因，说了这个监督小组由几个人组成，说了这个监督小组怎么样开展监督工作，等等。

没等他把话全部说完，就得到大多数与会者的响应和拥护。

按胡文法的设想，监督小组成员从党员和村民代表中选举产生，条件是要有一定的文化，要懂财务；能坚持原则，有正义感；不是村“两委”成员的直系亲属。不过，正副组长要由村“两委”委员担任。

就这样，后陈村村民财务监督小组就建了起来。

让这位最基层党支部书记胡文法想不到的是，他发明创造的这个财务监督小组，居然是中国农村第一个村务监督委员会的胚胎。

新支书做的第二件大事

为了讨论土地征用款怎么用，胡文法特地召开第二次民主恳谈会。

他回村时，账上还有600多万块钱，街道还有60多万征用款没打进来，此外还有一些钱应收未收，总共加起来有800万。这些钱大都是村里的土地征用款。全村有1200亩土地被征用了，这些土地占了后陈村原有土地的一大半。当时土地征用费标准很低，一些山坡地才6元一个平方，高一些的也只有18、20、25元一个平方，后来才提到40元一个平方。一平方土地征用费40元，不够买一包硬壳中华牌香烟，农民有口难言。昨天土地还是村里的，什么时候上面要了，推土机、挖掘机开进来，眨眨眼睛很快就变成厂房、变成大马路、变成高楼大厦了。

村民们心里本来就憋着一股气，世世代代守了几百年、千余年的土地说没就没了；可怜得不能再可怜的土地款收进来，账目混乱，村务不公开，土地卖了多少钱、拿回来多少钱、人家欠村里多少账，等等，村民都不清楚，怎么能没有怨气？怎么能不怒火中烧？

胡文法回来前，村民心里早盘算着怎么分钱。当时村主任说每个人分4000元，书记说每人分6000元，个个想着自己卖人情。但到底如何分配，一直争执不下。

后陈村书记因为村民上访举报被查处，这个事就被搁下来了。

胡文法新官理旧事，这土地征用费的分配问题是一个烫手山芋。村里领导已经承诺过要分土地征用款，但面临的情况很复杂，村干部的误工费很多都没结算，外面又有欠账，做的工程有些还没付工程款，每天都有人上门讨账。

此外，村里还有20多户因为“农转非”等问题无法确定，该如何分配尚未确定。有的人在户口不在，有的户口在人不在，有的新嫁进村里来……各种情况都有，可以用“十分复杂”四个字来形容。而各方面的人因为利益关系，分多分少或分不到钱，都会来闹事。有的早早放出狠话，要是不解决好，过年就上你胡文法家里去吃住。

俗话说，一丘番薯一丘芋，冬天不用开谷橱。改革开放以前，生产队的时候每天评工分，稻谷、玉米、毛芋都按人头计算，能图个温饱。村民们说，我们虽然不会赚大钱，但总归还有点田地守着，种点毛芋什么的日子还能过。现在土地卖掉了就没有田种了，去打工企业又不要，村民都觉得心里没底。有一次开“两委”会时，就有一个老人走到胡文法身后，拍拍他的肩膀，说：“你们不分钱，就把我那点田还给我，我自己种点毛芋还能活下去。”

有人哈哈大笑说：“亏你想得美，你那点田早就变成高楼了。”

而作为村党支部书记的胡文法考虑着大家没想到的问题——把土地征用款全分了，以后村集体经济怎么发展，以后村民没地种毛芋拿什么填饱肚子……

后陈没有桂林那样俊美秀丽的山川，没有瑶琳仙境那样奇幻神秘的溶洞，没有杭州西湖那样的碧波万顷，没有东阳卢宅那样雕梁画栋的古建筑，没有磐安高海拔村庄可以避暑的气候优势，没有松阳杨家堂村幽深曲折光怪陆离的小巷，没有李白、杜甫、西施、杨玉环那样的名人美女。因此，后陈村不可能像人家一样凭借自然人文资源搞村庄旅游，让村民有事干、有钱赚，无忧无虑地过好日子。

这是明摆着的实情。怎么办？

但是他在街道工办工作多年，对经商办企业稔熟于心。他认为只有壮大村集体经济，后陈才能持续发展，才能有实力为群众办事，才能让村民世世代代放心过日子。

胡文法苦苦琢磨了好长时间，一个设想慢慢在他脑海里成型了。

可是，胡文法用什么办法才能够说服大家呢？村民们会支持吗？不知道。

听说这次专题会是讨论土地款分配，来开会的人就特别多。除了“两委”成员、党员干部、村民代表，很多村民都来了，又把会议室挤得满满的。

胡文法在会上说：“大家都知道，我们的土地都是祖宗留下来的。今天我们把征地补偿费分掉了、分光了，过几年今天分的钱花完了，我们怎么生活？过十年八年我们子孙怎么办？他们要不要生活？他们将来吃什么、喝什么……”

想着分钱的村民，被胡文法连珠炮似的提问，问得一时语塞。

他接着说：“我们能不能想办法让村里的钱生出钱来呢？就像老母鸡生蛋，不断地生下去呢？”

“怎么个生法？”

“建标准厂房出租，村里收租金，让村民每年都有分红。”

“建标准厂房？你们村干部是不是又想找捞钱机会了？”眼看就要到手的钱让胡文法给拦下，有人光火了，指着胡文法的鼻子大骂，“没想到来了新支书，村民还是得不到利益！”

“天下乌鸦一般黑，看来胡文法也是一只会吃人的老虎。”

等骂够了、骂累了，胡文法不温不火、不急不慢地接着说：“村民的利益肯定要考虑。但是，这利益有长远利益与眼前利益的区别。眼前利益是把钱分下去，家家户户口袋鼓鼓的，欢天喜地。但过不了多久，有的家里装修把钱花光了，有的钱被人集资集去拿不回来了，有的参加赌博把钱输掉了，有的做生意血本无归了……请问各位村民，请问我的父老乡亲，大家以后的日子怎么过？怎么过？怎么过？”

整个会场被胡文法的一连串问句，问得鸦雀无声。

过了好长时间，有人缓过神来，轻声附和：“这倒也是……”

那么怎么办？长远利益怎么个长远考虑？

胡文法坚持原有观点，板上钉钉地说：“建标准厂房出租！”

这是胡文法到后陈之后考虑的另一个特大问题——把钱一分不留全部分掉，村民肯定最高兴、最放心。但是，以后村里还能拿什么分呢？以后村里怎么保证村民衣食无忧呢？以后三年、五年、八年、十年，及至更长更长的几十年、几百年，村里的子子孙孙怎么过日子呢？当然可以出去打工，但是城市里有这么多就业岗位吗？本来村里有土地，村民种点庄稼、蔬菜什么的，不管怎么样都能自力更生填饱肚子，但是没了土地，日后谁来帮助农民解决吃饭问题呢？拿什么来填饱肚子呢？

这是一个关系到家家户户切身利益、子孙后代吃饭问题的大事情。

胡文法认为这个问题，才是后陈村长治久安保稳定的关键所在，才是他作为后陈村党支部书记要做的头等大事。

“我们不能捧着金饭碗要饭吃啊！”

胡文法分析给大家听：“后陈村建标准厂房有几个优势———一是后陈离县开发区近，这是地理优势；二是后陈村有一批村民早年曾经开厂办企业，懂行，这叫行业优势；三是我们可以为企业做配套服务工作，比如供应快餐，比如开洗衣店、小餐馆，比如办幼儿园等，这是近水楼台先得月的优势。”

紧接着他又补充一句：“建标准厂房出租，每年就有租金收入。好像挖了一条渠，可以引进水来，可以源源不断地享受。村里有了收入的租金，就可以分给村民。因为租金年年收，所以村民年年可以分到红利，可以衣食无忧。”

然而村民们担心：“会有人来租吗？”

胡文法说：“家有梧桐树，不怕招不来金凤凰。”

说到这里，立刻有人站起来表示赞同了。

“这个主意太好了！后陈离开发区近，很多企业都在找厂房，村里建标准厂房出租，很好！”

于是整个会场你一言我一语的，又热闹起来。

有的说：“做事确实要有后！瞻前顾后。不能光看眼前，不顾长远。”

有的说：“土地征用款少分一点，留下来建标准厂房，好主意！”

有的问：“那么分土地款是不是要定几条原则……”

灯不擦不亮，话不说不明。

经过激烈的讨论，最后终于形成了一致意见：

一、春节前先按人均3000元分配土地征用款，没有异议的人员张榜公布，有异议的村里再讨论讨论，拿个原则意见来应对处理。

二、村里立即请人做规划，要好好建一批标准厂房。

就这样，村民们虽然眼前拿到的钱少了些，但都表示愿意接受建标准厂房的建议。道理讲得清，顽石也动心。

大家对胡文法能给村里带来富裕、带来幸福的信心更足了。

村民们为项目公开招投标叫好

一天，胡文法和村里的几位干部正在商量如何建标准厂房，有人冲进会议室说：“不好了、不好了，沙场那边打起来了！”

郑进村沙场事件没有平息，后陈村沙场又打起来了。

胡文法叫上几位村干部立即赶到现场。

后陈村沙场有55亩，在武义江边的沙滩上。原先沙场承包合同规定，承包人先开挖20亩，回填后再开挖另外20亩、15亩。可实际上呢，承包人挖了20亩以后没有回填，而是夜以继日地把55亩全挖了。而且变本加厉，承包人在55亩以外的沙滩上也开挖了。胆大包天！

整个沙滩坑坑洼洼、满目疮痍，低的地方积了水，随着开挖的延伸，水面变得越来越大。

张舍南带着一些人在沙场丈量，另一拨人则在运沙的路上堵车，双方争执不下，剑拔弩张。村民们心里憋着一股气，他们都是自发来丈量的，误了工又没有谁给他们误工费。为了这事，村民们已经多次上访，县里也召集当时的村书记、主任和承包老板到街道开过协调会，但最终不了了之，没有彻底解决问题。

据说承包人心里也窝火。因为他们曾经和村里有一个口头协议，再让他们承包 10 亩，一亩 3 万元承包款，村里同意他们挖的。道路难行钱作马，城池不克酒为兵。为沙场的长久之计，承包人把村书记和管理沙场的几个人邀请到江西景德镇去潇洒了一回，吃香的喝辣的享受了一阵，私底下给当时的村书记、村主任都“意思”了。但一运沙，仍有大批村民出来阻挠，所以承包人觉得，你书记、主任太不仗义了，没有把村民摆平。

村书记、村主任收了好处费，但是并没有经村“两委”、村民代表大会同意，只是口头允诺他们开采，自然在村民面前无法交代。无奈，村民只得出来阻挠。何况村书记、村主任再怎么傻，也不会公开承认是自己同意承包人可以继续开挖的。

上访，协调，没有成功。再上访，再协调，仍然没有解决问题。

这样来来去去几个回合，双方都没有耐心等待了。

最后，承包人一状告到县纪委。县纪委一查，问题出来了，承包人给当时的村书记、主任送了 3 万元钱。

村书记立即被开除党籍。村主任不是党员，退了好处费，配合调查态度尚好，也就没作什么处理。

其实沙场纠纷拖延日久，个中关系是很复杂的。深入进去，大家才知道现在的承包人是从最早的承包人那里接手的。这一点局外人不知道，书记、主任是早知道的。所以村民们曾经嘀咕村里可能有“内鬼”，怀疑承包人背后有村干部在撑腰。这承包人是一个经过场面的“大佬”人物，黑道白道都混得好。有人因此说，他包去是没人敢说话的。

承包人说：“我们越界开采，是有补充协议的，还交过 10 万块钱。”

然而胡文法和村干部们据理力争：“这个合同和你没关系，不是和你直接签的。但人家转包给你，如果你要做下去的话，就要严格按照合同办事——把已开挖的先填回去，填完了才能再开挖。现在已经挖掉 55 亩了，你如果不填，我们就要收回沙场。要么就登报声明，要你原来的承包人来处理，不然的话押金就没收了。”他们斩钉截铁，说得很明确。

承包人觉得很委屈，说：“我们交了押金，又增加了承包款，我们开采受阻损失谁赔？”

胡文法说：“合同这么签的，必须按合同办事。”

承包人要无赖了：“谁说不行的话，就到谁家吃饭。”

“我才不怕呢。中国人民解放军能把国民党 800 多万军队打败，难道我们后陈村不能把八九百人的事管好吗？我们新班子就是要把沙场的事彻底解决好。”尽管胡文法比喻得有点跑题，但表达的态度是很坚决的。

承包人看硬的不行，即刻就来软的。他脸上堆出笑容，言语缓和地说：“胡书记，请你高抬贵手吧！这钱呢，本来就是大家赚的，我们也不会独吞。大家僵着也不是个办法，你看这时候不早了，我请你们在场的村干部、村民代表一起到饭店吃个饭，慢慢吃，慢慢谈，怎么样？”

胡文法坚定不移：“吃饭也没用。既然我来当村书记，要么把村里的事情做好，要么就是我倒霉当不下去。”

就这样，大家不欢而散。

晚上，胡文法召集村民代表开会，让大家来讨论沙场处置问题。

有村民代表说：“现在的承包人不是原来的承包人，没有法律责任。我们可以登报声明，要原来的承包人来处理。”

有的说：“如果不处理，押金可以没收的。”

还有村民代表说：“这沙场的坑不填回去也罢。隔壁有个村的沙场挖了，用黄泥填回去变成了烂污田，结果那块地只能栽梨树。”

村民们一致建议：“我们把沙场收回来，干脆把它挖成塘，养鱼。”

村“两委”们觉得这个建议好，沙场的事也可以得到彻底解决。

第二天，胡文法带着村干部跑到县土地管理局，请求帮助解决。县土地管理局领导也为后陈村的事头疼了多年，现在村里拿出了具体意见，就很快出面把沙场承包合同解除了。

村里把沙场收回以后，立即着手挖塘。很快，昔日坑坑洼洼的沙场，变成了碧波荡漾的池塘，一丈量，竟然有 180 多亩水面。后来承包出去，按照 700 元一亩计算，每年可以收入租金 12 万元；如果按照 1000 元一亩计算，每年可收入租金 18 万元。这样的效益，看得到、抓得牢，很好！

接下来胡文法又召开村民代表大会，通过了建设 4 万多平方米标准厂房的决策。

而沙场要挖成养鱼的池塘，有一部分沙要拉出来，刚好可以用于建设标准厂房，一举两得，把村民们乐得合不拢嘴。

然而沙场挖出来的统沙要用筛子过滤，机械操作。而且还要计付加工费、运费等费用，怎么算？得有人管呀。

胡文法想到了张舍南，让他代表村里监工。

张舍南参与了整个沙场事件处理过程，情况熟悉，群众基础又好。而最可贵的是他毫无私心，一切都出于公心，也从不讲报酬。他说他的出发点只有一个，那就是要维护村集体利益，村里所有的资产都是每个村民的共同财富，不能损失，不能被人侵吞。

过了几天，村办公楼门前的公开栏里贴出了招标告示，村民们一早就端着饭碗看热闹。这公开栏已建了多年，虽说很早就推广了“两公开一监督”，但并没落到实处。这回，村民们相信胡文法是玩真的了。

沙场挖沙招标其实工程量也不大，但胡文法就是想通过招标，把以前办事不公开的风气给扭转过来。这也是他主政后陈村以后的第一次招标，因此特别引起村民的关注。

看，真有村民站出来反对了。

“这么小的工程招投标，麻不麻烦？”接着还恶狠狠地说，“谁投去也做不成，只要我在后陈。”

说话的村民是当时村主任哥哥的舅子。这后陈村以前是富裕村，女孩都不愿嫁出去，很多男孩子也愿娶本地的姑娘，整个村亲戚套亲戚，仔细排排都沾亲带故，一竿子打不到，两竿子准搭上。而以前，像这种小工程都是村书记、村主任说了算。这次胡文法一回来，把以前的老规矩都打破了，断了人家财路，人家自然要把一肚子的气撒出来。

胡文法心里明白了。

招投标报名如期开始，以前揽不到工程的小青年们，跃跃欲试。

村主任哥哥的小舅子挨家挨户上门串标，说：“你不要去投了，给你500元好处费。你中了也做不成的，村‘两委’里都是我亲戚！”

有的报名人犹豫不决了，有的还真收了好处费。

于是村里就有传言，说这次招标也只是形式，投不投都一样。

晚上12点，胡文法还接到电话，是报名人打来的电话。报名人问：“胡书记，明天这标还投不投？”

胡文法一言九鼎地说：“完全按招标公告做！”

第二天，村办公楼二楼会议室里举行招标会，除了报名者外，还有许多看热闹的村民。

招标会很快就要开始了，可村主任还没到场。村主任是法人代表，要签字的。

村主任就在楼下转悠，迟迟不肯上去。他轻轻地跟旁人说：“不上去，否则哥哥嫂嫂要骂我的。”

村主任的亲戚们正在骂：“这村主任白当了，说话一点不管用。”

还有骂得更凶的：“简直吃里爬外！”

那边会场上，村主任哥哥的舅子也在骂骂咧咧，气氛有些紧张。

胡文法雷打不动，招标会照常进行。

主持人说明招标的工程量、完工期限、工程标的、付款方式、保证金等事项。接着开始投标，然后当场开标，宣布结果。

招投标公开了程序、内容，原先运到村里的沙子要 20 多元一车，这次招标降到了 3 元多一车，而且承包事项里还规定，按照沙子运出去的实际方量来计算机械费、运输费，很公平，很合理。胡文法还当场宣布整个工程由张舍南等人全程参与监督。

招投标成功了！

看到公开民主带来的优点，看到以前的暗箱操作再也不管用了，而且还为村里节省了开支，村民们这回真的信服了。

最后，胡文法对大家说，“以前干部插手参与工程承包，拿好处，村民们当然有意见。以后村里的所有工程，包括鱼塘，都实行公开招投标，我们村‘两委’，说到做到，绝不营私舞弊。”

接着胡文法又说：“我和村‘两委’商量过，按照村里的老规矩，村民建房用沙子，只用交 4 元一车的筛沙费，运沙费由自己付。村民们合理的需求和利益，我们照样要满足。”

胡文法的讲话赢得了阵阵掌声。

村里有一口叫前湖的池塘，承包的夫妻俩借故承包三年都未交承包款，其实每年承包款只有几千块钱。村民们意见很大。

没几天，村委办公楼门前贴出重新招标的告示。

承包人就放出话来说：“你们不要来投标，投去你也养不成的。村里不解决我家实际问题，这承包款我们也不会交的。”

像这种鱼塘承包，以前只要承包人分条烟，人家就不来投了。况且这承包人在村里七大姨、八大姑的全是亲戚，人多势众，他的一个亲戚还在一个镇里当领导，在农村也算是有后台的，村里人一直拿他没办法。

胡文法软硬不吃，他说：“承包到期，肯定要重新投标。至于你的实际情况我也不是很了解，等我弄明白之后会给你一个答复。至于我的答复你满意不满意，那是另外一回事了。投是肯定要投的。”

投标的时间到了，承包人终于来到村办公楼。

承包人说："你要把解决方案给我看，不然我不同意投标。"

胡文法说："看你是原先承包人，这次投标延迟15分钟，你去准备钱，不然的话就要投掉。人家不投我来投，你池塘里的水，村里也可以放掉的。"

胡文法用的是激将法。承包人心急火燎地跑出去筹钱了。

就这样拖了三年的池塘承包款通过投标落实了，新的承包款也比上一期高出一半。

这样的招投标，在胡文法短短几年的任期中有80多次。开始的时候，每次都会有这样那样的插曲、风波，但后来就越招越顺溜了。

县纪委书记蹲点后陈村四十天

这一年的春节，后陈村总算过了个平安年。村民们有了尊严，有了话语权，心就顺了，空气中也便少了以往冲鼻的火药味。

过大年了，走亲的、串门的，男男女女满脸喜悦。

年初八是上班的第一天，骆瑞生专程来到后陈村看望胡文法。作为武义县委副书记、县纪委书记，骆瑞生十分关注胡文法回来当支部书记以后后陈村发生了什么变化。

骆瑞生，个子高高的，不胖不瘦，白白的脸常带着三分微笑，西装领带穿得笔挺，上上下下给人一种干净利落、年富力强的感觉。

他与后陈村群众见面，会细心认真地听取村民讲话。他早知道后陈是个全县有名的上访村。村民们上访的成果还不小呢，2002年因为高速公路施工过程账目不清，工程承包不公开，当时的村支书在换届选举中就落选了；2003年由于接任的村支书私自挪用村集体资金，没多久就被免职了。

骆瑞生此行最关心的是在几任村支书"前腐后继"丢了乌纱帽，后陈村的党员、干部已经不被群众信任的情况下，新上任的胡文法干得怎么样。

基础不牢，地动山摇。骆瑞生深深地认识到，中国的农业、农村、农民问题是大问题，农村稳定，中国的大局才能稳定。当今农村经济社会正在发生巨大变化，群众的民主法治意识逐步增强，用老一套行政手段进行管理的方式迟早要被淘汰。按照现代管理学的理论，办事就要讲究公开、公正、透明。政府官员和村干部的权力都来自人民，人民赋予的权力要用来为人民服务，这就是民权本位理念。他觉得，人民的公仆，说白了，就是人民出钱让公仆为他们服务，就像家里的保姆一样，如果保姆只拿钱不做事，甚至干些小偷小摸的勾当，主人肯定不答应。

后来我去武义采访，骆瑞生告诉我说，他总结了一个“金鱼缸效应”理论。就是政府的权力应该像玻璃鱼缸一样透明，权力运作必须置于群众的监督之下进行；像养着金鱼的鱼缸，要让人看得清清楚楚、明明白白，而且不跑出视线之外，人家才会相信你光明正大，没搞暗箱操作。这就叫“金鱼缸效应”，是民主法治的必然要求。

骆瑞生得知胡文法为后陈村搞了一个新鲜玩意儿，叫什么村民财务监督小组。据说村民们反映还不错，过年都过得踏实了。

采访时，何荣伟说：“县纪委一位领导来调研，我们一起聊天，他也觉得奇怪。这个村过去闹得很厉害，怎么突然间转变了呢？好像 12 级台风吹过，突然间风平浪静了。”

骆瑞生就冲这一点来的。

但是，后陈的监督小组是怎么样产生的，找不找得到法律依据，这监督小组算什么性质、什么级别的组织，监督小组监督村财务有没有相关制度，监督小组除了财务还会监督什么，监督小组监督的结果如何鉴别正确性，监督小组可以监督到哪些干部头上等一系列问题，哗啦啦地像武义江的潮水冲破堤岸，涌进他的脑海。

经过反复思考，骆瑞生决计把后陈作为一个村务公开、民主管理工作的试点，像解剖一只“麻雀”，看能否从中总结出一套管理制度来，能否从根本上解决基层出现的问题。就这样，他决定到后陈村蹲点，一蹲就蹲了四十天。

骆瑞生很早就认识胡文法，知道胡文法在开发区和白洋街道很有点影响力。而且无巧不成书，他们俩居然同年同肖——属鸡，而且都是爬过地垄沟的农家子弟。因此，两人一见面就很谈得来。

骆瑞生他们这一代所受的教育就像《闪闪的红星》中冬子妈妈说的那样：“妈妈是党的人，不能让群众吃亏！”也就是党的工作目标应该与群众利益密切地连在一起。骆瑞生八九岁时，“四清”工作组从村里撤离，全村父老乡亲拿着小旗送一位驻村干部。这个干部下村后住进最穷的农户家，与农民同吃、同住、同劳动，晚上还组织大家学习，所以他颇得村民们的信任与尊重。他调走了，村民们依依不舍地送了一程又一程，一直送到十几里外的火车站，分别那一刻，几乎所有送行人都哭了。

一个干部要是让群众不满意，不为群众办实事、做好事，临走时群众怎么会拿着小旗送行呢？怎么会依依不舍流泪呢？

骆瑞生暗地里下了决心：日后如果当干部，一定要当这样的干部！

骆瑞生 1957 年 1 月出生在义乌一个普通农户家中。这个家庭还是革命烈士家庭，他的伯伯 1943 年 16 岁时就参加新四军，1948 年在一场战役中光荣牺牲了，当时只有 21 岁。这在骆瑞生幼小心灵中产生了极大的震撼，同时也让他以此为骄傲，以此为激励。

骆瑞生从当农民开始他的人生履历，上山砍过柴，下田种过庄稼，深知农民的疾苦。他从生产队记工员、大队会计到乡镇普通干部，从乡镇党委书记再到县领导岗位，在基层摸爬滚打干了几十年。

2002 年底，骆瑞生调任武义县委副书记、纪委书记、政法委书记。

骆瑞生认为，在不同岗位同样能做事情，只要有一颗全心全意为人民服务的心。在心灵深处，他仍然铭记着冬子妈妈说的“自己是党的人”。在脑海里，他时时记着儿时老家村里送别那位驻村干部的场景。

但是骆瑞生痛心地发现，心目中党的好干部越来越少了，有的干部成了贪官，让老百姓深恶痛绝，尤其是被群众称之为“土皇帝”的少数村一把手，吃喝嫖赌，无恶不作，恣意妄为。

随着城市化推进与工业园区建设，大批耕地被征用，征地补偿款像滚滚潮水，成百上千万地涌进村级账面，村子有了钱，村干部腐败就更难以遏制了，利益受到侵犯的村民纷纷上访是必然的。2000 年至 2003 年间，武义县共查处村违法违纪案件 153 件，其中在任村干部就有 123 人，占 80% 以上。新选上来的村干部不断有因经济问题翻身落马的。与此同时，针对村干部的村民信访案件居高不下，每年以 40% 的速度递增。2003 年，武义县纪委受理状告村干部的信访案件达 305 件，在这些信访案件中重复上访的有 124 件，对和谐社会秩序造成了严重影响。武义县委、县政府的大门经常被上访村民堵住。县委 4 位副书记全下基层救火还不够，还将退居二线的老干部组织起来，一个村一个村地下去做工作。

一年间村民上访高达 300 起，副书记和老干部哪里忙得过来？县纪委根据群众举报查了 40 个村干部，结果查一个倒一个。白洋街道查处 5 个村干部，1 个被判刑，4 个被开除党籍，其中一位是后陈村支书。

这样下去怎么行？骆瑞生要求纪检干部走群众路线，摸清导致村干部“前腐后继”的根源和症结在哪儿。所以，他要亲自带队下村挨家挨户去走访，想从制度和机制上破解这一难题。

看到县领导登门拜访，胡文法喜出望外，于是一坐下就把来后陈工作的酸甜苦辣一五一十全部倒了出来。

胡文法说：“我回村短短一个多月，感受最深的就是村干部不能有私心，村务一定要公开。”

骆瑞生不时点头，最后说：“文法，看准就要大胆地干。等你摸索出一些做法和经验，县里派工作组来帮你完善。现在的农村很需要探索民主管理的做法，后陈在这方面要出经验哦！”

胡文法又感动又激动，让家人炒了几个菜，一定要给骆瑞生这个县领导敬几杯酒。

村屋墙上出现一条炭写标语

明眼人都看到了，胡文法为后陈做了几件大事，村民无不拍手称好。但是，也难免要得罪一些人，尤其是喜欢贪占的人，因为断了财路，少了机会，他们在心里记恨胡文法。

村里有一个 70 万元的自来水工程已经完工，胡文法发现里面有猫腻。按常理村里投资改造自来水工程，应该承包人请客，怎么村里反过来为这个工程支付 1 万多元招待费呢？这个钱不应该花。

当时村主任的哥哥是负责管理这个工程的，没有通过工程决算，就把这个款定下来了。胡文法一查，这里面有七八万元的出入，本来应该通过第三方县自来水公司出预算、组织验收，可这些程序都没走就结算了。

胡文法在村“两委”会上提出来，最后决定请县自来水公司来重新出预算、重新审核、重新验收。原来想从中捞好处的人，打落门牙和血吞，就此作罢，哑巴吃黄连，说不出的懊恼。

胡文法做人做事的原则是：老老实实做人，认认真真做事。他认定一个理：当官不为民做主，不如回家卖红薯；既然组织上让我当这个村干部，那就要坚持原则，公开民主，让老百姓放心，过上好日子。但是，有好心眼儿并不等于有好结果。

在胡文法回村前曾经有过这么一件事：有个乡书记家里搞装修，到后陈要了 50 多车沙子，向村书记批几车，再向村主任批几车，然而实际上根本用不了那么多，他是拿去卖掉赚钱了。

胡文法的朋友说：“你回去当村书记又没什么好处，碰到这种事咋办？”

他回答：“我回去当支部书记，就要把这些歪门邪道禁掉。”

妻子看着胡文法整天为村里的事起早摸黑，还受一肚子冤枉气，没头没脑地问他：“儿子用挖土机挣钱过日子，但是你连参加村里投标的资格也不给他。你也实在太狠心、太极端了！”

胡文法不作解释。

妻子接着说：“你学刘罗锅，刘罗锅有什么好下场？”

胡文法默不作声。

妻子不知道胡文法内心深处定了一个规矩：村里任何人事安排和项目招标，家人都要绝对回避，要避嫌。否则，他讲话讲不响，做事做不硬，村民会认为他假公济私，对他做事不放心，对他的工作不支持。

有一次，在村办公楼，胡文法和村主任陈忠武因为基建问题意见不统一吵了起来，两个人脾气都暴躁，榔头对铁锤叮叮当当吵得脸红脖子粗，差点动了手。

工作好干，伙计难共啊！

胡文法最后放了狠话："我就是不当村书记，也要坚持这样做！"

张舍南、何荣伟、陈玉球们连拖带拽把两个人拉开。街道的领导知道后也连夜赶来调解。

胡文法家门前按规划搞绿化，就有村民说："胡文法也不全是公心，家门口像飞机场一样。"

于是党员中有人说："我们后陈村有三十几个党员，难道就没人有资格当书记？凭什么非要街道派来？胡文法不来，我们照样活下去。"

胡文法心如刀绞，有苦难言：这书记不是我要当的。当书记，不一心为公，不按制度办事，能行吗？做几件实事，怎么这么难呢？

标准厂房开始建设，村里议论纷纷。很多人担心厂房租不出去，那村里的几百万元钱不就打水漂了吗？

百步无轻担。胡文法的压力很大，挨了很多人的骂，真是风匣板修锅盖——受了冷气受热气。还有一些村民揪住那些陈芝麻烂谷子的事情不放，胡文法一件一件和大家解释，一件一件去落实解决。

他的烟瘾比以前更大了，开会时一支接一支地连着抽。人也瘦了，脸色更黑了。

没错！大大小小的问题他全考虑过了、考虑好了。其中招商、标准厂房出租是重中之重。他凭着十多年工办副主任的经验与人际关系，多次亲自带人奔走永康等地招商，求爷爷告奶奶，标准厂房很快租出去了。

难题正在一个个解决，胡文法的心情也便自有几分轻松。

但，天有不测风云。

早上，胡文法正在召开村民代表会议。有人跑来说："村屋一面墙上写了一条标语。"

大家跟他跑到现场，墙上歪歪扭扭写着："胡文法滚出后陈！"

是用木炭写的。

应该是昨天晚上写的吧。

村民马上把标语涂掉了，心里愤愤然的，真是唯恐天下不乱！

有人怀疑，可能是某某某写的。

有人对胡文法说："我们虽然对你有意见，但绝对不做这样缺德的事。"

有人建议："应该查一下，刹一刹歪风邪气！"

有几个村民特别愤怒，说："胡书记，不用你出面，我们想办法把捣乱分子揪出来。"

胡文法默不作声，两道浓眉慢慢蹙起，他抬起头来，缓缓地顾自走了出去——

难道，我作为支部书记，面对后陈最棘手的经济问题，提出成立村民财务监督小组来应对是错误的吗？难道，我作为支部书记，用村民选出来的监督小组防止村财务再出问题、再出漏洞，保护干部，是错误的吗？难道，我作为支部书记，跑这跑那争取用地指标，建设四万多平方米标准厂房出租，将来以租金解决村民生活后顾之忧是错误的吗？难道，我作为支部书记，跟何荣伟们求爷爷告奶奶，把企业请进村里是错误的吗？难道，我作为支部书记，把后陈重要工作推到民主恳谈会、村民大会，征求意见、统一思想，达成共识是错误的吗？难道，我作为支部书记，回后陈几年时间搞了项目公开公平招标、让村民放心是错误的吗？难道，我作为支部书记，千方百计为村民着想——不说废寝忘食、呕心沥血吧，弄得百病缠身是错误的吗……

胡文法百思不得其解，百感交集。

家人劝他，这个书记别当了，这起早贪黑、操心受累的图个啥？眼看就年近半百了，你既不是公务员，又不是政府领导，不能提职提薪，干得再好又能怎么样呢？

然而，胡文法能撒手不干吗？

作为共产党员，作为村支部书记，他能临阵而逃吗？

这不符合他的做事风格。他是来者不惧，惧者不来；做事要么不做，要做就要做好。何况回村之前，乡亲们给街道写了一封信，强烈要求他回来当这个书记的。而且怕他不回来，还一趟趟跑到他家劝说。街道党组织对他也寄予厚望啊，哪能撒手不干呢？

再说，老百姓为什么要我回来当村支部书记，不就是怕以后生活没保障吗？我的所作所为，都在寻找保障的可能性啊。我、我、我……这是自己的家乡啊，纵然有人怀疑，有人骂，有人写标语赶我，说来说去都是自己的乡亲邻里，自己要是把村子搞好了，他们也就不怀疑了，不再骂了，不再赶我走了。可是，搞好谈何容易？你不干事儿，村民说你不为村里谋福利；你干事，村民说你打着为村民做事的幌子谋私利，搞得你不干不是，干也不是。

怎么办呢?

现在，村里的工作已经理出头绪，事情正在往好的方向发展。胡文法想，要干事总会得罪人。俗话说得好，佛争一炉香，人争一口气。自己是组织上派来当村支部书记的，就要做好工作为党争口气。况且根深不怕风摇动，自己身正不怕影子歪，一点闲言碎语又算得了什么呢?公道自在人心，老百姓心里有杆秤。

不往下想了，不往深处想了。性格刚烈的胡文法强忍耻辱，晃了晃头，若无其事地走了回来。

写标语的墙边围了很多村民。胡文法笑笑说："标语涂掉了，这个事也就过去了。散了吧，查也没有意思。"

刚好街道的片长也在，他是街道人大常委会主任，分管工业，原是胡文法一起在工办的老搭档。他拍拍胡文法的肩膀说："有人反对，反而证明你做得对。别管那么多，我们做我们该做的事。"

胡文法与他紧紧握手。

中国第一个村务监督委员会诞生

弄不清为什么，紫丁香色的阴影总是挥之不去。

此前骆瑞生曾派县监察局副局长陈秋华、县纪委宣教室主任钟国江先期到后陈调研。

作为监察干部，陈秋华心里隐隐作痛。

好多年来，经济发展很快，可信访量一下子上来了，被查的对象特别多。上面千条线，下面一根针。有些村干部刚上任时很不错，为村里发展立过汗马功劳，什么征地啊、解决纠纷啊，大事小事、鸡毛蒜皮什么工作都是村干部去做的。

然而村里有了钱，村干部开始一个个地倒下了，太可惜了!

骆瑞生还从新闻里看到这样一个消息：安徽有个村，村干部与村民矛盾十分尖锐，村民不断上访，任何工作无法开展，县里对该村进行财务审计，并决定由村民选举成立理财监督小组。理财监督小组成立后对工作十分负责，积极配合有关部门进行村级财务清理，结果触到了村委会主任的利益。村主任威胁理财监督小组停止审计未果后，将理财监督小组组长等三人杀死。这件事当时惊动了中央领导。

骆瑞生认为，这是由于缺乏制度规范，靠人治手段进行管理，导致矛盾双方因公事引发私人恩怨的典型案例。如果没有一个和谐的社会环境，这样的村要加快奔小康的进程，怎么可能呢?

他说他在义乌工作的时候，有个村搞选举，50% 的村民都在这个时间段外出不在村。为什么这么巧？后来寻找原因，有村民悄悄透露："大灾难要来了。"什么大灾难？原来该村村委会主任是黑恶势力头头，三个兄弟其中两个是哑巴，平时村里谁不顺着他，碰上就打。所以到选举了，村民如果选他，于心不甘；如果不选他，就有可能遭遇黑恶势力打击。三十六计走为上——于是只得选择逃到外地躲一躲。

骆瑞生苦苦思索之后，要求工作组必须深入到农户家去，广泛征求意见。他认为这个制度有没有必要建立，怎么建立，应该先听听老百姓怎么说。哪些问题该管，怎么管，老百姓最清楚。

走群众路线，请老百姓提出看法，就这样定。

这次到基层蹲点，由县委办副主任刘斌靖任组长，县监察局副局长陈秋华任副组长，成员中有县纪委宣教室主任钟国江、县民政局老干部徐新起、白洋街道纪委书记徐向阳等，共十多个人。

工作组把现场办公地点设在村"两委"办公室。为了整理材料方便，大家把电脑也搬去了，一字排开，像政府机关一样齐齐整整的。因为后陈离县城比较近，工作组成员与村民只求同吃，不求同住，早出晚归，回城住。因此，几乎每个晚上都安排开会、走访；因此，回到家常常已是深夜。

他们把新起草的村务管理、村务监督两个制度印刷装订成小册子，发给每个农户，然后挨家挨户走访，听取村民意见。

老百姓颇受感动，这样认真细致办事的工作组，还是头一回见到。

工作组进村民家，一杯清茶，盘膝而坐，亲朋好友似的，掏心窝的话都可以说。

他们用了整整一个月时间，一边走访农户，一边搜寻实情，一边整理调研资料，一边帮助村里解决问题。

骆瑞生在后陈召开工作组会议，总结前一段时间的工作，让大家出谋划策，既当臭皮匠，又做诸葛亮。最后聚焦于：是不是可以建立村务监管委员会。

骆瑞生说："管"的职能村支部和村委会都有；而"监督"既有监管又有监督，应该是独立的功能、独立的一个组织。

骆瑞生做了归纳——

"我们是不是可以提出'一个机构、两项制度'的构想呢？机构即村'两委'之外的'第三委'——村务监督委员会；制度是《村务管理制度》和《村务监督制度》。这样，制度有人监督，就可以落到实处。"

他认为，两项制度要形成村级管理的闭合系统。村务监督委员会这个组织，要定位为村级的"第三种权力"。

骆瑞生在后陈搞村民监督委员会试点的消息不翼而飞，传遍全县。有赞成的，有反对的，还有不怀好意讽刺讥笑的。

有人说，他把人家的路给堵掉了。

他主政县纪委，查了一批村干部的案子，对党员、干部开展了一系列警示教育活动，做了不少让人不愉快的事，甚至是记仇一辈子的事。

有的村干部买十几万、几十万的购物卡，老百姓举报，纪委就查。骆瑞生把当事人找来问："你们这么多购物卡都用到哪里了，要有个明白的交代。"

"都送给你们县领导了。"

"都送哪些县领导了？"

"这个我不能讲。你要我把钱退出来可以，叫我出卖别人，那是不行的。"守口如瓶，好像很仗义。

要他讲又不肯讲，这事咋整？而这样的案子，又多如牛毛。

骆瑞生觉得需要制度来规范，否则将不可收拾。

央视记者采访他时说："这样弄，你们日后征地很难的，这是不是政府自己给自己穿小鞋、找麻烦？"

骆瑞生说："这个麻烦是值得的，没有这个麻烦，干部就没有约束。大批干部出事情，症结就在这里。"

有些乡镇干部到村里工作，村干部安排到酒店吃喝，全是公家买单，阔绰得很。好香烟拿一条甚至几条，少则一人分两包。有制度的话，这些现象应该可以堵掉的。

风口浪尖，竟有大胆者直接给骆瑞生送礼物、送购物卡。

"什么意思？"

"小意思、小意思，不成敬意。"

"我是管纪律的，你这是对我人格的侮辱。我能收吗？"

"人家都收的。"

"人家是人家，我是我。"

磨到最后，送礼人不好意思，落荒而逃。

心里真是打钻一样地疼啊！

骆瑞生说，我们干部队伍再这样下去怎么得了？上梁不正下梁歪，上面干部胆大敢收，才有下面大胆来送。这该怎么禁？怎么管？还有村主任，老百姓选出来的，不是共产党员，他们贪污受贿数量不大的，行政又不能处分，党纪管不上他，刑事又不能追究，怎么办？如此这般放任自流，伸的手会更长，数量也会更大，怎么办？

作为县纪委书记，他长叹一声：难道真要积重难返吗？

骆瑞生在政府工作时，曾专门研究过政府监督这一问题。在党校进修时，他的毕业论文写的就是怎么监督政府权力。现在后陈村的这个试点正是他思考多年的课题。他认准了，要把这个试点做下去、做扎实，把它作为一只“麻雀”好好解剖，总结出一套管理办法。

他绝不奢望临走时村民们含泪送行，但多少也期盼着村民说一句，他为此事做了工作。

骆瑞生想，中国社会应该依靠民主法治来维系。有一个好的制度，坚持下去，不因人事变化而变化，谁调走谁不在，都要坚持下去。后陈村老百姓的这种民主意识要生根、开花、结果，变成一种制度，谁来都无法改变；像我们从封建王朝到共和国，即使倒退，也退不回去。一个国家的富强，一定要靠民主和法治。这是中国共产党认准的工作方针，是中国的希望所在。

骆瑞生从研究中发现，中国改革的大政方针一般多从基层开始萌发。像经济改革，小岗村土地承包催生了中国经济改革大潮。那么后陈村监委会试点，能不能像星星之火燃遍全国，能不能推进中国基层民主政治建设呢……

想着想着，骆瑞生看到一盏明灯在前头亮着，更加坚定了搞好后陈村试点工作的信心。

2004 年 6 月 18 日，是应该写进后陈村史册的日子。

上午，后陈村蓝天白云，后陈村的村民喜气洋洋。刚刚建好还未出租的标准厂房内，既宽敞又明亮，此刻这里成为临时会议室。后陈人十分关注的村民代表大会马上要在这里举行。参加会议的除了县委副书记、纪委书记骆瑞生，县完善村务公开民主管理试点工作指导组成员和白洋街道党政有关领导，当然，主要是后陈村全体党员，以及党代表、人大代表、政协委员，村老干部代表，村治保、调解、妇女、共青团、民兵、村民小组、老年协会等各方面代表。

这是后陈村规格最高、人数最多的一次会议。

会议讨论并表决通过了《后陈村村务管理制度》《后陈村村务监督制度》。并选出了后陈村第一届村务监督委员会，张舍南当选主任。

会议结束，大家在村委会办公楼前举行“后陈村村务监督委员会”挂牌仪式。由骆瑞生和街道领导为后陈村监委会授牌。

村民们把早早准备好的鞭炮烟花燃放起来，往日里的吵吵闹闹，顿时被吉祥喜庆所替代。

新上任的村务监督委员会成员走马上任，热情高涨，把村财务那些陈芝麻烂谷子账重新清理一遍。所有发票要监委会审查后公布上墙，村民拍手叫好，晚上睡觉，一觉睡到天亮，心里踏实了。根据张舍南的要求，每次采购材料，村里要派出一个四人小组监督。这四人小组，由村民代表、党员代表、“两委”成员、监委会成员各一名组成。监委会派经营过材料生意的委员陈小波参与监督指导。而且，从买材料到工程预算验收，再到平时施工质量及进度情况，监委会都全程参与监督。

建材市场的店主们因此都摸到规律了，凡是有七八个人甚至十多人前呼后拥来买材料的，肯定是后陈村来采购了。

后来市场上的人都有些讨厌张舍南了，不愉快地说：“你们后陈怎么搞的？买一点点东西要这么多人跟在屁股后头，一个个全是跟屁虫。”

也真有村干部不高兴了，说：“你张舍南一上来，横挑鼻子竖挑眼地挑剔我们村干部，本来我们工作不是做得好好的吗！”

张舍南说：“不是对村干部不信任。既然村民选我当这个主任，我就有权力完善这个管理制度、管理方法。其实监委会是为干部保驾护航。我总不能闭着眼睛让村干部接二连三地出问题吧！”

张舍南做事认真，一言既出，驷马难追。村干部拿他没办法。后陈村有了监委会的监督，凡是村里的大事，都要召开听证会。

真不知道这是巧合，还是必然。

2004 年 6 月 22 日——就在后陈村村务监督委员会成立后的第四天，中办、国办联合下发了《关于健全和完善村务公开和民主管理制度的意见》，即 17 号文件，其中写着，要求设立村务监督小组。

因此后来媒体评价后陈村的创新，可以视为诠释 17 号文件的一个现实之作，与中央精神不谋而合。

骆瑞生把秘书叶杰成叫到办公室，欣喜地说：“中办、国办下发了 17 号文件，提出强化村务管理的监督制约机制，设立村务公开监督小组。”

他把文件上的相关章节大声念给小叶听，念罢握着拳头说：“我们是正确的。中办、国办都下文了。看来只要老百姓认可，我们的事情就没有做错。”

其实，后陈村支委、村委、监委这“三驾马车”的正式诞生，是件很不容易的事情。

在这里我得写一写当年的武义县委书记金中梁。他是坚定不移的支持者，现任金华市人民政府常务副市长，在武义工作期间，从副书记干起，然后升为县长，接下来是县委书记。通过整整十年时间，他为武义抓“下山脱贫”工作，成功地将 400 多个小山村——占全县人口七分之一的 5 万多山民，从高山搬到平原，成效极为显著，先后得到两任国务院总理的认可，在全国甚至在联合国被作为典型推广。还有一件事是他为武义抓温泉旅游，1997 年从零起步，现在旅游已作为县里的主要产业，为老百姓开拓了一条生财之道。

金中梁是工商管理硕士，有水平，政治上也成熟、敏锐。2004 年春节前后，他得知后陈村的事情之后，马上表态支持骆瑞生，从县纪委、县委办、县政府办、司法、民政、农业等部门抽调干部组成试点指导小组进驻后陈村，以后陈村为样板探索一条新路子。

金中梁对骆瑞生说："推行村务公开、民主管理工作，事关全局，惠及百姓，意义重大。我们一定要从维护群众的根本利益出发，把后陈这个试点抓好，并且还要在全县展开。"

金中梁因此也亲自去后陈村调研，有时候一个星期去两次。

2004 年 8 月 4 日，武义县委常委会再次听取后陈建立村务监督委员会制度、推进基层民主政治建设的试点情况汇报，通过了《中共武义县委、武义县人民政府关于健全和完善村务公开民主管理制度的意见》。

8 月 6 日，紧锣密鼓地召开了全县村务公开民主管理动员大会，布置了全县分类分步推行村务公开民主管理工作。

在县委书记金中梁的主导下，后陈模式很快在全县推广。这一年下半年，第一批 76 个村全面推行村务监督委员会制度，第二年全县 558 个村（社区）实现了全覆盖。接着，武义又在全县 2234 个村民小组推选产生组务监督员，在 17 个社区建立居务监督委员会，实现了民主监督管理从村务向居务、组务的全面推进。

后陈村村务监督委员会成立后短短几年时间，为全村增收节支 480 多万元，先后对 4000 余张、金额共计 2400 万元的财务发票进行了审核和公开，审核纠正不规范票据 42 笔，拒付不合理开支 3.8 万元，实现不合规支出"零入账"；先后对 60 余项、累计金额达 2000 万元的村级工程建设项目进行了全程监督，在提高工程质量的同时实现了工程建设"零投诉"；村级组织顺利完成 3 次换届，40 余名党员干部始终保持"零违纪"。

与村里的变化相对应的是，浙江省 2009 年实现村务监督委员会"全覆盖"后，当年纪检监察机关受理反映党员干部的信访举报数量同比下降 6.71%，2010 年又下降了 15.5%。

一石激起千层浪。

"三驾马车"的后陈模式引起了媒体和专家的关注，纷纷前来昔日的"问题村""上访村"一探究竟。

新华社记者谢云挺多次深入后陈村开展调查研究，掌握了大量第一手材料。2005 年 1 月 10 日，他在新华社内部材料第 89 期发了《武义县设立与村"两委"

并列的权力监督机构》一文，提出了“第三种权力”机构概念。中共浙江省委书记习近平阅后做了重要批示。

2005年6月17日，是一个值得纪念的日子，也是后陈村人永远难以忘怀的日子。

这一天后陈村蓝天白云，晴空万里。中共浙江省委书记、省人大常委会主任习近平，在省委秘书长李强、省委办公厅副主任舒国增、省委组织部副部长吴顺江、省民政厅副厅长李立定、金华市委书记徐止平、金华市市长葛慧君的陪同下，来到武义县的后陈村视察调研。

习近平对武义县在这项工作上的试点探索精神和后陈村在这方面摸索的成果表示肯定和感谢，强调要把这种精神用在各项改革中去，推动改革还是要靠改革来解决问题。最后，他向后陈村的群众表示问候。

习近平给后陈村吃了定心丸，给武义县委吃了定心丸。

掌声爆响，久久不息。

座谈会后，习近平走到后陈村“三委”的三块牌子前，对村民们说：“来来来，我们照个相。”合完影，习近平又走到公示栏前认真地看起来……

2010年，全国人大常委会修改了《中华人民共和国村民委员会组织法》，明确规定“村应当建立村务监督委员会或者其他形式的村务监督机构”。

于是，村务监督由一村之计，上升到治国之策。

于是，后陈经验像蒲公英一样从武义播撒到全省、全国。

尾　声

后陈村在全国首创村务监督委员会，这个不起眼的小村庄，一下子成为全国媒体的焦点。

张舍南成为新闻人物了，他是中国第一个村务监督委员会的主任。

担任这个职务会得罪很多人。有人说，他风头出得太多了，比村书记还大，在媒体上出现太多了，引起了村民嫉妒；有人说张舍南告诉记者，当监委会主任耽误他的生意，村民说你要觉得吃亏就别当了；还有人说，张舍南性格太耿直，做事太认真，怕是当不长。

此话真灵验。

果然，2005年下半年，后陈村与全县其他行政村一样进行换届选举时，张舍南落选了。他连村民代表也没被选上，所以就失去了当选村务监督委员会成员的资格。

这里面有个张舍南自己意想不到的问题。

胡文法回村任支部书记时，张舍南建议村民代表按照道路区块重新划分管辖范围。选举时根据新划分的区块内的村民户数确定代表名额，但是始料未及的是，这一划，打破了原来以生产队为单位选代表的格局，把以前同一个生产队的兄弟姐妹、亲戚朋友、左邻右舍给划出去了，因此投他张舍南票的人就少了。现在，张舍南就因为这个原因连村民代表也没被选上。假如还按以前生产队划片或者由全村村民来选，十个张舍南也不可能落选，胡文法断定。

监委会成员当时规定在村民代表里面产生，代表选不上，自然就没资格参选监委会成员。当初重划选区的建议是他提的，现在只能哑巴吃黄连了。

面对这个结果，胡文法爱莫能助。

张舍南自尊心很强，觉得自己是拔了毛的凤凰不如鸡。当过村监委主任的他顿时发现自己矮了一截，落选后把自己关在家里，一个月大门不出、二门不迈，连早点都是妻子买了送回来的。

从带头上访到当选村务监督委员会主任，再到落选，往事一幕幕浮现在他的脑海里。但是思前想后让他感到欣慰的是，自己和后陈村村民们与腐败抗争，催生了全国第一个村务监督委员会，自己还上了中央电视台和各大报刊，成了轰轰烈烈的新闻人物。

然而让他自责的是自己毕竟还有许多缺点，比如做事太心急、太较真、讲话冲、不给人留情面，等等。要不，村民怎么会抛弃自己，怎么会不喜欢我张舍南呢?

但事实证明村民还是信任他的。在下一届的村级换届中，他又一次光荣当选村务监督委员会委员，而且一干又是三年。当然这是后话。

正当他闷闷不乐在家闭关之时，想不到骆瑞生书记带着秘书叶杰成，还拎了两瓶酒，登门看望张舍南了。这给了他莫大的荣耀。

骆瑞生说："县委对你是充分肯定的。你当监委会主任尽职尽责，为后陈村做出了贡献。选上选不上你都是后陈村人，要继续关心支持村里的发展。再说，谁当谁不当，不是主要问题，关键是这个机制要坚持下去。"

"说得太好了！"张舍南说。

关键是这个监督机制要坚持下去。

张舍南连连点头表示赞同，并接着说："骆书记大驾光临，怎么也得吃了饭再走吧。"

于是骆瑞生、叶杰成跟着张舍南，在旁边小面馆要了三碗鸡蛋面，开开心心地吃了一顿中午饭。

就这样，张舍南和骆瑞生变成了好朋友。张舍南有什么问题，常跑到城里向骆瑞生请教。

2007年11月，白洋街道党工委决定调胡文法到本街道管辖的牛筋背村任党支部书记。

牛筋背村那时也因财务混乱，群众上访不断，整个村一团糟，街道无奈之下，只好调胡文法去稳定局势，收拾乱局。

但是后陈村的干部群众都舍不得胡文法走。

主任陈忠武说："文法，大人不计小人过。我和你搭档三年，吵也吵过，骂也骂过，但你宰相肚里好撑船，处处宽宏大量，还培养我入党。我呢，从你身上学到了不少东西。以前村务不公开，我私欲也重，群众对我意见很大。你来了带着我们干，骂的人少了，心情都舒畅了。"

有干部说："你在后陈村书记当得好好的，为啥说走就走？"

有干部说："你留下来再当三年书记，把这个村庄好好整一下。"

胡文法说："其实我也舍不得走，后陈村是我的家乡，我是在后陈长大的。但这是组织的决定，作为共产党员，只得服从。"

接着胡文法又说了几句心里话："真要做好村里的事情，也要付出很大精力的。还有呢，我也有压力，毕竟把一些人得罪了。人无完人，金无足赤，我也有很多毛病，脾气暴躁、主观武断。再说，后陈村也需要培养年轻干部，作为老同志，我得放手让位啊！"

胡文法恳切的言辞，说得大家心里酸酸的。

街道领导到后陈村召开"三委"成员和全体党员会议，宣布了街道的决定：胡文法调牛筋背村任支部书记。

胡文法像消防队队员，心急火燎地走了。解决这些老大难问题，对他来说已是家常便饭。他在白洋街道因此出了名。

谷黄一夜，人老一年。胡文法在牛筋背村当了两年村支部书记，2009年9月，被查出患了肺癌。他的肺一部分已被割掉。

我几次去后陈采访，妇女主任陈玉球都说，胡文法住在金华广福医院做化疗，这个医院是肿瘤专科医院。

有人说胡文法这病，是被工作累出来的。

有人说胡文法这病，是被活活气出来的。

2016年9月7日，我再次去后陈采访，在胡文法家见到他与妻子。胡文法穿着一件小彩格T恤，红光满脸，一点也看不出患上了不治之症，虽然满头黑发变成了和尚头，光光的头皮上长着白发茬儿。

他笑着对我们说："以前我一直和腐败做斗争，现在轮到我和自己身上的癌症恶魔做斗争了。”

显然，眼前的胡文法已经不是十多年前精神抖擞的胡文法了，逝去的岁月在他的额头刻了一道道深深的沟壑。

他说，明天还要去广福医院化疗。

他对我们很热情，一边和我们说话，一边叫我们喝茶、吃水果。病魔缠身的他对一切都已看淡了。

望着身患重症而又淡定自如的胡文法，我在心里掠过一丝不安，只能默默地为他祝福，真诚地希望他早日战胜病魔，让上帝还他一个健康的身体。

回首往事，胡文法感慨万千，言语中透着几分自豪。他说：“没想到当年后陈村建立村务监督委员会，会受到习近平总书记的高度关注，很快被推向全国。”接着，他又不无担忧地说，“怎样让制度得到很好的落实，怎样让百姓监督，仍然任重道远。近年来村干部腐败现象触目惊心，涉案金额动辄千万以上，‘小官大贪’现象已经成为农村建设中的突出问题，对基层权力的监管还得加大啊！”

建立村务监督委员会的重大意义自然不言而喻，而且已被实践所证明。改革开放的过程也是中国农村治理发生重大变化的过程。村务监督委员会使农村出现了“三驾马车”齐驱的局面，厘清了党组织、自治组织和监督组织三者的权力边界，从“管治”到“法治”，实现基层善治，对中国农村民主自治产生了重大影响。

“郡县治，天下安。”世纪之交的乡村中国处于“千年未有之大变局”当中，村级自治在县域治理中占据举足轻重之位置。

后陈村村务监督委员会的建立，是县域治理中捍卫基层政权的一个伟大创举。捍卫基层就是捍卫执政，捍卫政权建设，这是一个全球性、规律性之执政定律，也是铁律。基层善治就是基层善政，是国家善治之基础、执政之基石。我们从后陈村看到，基层民主治理的变革是一个艰难而漫长的过程，但我们从中看到更多的是，中国农村民主政治的希望之光和法治圣殿。

不管怎么说，胡文法是“第三种权力”——中国第一个村务监督委员会的原创者、催生者、见证者、实践者。

历史将会记住后陈村、记住胡文法、记住那些基层干部群众为农村民主治理进行的艰苦探索和不懈追求！

《北京文学·精彩阅读》2017 年第 8 期

现实焦点

追问（节选）

丁 捷

第八部 曲终人散

访问他并不容易。他先是答应了，等接到省纪委电话，我飞到广州，刚下了飞机，监狱方面又传来消息，说他又反悔了，拒绝接受任何访谈。省纪委的同志安排我在羊城的宾馆住下，等待监狱方面做通他的思想工作，然后再过去。我在宾馆待了整整两天，终于接到通知，说他愿意见作家了。

我们赶紧驱车前往。

在狱警的陪同下，我穿过两道沉重的铁门，进入监狱的内院，到了监守区，上楼，在监狱方面专门安排的一间“服刑人员心理辅导室”，我终于见到了这位被媒体称为“江湖大佬”“国企巨贪”的访谈对象。

他矮、壮、黝黑、结实。虽说年近六旬，但从犯人头上的短发茬里，几乎看不到白发。囚服遮不住他身上流露的南方老男人的精干气质。

为了打破刚见面的尴尬，我在来的路上仔细研究了他的家庭资料，以备寒暄。结果，我刚开口问他，最近家里还好吧，老婆的高血压降下来没有，他就不耐烦地向我竖起手掌，做了一个制止的动作，说，对不起丁先生，我不得不打断你啦，你的时间应该很宝贵啦，我们不谈家事好吧，直奔主题啦。

接着，他几乎是自言自语道，你要了解的是我的违法乱纪的无耻轨迹、我的心灵堕落史是吧，那我会坦诚交代。呐，说过不知多少遍了，从调查我到现在，都能背熟了。这回他们又跟我做了好久的思想工作，说我是国有企业负责人职务犯罪中的典型，是个有价值的案例。哈，做了那么多对不起党和人民的事，给国家造成了那么大的损失，重新活十辈子，个人能量都无法弥补过失，现在有这么一个机会，可以做一点深度的剖析，把教训提供给现在在位的国企领导们。全国国有企业大大小小近20万个，也就是说像我这样的国企一把手有几十万个，确实需要把血的教训告诉这些人。这个有价值，我懂，我当然配合啦。这些人需要警示，呐，我不是夸张，国企“一把手”权力太大了，有时候违纪不违纪，犯罪不犯罪，完全在他个人的一念之间，约束真的太少啦！所以，我想通了，我答应纪委，答应监狱政委提出来的要求，好好配合你的采访。其实，我是一个无期徒刑犯，我答应不答应，你们能拿我怎样？最严重就是改判死刑，哈，这正中下怀，生不如死的生活，早点结束也好。但我答应了，因为作为一名老党员，一名曾经的正厅级国家干部，我这点觉悟还是有的。人该有自知之明，我罪孽深重，应该寻求赎罪机会。所以，我今天答应见你，我会扒开我的皮囊，剖开我的心肺，晒出我的灵魂，揪出我的过去，让你看清楚，让你的读者看清楚，让全国人民看清楚。我个人那点形象，反正早就一塌糊涂了，你怎么写，也无所谓了。哈，就这点料，让暂时还没有进来的，呵呵，随时有可能进来的大几十万国企领导中的一些人，仔仔细细听清楚啦。

他一口气说了好几分钟，说实在的，我竟然接不上他的话茬。他真的太聪明、太犀利和尖刻。他根本就不容我插嘴，单刀直入地说出我企图拐弯抹角表达的所有意图。

说完这番话，他说，我先背诵一首歪诗，给你听听，我写的，人生悟道诗吧，能反映我的轨迹。他向我要了一支烟，猛吸几口，说，这样吧，我慢慢背，你可以把它记下来，可以发表。诗歌水平不见得有多高，就是个顺口溜吧，但内容有特殊意义啦。好啦好啦，这首诗概括了我的后半生，从走上国企领导岗位，到现在这个状况。你回去可以慢慢消化，当然不是消化文采，我这水平，谈不上文采，是消化里面的道道儿，对你写我这篇文章，有用的啦。

历尽沧桑展鹏鲲，
失却航标暮色昏。
国企做成家天下，
得道唤来鸡犬跟。
顺者任尔掌舵轮，
逆者整你难翻身。
金钱美色家常饭，
蛀虫布阵私家军。
辉煌已成昨日事，
功劳不是免罪证。

曲终人散晚景凉，
高墙坚壁度残生。

——狱中作《人生悟道诗》

诗歌背完，他的烟就吸完了。他长长地吐出一大口烟，然后调整了一下坐姿，对我说，再给我一支烟吧。他又开始大口大口吞吐第二支烟。在烟雾缭绕中，他开始了自己的讲述。

成功道

我是一个实干家，搞经营，我有的是办法，而且我肯卖命干活儿。当然，别人眼里，我胆子也大，很多事摆在面前，我烦不了，想干就干，不管别人怎么说三道四。所以，我经手的事业，有很多业绩，甚至奇迹。我不吹牛，靠吹，省委能让一个吹牛的混混，担任正厅级领导，驾驭一个有几百亿资产的企业？至少，这个几百亿，里面有我奋斗的一部分成果吧，我们的企业，在我领导的时间里，一直在保值增值，而且不是一般的增值。可以说，效益之好，全省也找不出几家啦。

现在有个词，叫作“不作为”，说一些干部不想做事，怕惹事，明哲保身，混日子。其实，在我们的队伍中，不作为的干部从来都有，不是今天反腐力度加大才有的。许多人，你就是想叫他有所作为，拿鞭子抽他，他也不作为。为什么？他没有这个能力作为，即使心有余，而力大大不足，这样的平庸之辈太多。还有很多人有能力作为，可是他自私，不肯为别人、为公家作为。像我们广东、福建、浙江，还有你们江苏苏南那里，一些民营经济发达的地方，许多干部家里有工厂作坊，他上班的时候就混，因为他的精力、他的智慧，都用到自己的产业去了。我今天虽然是一个阶下囚，可我从来不是这种人，你可以去翻翻我的档案。20世纪90年代，我在部队的时候，就为部队做企业。

我那时有多能干呢？这样说吧，在部队我的级别并不高，但比我级别高的军官，没有人敢小看我，因为他们的待遇里，有我不小的贡献。我因会经营立了功，不是一两次，是好几次。不在战争年代，军人能干出实事，也应该得军功章啊。

我有多牛，举个例子。有一次，大军区的首长来我们部队企业视察，见了我，“啪”地给我敬了一个军礼，现场，大家都呆了。我没有呆，我也“啪”地一下还了一个礼，大声宣誓：感谢首长勉励，请首长放心，我一定发扬打硬仗的精神，把企业做得更大更强！首长特开心，那天喝了好多酒。部队里是这样：首长跟你在一起喝酒，首长自己肯甩开多喝，就是对你最大的奖赏。从地位上讲，首长跟我的距离，能绕着羊城几圈远，可首长面对面跟我干杯，不用说了，是最高肯定、最大激励、无上荣誉。

正是因为有了这样的经历，20 世纪 90 年代后期，我转业到地方任职后，很快被省委组织部相中，派到这家省属的大型企业集团工作。刚去的时候，职务是党委委员、副总裁。送我去上任的省企业工委书记——那时候还没有成立省国资委，省委组织部的企业工委负责代管省属企业的干部人事工作——对企业集团的董事长说，给你们送个能人来，你们好好发挥他的才干，一定能助力企业大发展。

这家企业最初是一家以军队、武警部队和政法机关移交企业为主体组建、发展起来的国有独资企业集团，所以业务构成上名堂较多，有矿业、电子信息、酒店旅游、安装工程等多个板块；干部人事上就更复杂了，各路“军阀”整合在一起，外表是一个整体，内里是一盘散沙，大家一起工作，面合心不合，各自把持着自己的一块领地，不让彼此插足。

我到任之后，别人越是介绍我是“能人”，我就越是无法渗透进去，相当长一段时间，赋闲在那里，只能袖手旁观，干着急。集团“一把手”很无奈，当然，我认为他也夹带着一点私心——他自己也是部队出来的，把控着这个企业里部队业务那一块；我也是部队出来的，他怕我跟他分羹——于是他说，你要谅解啊，我的确也没有办法的，班子里这些人，还有那些个中层干部，他们就那点可怜境界，没有大局观，只想圈地、守故，要在这里做事，看来，你非得解放思想，开辟出新的业务板块才行啊；我们这里，欢迎英雄加盟，但英雄要的用武之地，还得自己打拼呀。

我懂他的意思，就是他不会给我任何一个副总裁该有的权力，除非我能拓展出一块新权力空间。创业是很艰难的，一个人好不容易爬到这个位置，却发现自己是一个光杆司令，你说气人不气人吧。但我硬着头皮干起来了，干下去了，并且干出来了。我用了三四年的时间，开拓出地产开发、贸易、化工、职业服装制造等业务，有两块还做得相当大。

应该说，那几年虽然辛苦，但没有白干，组织上也没有让创业的人失望。不久，一把手到年纪了，退休，我顺利接班，成为集团党委书记兼董事长。

有了更高的平台，自己能说了算，我在产业经营上更是得心应手。接手时企业每年只有几千万盈利，这些盈利，有一半还是我创立的新业务获得的，到我接任一把手第三年，每年盈利就突破 10 个亿，而且呈现几何级数的快速增长势头。新世纪头十年的后期，企业被评为省十大创新发展企业，十大效益优良企业。我也被评为全省十大经济风云人物。组委会给我的推荐理由中写道：“重视管理创新与科技创新，狠抓生产经营管理和技术创新，他领导的企业，连续多年在全省直属企业集团中利润增长，名列前茅。”你听，这是念给全省、念给全国人民听的，可不是一个人自说自话。

相当长一段时间，虽然如愿成为这个几千人集团的“一把手”，算是功成名就，但我心里并没有那么痛快，因为我为此付出的太多太多了；不光是才干、精力的付出，还有内心尊严付出太多，被同僚挤压的时间太长，被前任冷落排挤得太厉害，我的内心并没有真正平衡。记得那些年，我做任何事都会有人反对。“一把手”不是帮助协调，朝着有利于协调成事的方向努力，而总是顺着反对者的意思，表现一副很为难的样子，然后推翻我的意见。很多反对动作，其实就是“一把手”本人在背后指使操作的，有的甚至不需要他指使。这点小伎俩的默契，在单位里混到处级干部、厅级干部的，谁不懂、谁不会两招呀。我在集团中势单力薄，多数苦心策划出来的项目，都被直接否定，有的甚至在过程中，就被他们粗暴中止，从而使一路心血不计成本地夭折了。我的内心积蓄了太多的怨气，我需要释放。

这种心态在日常生活中表现为，我太急于当“一把手”了。总算成为真正的“一把手”了，却又发现有些事情，来得没那么容易；决策的通过，没那么便捷；做事没预想中的快。于是，一段时间，当上“一把手”，脾气反而更急躁了，甚至经常暴躁不安。

其实，我躁得慌的原因，就是我感觉后来者不能居上。我的权威一开始远不如我眼中的前任。这让我觉得自己的尊严比当副职的时候还要脆弱，地位比那个时候还要动摇。前任退了，但他的势力还在，班子成员中的一些人，大部分的核心部门负责人和大型子公司老总，都是前任或者某个老资格副总的人，他们表面顺从我这个“新主子”，内心并不服气，所以经常在执行我的命令时阳奉阴违、拖拉敷衍。

更让我不爽的是，省委组织部任命了一位老资格副总担任总经理，在集团形成了“两驾马车”，互相牵制。但我没有正确对待这种分权牵制，而是觉得组织存心制造障碍，让我不能完全施展手脚。为此，我甚至在组织部和国资委领导面前发过牢骚。尤其是遇到重大决策的讨论，班子的意见很难统一，我的权威总是受到挑战，这让我倍感羞耻。我觉得这简直是笑话，我怎么能被这帮平庸之辈束缚住手脚呢？在头两年，我几乎放下了所有的业务，专门盘弄人事。从理论上讲，面对如此大规模的企业，有数百亿资产、大几千位职工，权重责任大，集权很累也很危险。我本该小心谨慎、认真把握，而我首要解决的是权力问题，是要达到我理想中的“一把手”的权威目标，我把它称之为“五个一工程”，即：高声低声“一个声”、大事小情“一把抓”、决策拍板“一言堂”、财政花钱“一支笔”、选人用人“一句话”。

第一步，我采取了先发制人，找几个软柿子，狠狠捏一把。有一次，综合行政部经理，在总经理会上向我汇报交办的事情，没有准备书面材料，正好汇报的内容也不符合我的意图，我就故意很夸张地拍桌子，狠狠批评他作风飘浮，信口开河，甚至谩骂他是个混饭吃的，应该趁早收拾东西滚回家养老。还有一次，领导班子开一个务虚会，有位成员因为接待业务单位的客人，迟到了将近半个小时。其实他事先是向组织会议的战略部请过假的，说要晚一会儿到。他推门进来的时候，我不容他解释，直接说："你滚出去吧。"还有一次，我主持会议讨论三个议题，有一位在班子中排名靠后的年轻副总，"不懂事"地对第一个议题发表了不符合我意图的意见。我立即蛮横地打断他的话，指责他平时不学习、开会乱说话；然后，在接下来的两个议题讨论中，每当最后轮到这位副总发言的时候，我就装作他不存在，直接说，这个议题就讨论到这儿，看来没有不同意见，通过，现在讨论下一个。弄得那位年轻副总十分狼狈，我看他眼泪都快出来了。我的心里却十分痛快。我之所以这样粗鲁，也是预先设计过的，因为他们在班子中是老实的、资历浅的、年轻的，我就拿他们几个开刀，给他们个下马威，以此把我的威严抖出来，敲山震虎，杀鸡儆猴，警告班子其他成员和公司里那些倚老卖老的家伙，别以为老虎不发威，牙钝不吃人。

我一向信奉"宁可得罪君子，而不得罪小人"，在工作的几十年特别是有了一官半职之后，这个教条屡试不爽。我这一手，就是通过重击那些素质较高的同僚，来让我的小人对手"窥见"我的凶猛。一般说来，这些看起来素质高的人，多半读书多，有些书生气，内心很脆弱，面皮子很薄，跟人争斗的时候，心慈手软，得过且过，所以你得罪他，对你自己不会产生太严重的后果，只是他自己心里非常受伤而已。反过来，你要是跟小人对着干，就不能轻易出拳，除非能确定一拳致命，让小人永远爬不起来。你跟他过手要注意，小人皮厚心黑，轻则会当场弄得你下不来台，狠的给你记一笔，不知什么时候暗中反咬你一口，让你死得很难看。

我知道宁可得罪君子不要得罪小人，是个歪理，我也心软过，想着是不是不该这样做。后来想想，这些所谓的君子也是活该，吃这碗饭就得受得住这口气啦。在后来的几年，我继续运用此招，来树立自己的权威。我不怕人说我狠，这个比让人说我怂要强一百倍。我在办公室挂上"厚德载物"几个字，大会小会必讲做人要厚道，做事要实在，实际工作和生活中，却把"控制"作为权力王道。我认为中国传统教导的"以德服人"，不过是有权有势者用来忽悠老百姓的。国有企业里，一人之下、万人之上，人、财、物集权独揽。一个"一把手"，只要别人怕你，不敢跟你唱反调，他自然就服你，还需要费尽那个心机，搬弄什么道德"软腿”呢！我多年来都是这么认为的，也是这么做的，很成功。当然，我最后也很失败。但我不这么做，最后也不一定不失败。

怎么独裁，你要会弄，不能权还未揽到手，已经弄得满城风雨。所以你得注意，对上对下，搞好舆论，炮制说法。为了堵住那些说我独揽大权的人的臭嘴，我在上任“一把手”的头两年里，颁布了各种各样的规章制度。人事管理、技术管理、行政管理、经营管理、财务资产管理，甚至党群、纪检工作，都重新出台了详尽的规章制度。这些制度有的还是我亲自起草制定或修订的。我把这些制度广泛散布。对上反复报送，对内大张旗鼓地宣教、张贴、印制成册，广泛发放。

我本人也把这些制度背得烂熟，但并不是为了自己更好地执行，而是在执行过程中，可以及时发现他人的“漏洞”。比如，讨论重大事项决策的时候，我会突然袭击，质问某一位妄图反对我意见的同僚：你知道某某规定里的第某某条怎么说的吧，回忆一下，对照一下，看看是我的意见对还是你的对？对方一般立马被问住，支支吾吾，便把他的话咽回去啦。对于我来说，制定很多的制度是为了更好地管束别人。私下里，我自以为“吃透”了国有单位的实质，就是“一把手”的想法就是制度、就是决策，单位不同层级领导分管的事务必须按照“一把手”的意思办。否则，就不符合“规章制度”。

比如，关于集团的物资采购，我们有详细的《物资采购管理制度》《采购招标审批小组工作制度》等制度规范。事实上，采购不采购，采购谁家的，往往由我授意给采购部门，下边就必须执行，根本不可能按纸上所谓的制度执行。但如果是别的老总提出来的采购项目，我会授意计划部门制约立项，即便立项了，执行采购的时候，各种规定一哄而上，他们根本无法招架，直到习惯了按照我的意图执行为止。一开始，采购由各个采购单位执行，后来为了全控，我以集团强化高层管理的名义，在总部设置了一个采购部，安排班子中自己的心腹，来管理采购部。这位心腹是同时掌管财务和审计的，这样整个花钱的流程，我可以通过他全控，其他领导根本连插针的缝都没有。很多采购项目，我只管两头，布置和结果。只要结果符合我布置的初衷，我就认为工作合格合规，无须考究过程是否按程序、守规矩、无猫腻。如果不符合我的意图，我就提出调查所有的环节，从中找碴儿，使得采购招标进程举步维艰。到了后期，只要不是我钦定的企业，跟我们合作我都会制造一点障碍。去年我被纪委立案调查后，自己才发现，当时的采购招标工作，只有宏观的管理规定，具体实施许多项目连合同登记台账都没有，也没有对合同统一编号，更没有统一的合同范本，随意性非常大。合同漏洞百出，有的没有签订日期，有的大小写金额不一致。个别合同约定金额与实际执行的金额，单笔竟相差三千万元以上，合同账面核对实际损失，这些年累计将近十个亿，造成国有资产严重流失。

当时，有人在背后曾经“编排”我说，我在公司可谓是熊瞎子画个眼圈装瞎子，其实那是“钱圈儿”，不是眼圈儿；熊瞎子画了眼圈打立正，其实不为站得直，而是为一手遮天来着。

这些，都是出事之后听到的啦。

江湖道

都这样了，我对自己的状态还不满意。许多事情做起来不方便啊，要大费周折，大动脑筋，甚至大动干戈。我一度都怀疑自己的驾驭能力，怀疑自己是不是太老了，力道不够。仔细想想，为什么财务、采购招标等业务让我称心满意，而其他许多事上，我的意见推行不畅？还是因为人的问题。有些人本来就不是我的人；有些人不够贴心；有些人鼠头鼠脑，遇事不敢担当；有些人过于呆瓜，不会为领导着想，不会顺势变通。以人为本，无人无本，人多本大，本大本事大。我把这个琢磨透了之后，就开始从干部人事问题入手。我要打造一个完全属于我的“江湖”。

任董事长后，我故意把与下属之间的关系进行“扁平化”处理。方法之一，就是打造一种江湖气氛，比如称呼这种小事，就做了精心的设计：不是按正常上下级的工作关系，称同志，或者喊职务，而是彼此之间称兄道弟，这样既可以形成一个“团结紧密”的哥们儿集团，又可以给外人造成一个印象——我平易近人，且视同僚为兄弟姊妹。特别是当一个我讨厌的班子成员与一个普通的职工，比如一个内勤工，同时出现在一个场合，我对他们都“一视同仁”，兄弟长、兄弟短的呼喊，这就会产生一种微妙的效果，就是，做领导的你不要得意，在我眼中你跟一个勤杂工没有什么区别；勤杂工呢，大为受用，觉得自己在大领导眼中，跟其他领导是一样的，都是兄弟；旁观者一看，更是佩服，觉得我这个人没有领导架子，没有等级观念，位高的不怕，位低的不欺。在全集团，我只跟女人和一个人不称兄道弟，这个人就是总经理。我这样做就是告诉世人，总经理要跟我平起平坐，我对他敬畏三分，咱们按原则相处，你喊我某董事长，我喊你某总，客客气气，规规矩矩。我们成不了兄弟啦，你们下面的人都给我看好了啊。

方法之二就是，我策划搞了一个“管理与业务精英百人方阵”，在各部门、各下属单位，推举出一些管理和业务骨干，进行重点培养。这个团队既体现了集团的人才优势，能发挥精英团队的作用，同时，我让这些人有权作为职工代表，参与部门、子公司甚至总公司的决策，以体现民主，调动和利用公司中坚力量，实现普遍性的民主。这当然只是大家看得到的显性作用。潜在的作用是，我通过这个团队，参与到各级管理中去“搅浑水”，使下级单位无法抱团做小动作。这些人都是我上任后亲自选择的，集团里有人暗称他们是我的“一百零八将”，我对他们高看一眼，凡事可以直接跨层向我诉求。其实，就是让他们直接向我打“小报告”。百人精英团队健全之后，我不光赢得了民心，架空或者削弱了部分不是我上任之后任命的大小领导。

基层的事情搞定后，我开始布局中层以上重要岗位的人事。首当其冲的是行政人事部总裁人选，是我在部队时办军企的小兄弟。他人不算聪明，但非常听话，没有主见，也没有太强原则性；而且有一个在我看来非常“有用”的缺点，就是贪图小恩小惠。这种人非常好驾驭，而且吃人家的嘴软，拿人家的手软，不管什么过分的事，有了利益就有了胆子。说实话，一般人事安排，在我这里基本上是出于政治考虑，到他那里只是利益考虑，而且是小利益考虑。公司其他领导要安排人，哪怕是分管单位的副职，甚至一个科级干部，我都让他卡掉。其他人有苦说不出，最多冲着他发火。省委组织部原则上要求各单位“一把手”管人事，要有一位班子成员协管，但班子成员里，我完全信任的人只有一个，而那位副总已经管得很多了，无法再给他的权力加码，所以我干脆不设协管。这些年我倒没有直接通过安排人拿人家多少好处，但行政人事部那小子拿得不少。他是在我前面两个月被纪委调查的，这些年收的碎银子加起来竟然超过300万！我当时听到通报，也大吃一惊。

其他，像办公室、投资部、产业管理部、财务部、市场拓展部、地方管理部等这些属于总经理管理的部门，我都通过一次“竞岗活动”，巧妙换掉前任时期的负责人。我有个搬弄干部的原则，就是谁特别效忠其他领导而不是我，我就设法换掉谁。实在换不掉的，我就为他们设置一个支部书记实岗，党政分开，安排一个心腹进去担任书记，对其进行牵制。如果仍然无效，我就授意公司纪检部门和审计部门，对他们某一个项目突然袭击，进行审计，然后抓住一个小辫子，让他自己败下阵去。

有一阵子，我跟总经理之间利益冲突严重，就是采取了突然审计的办法，抓住了公司开发的一栋商业楼盘的营销行为，进行了一场严苛的审计，一举扳倒了总经理和地产公司总经理等十几个重要人物。此事一举两得：一是总经理被省委处分并调走，他的一批亲信被我顺便铲除；二是为我的亲信腾出了一大批岗位。那一段时间，我把在我这边“排队”等位子的兄弟召集起来，连续喝了几天庆贺酒。在总经理失去发言权、人尚未调离的情况下，我一口气调整了将近30个岗位人选，积累在我这里等位置的兄弟，一大半笑眯眯地上岗了。他们围着我，弹冠相庆，歌功颂德，我们一连喝了几个通宵。也不是我疯狂，那时候，喝酒这种事，管得还不算紧。

这些兄弟也不是没有给我惹麻烦，可以说是经常惹麻烦。但我当时有个观点，就是我不怕你惹麻烦，就怕你不惹麻烦。四平八稳、规规矩矩的人，做不了什么事。畏首畏尾，不会帮我挡子弹，怎么冲锋陷阵打江山？他们自保最重要。这类人往往性格懦弱，中庸保守，来了工作推给下面，来了问题上交领导，等于国家养了一群看上去像好人的废物，我最烦这种“好人”了。我为什么不怕下属惹事，反而怕下属不惹事？举个例子吧。吴强，我任命的集团二级企业物贸股份公司总经理，是我的“一线心腹”、爱徒和得力干将。他从基层单位一名普通的业务员，成长为业务主管、物贸公司办公室主任、集团拓展部副主任，直至物贸公司总经理，每一步提升都离不开我的“关照”。他在基层的时候，并不得意。他原先的领导是位小少妇，是集团总经理这条线上的人。这女人对吴强非常排斥。后来，吴强到国资委举报这位总经理和集团总经理之间存在不当利益关系和生活作风问题。国资委的领导找我说这件事，因为没有实据，要求我分头找女经理和举报人私下谈一下，稳妥处理好，不要再无事生非了，同时要做好保密工作。有一天上午，集团开经营工作会，我故意把吴强喊过来谈话，在楼道口大声训斥他不懂规矩，无依无据，败坏公司领导形象。很多人看到和听到我在愤怒地训斥吴强，虽然不知道具体内容，但从话里猜出了“有料”，散会后到处打听。集团上下，很快谣言四起，关于总经理与女经理暧昧的绯闻迅速传播开来。等过了这件事的高潮，我就开始启用吴强。他看起来是在“惹麻烦”，其实是在为我做贡献。我就要用这样的兄弟。慢慢地，这就在系统内形成一种微妙的“导向”，只要无利于我的对手的“麻烦”，不管对别人的伤害、对公司荣誉和利益的伤害有多大，不管多么没有节操，在受到我的“严厉批评”之后，都能“化腐朽为神奇”。

在这种权力框架下，集团里许多重要事情，逐渐都是由以我为核心的兄弟帮私下拍板决定，之后再拿到所谓的领导班子会上，认认真真地走程序。尤其在涉及人员调入、干部提拔方面，更是由兄弟们自己的“组织部”操纵。

我还琢磨出一套特殊的干部“加塞”法，就是批量的干部任免，一定要乘着有上级组织推荐人过来，或者重要领导推荐人过来，再召开党委会。这样，召开党委会的时候，我再把这些特殊人员的背景关系在会上一一说明，再三强调“都是必须办的”。如果有党委委员胆敢质疑，我就说，好吧，这批人我们就放一放再说。事后，人事部门负责人会巧妙地把风放出去，让推荐人选的组织部门或领导，知道谁卡住他们的事了。其实，要想真正卡住是不可能的，过一阵子我会重新开会，再次讨论，一般就统统通过了。这种周折，只会增加我的威信和人脉，因为别人觉得我既讲民主，又具备最终达到目的的能力，而且帮人的时候，有办法，有诚心。而那个质疑我的傻帽，一般都是在班子里不听我话的，或者是愚拙之辈，不知不觉中就得罪了一批人。推荐人、被推荐人，全都会记他这一笔，他不但质疑无效，还会变得越来越孤立。于是，每一次正常不正常的人员调动、干部提拔使用，都会变成了我个人平衡利害关系、笼络人心、卖人情、打造“小圈子”的绝好机会。

通过这一系列的运作，我在集团逐渐打造出一支强势的“私家军”，后来形成了个人力量“一面倒”，我的人占绝对优势，集团内部失去了制衡，我想不任性都不行了。在我们这里，很多人都知道，有一家国企的老总，比民营企业老板还要牛。喜欢我的人，说我驾驭能力强；恨我的人，说我把国有单位打造成个人帝国，严重挑衅党的组织原则。这真是一种血的教训，我醒悟过来时已经太晚。

当然，我任性，我栽培的人也任性。在他们眼里，这个企业只有一个老板，就是我，根本不存在领导集体这回事。而这些人惹的真正的、最严重的麻烦，最终还是由我兜底了。早在我连续调进了好几个老乡担任重要部门和子公司老总时，就有人举报我，省委组织部和国资委干部处的同志约我谈过这个问题，提醒我“举贤不避亲”应该有一个限度。但我打包票说这些人，和我大都没有渊源关系，有才干就用，能把事情做起来是硬道理；再说，我的管理很严格，不管他来自哪里，哪怕是皇亲国戚，我也有严格的纪律和程序，完全约束得住，没有任何问题。然而，我的这批老乡被提拔后，占据了集团十几个重要岗位，有11个老乡后来出了问题，有的管理不力，有的徇私舞弊，给公司造成巨大损失，受到了法律制裁。而我的案件的线索，也正是来源于这些人和所在的单位不断出现腐败案件，而他们进去之后，无一不“爽快”地供出了与我的利益瓜葛。

真是把我肠子都悔青了。唉，这是后话啦。

威武道

在我任上的最后三年，我的确攀到了权力的巅峰，个人精神状态也是无比癫狂的。进到这里，我经常反思自己那时的生活，真的如一场吸毒之后的迷幻。如果是别人的事，说给我听，我自己未必敢相信。

由于每天晚上，我几乎都有应酬，所以每天早上，我都睡到自然醒，才下楼上班。我从来不在家里吃早饭，上车之后，有先喝一瓶纯净水涮涮肠胃的习惯。驾驶员会把水早早放在后座位上。办公室主任每个星期会让司机搬一箱纯净水上车。而且我只喝“依云”一种品牌的水，所以他们从来不会搬那些杂牌子水给我。我的车是一辆黑色奥迪A6，3.0排量，属于超标车，购买的时候后勤部门做了一些“技术”处理，从资产账面和车子外形上，都看不出来。车子里面全部做了真皮装潢。我喜欢听音乐，驾驶员便到汽修厂，把汽车原装音响扒掉，换上了最高档的新型 BOSS。这辆车是我平时在城里的座驾。另外，因集团有矿厂业务，单位以领导经常要到工作一线为名义，配备了一些工作用车，专门为我配了一辆奔驰商务车，一辆陆地巡洋舰越野车留着我出差或搞私人活动时用。

每天，我进入大楼，所过之处，保安都会向我立正敬礼。只有我一个人有这个待遇。一开始，保安按照行规，对集团所有领导都敬礼，后来遭到保安部负责人的训斥，就改为向我一个人敬礼。

我的办公室几乎占了半个楼层，中央“八项规定”实施之后，我们为了规避检查风险，就把这间超大办公室分隔成里外三间。我在最里面办公，最外面是接待室，中间是小会议室，说是公用，其实绝对是我的私人空间。而且改造过之后，不仅面积没有缩减，而且私密性和豪华程度更强了。会议室和接待室吧台、咖啡机、冰箱一应俱全。我进入办公室，才开始吃早饭。每天在我上班路上，秘书会接到驾驶员的电话指令，然后他就会掐着时间，通知餐厅把早饭送上来，他再现磨一杯热咖啡。这个时候，我差不多也就到了。每周内我每天的早饭都不重复，中西混合。我喜欢吃北方的红肠，餐厅负责人专程去黑龙江，联系了一家红肠加工企业，定点供应我们公司。后来我对批量生产的红肠的卫生和质量不放心，餐厅负责人又专程去东北联系了一家高级私人作坊，定制精品红肠。起初，集团领导层有专用的小餐厅，班子成员在小餐厅吃饭，不跟职工一起吃大食堂。实施“八项规定”后，因这事我们受到举报，我立即命令撤销了小餐厅，大家一起吃大食堂。其实，我只在整改的第一天，象征性地到职工大食堂吃了一顿午饭，然后再也没有去过。办公室说，我工作太忙了，经常 12 点甚至 1 点多还在开会、谈事情，到大食堂后，菜全冷了，于是安排餐厅直接按“常规标准”送盒饭到我办公室。说是常规标准，实际上是专门为我开的“小灶”，配有海虾仁、鲍鱼仔、海参、鱼片、雪花牛肉等“家常菜”，以及鲜榨果汁、中式面点，等等。

每天下午四点钟之后，我的那些兄弟哥们儿，就争着过来接我出去打一局高尔夫，然后吃饭，再泡个桑拿。我喜欢年份酒，他们就变戏法地搞来一些老酒给我。有一次，一位下属看到深圳的一场拍卖预告中展示了二十多种“文革”时期的茅台等品牌的白酒，他立即驱车到深圳，拍下了两瓶茅台和两瓶洋河大曲，据说花费了近三十万。当年我过生日，他就拿了出来，四瓶酒一顿晚餐就喝掉了。

我是个特讲传统文化的人，每年清明都要回老家祭祖。随着职务的提升和掌控度的加强，每年陪我回老家的人越来越多。我的下属，谁要是被允许随我回乡祭祖，都会感到莫大的荣幸，因为这标志着他进入我的“核心圈子”了。后来的几年，每年我回乡，我的祖坟前都有一大群跪拜者。乡里人都是势利的，他们拿我做荣归故里的榜样，教育他们自己的子女要好好奋斗，把我的排场作为一种光宗耀祖的标杆。

大概是2012年的春天，集团与我们合作建设楼盘的开发商老板费某说要为我介绍一位易经大师，来看看我的办公室，调节一下风水。那位大师掏出来的名片，有整整两版的头衔，各种学会顾问和理事，各种大学科研机构名誉教授、客座研究员。在他的“熏陶”下，我迷上了风水学。因为他有一些判断太准，让我心惊肉跳。比如，第一次来的时候，进入我办公室，看到接待室挂了一幅仿李可染的《万山红遍》图，就问我，我的出身年月和时辰。问完之后，立即建议，赶紧把这画摘掉，换一张其他色调的。理由是，我五行缺水，而这张画大红色调，属性火，火火成灾，公司里会有火灾隐患。我当即惊得跳了起来，握着大师的手，直喊佩服，因为就在四月初，我们公司大楼的餐厅曾经发生过一次火灾。

大师在我办公室巡视了一圈，然后问我，每天在这里办公，有没有某个时候，突然有了烦躁的感觉。我想了一下，确实啊，每天上午我几乎都要冲着下属发火，这么大的单位，怎么可能没有不顺利的事呢？我是个急性子，上午上班开始处理公务，处理着处理着，火气就上来了，一些人、一些事，总会撞上来，被我臭骂一通。大师说，这个楼对面有个玻璃大楼，大概每天上午11点前后，楼宇的反光正好到达你这里，这叫“反光煞”，特别凶。这会让你的气场变得越来越凶，对脾气、身体、个人和公司运势，都有害。我听了之后，觉得特有道理，根据大师的建议，就命令把大楼这个朝向的窗户玻璃，不惜巨资，全部改成高反光玻璃。

晚上，我请风水大师在公司餐厅吃饭。大师喝了几杯酒，高兴了，就在耳边悄悄对我说，过几天送给我一张画，对我的身体和运势会大有好处。过了几天，大师果然拿来一张画，包装得严严实实。到了我办公室，大师掩上门，才拆开画。我一看，竟然是一幅群裸女图。我说，这画，在我这里挂不出来啊，这是个国有单位。大师说，我自有办法，无须悬挂，然后把这幅画藏在我办公室里的小卫生间里。他说，阴阳需要调和，你这里阳气太足，气场会紧张直至崩溃，必须要补点“阴”。然后，他竖起大拇指，对我说，看得出来，您是个好人；您的女人嘛，有点少，有点缺啊。

我那时在外面有一个情人，在单位有两个。我不知道大师所说的少是什么意思。大师似乎看穿了我的心思，笑了笑说，男人嘛，特别是成功的男人，阳刚之气昌盛。您看古人上到皇帝，下到乡绅，一夫多妻，妻外有小妾，妾还带着丫鬟，所以阴阳才取得平衡。现在的成功男人，特别是干部，受管束，不敢过分越雷池，但私下里，哪个没有三五个女朋友呢？

可能就是从那个时候起，我完全放纵了自己。以致后来短短几年，在女人问题上，犯了很多错误。在外面，生了两个私生子，也是那之后惹的祸。每次，我与女人发生不正当关系，甚至致使其打胎或者生孩子，我在惊慌之余，马上会跟大师见个面，大师的理论，让我在心理上获得了绝对的平衡。我觉得像我这样的人，难道不都是这样生活的吗？每次我去参加省里的大会，看看会场里的领导干部们，都会浮想联翩，觉得这么多领导，跟我是同一个战壕里的，谁没有这些事啊。这，或许就是——社会啦。

我的生活，真的过得不太正常，有时很糜烂。我的随从和下属、我们合作单位的老板们，挖空心思取悦我。我喜欢排场，出行至少要两个下属跟着。出差要走贵宾通道。实施“八项规定”之后，不让走贵宾通道，不让坐头等舱，我的下属很快找到办法解决这个问题。他们以做广告的名义，与机场签订了一个贵宾通道合作合同，这样我就有了走贵宾通道的专属权。到了飞机上，他们马上为我升舱，现金补款，回来用其他发票冲抵。他们在广州最豪华的几家大饭店，考察了几个超级豪华包间，每次只要是我出场吃饭，就订这些包间。其中有的包间，面积达到五六百平方米。有一个包间，光黄花梨家具据说就价值上千万。我吃饭的场合，一二十人规模，是标配。大家轮番上来敬酒、献歌、祝福。有几个下属还特别会逗我开心。我喜欢看人喝多出洋相，他们有几个恰恰就好酒，逢喝必醉，一醉酒就丑态百出。有一个兄弟会口技，喝醉之前学鸟叫，学首长讲话。一旦醉了，就开始学猪叫。他说猪根据叫唤的声调，传达不同的情感或诉求，就表演猪高兴了怎么叫，愤怒了怎么叫，饿了怎么叫，发情了怎么叫，感恩主人时怎么叫，骂主人不得好死怎么叫，被杀时哪些叫唤代表怎样的遗言，等等，一叫唤就是半个时辰、一个时辰，直笑得我们人仰马翻。我很享受那种氛围。

在单位，我已经不止是一言九鼎的权威。有时候，无言自威，追加一个眼神，就能让下属胆战心惊，夜不能寐。有一次，我接待一位河南来的老战友，他是河南一家大企业的老总，到这里来考察。战友之间交往，有个特点——丁先生您没有当过兵，您不知道——我们特别讲义气，也特别爱面子。所以，我对接待战友老总，特别重视，命令几大部门做好方案，严阵以待。我们那个接待阵势，不是吹牛，只要我重视了，绝对不会比省一级政府的接待规格低、排场小、气势弱，一切都是部队作风。可是就在双方交流、对口汇报工作的会议上，我正在讲话，介绍公司情况，在场做记录的战略规划部副主任、一个瘦高个儿中年男人，忘记把手机调静音，电话哗啦哗啦唱起来，唱那个凤凰传奇的什么歌……月亮之上啊啊啊的，我立即停住，朝他看了一眼。等他慌乱中关掉手机，我才重新开始。听说他接下来的一个多小时内，一直在流汗，那可是在冷气充足的全封闭会议室里啊。事后，这个人吓得请病假在家待了好几天，再来上班就主动要求，平级调到基层单位去工作。人事部负责人来跟我说这事，我只是干笑了两声。谁让他不知轻重，在手机不该响铃的时候响铃呢？

这类事，我不能表态，必须听任下面的人处置。重点儿，不要紧，维护规矩，维护公司领导的威信，才是最重要的。

我知道我对别人狠了一点，对自己放纵了一点，后来，我说的是后来啦。那时当然不会这么想，也用不着这么想。是吧？

我有一套“远交近攻”的处世哲学。与顶头上司和同僚的关系一向不佳。我不会把心思用在直接领导身上，有人问我，在单位这么横，对同僚那么狠，对省里的相关单位那么冷，就不怕得罪人吗？我有我的方法，我集中精力，在省领导中找一个赏识我的大领导，利用上级大领导打压直接上司，威震同僚和下属。这样，点准了一个穴位，便可制约全局，起到事半功倍的效用。

利益道

作为偌大一个企业集团的“一把手”，对内是组织任命的正厅级干部，对外是资产总额为几百亿元的大国企老总，这种亦官亦商的身份让我广结政商两界人脉，身边围绕众多资源，各种利益均沾。坐稳了江山之后，我身边希望通过我的权力寻求利益的人也多起来了。在这些人的吹捧和央求下，我和他们就逐渐形成利益共同体，我的胆子也放开了，几万、几十万、几百万，人家敢送，我就敢收……现在我对自己的行为非常后悔和痛心，我深深地知道我的罪行严重。

2011 年春节期间，在广州花园酒店的一次饭局上，经一位老战友介绍，我与广州一家民营房地产老板黄某相识。以我这样的实力和身份，一般的民营企业，在我眼里，是没有什么分量的。当时双方礼貌地交换了名片，我见他拥有人大代表头衔，顿时倍增好感和信任。事后，我了解到黄某经营着一家涉及地产、酒店服务、物业管理等多个领域的综合性企业集团，身家超 100 亿。在心理上，顿时觉得亲近起来。

那次应酬后，黄某又几次打电话来，热诚地邀请我去他的企业考察。那年夏天，我亲自带着一个近 20 人的队伍，到黄某公司“考察”，看见其办公室摆放、悬挂多张与上级领导的合影，巨大的博古架上，陈列的文物和玉器，琳琅满目。光一件彩色祥云翡翠莲花观音雕像，据介绍就价值 2000 万。墙上一张巨幅的彩墨黄山图，是刘海粟的作品，若干年前在香港拍卖会上拍得，花费了 200 多万。还有一套牛黄雕塑十八罗汉，据说国内稀罕，价值不菲。这就让我更坚信了他拥有“深厚背景”和“强大实力”。

2011 年下半年，我们公司下属的一家数码科技城项目启动建设，我毫不犹豫将该项目介绍给黄某，在尚未招标的情况下，就与黄某的公司签订了意向合同。

之所以将数码科技城项目介绍给黄某，一方面是因为项目投资巨大，利润丰厚，利益输送空间大；另一方面是项目所在地广州的番禺区域，黄某在那里创业发迹，拥有“强大背景”，办理各种报批手续方便快捷。我自认为此事运作高明，既捞了好处，又送了顺水人情，还利用黄某的关系推进了项目进度，一箭三雕，于人、于己、于国家，都有好处，何乐而不为呢？

我知道，黄某这种实力的人，能把私企做这么大，“不懂事”是不可能的。所以，事先，我什么也没有暗示过他，没有表现出任何利益企图。

黄某当然是个绝顶聪明的人，在拿到项目后，专门请我一个人吃了一顿饭。饭桌上，他说：我这个人，懒惰，大大咧咧的，处朋友不够细心，逢年过节，想不起来关照朋友；送什么礼金、礼品，这样太啰唆、太麻烦，人家不喜欢的东西，对人家没有用的东西，费钱费精力还给人家增加心理负担，何必？！但这么多年，一旦成了我朋友的，就一直是朋友，而且会很铁，再大的官，都视我为兄弟。说实话，亲兄弟可能比我细心，但不一定有我铁。知恩不报非君子，您是我哥，又是恩人，我不能光顾着自己赚钱自己花——再说，愚弟我的钱，这一辈子也花不完了啊。所以，我干脆一次性给哥哥您1500万，分三次给，您自己安排着过年过节，买点小东西啊。求大哥原谅愚弟做事懒惰，只求方便，不动脑筋，原谅我好吗，哥？

我当时一听，觉得够意思，就笑着说，兄弟情分，互相帮助，应该的，您见外了。但我并未拒绝，当场约定在东莞交易。

我当时的心态很可笑，觉得广州不够安全，一定要到东莞去收受这笔钱。还有一个原因，就是我有一个情妇在东莞，我每个月都要去跟她约会一次，给她带点钱啊、礼品啊。当年国庆节，我和黄某在东莞大富豪饭店见面，他送给我首笔500万元现金。我将其中400万存到自己家的账户上，另外100万给了情妇。第二年春天，黄某又给我第二笔500万。我觉得存钱太多不好，家里人也会问三问四的，特别麻烦。于是，我将这笔钱，一部分拿到老家去购买宅基地，一部分投资自己私下运作的某农改项目，并在后来的几年，盈利了200多万。第二年夏天，黄某又给我剩下的500万元，我把这笔钱拿出去，投资了另外一个公司。当时，正好一个地产营销公司和一个民营投资公司找我谈合作，一个要营销我们开发的一个商业楼盘，一个想跟我们的矿产公司谈合作开发，我就授意我的女婿去跟他们谈合作，然后用女婿跟他们合股的公司，来跟我的下属公司合作，并为他们在合作条件的谈判上，提供大大的优惠。我把500万交给女婿，投资到那两个企业里去占股份，然后参与分成，不到四年的时间分到了将近3000万的红利。

2013年，上海某公司为了做我们新楼的装修和智能化，送给我一张银行卡，并陆续往卡里汇钱共计870万元。2014年7月，我将卡“推给”这个公司经理“保管”，并称现在银行卡都是实名制，还是放在你那里好。该经理向我承诺，这些钱永远是我的。我说我相信他，以后需要用钱，一定会对他说。第二年初，我想在美国买一栋别墅养老，与女儿和外孙女一起享受天伦之乐。我对上海这位经理说一声，该经理马上专程去美国，陪我女儿在那里选房，花掉了500多万元。

还有许多不正当收入，我就不一一说了，纪委那边有我口供的详细材料。我对组织上是坦诚的，尽量说出记忆里的每一笔，有些几千元的小钱，我能回忆起来的，也都毫无保留地交代了。对我立案调查的时候，我已经退休了，正准备安排自己到老家和美国交替季节安度晚年。没想到，人都上岸了，还一脚滑回了泥潭里。

真是，人各有命。我就是那种看起来命很旺的灾星一个。发了那么多光和热，最终，还是一颗灾星。这就是——命，命里注定的啦！

无间道

我一生都忘不了退休那天的情景，宣布干部调整的大会结束后，我之前提拔的那些亲信、铁杆，包括那么多老乡，一下子就涌到了新的董事长面前，争相效忠表态。我内心极度失落，不知自己是怎么从会场走回办公室的。然而，在接受审查的时候，回想起当时的情景，说实话，好像也不是那样。还是有一些人到办公室来看我，跟我道别的。办公室的同志，加班好几天，帮我整理杂物，大家还纷纷祝贺我光荣退休，并没有对我不理不睬。只是我当时的心态不太好，我的这种被冷落的感觉，也许是失去权力的“落差”使然，也许是记忆有误。

其实，都不是。

根本的原因，是那些以前一直围着我转的人，反而不见了。那些我内心里认为对他们有功劳、有恩情的人，那些向我承诺终身报答我的人，他们不——见——啦！

即使在我退休半年后，我有一些私事，想找原来的老部下帮忙，往往都是那些我在位时不常在眼前转悠的人热心帮忙解决的。我特别有把握的那些人，往往是对我最阳奉阴违的人。这些混账东西，后来有的进去了，有的还在外面，但大多数都不再跟我联系。

说一个可笑的无聊事。我退休的第一个春节，自己心里算了一下，怎么着也应该有二三十个下属和生意伙伴来给我拜年，可结果是门庭冷落啊，不提这事了。有些人，狗都不如，一转身，跑到新主子那里摇尾巴去了。还有些伪君子，过年时发条短信给我，就觉得对我好得不得了，还振振有词地在短信中说，响应党中央号召，移风易俗，文明过年，清风祝福。哼，好像你有了什么想法，被他看穿了，他不但不理睬你，还唱高调，教育你一通。凡这类混蛋，我看完信息，立马把他们从我的通讯录中删掉。过了一个年，我的手机通讯录里删掉了三分之二的人，你说可笑不可笑。当然可笑，丢人现眼啦。

我正式服刑之后，没有一个我栽培过的亲信来看过我。听说，有两个混蛋也在这里服刑。当然，没有遇到过，我们级别不同，我一个正厅级干部，瘦死的骆驼比马大，我也不屑跟他们在一个屋檐下。当然，说这些没意思啦。

我的那些女人，早就不知道烟消云散到哪里啦。也许她们重新包装一番，又会粉墨登场，再去害几个干部，捞一点好处。也许她们会把自己洗白，重新嫁人。我老婆听说我出事了，起初还挺同情我，说陪我终老。可我在受审过程中，暴露出外面有女人，还有私生子，这老娘们儿就愤怒了，马上露出女人气量狭小的狰狞面目，说要来抽我嘴巴子。女儿来看我，我跟她说：丫头，你为老子带个口信给你妈，她可以到死不要来看我，如果来，就要表现得像个贤惠女人的样子；要是胆敢跟我骂骂咧咧的，伤老子的心，我隔着铁窗，掐死她个老东西。我一个无期徒刑犯，我怕什么啊我！

回顾我的一生，呐，我觉得我现在就是死人一个。最幸运和最不幸的，都源于一件事，就是当上了一个大单位的“一把手”，实现了自己的政治抱负，也毁了自己的人生。当我完全掌控这个企业时，也是一步一步接近退休年龄的时候。我太迷恋权力，迷恋那种唯我独尊、来往皆利的生活。我的确有“捞一把就走”的赌徒心理，也有“有权不用、过期作废”的市侩心理，更有“自己贡献大，捞点算啥”的补偿心理……我被“两规”时，已是具有 43 年党龄的老党员。任副职和正职最初的一段时间，工作能力和成效均得到肯定，公司在一段时间内，业绩蒸蒸日上，取得跨越式发展。但后来，手中有了人事权、项目决策权、大额资金调拨权，花香引蜂，屎臭招蝇，好逸恶劳的女人，投机取巧的下属，像黄老板这样惯于通过放倒领导干部来挖国家墙脚、发私人之财的商人，就聚拢过来了。奉承、巴结的人多了，自己开始飘飘然，放松了警惕，对社会上一些不良的风气见怪不怪。从看得惯，到自己做得惯，是转眼间的事。

我在自己交给组织的忏悔书中也总结过，作为一个单位的党委“一把手”，只顾着管别人，管不与自己穿一条裤子的人，自己党纪观念很差却浑然无知。对上级的纪律教育应付了事，总认为那不过是一场党务“工作秀”。十八大之后，把对上级党委的各项从严要求，视为走过场、搞形式，没有当回事。继续在逢年过节时肆无忌惮、心安理得地收受红包，严重违反党员领导干部廉洁自律的规定，带坏了企业风气。

我既是一名国企老总，又是一名厅级干部，亦官亦商，同级纪委不敢、不能监督，上级纪委又鞭长莫及。我在担任“一把手”期间，在业务工作上大权独揽，水泼不进、针插不进，企业党委内设的纪委监督机构成为摆设，甚至沦为我整人的工具。有一段时间，特别是十八大之后，省委派来一名纪委书记，这人想在我的地盘上有所作为，一度干预我的一些做法，我就指使亲信，开展了一系列针对他的秘密攻讦。比如，我们捏造了一些他的绯闻，说他公款吃喝、公车私用、生活作风有问题。我的一位亲信有贪污受贿嫌疑，纪委书记想问查追究，我就故意在这段时间，指使人事部负责人考察提拔这位亲信。果然，纪委书记中计，指出提拔此人不妥，并在党委会上建议：等问题弄清楚之后再提拔不迟。然后，考察中止。“个中原因”很快传到那位亲信耳朵里，他就拼命地写人民来信，到上级部门去告纪委书记。在年终干部考评的时候，我授意人事部，故意安排了以此人为代表的痛恨纪委书记的一帮亲信，接受考察组谈话，众口一词地列举纪委书记的种种不是，让纪委书记年终考核差点没有过关。几招下来，这位纪委书记整天忙着洗刷自己，狼狈不堪，哪里还有心思和精力去问责我的下属们？我知道他来我们单位时间短，没有什么乌七八糟的鸟事，要扳倒他不可能。但我可以通过搅浑水让他乖一点，不要妄想在我的江山里挑战我的权威，为难我的小兄弟们。同时，我也要告诉他，不要以为你清高清白，在这里，谁干净谁脏，是我说了算的。如此一番动作下来，这位纪委书记很快蔫了，忙着洗刷自己还来不及呢。我这样做，还有一个变相的晓谕，是给上级纪委部门的：你纪委不是整天查干部吗，你们纪委书记不是打铁要自身硬吗，那我就告诉你，快去帮你们的基层纪检干部澄清澄清吧。哈，他们就整天忙着“洗刷刷”去了，头也昂得没那么高了。

唉，现在想想，这又有什么意思呢，聪明反被聪明误啊。其实，身边多一个人经常提醒自己，是好事啊。所有的人都不敢说你一个“不”字，你离死也就没几步了。

我在一个单位当领导，从 1999 年到退休，十四五年，久居要职，形成了自己的小圈子、小群体。国企领导跟党政机关负责人不一样，缺乏轮岗机会。一旦屁股坐在哪个单位，大多数一直到退休，都不会再挪窝。古语云：“流水不腐，户枢不蠹。”我在同一个单位担任副职几年后，又担任主要领导职务长达十年。这十几年，我不是没有发现单位存在很多隐秘黑洞，但一是因为自己身子不正，不敢较真；二是因为这些黑洞的制造者，大多数是自己培养的人，暴露了他们，也会对我自己构成威胁。所以，我就拼命捂住盖子，自欺欺人地往前混，总觉得混到退休，不出事就万事大吉了。在此期间，组织上也警觉过，曾找我谈话，希望将我调到省属另一个国企任董事长，或者到省政府办公厅任副秘书长，协助副省长协调国资管理工作。按理讲，这两个位置都是不错的，但我还是有些政治头脑的，觉得除非提拔成副省岗位，仍然能控制这个单位的局面，否则不能离开原来的位置，离开了就会对这个单位失去控制。所以，我当时就淡定地以公司正处于快速发展阶段，一些重要战略部署尚未完成为由，拒绝组织的这份“好意”。我越是理直气壮，才越是能表明自己大公无私，在这个单位干干净净，底气很足。组织上见状，真的相信我了，让我留在原岗。跟我谈话的一位副部长，还到处替我讲话，说我为了企业发展中间过程不断气，宁可放弃重用机会，放弃个人的又一次人生提升机遇，很了不起。唉，很多的好事，在我身上最后都演化成了恶果。如果当年我接受了组织的轮岗安排，也许不会沦落到今天这个地步。多年来，我在贪腐过程中，存在侥幸心理，认为我把这个单位管得好好的，正常发展着，每年上缴那么多利税，劳苦功高，组织上不会轻易来查我。甚至在闻到组织要调查我的风声后，我也没有想过坦白自首，存在躲一躲就过去了的侥幸心理。

我现在能做的一点贡献，就是通过解剖自己，说一些实话。

我有几点关于国有企业反腐倡廉工作的体会，我觉得这是一个难点问题，需要有人来思考和解答。国有企业，显然是腐败的地雷密集地，风险太多了。让个人管公家的人、财、物，而且还一把抓，一个人一支笔，这事儿想想都可怕，毛骨悚然啊。一个人，一旦坐在了钱山上，得有多大的定力才能心怀不乱啊。我觉得，光靠党性、靠觉悟、靠个人道德素质，真的不靠谱。请把国企反腐倡廉建设永远赶在大路上，马不停蹄。一方面要加强党风和法制教育，大力推进廉洁国企建设；一方面要加强和完善对省属国企的监管巡察工作，对国企的巡视应该成为日常，不能三年五年才来一次，最好年年来。国有企业领导分工，里面猫腻特别多，上级组织部门应该对此有一个明确的规范规定。比如，同一个领导不能同时分管管钱的部门和用钱的部门，不能同时分管用钱的部门和查钱的部门。具体说，就是投资、财务、采购、审计等必须由不同的领导分管，才能互相牵制。一个单位，如果像我以前那样，让自己的人，包管了所有这些部门，不是徇私，又能是什么呢！另外，重中之重，对国企高管特别是“一把手”的管理要进一步加强，不能等纪委来了，一个单位的顶梁柱轰然倒塌，损失了人，更损失了单位的事业。要建立国有企业班子成员特别是“一把手”定期轮岗机制，避免出现腐败问题的“长期经营”现象。唯有如此，才能还国有企业一个风清气正的经营和从业环境，才能有效遏制“能人腐败”，及时挽救像我这样的“腐败能人”。

你看我现在的处境，用惨不忍睹来形容一点不为过吧。快到中秋节了，感谢你们给我带月饼。前几天，狱警也给我拿来了月饼。你知道我看到月饼是什么心情吗？我想号啕大哭啊。月饼是什么？是一种美食吗？不是啊，月饼是中国人的亲情寄托，是幸福生活的一种标识啊。可是，在我这里，月饼的残缺，残得不如任何人，甚至不如一个没有过一天体面生活的在社会上胡混的小偷、强奸犯、杀人犯，他们的月饼都比我的大，比我的甜，比我的全。人家至少还有几个家人来看望，有几个朋友来看望，有几个同事、哪怕是同伙来看望，而我，没有。也许我的女儿会过来看我。但其他一切亲人、同事，恐怕都不会来的。

他们啊，不对着一轮圆月诅咒我，就谢天谢地了。

访问结束了。这是我为本书的写作深谈的最后一个采访对象，也是谈完之后，让人心情最沉重的一次。

在结束采访时，我没有忘记为他加了两个问题，来追问他的内心。

“我看到你人生的前后两段，有很大的落差，你能不能简单描述一下这两个时期的你自己？”

他眨巴着眼睛，想了一会儿说：

“前半段，我是一个受束缚的成熟能干的大男人；后半段，我是一个任性放纵的坏小子。”

我又问他：“那你最深的教训，或者说，结合你最深的教训，你最想告诉人们一个什么道理？”

他又斟酌了一番，用了最初的语速，一字一顿，像背诵似的说：

“利益一来，人头攒动；利益一去，曲尽人散；以利结盟，四面楚歌；平平淡淡，天长地久。”

哎呀，我几乎是惊叹起来。他的头脑真的很聪明，反应非常敏捷，思辨能力也很强。我除了“哎呀”一声，竟然说不出话来了，只是赶紧记下了他最后这几句凝练的句子。

他还想要抽烟，我说，你还是吃一块月饼吧。我拆开包装，拿了一个月饼给他。月饼上印着一个“圆”字。他在手上掂了掂，把月饼转了一圈，看看那个字，然后掰了一小块，放到嘴里，嚼起来。

嚼着嚼着，他的眼泪突然流了下来……

走出监狱的心理辅导室，在狱警的陪同下，我再次穿过那两道沉重的大铁门，走出了监区。半天时间，在不知不觉中过去了，此时暮色已经降临。南方的天空中，堆积着一些暮云，那只已经升在半空的月亮，在暮云中忽隐忽现。前来给我送行的监狱政委，是一名头发花白、临近退休年龄的老狱警。他握着我的手，似乎有些过意不去地说：

“也不知这天气能不能让你看到我们广东的中秋月亮。”

我说，肯定能，嗯嗯，应该，能吧。

我还沉浸在采访最后一刻的气氛中，那个看起来精干、刚毅的老男人，他嚼着月饼流泪的样子，不知道刺激到了我心里的哪一个角落，我的心一时未能平静。

上车时，我忍不住对政委说：

“您看，快过节了，咱们是不是暗地里做做工作，让他的家人来探个视呢？哪怕来跟他吵一架也好啊。”

政委告诉我，这些都想到了，已经联系了他的女儿、女婿和老伴。他们终究是家人，相信会来的，至少，会有人来的吧。

“不过，这人真的蛮邪的。”政委摇着头，感叹道，“估计喜欢他的人，很少，我看，几乎没有啦。”

《追问》，丁捷著，中共中央党校出版社 2017 年 4 月出版

香港，你的明天更美好

李朝全

香港回归20年之际，我有幸参加中国作协代表团，第一次踏上了香港的土地。当飞机落地的瞬间，当我把脚踩到地上的时候，我就想起了那位伟人。是他用强大的决心和超人的智慧解决了香港问题，他生前的一大愿望就是能够到香港那片土地上去走一走、看一看。然而，天公不成全，就在香港即将回归的前4个多月，他竟驾鹤西去，空留天地悠悠，令人怅惘不已。

1997年，在闻一多《七子之歌》的声声呼唤中，在十几亿人的昂首翘盼中，在一代伟人的运筹帷幄下，香港，在漂泊了一百多年之后，终于回到了祖国的怀抱！

弹指一挥间。如今，回归20年的香港，你还好吗？带着打量的、体察的目光，我试图走进香港，走进香港活色生香的生活与世界。

漫步中环和八百米扶梯

中环位于香港岛北部中心，无疑是香港的心脏。抵达香港的第二天，我们便进行了一次漫步中环的人文之旅。三联书店和集古斋位于多利皇后街上，一楼有书店门市，二楼有会议室，平时兼办各种展览。我们在这里与联合出版集团共同举行了一次香港文学生态与发展展望的研讨会。香港青年作家葛亮等出席了研讨会。葛亮是从南京来港求学并留在浸会大学任教的学者型作家。他以长篇小说《朱雀》成名，去年又以长篇小说《北鸢》赢得很大声誉，被视为青年作家的重要代表。在谈到自己留在香港的选择时，葛亮说，香港有很好的国际化语境、与内地不同的文化氛围、安静的校园，可以让他更好地吸纳多元文化的滋养，充实、丰富和拓展自己的创作。

从中环的三联书店出发，向南便是著名的皇后大道。这条横贯香港岛北部的大街，是殖民地时代香港的交通干道。那些位尊处优的洋人有不少都居住在皇后大道后面的半山。当年为了鼓励大家步行以解决交通拥堵问题，香港当局于1984年修建了一条从皇后大道通往半山的人行滚动扶梯。这条扶梯长逾800米，据说修建耗费了4亿元港币，现在每年单是电费一项就需1250万元。

扶梯是单向行驶的。每天早上10时之前扶梯从半山向下开行，10时后改为向山上开行。踏上扶梯，人群熙熙攘攘，摩肩接踵。除了中国人外，也有许多金发碧眼的西方人和黑发深眼的菲律宾人。扶梯因为不间断运行，连扶手仿佛都在冒热气。

人们或站或行，行者从左侧超越。驻足者或挥手拍照，或伸出手机去拍扶梯下面的街景市貌。这里俨然就是一条旅游的走廊、人文的走廊。扶梯两侧都是林立的高楼、密布的商铺和住宅。扶梯穿越的每条街似乎都曾走过一个又一个的历史名人，发生过一段又一段神奇的历史趣事。而许多著名的香港电影，也都曾在此取景。在由港中旅开辟的、香港贸发局助推的“漫步中环”人文之旅的介绍中，这里的每一个地点，仿佛都曾有过一家著名的餐厅、咖啡馆、店铺、道观庙宇或其他人文历史景点。而那些著名的政治人物、文人等，似乎也都曾在这附近活动过。在扶梯半途，就有孙中山先生纪念馆，印证着这位伟人当年在港活动的踪迹。而基督教青年会旧址，则是鲁迅先生当年在港进行两次著名演讲的地方。

1927年2月18日，鲁迅应香港青年会的邀请，在香港发表了两场演讲：《无声的中国》和《老调子已经唱完》，由许广平现场翻译。在文学史上，这两场演讲被视为香港新文学的起点。然而，当时的香港对于内地，对于鲁迅演讲内容的深刻含义，却有诸多误解和误读。1927年2月14日《华侨日报》在预告鲁迅来港消息时介绍说：“周树人（即鲁迅）、孙伏园二先生为现代吾国学术界泰斗，革新运动先驱，早已海内闻名。”文中的评价用于鲁迅尚可，用于孙伏园则颇显离谱。1927年2月23日《华侨日报》上发表的《听鲁迅君演讲之感想》一文中写道：“他说，坐监是安全的，是没有被人抢窃不虞的。但虽是安全，可是他失却自由了。这些话是很深刻的。我以为鲁迅君非经过监狱修养，尝过铁窗风味，断不能为此言。他说到这里，便告演讲终止，可知千里来龙，都是结穴在此处也。”（引自赵稀方文章）

扶梯尽处是半山，位于干德道上。从干德道向东沿着香雾路上行，约5公里便可抵达港岛制高点太平山顶。除步行外，既可乘坐的士上山，亦可搭乘缆车或公交车上山。伫立山顶广场，可以俯瞰港岛四周海域，一如在飞机上鸟瞰一般。只见星罗棋布的大小岛屿横陈眼前，大小船只穿梭往返，游艇激荡起白雪一般的浪花，在海面上画出了一道道白光。而近处的山峦丘陵，大多被云雾缭绕，忽隐忽现，如梦幻仙境。山顶一条小径往下，通往薄扶林郊野公园，一径上行，通往山顶花园和凌霄阁。雨后人迹少至，空气清新，树木蓊郁，令人难以相信这亦是人如蝼蚁、高楼如林的香港之一部分。

人行扶梯的右手，是一道蜿蜒而上的台阶，据说一共有700多级。而在扶梯西面，还有一条与之几近平行的楼梯街。这是一条层层级级铺排而上的街道，宽约10米，以条石砌成。一级级台阶，组成了一道兀立斜卧的楼梯，因此得名。不少香港电影曾在此拍摄，特别是拍摄追逐戏时，楼梯街两边水果小摊的各种颜色的水果被撞翻、沿着台阶骨碌碌向下滚落的场景，更是香港电影的一个经典镜头，亦为楼梯街扬名获誉出力不小。

修伞亭和“网红墙”

在楼梯街的一处斜坡上，香港特区政府特意保留了一座小商亭。这是一座修伞小亭，高不足2米，大小不足1平方米。亭子的黄色门楣上红纸墨字写着“何希记”。

据介绍，这里原先长年驻着一位姓何的老人，年年月月在此修伞为生。他并不住在附近，而是住在海峡对面的九龙，每天早上他都要花几元钱乘船从九龙赶来此处从事他的营生。几十年来，由于他的手艺精湛，为人实诚厚道，不仅附近的人找他修伞，住得很远的人也会慕名前来找他修伞。尽管修一把伞和买一把新伞所费相差无几，但人们还是愿意专程来找他修伞。据说香港回归时中央电视台的纪录片中就曾专门介绍过他。今年央视与港中旅联系，希望继续寻访这位老人，遗憾的是，老人已于去年去世。

很多人送伞来修却忘了取回。在小商亭的门上贴着一个手机号码，方便那些修伞的人联系取伞。这是何氏家人遵循老人遗愿，一定要帮助旧伞一一找到它们的主人。商亭侧面墙上贴满了各种媒体对何希老人的采访报道。特区政府特意保留这样一处小小景点，作为诚信社会的一座地标。

在香港，特别是在中环，时常能看到一幅幅颜色鲜艳的壁画。这些涂鸦大多相当专业，画笔或细腻或浓烈、或逼真或抽象，大多能带给人强烈的视觉刺激。许多到港旅游的游客纷纷在这些壁画前留影，并且晒到微信朋友圈等自媒体，使这些壁画墙在网上拥有很高的辨识度与知名度，因此而被称作“网红墙”。

在一家卖冰激凌的小铺旁边，画着一幅黑白素描的酒馆图。酒保正在斟酒，背后的柜台顶上挂满了酒杯，女服务员正在擦拭桌子，一对情侣并排而坐，旁边一个男子自斟自饮。整个画面真切和谐。游客坐在壁画前的台阶上拍照，仿佛进入了真实的酒馆。而游客的彩色图像又与酒馆的黑白背景构成了鲜明反差，造成了一种疏离感，提示着二者并非一体。

一家店铺的侧面墙上，画有一帧帧彩色壁画，像是挂满了一帧帧正在展览的新画或是图片，又像一扇扇窗户，挨挨挤挤，琳琅满目。强烈的颜色反差让游客拍照的背景显得格外醒目。几乎每位路过的游客都会在此驻足留影。

在一家商场的两面拐角墙上，画有巨幅的麦当娜女郎半身像、露背侧身的美人鱼和戴着黑色礼帽的卓别林。

在一家小店的一面墙上，画的是一个开怀大笑、头戴鲜花头饰的女郎头像。白皙的脸庞与飘动的绿色头发、五彩缤纷的鲜花头饰、璀璨的金银耳坠，构成画面的上部。头像之下，是一只大嘴彩色鸟侧立于芦苇草丛之中。女郎大张的笑口和上扬的眉眼都凸显了她笑得开怀，艳丽的颜色又特别渲染了画面的喜庆色彩。几乎每位女郎路过于此都要与之合影。

香港的这些网红墙，多为彩绘墙。其中几乎未见随手涂鸦特别是类似城市牛皮癣似的胡涂乱抹，而似乎大多出自专业画者之手，为中环、为香港平添了一道亮丽的人文景观。

叮叮车和双层巴士

在香港，交通十分便捷，路上几乎未遇堵车特别是大堵车的情形。这倒确实出乎我的意料。

2016 年香港人口总数是 737 万人，其中多数聚居在香港岛和新界。特别是在香港岛上，几乎不分节假日，不分昼夜早晚，到处都是熙熙攘攘的人群和穿梭往来的车辆。香港的道路状况其实并不太理想，路上到处都能见到大小补丁。而且由于地形和建筑规划历史的原因，道路并不笔直连贯。即便是最宽的马路，也只有双向六个车道。而大多数的马路，往往只有两个车道，一个直行道，一个左转或右转车道。香港的车辆采用的是英制，司机坐在汽车驾驶室右侧，沿道路左侧行驶。在铜锣湾、湾仔和中环等地，我看到的街道大多为单行线。街上几乎没有自行车、电动车和摩托车，但却有货车、卡车、小汽车和大小面包车等。卡车上路似乎没有时间限制。行人步行道并不宽，所有的店铺几乎就在马路边上。然而，沿着轩尼诗道、德辅道，竟然还保留着双向两车道的有轨电车。这便是当地人所俗称的叮叮车，因为其一路行驶在有些破旧的轨道上，总是发出“叮叮当当”的声音。

叮叮车东起筲箕湾、北角，西至坚尼地城，向南有一条岔道通往跑马地。单程票价 2.3 元。我试着乘坐了一个来回，穿梭在中环灯红酒绿的夜晚，感觉晃晃悠悠速度很慢。叮叮车见站便停，但是因为不堵车，所以耗时并不多，称得上是最经济实惠的交通方式。这里的站名大多标注了方位和站号。如西行时边宁顿街的编号是 W46，下一站的编号便是 W48，以此类推。东行线路的编号则为单数。

叮叮车都是双层车，坐在二楼，可以观看一路上鳞次栉比的高楼大厦，倒也算是一次观光之旅。

巴士也基本上是双层的，大概双层可以容纳更多的乘客。这些巴士在不太平坦的马路上晃晃悠悠地行驶，令人感觉随时会有倾倒的危险。然而，坐在车上却是相当平稳，而且票价也不贵。我坐了一趟前往香港大学的巴士，单程票价 3.7 元，不按距离远近分段计价。

巴士票价也不统一，巴士公司可能根据路程长短和行驶难易，制订了固定的票价。譬如，从中环开往山顶（太平山）的 15 路巴士，单一票价是 9.8 元。这趟车要沿着山路，艰难地攀上 500 米高的山顶，路程或许不算远，但却是一路山道，行驶艰难。而中巴车票价则更贵，我从港大坐到中环，单程 6.5 元。车上还甚为凌乱而且破旧。

香港出租车比起北京大概要贵两三倍，行驶于岛内和新界的红色出租车起步价是 24 元，每 200 米加价 1.6 元，等候 1 分钟 1 元。因此，我们在港期间，除了短途打车外，几乎不敢打车，怕费赀不菲。

同北京相似，在香港最为便捷优惠的出行方式是搭乘地铁。令人惊讶的是，在这样一座居住密度如此高的都市，竟然密布着一条条地铁，几乎乘客希望前往的所有地点皆有地铁可以直达或辗转抵达。地铁票价从三四元到二三十元不等，每公里的价格大致在一两元。从离岛大屿山的国际机场乘坐机场快线到香港（中环），单程需要 100 元，四人联票则可打 7 折。

在香港，乘坐公共交通可以办理八达通，就像北京的一卡通一样，刷卡十分便利。香港是世界上道路交通密度最高的地区之一，其道路网络大致分为公路、桥梁及隧道。数据显示，目前香港有 15 条主要行车隧道、1325 条行车天桥及桥梁、1197 条行人天桥及行人隧道。这些基础设施保障了香港的交通工具可以搭载着市民到达每一个地方。

听上去很美的“购物天堂”

香港一直被人们誉为购物天堂。这一方面，指的是这里的货品和商品特别齐全，世界各地生产的各种商品几乎都能在这里买到。另一方面，则是这里的商品税收低，甚至是免税，价格比较实惠。香港号称全城无假货，没有假冒伪劣商品，信誉度很高，因此内地每年涌进香港的5000多万游客，便成为市场消费的主力军。

无论是在铜锣湾，还是在湾仔和中环，到处都林立着商场、店铺、饭馆。街上到处都是出售世界著名化妆品、箱包、服饰、珠宝、药品等商品的商铺。单是专卖化妆品的万宁店，几百米之内就有两三家。

由于内地游客的剧增，香港本地讲普通话的人数也在日渐增长。根据2017年2月香港特区政府统计处公布的数据显示，香港人口中，华人比例约为92%；5岁及以上人口中，能说普通话的人所占比例，已由2006年的40%增加至2016年的49%。普通话的通行、汉字在这里的普遍使用，使得内地游客在香港购物几乎可以做到零距离、无障碍。因此，从香港回来的内地客，大多是大包小包地往回拎。

然而，笔者也体验到了不少大不如内地的事情。比如，在街边的小饭馆吃饭，一碗车仔面大约要50元，价钱比较贵。更尴尬的是，居然不能刷银联卡，不能微信或支付宝支付，不能付人民币，只能付港币。在米其林一星级的鼎泰丰吃面，价钱比起小饭馆的又要贵上20%。此外，还要额外支付15%的服务费，三碗面花了我们220元。6月12日下午，因为8号台风“苗柏”在深圳附近登陆，香港所有的大商场全部暂时关门停业，连香港股市也停牌了。当日香港时而疾风、时而暴雨，当香港天文台正式发布台风警报后，学校纷纷停课。家长接连接到通知，一会儿说是要上课，当把孩子送往学校的途中却又接到通知说要停课，让把孩子送回家，家长都被搞糊涂了。

在时代广场的LV专卖店，我更是经历了一次购物的滑铁卢。为了给家人买个正宗LV小背包，我请店员推荐了一款价格较为低廉的经典款式。付完钱我要求开具发票，店员打印了一张英文的纸张给我。我提出质疑：上面没有盖章，这是正式发票吗？对方回答：我们LV的发票就是这样的，凭借这张发票可以实现全球联保，在北京也有LV的保修点。

回到宾馆，我将小背包照片发给家人，她却并不喜欢，又认为价钱太高，坚决要我退掉。次日10点，时代广场一开门，我便赶到LV专卖店，要求退包。专卖店女经理回答：可以换货，但不能退货。我问：我不满意，为什么不能退货？女经理说：我们在发票上写明了我们的商品是不能退货的。

我这才仔细打量手中的收据。在最底下的几行打印的英文字里，确实写明了商品一经售出，不能退货，但在一个月之内可以换货或改换信用票据（可用于购买LV其他产品）。我说：昨天下午，你们的店员并未告知我你们的商品不能退货，也未提醒我你们的收据上有这个说明。况且你们的这个申明是英文的，没有中文标识，更没有我的签名确认，属于贵店单方面的申明，这是一种霸王条款，我凭什么要接受？！

女经理回答：我们就是不能退货，香港都是这样规定的。我让她给 LV 香港总代理联系，得到的回复也是不能不满意就退货；要退货，需要经销店主决定。但是女经理却告诉我，她还要向上级请示，再协商，最快当晚或次日早上才能答复我。我说：那你就赶紧联系吧！我昨天就告诉你的店员，我是为家人买的这件商品，现在我家人不满意，坚决要求退货，你们就赶紧帮我退掉呗！

女经理拿着手机，拐进店铺深处去了。过了一会儿，出来告诉我，请示了上级，这个包不能退。我说：香港不是购物天堂吗？你们怎么能这样对待顾客上帝呢？我们在北京都可以在 7 日内无条件退货，对方回答：因为我们这里是香港，香港就是不能退货。

我百般无奈，找到时代广场的服务台，反映了我的诉求。值班的女士让我稍等，然后打了一个电话。过了不到 5 分钟，三个穿着深蓝色制服的商场保安拿着对讲机，走到我跟前。这又出乎我的意料，我原以为会是商场的值班经理之类的人来接待我。

保安带着我去找 LV 女经理。一位看似保安负责人的中年男子让我在店外稍等，他走进去同女经理交涉。过了一会儿，他出来告诉我对方不同意我退货，现在我可以有两个选择：一是报警，让警察来处理；一是向香港贸发局或者消费者委员会投诉，并且给了我投诉电话：12583 和 29292222。

在香港，电话直拨即可。我试着拨打 12583，是一连串自动接听的应答，没有人工接听。于是我又拨打了 29292222。一位女士接听了我的电话。在听完我的诉求之后，她解释道，在香港，只有质量有问题的商品才可以退货，不可以不满意就退货。这是香港的法律规定，她说。我问：在内地都可以无条件退货，香港不是号称购物天堂吗，为什么在这里我不满意的商品都不可以退货？何况我是昨天下午才买的，拿到手里还不到 20 个小时！女士回答：因为香港和内地是“一国两制”嘛！香港就是这样的规定。

这下，我彻底无语了。是啊，“一国两制”，香港同内地是有区别的。香港并不是尽善尽美的，不是可以任性购物、随性消费和撒娇的地方，一切都要遵从法律。

在内地，在北京，我们可以刷银联卡，可以用微信支付、支付宝支付，但是在香港，却没有微信支付和支付宝。在内地，购物可以随意退货，不满意就退货、一言不合就退货、7 日内无条件退货，然而在香港，只有遇到商品有质量问题，才可以退货。

这是真实的香港。她，并不像我原先想象的那样自由、任性和随意。她是有规则、有秩序、有制约的。

在香港，许多商品甚至比内地还昂贵。譬如，宝和堂生产的珠珀猴枣散，北京的药店通常卖 60 多元，而香港药店的售价都在港币 138 元左右，约合人民币 120 元，几乎贵出一倍。但是，进口婴儿奶粉香港的确实比内地的便宜。比如雅培奶粉的售价大致相当于内地的一半。然而，香港政府对此又做出限制，出境时每人限带两罐奶粉。

香港的农副产品 95% 来自内地。所有产品都可以追溯产地和每个销售环节。在每个大街区，路边都设有一个街市，专门出售各种生鲜食品等农副产品。街市大致相当于内地的农贸市场，街市内的卫生亦不乐观，地上流着污水，气味很大，商品杂乱堆陈。这里的水果和蔬菜售价平均比内地贵一至两倍。

新香港人

香港是世界著名的金融中心。对于内地学子而言，香港同样拥有极大的吸引力。回归 20 年来很多内地学子纷纷来此求学，期望在这里学习香港的金融、科技或人文的精髓再回到内地，这样就可拥有个人独特的核心竞争力。

2008 年，香港特区政府放宽内地毕业生无条件留港一年，如果在港持续工作 7 年，便可获香港永久居民资格。

一连串的利好消息，鼓动着越来越多的内地学子和大批热血青年奔赴香港。香港回归 20 年间，许多内地青年成了“港漂”。根据香港大学教育资助委员会的数据，自 2010—2011 年度开始，内地学生赴港留学的人数呈现井喷式爆发，截至 2014—2015 年度，内地赴港学生总人数达到 11610 人，即过去 5 年内每年都有约 577 名学生从内地到香港读书。根据香港大学 2011 年的调查显示，超过 9 成的内地生毕业后选择留港发展。而现在，越来越多的内地毕业生选择回到内地发展。

有不少留港工作的内地青年，在香港购买房子，获批为香港永久居民，从“港漂”变成新香港人。

一路陪同我们漫步中环的吴小姐是港中旅客户部经理，她在香港打拼了十几年之后终于买上了属于自己的 28 平方米的房子。香港一家媒体的盛副总经理刚为自己的儿子买了一套 40 平方米的住宅，耗资 680 多万元。而文化中心负责人吴女士新买的一套 60 多平方米的房子更是花费了 1000 多万元。

在香港，住房相当紧张而且房价昂贵，就像出租车是按照每 200 米计价一样，香港住房是按照建筑面积以呎（平方英尺）为单位计价。1呎约等于0.09平方米，每呎售价大多在一两万元。在香港，千呎住房便被称为豪宅，其实际大小也就90平方米左右。有的明星住房有两三千呎，便堪称巨豪宅。但香港住房得房率高，使用面积与建筑面积的比率基本都在85%上下。因此，40平方米基本上就是两居室，60平方米就是三居室。

能够在香港买下房子，便可在此定居，堪称中产阶层。而更多的人尤其是大学毕业参加工作不久的人，基本上只能租房来住。房租亦相当昂贵，特别是在市区，工薪阶层的收入几乎要拿出一半甚至全部才能租得起房。

在香港，生活确实不易。许多人打拼了一辈子，可能也买不起房。人到中年，像港中旅的吴小姐那样能够买到自己的房子并成为香港永久居民的，应该算是其中比较出色的人。许多内地移民来的新香港人，他们在香港买的第一套房，大多须借助父母的赞助。

香港房子密集，绿地奇缺。住在铜锣湾的酒店，边上却有一个维多利亚公园。这是方圆三四公里内最大的一个公园。在港岛寸土寸金的中心，很难见到成片绿地或草坪，街上的道旁树显得格外孤单。大片的树林只有往南向山道上行才能见到。然而在著名的维多利亚港的海边，却有这一处1000平方米的公园，里面有一片片树木花草，点缀以各种健身器材等。晨练的人们正在锻炼，阳光从树叶缝隙照射下来，令人感觉这是闹市之中的唯一清凉栖息地。

香港朋友推荐说，有时间去看看郊野公园，赤柱、西贡、元朗都有，你会看到一个完全不一样的香港。在那里，绿树成荫，草坪如镜，大海蓝天相互映照，人与自然浑融一体，可漫步，可疾行，可彳亍，可徜徉。在那里，人们可以呼吸到更清新、更自然的空气。

香港的朋友还介绍说，香港人很重视文化。如果在小区内有一家书店，人们就会觉得这片小区有更好的文化气息和氛围，那里的房价也会高一些。在超市和商场里，会特意辟出一块图书角，销售图书。尽管卖书往往都不赚钱，但是有图书角的商场给人感觉更有文化，因此也更能吸引当地的顾客。如今，香港的书店盈利的不多，大多转向多种经营。而更多的书店纷纷搬到商铺的二楼去营业，被称为“二楼书店”，就是因为二楼的租金更低廉。

在香港大学，我看到，地铁出口处便是港大的教学楼，电梯乘到三层便能直接走进楼里。大学没有专门的传达室，甚至没有校门。登堂入室亦不见保安来查询证件。大学内，几乎见不到草坪或空地，只有学校背靠的山上有成片的树林。港大最开阔的空地大约当属大学街。这条横贯校园东西的红砖铺就的“街道”穿楼而过，其实应该称作楼道走廊。只是因为它比较宽阔，可以并排行驶四辆汽车，而被称为街。大学街的两侧，都是高耸的教学楼。令人惊奇的是，在北侧居然有一家面积估计有上千平方米的大学书店，店内出售各种中英文图书。

香港实在太拥挤了，人太多，楼太密。走在路上，经常会看到一些居民打出来的抗议“见缝插楼”开发新的房产的白色横幅。即便如此，所有的车辆似乎都停在了停车场或车库里，街上没有乱停乱放的现象。马路上车水马龙却不见拥堵。这大概正是香港的神奇之处——有时我也纳闷：那么多人，那么多车，夜深人静之时他们都藏到哪里去了？弹丸小地之香港，如何能够容纳 700 多万人呢？

在中环，在小商亭前的长椅上，我见到了一个正在打盹的流浪汉。周末，在边宁顿街的过街天桥上，我看到了成群结队的、包着头巾的菲佣，她们三五成堆，都在闲聊或拿着手机玩着什么……

香港是美丽的、绚丽多彩的，香港是富于朝气、充满活力的。同时，香港也并不遮蔽她的不足、她的问题与危机。

这是一片生机勃勃、流光溢彩的城市。回归 20 年，香港依旧是发达的、繁荣的。等到回归 50 年、回归 100 年时，我们一定还能看到一个依旧青春、活力四射的国际大都市。

香港是中国的，也是世界的。

她是东方之珠！

《中国艺术报》2017 年 6 月 30 日

历史视野中的雄安新区

彭秀良　庞凤芝

4月1日，中共中央、国务院宣布设立雄安新区，并指出这是以习近平同志为核心的党中央做出的一项重大的历史性战略选择，是继深圳经济特区和上海浦东新区之后又一具有全国意义的新区，是千年大计、国家大事。规划建设雄安新区，是中共中央、国务院经过深入研究和科学论证做出的重大战略决策。雄安新区将成为京津冀城市群当中一颗耀眼的"新星"，我们把雄安新区放到京津冀城市群演进史的大视野中进行观察，就可以发现，雄安新区的设立有着一条清晰的历史脉络。

我们今天所说的京津冀城市群，不应该是一个行政区划概念，而应该是一个地理学概念。从这个意义上界划京津冀城市群的组成单元，包括北京、天津这两个超大城市，石家庄、唐山两个特大城市，保定、张家口、秦皇岛3个大城市，沧州、承德、廊坊3个中等城市，以及迁安、遵化、三河、涿州、高碑店、安国、定州、新乐、霸州、任丘、河间、黄骅、深州、晋州、平泉15个小城市，总共25个城市。雄安新区将成为这组城市当中的第26位成员，当然它的规模会归入大城市之列。

北京作为帝都时代的雄安三县

北京是京津冀城市群当中最早形成规模的城市。元代，北京被称为大都，但未能带动周边城镇群的兴起。明永乐十九年（1421年），明成祖朱棣迁都北京，拉开了京津冀城市群崛起的序幕。北京成为帝都，对周边城市带来了深远的影响，体现在如下四个方面：第一，北京城居民和附近驻军人数增多，需提供粮食与其他生活用品；第二，北京城发达的手工业和匠户制度，在繁荣京城经济的同时，也产生了扩散效应；第三，为加强防御，北京城及周边地区设立了大量的卫所；第四，北京城频繁的战事使其文化中心作用经常遭到破坏，这就要求在周围城市中有文人的退避之所。

明代的京津冀地区属京师管辖，也称北直隶，领8府、2直隶州、17属州、116县。明代的行政系统沿袭了以前朝代的行政单位设置，最高级是中央政府的六部（吏、户、礼、兵、刑、工），其下是省一级的布政司衙门，再其下是府和直隶布政司的州（俗称“直隶州”），最底下是县和府属州（俗称“散州”）。

保定即为明代京师所领8府之一，领3州、12县。现在的雄安三县（雄县、安新县、容城县）均属保定府管辖，只不过当时是1州3县。1州是安州（“散州”），3县是指雄县、新安县和容城县，但新安县为安州所领。1913年废州治，安州改为安县，属直隶范阳道；1914年安县与新安各取其名之首字合并为安新县，属直隶省保定道，1928年属河北省。今天的安州地名犹存，是为河北省安新县安州镇。

明代中前期，有蒙古族人的扰边之患；后期，又有农民起义军进犯京师之忧，保定拱卫帝都的军事意义不言而喻。但在明代，保定始终是一座府城。到了清代，保定的军事地理位置更加重要。清康熙八年（1669年），直隶巡抚由正定移驻保定城后，保定开始以直隶省省会的身份出现在历史舞台上。清雍正二年（1724年），升直隶巡抚为直隶总督，仍驻保定。此后直至清末，便一直沿袭着直隶总督督管直隶全省的制度。成为直隶省省会的保定不仅承担着直隶省的行政管理、征收赋税和司法审判等职能，且承接了首都北京扩散出来的部分政治、文化教育职能，是北京的政治辅助城市，雄安三县仍为保定府所领。

明末清初的雄安三县文风鼎盛，曾出现过北派理学的代表性人物孙奇逢。孙奇逢（1584—1675年），字启泰，号钟元，原籍容城县北城村，晚年移居河南辉县苏门百泉之夏峰，故学者皆称其为夏峰先生。明清两代，朝廷多次征聘他为官，他都予以拒绝，而以讲学著述终其生。明朝末期，他在家乡容城县北城村和定兴县江村讲学，江村书院“天下共仰为传灯之地”，甚至可与王阳明故里浙江姚江媲美；清顺治初年，继续在畿辅地区讲学，容城、清苑、雄县、新安等县士子纷纷从其学习，静修书院、春晖堂、双柳居等都是他讲学的处所。顺治七年（1650年），因家乡土地被清军圈占，被迫举家迁往河南辉县，继续从事讲学和著述，并终老于此。孙奇逢与黄宗羲、李颙一起被学人尊为清初“三大儒”，而其中又以孙奇逢的辈分最高，声名最大。孙奇逢还是一位气节奇伟之士，曾经勇敢地参加反对魏忠贤阉党和抵抗清军侵扰的斗争，因此获有“始于豪杰，终以圣贤”的美誉。梁启超曾这样称赞孙奇逢：“他是一位有肝胆，有气骨，有才略的人。晚年加以学养，越发形成他的人格之尊严，所以感化力极大，屹然成为北学重镇。”

天津开埠后的雄安地区

明代在行政系统之外，还并行着另一个管理疆域的独立系统，即军事系统。明代的军事系统自上而下为都指挥使司（行部司、直隶卫）——卫（直属都司的守御千户所）——千户所，这就是卫所制度。明代的卫所并不是设立于行政系统的州县辖区之内、类似于近代兵营的军事组织，而是与行政系统的州县并存的军事性质的地理单位。在北京及周边地区设立的大量卫所中，天津卫对后来的城市发展影响至为深远。明永乐二年十一月二十一日（1404 年 12 月 23 日），设立天津卫；永乐二年十二月九日（1405 年 1 月 9 日），添设天津左卫，同时在此筑城浚池；明永乐四年（1406 年），改青州右卫为天津右卫。这就是天津卫、天津三卫和三津的由来。

明代的天津三卫，是纯粹军事性质的地理单位。清朝政权入主中原后，逐渐改变了明王朝的统治格局，将日渐衰亡的卫所制度取消。清雍正三年（1725 年）改天津卫为天津州，6 个月后升天津州为直隶州，辖武清、青县、静海 3 县，成为府一级的行政区域，天津开始向工商业城市转变。

清咸丰十年（1860 年），中英、中法《北京条约》签订，天津被迫开放为商埠。《北京条约》是第二次鸦片战争的产物，清政府在英法联军兵临城下的情形下，不得不答应英法等国修约、续约的要求，天津因此成为对外开放城市，历史学上习惯称为天津开埠。天津开埠对天津本身的发展产生了巨大影响，天津逐渐发展成为近代中国的军事工业中心、近代中国北方的民用工业中心、近代中国三北（华北、西北、东北）地区的贸易中心。

天津开埠更对京津冀城市群的发展产生了巨大影响，带动了一批工商业城市的兴起。首先，天津近代工业的兴起与发展，对煤、铁等原材料的需求量大增，于是有了开平煤矿的开办和煤炭工业城市唐山的兴起；其次，开平煤矿运输任务的加重，又直接推动了秦皇岛港的开发，并使得秦皇岛逐渐取代了山海关的地位，成为近代中国北方地区仅次于天津的港口城市；再次，煤炭运输的数量之大，又超出了中国传统运输方式的承载能力，铁路的修建势在必行，而铁路的修建又带动了一批新型城市的兴起，正太铁路的修筑使得石家庄由一个蕞尔小村发展成为华北地区重要的交通枢纽城市和初具规模的工业城市。

那么，天津开埠对雄安地区的经济社会发展产生了哪些影响呢？

第一个方面的影响是，从保定至天津的内河运输发展起来，雄安地区的大清河水系和白洋淀成为这条内河运输线的主要依托。清同治九年十月（1870 年 11 月），清政府决定裁撤三口通商大臣，“所有洋务海防事宜”归属直隶总督，同时谕令“将通商大臣衙署改为直隶总督行馆，每年于海口春融开冻后，移扎天津，至冬令封河，再回省城。如天津遇有要件，亦不必拘定封河回省之制”。至此，朝廷明确规定了直隶总督由保定、天津轮住的制度；直隶双省会制是全国首例，也是唯一的特例。在铁路运输和公路运输极不发达的年代，直隶总督往返于保定、天津间的交通方式首选水路。

随着直隶省会“轮住制”的实施和口岸开放的深入，保定的经济地位逐步下降，天津的经济地位逐步上升，两地间的货物交流越来越频繁。从天津输入的主要是工业品，至保定分散流入各个县乡村庄，而各个村庄乡镇汇集的农副产品，也大都从保定的刘守庙码头装船向东运往天津。内河客运也有了很大发展，并筹建了机轮船的航班业务。民国时期，由直隶省行政公署和北京政府海军部大沽造船所合资创办的直隶全省内河行轮局，于 1914 年正式开业。而行轮局正式通航的第一条航线即津保内河航线，于 1914 年 6 月 3 日试航，6 月 15 日正式开始旅客轮船运输。津保内河航运的繁盛，给沿线的新安镇、端村、安州等码头带来了经济上的繁荣。20 世纪 60 年代，由于上游修建水库，进入白洋淀的水量减少，津保内河航运量锐减，到 20 世纪 80 年代初彻底终止。

第二个方面的影响是，由天津传递过来的近代工业文明改变了雄安地区的生产方式和生活方式。清光绪十一年（1885 年），天津至保定的有线电报线路开通，经过雄县、安州、容城等县城，便利了这一地区的信息传输。宣统元年（1909 年），安州商人投资 1 万元开办了蚨丰织纺工厂，近代工业生产开始在此生根发芽。

第三个方面的影响是，传统的书院教育逐渐瓦解，新式学堂开始出现。袁世凯督直以后，在保定、天津开办新式教育，处于津保内河航线上的雄安地区得风气之先，也创办了多所新式学堂，其中有三所由传统书院改建的学堂很有特色。

雄县雄文书院又称九河书院，清同治十二年（1873 年），知县松龄提县库杂款创建，因雄县为九河下游而命名为“九河书院”，后易名为雄文书院。初创时，院内有讲堂、号舍，后来因无余款请山长招生肄业，院舍被借作县署，即“知县到任，往往以县署名圮毁，以书院为讼庭”。光绪三年（1877 年），清河道巡道叶伯英捐膏火银 1500 两，发商生息，动利存本，置书院田地 87 亩，得租若干，始聘山长，招生童数十人会课，每月官、斋二课，由知县、山长分别评文。“自是以后，文运日兴。”光绪二十九年（1903 年）冬，雄文书院院舍改建为县立小学堂。

安新县渥城书院始建于清康熙五年（1666 年），初为渥城义学，系刑部尚书高景为家乡所建，后任知县相继捐修。光绪二十九年（1903 年），书院改为新安高等小学堂。

容城县正义书院原名正学书院，清康熙十二年（1673 年）知县赵士麟创建于县城北大街。光绪二十八年（1902 年）颁布《钦定学堂章程》后，书院停办。宣统元年（1909 年）春，在书院旧址创办县立高等小学堂。

尽管雄安三县与天津从未有过行政隶属关系，但由于津保内河航线保持了将近一个世纪的“黄金时代”，雄安三县有着“上府（保定府）下卫（天津卫）”的交通区位优势，故而比较早地接触到了来自西方的近代文明成果，推动了当地的社会经济转型。

抗日战争硝烟中的雄安人

位于河北平原中部的雄安新区以平原地形为主，地势起伏平缓，包括积水洼地、湖成平原以及河漫滩，呈不连续的带状分布。其中白洋淀是典型的积水洼地，而雄安新区最为知名的自然景观也是白洋淀。现代著名作家孙犁那篇以“荷花淀”为题目的小说对白洋淀有这样的描写：

> 要问白洋淀有多少苇地？不知道。每年出多少苇子？不知道。只晓得，每年芦花飘飞苇叶黄的时候，全淀的芦苇收割，垛起垛来，在白洋淀周围的广场上，就成了一条苇子的长城。女人们，在场里院里编着席。编成了多少席？六月里，淀水涨满，有无数的船只，运输银白雪亮的席子出口。不久，各地的城市村庄，就全有了花纹又密又精致的席子用了。大家争着买：“好席子，白洋淀席！”

荷花淀只是白洋淀诸多淀泊中的一个，以生长着摇曳多姿的荷花而得名。小说《荷花淀》虽然以抗日战争的大背景为主题，却没有描写残垣断壁、生灵涂炭的场景，也没有描写金戈铁马的厮杀，而是着意于描写荷花淀的旖旎风光，以水乡妇女的从容谈笑显示出时代的风云变幻。但白洋淀确实在抗日战争的硝烟中涌现出不少的战斗集体和英雄人物，雁翎队是其中影响最大的一支抗日队伍。

侵华日军进入白洋淀后，在白洋淀决堤 128 处，千里田园变成了汪洋一片。日军所到之处实行“三光”政策，血雨腥风染红了淀水。在中国共产党的领导下，1939 年秋，白洋淀组成了水上游击队，“雁翎队”由此诞生。雁翎队最主要的战斗任务就是攻击通过白洋淀的敌人的运输船，有效打击敌人的后勤运输线。

那时候，日军从塘沽往保定运送军需给养，要穿行白洋淀四五百里地。他们往往是将十几艘船首尾相连，绵延百余米长，被称为“包运船”。1943 年 9 月 14 日黎明，雁翎队全体出动，埋伏在王家寨东边的横埝苇塘里，全歼了由 100 多只货船组成的包运船队，缴获了大批物资。雁翎队最后发展到 100 多人，成了白洋淀地区抗击日军的重要有生力量，有力地配合了主力部队的作战。

祖籍雄县龙湾村的孙连仲是一位有名的抗战将领。孙连仲（1893—1990 年），乳名席儒，后改名连仲，字仿鲁。1913 年，孙连仲在未征得母亲同意的情况下，私自到县城应募，怀着报效国家的情怀加入了北洋军阀部队。全面抗战爆发后，孙连仲升任第二集团军总司令，第一、第五战区副司令长官，第十一战区司令长官。第二集团军是台儿庄战役的主力部队。孙连仲因台儿庄战役的卓著战功晋升二级上将。除了台儿庄战役，抗战期间孙连仲还参加过武汉会战、豫南会战、石牌会战、常德会战等大小战役 30 余次，战功卓著。1945 年 10 月 10 日，时任十一战区司令长官兼河北省政府主席的孙连仲作为平津区受降主官，在北京故宫太和殿接受日军投降。

北京城市功能的演变与雄安新区的历史际遇

新中国成立后，雄安三县基本上属于河北省保定地区管辖。但是，这三县距离北京都是 100 多公里，这样的地理区位使它们遇到了难得的历史机遇。

北京既是首都，又是京津冀城市群最重要的城市，这就给京津冀城市群戴上了与其他城市群明显不同的光环，而这一光环又左右着京津冀城市群的发展定位。在新中国成立之初，就对北京城市的性质产生了争议，这一争议甚至影响到了今天北京的城市发展。当时的争议集中在两个方面：一是首都行政中心的选址；二是北京要不要大力发展工业。其实这两个方面是紧密联系的。

在首都行政中心的选址问题上，建筑学家梁思成、陈占祥提出了著名的“梁陈方案”。1950 年 2 月，梁思成、陈占祥《关于中央人民政府行政中心区位置的建议》（即“梁陈方案”）完成，梁思成自费刊印，报送有关领导。在这个方案中，他们建议“展拓城外西面郊区公主坟以东，月坛以西的适中地点，有计划地为政府行政工作开辟政府行政机关所必需足用的地址，定为首都的行政中心区域”。这个中心区域的西面，连接日伪时期开始建设的新市区，作为行政人员的住宅和附属设施。东面经西直门、阜成门、复兴门、广安门同旧城联络，入复兴门的干道直通旧城内长安街上各重点建筑，如新华门中央人民政府、天安门广场、北京市人民政府等。新行政中心建一个新的南北中轴线，北部为政府各部机关的工作地址，南部为全国性工商企业业务办公地址。但是，他们的建议未被采纳，苏联专家团提出的以天安门广场为中心建设首都行政中心的主张占了上风，当时的北京城市规划就是按照苏联专家团的方案进行设计的。

在北京要不要大力发展工业的问题上，苏联专家的意见也起了主导作用。1949 年 9 月，受中国政府邀请前来帮助北京进行城市规划的苏联专家巴兰尼可夫提交了《关于北京市将来发展计划的问题》的报告，就北京发展方向与定位提出了具有代表性的观点。他认为，“作为首都，不仅为文化的、科学的、艺术的城市，同时也应该是一个大工业的城市”。北京市政府建设局负责人曹言行、赵鹏飞支持苏联专家的意见，他们在 1949 年 12 月提交的《对于北京市将来发展计划的意见》中指出：“依据中央变消费城市为生产城市之方针，与苏联专家提出的必须发展首都工业……首都建设应该以发展工业为最中心的任务。”“苏联专家巴兰尼可夫先生提出了北京市将来发展计划的问题的报告，这一报告已引起关心首都建设各方面人士的广泛讨论。结合讨论的意见，对于将北京建设为一现代的、美丽的首都……意见是完全一致的。”到1954年，中共北京市委在上报中共中央的文件中进一步强调：

> 首都是我国的政治中心、文化中心、科学艺术中心。同时还应当是也必须是一个大工业城市。如果在北京不建设大工业，而只建设中央机关和高等学校，则我们的首都只能是一个消费水平极高的消费城市，缺乏雄厚的现代产业工人的群众基础。显然这和首都的地位是不相称的，这也不便于中央各部门直接吸取生产经验指导全国，不便于科学研究更好地与生产结合。

这份文件的名字是《北京市第一期城市建设计划要点》，明显地受到了苏联专家的影响。虽然这份文件最终没有报批，但将北京建设成为一个大工业城市的指导思想却被贯彻下来。

北京要建设成为全国政治、文化的中心，这符合首都城市功能的要求。但要将北京建成大的工业基地，确实是一个值得认真对待的问题。1949年以前，北京的工业基础十分薄弱，基本上是一个纯消费城市，而且还有十几万城市失业人员。因此，北京要迅速发展工业生产及解决人民的生活问题。可要把北京建成大工业城市和重工业基地，则势必导致北京过多地发展耗能多、污染大的大型企业，最终会影响北京的健康发展，削弱首都城市的核心功能。经过几十年的建设，北京城市的经济基础已经变得相当雄厚，尤其是改革开放以来，北京的经济建设成就更是有目共睹。但是，在北京城市经济获得大发展的同时，也产生了“城市病”，因而才有了疏解非首都功能的新路子。

北京非首都功能的疏解，首先要将制造业等资本密集型和劳动密集型产业向外转移，以2005年首钢的外迁为标志；其次，部分行政功能也要向外疏散，在通州规划建设首都城市“副中心”是其标志；再次，要跳出“摊大饼”式的城市发展模式，在北京之外重点打造非首都功能疏解集中承载地，在河北规划建设雄安新区，正是这一思路转变的具体体现。雄安新区的城市定位，不是取代北京的首都城市地位，而是立足于北京非首都功能的疏解，这是雄安新区设立的历史际遇。

《文史精华》2017年第7期

历史记忆

档案解密：人民大会堂建造始末

刘守华

1958年10月28日，天安门广场西侧，一座具有里程碑意义的宏伟建筑破土动工。人民大会堂，建筑面积17.18万平方米，象征中国最高权力的恢宏殿堂，庄严、雄伟，是至今仍被世界瞩目与赞赏的建筑经典。冰心曾经说："走进人民大会堂，会使你突然地敬虔肃穆了下来，好像一滴水投进了海洋，感到一滴水的细小，感到海洋的无边壮阔。"

解密档案，还原了当年建造这座殿堂的诸多细节。

大厦伟业平地起

北戴河，中共中央暑期办公地。1958年夏天，在此召开的例行会议上，中央做出决议：用一年时间，在首都北京建造一批具有时代纪念碑意义的经典建筑，以此庆贺即将到来的1959年共和国成立十周年庆典。

按照中国人的传统，逢十诞辰是大庆的日子，更何况是为磨难中崛起的新生共和国第一次隆重祝寿。

9月5日，北京市召开会议，副市长万里传达了中央指示，要求在1959年10月1日到来之前，建好人民代表大会礼堂（以下简称人民大会堂）、革命博物馆、历史博物馆、国家剧院、农业展览馆、民族文化宫、军事博物馆、科技馆、艺术展览馆、迎宾馆共十大公共建筑（作者注：十大建筑后来有所调整）。

此外，还要修建体育场、电影宫、百货大楼和长安饭店，建筑工程总面积多达70万平方米。再加上天安门广场扩建，东西长安街绿化，一些地下管道和路面道路的翻修，工程总投资在3亿元左右。

这将是新生共和国第一批标志性的建筑，其中，举行庆祝盛典的会场——人民大会堂又是"龙头"建筑、重中之重，成败与否或缓急与否，都事关全局。

此时距离 1959 年国庆节只剩下不到 400 天，而这些必须具备“最高艺术水平和最高工程质量”的建筑，每一平方米的工程量都要数倍于以往一般工程。

纽约联合国总部大厦的建造用了 7 年，日内瓦“万国宫”耗时 8 年，比“十大建筑”只晚一年开工的悉尼歌剧院，则足足建造了 14 年。且不说十大建筑要同时开工，即便只是单独建造一座宏伟的人民大会堂，也近乎是天方夜谭。

如此浩大的建筑工程量，中国建筑界“没做过、没见过”，甚至根本“没学过、没听过”，更何况还要在如此短的时间内完成。

“不是有人不相信我们能自己建设现代化国家吗？老认为我们这也不行、那也不行吗？我们一定要争这口气，用行动和事实做出回答。”万里的动员讲话掷地有声。

任务责无旁贷地落在了北京市的肩上。随即，以市建委主任赵鹏飞为总指挥的国庆工程指挥部成立。但即便倾尽全市之力，困难依旧超乎想象。

9 月 6 日，北京市委以“特急”等级的函件，发往建筑人才比较集中的上海市、湖北省、广东省、辽宁省、吉林省、河北省、浙江省人民委员会，电请这些省市设计专家火速来京，用最短时间，设计一座属于人民的大会堂。邀请名单是中国建筑学会开列的，北京市委希望各省人民委员会能够督促被邀人员在 9 月 10 前来京。而此时，新中国尚处于初建阶段，全国都在大兴土木，为了不影响外省建设进度，消除他们的担心，此函件在最后特意注明：“任务完成后即返回。”

短短 4 天，梁思成、杨廷宝、张开济、吴良镛等 30 多位全国顶级建筑师便云集北京。

此前，北京市已发动、组织了 1000 多位设计师参与设计，提供了人民大会堂工程总体设计方案 150 多个，但因为意见不一致，经过 7 轮评选，依旧没有能够脱颖而出的理想方案。显然，人民大会堂方案定不下来，庆典工程将成为空谈。于是，周恩来总理在国庆前夕指示：要进一步解放思想，除老专家之外，还要发动青年同志参加国庆各大工程项目的方案设计。

到 10 月 10 日，经过专家们的努力，不少设计方案得到完善。虽然使用单位对各设计方案的平面布置还比较认同，但在立面造型方面却分歧较大。

“为了将首都建设得更好，特别是对天安门广场周围的建筑如人民代表大会礼堂等尤力争完美，使之具有高度的建筑艺术水平”，北京市委再次致函各省、市、自治区人民委员会，征求对国庆工程的设计意见，并希望各地也能够提出设计方案。

最初，对人民大会堂的设计要求是：建造一座能容纳万人的大礼堂。第二轮又增加了 5000 人的宴会厅，第三轮全国人大常委会办公楼也加进来。虽然功能不断扩展，但建筑面积却依旧要求限定在 7 万平方米以内。这无异于“螺蛳壳里做道场”，何等的智慧才能精打细算地把全部功能合理安排在这么狭窄的空间内，且又不显得“小家子气”啊，这真是一道难解之题。

最终破解难题的是北京市规划局的年轻设计师们，赵冬日及同事在副市长刘仁的鼓励下，大胆提交了一个建筑面积 17.18 万平方米，超过原来建筑面积一倍多的设计方案。

此方案能否获得通过，谁心里都没有底。一方面，中央从未明确表示过放宽建筑面积的限制；另一方面，当时新中国独立建造的最大建筑是北京展览馆，只有 5 万多平方米，7 万平方米的人民大会堂已经要刷新纪录，更何况还要再多建十多万平方米，超过了故宫全部建筑面积的总和，这岂不是更要延长工期？

10 月 14 日，为尽快确定人民大会堂设计方案，刚从外地风尘仆仆返京的周恩来总理，邀请设计专家来到中南海西花厅。那天，送审的三个方案分别由清华大学、市建筑设计院和市规划局提供。周恩来一边看，一边比较，问万里：“北京市意见如何？”万里汇报了市里推荐规划局由赵冬日等主持设计的方案。周恩来又反复看、反复对比，一再征求在场人员意见，最后拍板：“就用这个！工程具体设计由市建院负责。”随后，他向中央做了汇报，并最终获得通过。

中央没有“计较”十万平方米的超标面积，主要是看中了两点：一是该方案全部采取一般建筑的比例，只是在尺度上大胆放大了一倍，显得气势非凡；二是设计了宽敞的中央大厅，既可作为休息大厅，还能举行纪念活动。

就在人民大会堂设计方案敲定的同时，难度巨大的搬迁工作也基本完成。

人民大会堂的位置选定在天安门广场西侧，皇城根下。这样的黄金地带，让世代居住于此的老百姓以此为荣。而人民大会堂的建设，将涉及搬迁机关 67 处、民宅 680 余户，共计 3993 间房屋，难度可想而知。

据北京市房管局《拆迁人民大会堂总结报告》记载，按原计划至少半年才能完成的拆迁工作，仅用了不到一个月就全部完成。

当年新闻纪录电影制片厂专门拍摄了搬迁时的影像资料，从一张张笑脸可以看出，首都市民真是无愧于“首都”二字，“舍小家、顾大家”，支持国家建设，这样的觉悟体现了他们的高风亮节。有些市民早在夏天时就开始在三里屯、虎坊桥一带自己找房子，不给政府添麻烦。

9 月 15 日，搬迁工作开始。当时正临近 1958 年国庆节，为保证天安门广场的庆祝活动顺利举行，国庆期间一切都要保持正常，只能在活动结束后，才能开始原有房屋的“拆除”工作。同时，还有电线管道和旧电车道路的拆除，以及伐树、平整土地等。“快速拆，妥善迁”，在这样的指导方针下，到 10 月 10 日，开工前的各项准备工作已经基本完成。

虽然说人民大会堂的设计方案已经敲定，但那只是个“轮廓”，十多万平方米的内部结构几乎还是空白。但时间不等人，无论如何工程必须破土。

10 月 27 日下午 3 时，国庆工程办公室召开会议，对各工程的设计进度提出了精确到日的要求。其中，“人民大会堂和历史革命博物馆必须在 10 月 28 日出基础施工图，11 月 5 日出地平图，11 月 12 日出一层结构图，以后每隔一周出一层结构图”。

10 月 28 日，天刚蒙蒙亮，北京市王牌建筑公司——市一建公司的 4100 多名员工就来到天安门广场，铲起了人民大会堂这座宏伟建筑的第一锹土。

设计施工齐并进

建筑面积一下子扩大一倍多，这让建筑界许多专家学者没有缓过神来。于是，书面意见雪片一般飞到周恩来总理面前，矛头直接对准人民大会堂的“大”。

11 月初，周恩来召开会议，站在政治高度向专家们做了诚恳解释：圣彼得教堂是神权社会产物，有意识地使教徒进入后感觉天主伟大、自身渺小。我们不同，人民是国家的主人，大会堂的空间、体型、面积虽然扩大了一倍，但同样要注意由内而外体现“平易近人”，不要故弄玄虚，让人成了物的奴隶。受客观条件所限，现在对大会堂的建设要求只剩下一个，那就是“一万人开会、五千人用餐、八个月盖完”。

一场争议终于平息，“大”的概念也随着工程推进，逐步得到专家们的认可。

这是一个浩大而复杂的工程，施工项目多达 1000 多项，但此时，土建虽然已经开始，图纸却还没有全部完成。

设计与施工如同工程两翼，面对这样一个工期紧、工程量大的政治任务，只有打破常规，多头并进。边设计、边施工，一切在现场解决。市建院的几十名工程师全部搬到工地，与施工单位面对面，在充分考虑实际的施工条件下进行设计，并在用料和做法上听取施工方意见。这样，不仅节省了时间，也避免了设计中的不合理现象。此外，出图顺序也根据施工进度来安排，实在来不及正式出图，就根据草图制定施工方案。

北京市工业安装公司负责人民大会堂的通风工程，他们在总结中特别强调设计人员在现场的优越性。因为通风工程要在土建阶段预留槽洞，而当时施工图纸没有出来，甚至没有草图，但土建工程进度又丝毫不容延缓，他们就和设计人员一起，到现场共同确定部位，留槽留洞。对那些没有图纸又需要立即预制的项目，他们就自己画图或制成实物样品，请现场设计人员审核签字，立即投入预制加工。

工地上热火朝天，甚至除夕之夜都灯火通明、机器轰隆。施工进度突飞猛进，《国庆工程简报》第26期载，12月初，人民大会堂宴会厅的基础混凝土已全部打完，礼堂西部仍在挖土，其余部分在打基础混凝土。常委办公楼东南角和中段的一部分已经在打混凝土。

设计必须跟上。1959年春节刚过，北京市就向17个省市的71名全国著名建筑专家发出邀请，赴京参加"国庆工程设计审查会议"。2月23日开始，汪季琦、梁思成、茅以升等专家悉数到会，两天的大会报告及参观工地后，专家们又分成建筑组和结构组，进行了为期7天的讨论，重点就是人民大会堂工程的设计。

专家们边看边画，情绪热烈，纷纷贡献自己的智慧，在不妨碍施工的前提下，根据实际情况，进一步完善设计，提出了558条意见，并在大会上提出了22项具体可行的结论性意见。

比如人民大会堂的人员疏散问题，原设计疏散时间需10至13.7分钟，专家们一致认为疏散时间过长，应增加出入口及太平门。结论性意见是二层南北门厅内出入口由原来的8个增加到10个，一层南北休息厅的门由原来的各1个，增加为各3个。再比如厕所问题，专家们认为原设计仅考虑了一般定额的安排，如果开大会将会发生拥挤现象，尤其是小便器数目应该增加，出入口应设两个门。结论性意见是尽可能多设厕位，多辟门，并设法争取在大会堂的夹层部位增加厕所数目。

举国上下施援手

国庆工程全面铺开，物资供应和施工队伍都有海量需求。

在1958年10月27日召开的国庆工程会议上，北京市副市长冯基平表态："这个担子落在北京市身上是很光荣的，但是也很艰巨。""中央各部和全国各地也在大力支援，但是需要北京市加工和制作的仍应由我们自己来做，能做的要坚决地做，不能做的也要千方百计地做。"北京方面也的确克服各种困难，抽调了三万人的施工队伍，但人员仍捉襟见肘。而且国庆工程加工订货和市场采购的物资，品种繁多，规格复杂，涉及面广。这样史无前例的艰巨任务，只有依靠举国之力才能完成。

11月26日，国庆办公室发函，请求各省市支援工程材料、设备和技术工人。

当时是计划经济，建筑材料和机具设备都由国家统一调拨。北京市希望各地对于已经签订供货合同的，督促有关厂矿企业保证按期如数保质供应。尚未签订合同的迅速接受订货，组织生产。为了能够尽早组织生产，避免由于往返申请、调拨而延误时日，加工订货所需材料一般以就地解决为好，如需另外拨给原材料，最好请各省、市优先垫付，将来再由国家计委专款拨还。建筑材料和机具设备的铁路运输除铁道部统一安排运输计划外，希望各地优先安排。

国庆工程 10 个工地同时开工，要使用数量巨大的施工机械。而此时进口机械大部分尚未到货，现有机械有限，又无法满足需要。11 月 29 日，国庆办公室召开会议，决定成立机械施工站，由各施工单位抽调业务熟练、有独立工作能力的同志组成，每月根据生产计划，统一平衡、调度使用各种机械，最大限度发挥机械使用率。

为了避免各施工单位分别自行去外省接洽供货，造成混乱，12 月 17 日，北京市委又致函一些省市，决定在上海、辽宁、河北、广东设立国庆工程办公室工作组。由工作组统一安排支援机电、水暖、通风、冷冻器材和卫生及室内装饰设备的供应问题。

此外，对于缺口较大的型钢、钢板、铜、铸铁管等部分材料，指挥部要求各单位查清库存，摸清家底，克勤克俭地使用。虽然为确保质量要尽可能使用最好的装修材料，但确有缺口，又实在无法解决时，为保证工程进度，还是可以从实际出发，采取变通办法，找代用品或暂时采用较低标准的材料代替。

不久，全国 18 个省、市、自治区先后派来 7700 多名优秀建筑工人参加建设，同时，解放军、公安部队、机关干部和学生报名参加的义务劳动大军也陆续抵达。杨勇将军带领 160 名志愿军归国代表团的代表来了，2000 余名参加全国妇女代表大会的代表也来了。有些到北京出差的同志，利用在火车站候车的短暂时间，也要急急忙忙地跑到天安门广场，铲一锹土，献一份力。

据统计，参与人民大会堂建设的劳动大军共计 30 万人次。23 个省市的 200 多家工厂为人民大会堂赶制了大批设备和材料成品。

工程进入倒计时

1959 年 3 月 11 日，在北京市人委交际处楼上会议室，万里主持召开了国庆工程会议，确定了国庆工程必成项目的竣工日期，人民大会堂的竣工日期为 1959 年 8 月 15 日。

铁定的日期，将“后门堵死”，工程进入倒计时。此时，工地上有 30 多个施工单位、14000 多名职工，配合协作关系极为复杂，加上人员来自四面八方，管理也是难题。特别是要掌控如此大型的工地，大多数管理者尚缺乏经验。

化大为小，将一栋大楼当作几栋小楼来盖。就这样，管理者把复杂问题简单化，统筹安排，集中优势力量对主要项目和关键部位进行重点突击。

开工之初，为使组织管理工作细致缜密，有关方面设置了总指挥部、分指挥部和工段三级施工指挥机构，并在总指挥部的统一领导下，实行分层负责、分片包干、施工责任等制度。实践证明，这种做法行之有效。

在三级施工管理机制下，针对人民大会堂重点突击的关键部位万人大礼堂和宴会厅，指挥部又将工程分为土方、结构、钢梁、装修、设备安装、室外管道庭院六大战役。每个战役又按照不同项目、工序和部位分成若干小战斗。由于小战斗时间一般是两三天到六七天，时间短、目标明确、任务具体、口号响亮，不仅便于组织，也便于群众对任务的理解和完成，而且战斗之间首尾相顾。这样，就可以让“生产运动一浪赶一浪、一潮高一潮地向前推进”。

同时，有关方面还要求各设计施工单位，根据完工限期迅速安排工程进度，列表上报，作为检查依据；并按日做计划，安排要细、检查要勤，公司每天最少检查 1 至 2 次，完不成计划，轻则写检查，重则处分，以强调执行计划的严肃性。5 月 13 日出刊的《国庆工程简报》显示，此时人民大会堂的总工作量已经完成 35.5%，全面进入装修阶段。

成败与否，在此决战。

6 月 2 日至 21 日，北京市召开国庆工程五级干部会议，直接参加会议的有 4000 多人，其中 60% 是队组长一级的不脱产干部。参加国庆工程的全部 9 万名职工，都听取了传达，参与了讨论。

此次会议目的很明确，“进一步动员群众，鼓起更大的干劲，打好最后一仗，保证各个国庆工程按期竣工或基本竣工；同时整顿劳动纪律，克服严重浪费，提高群众觉悟，改进企业管理”。

装修阶段质量要求高，技术复杂，需要多工种同时作业，而且雨季即将到来，也会给施工带来不便，这一切都在考验建设者们。

为此，指挥部提出了完成任务的保障措施：要集中优势兵力，突击展览厅、宴会厅、大礼堂等国庆十周年庆祝活动必须使用的关键部位；实行两班或三班施工，集中人力和物力，充分利用时间和空间，保证提前完成。由于工期短促而紧迫，任何一个环节不完成计划或拖期，对整个工程如期竣工都是一个威胁。为了防止拖泥带水、丢三落四的麻痹思想，要求各工程要分层、分栋、分厅指定竣工负责人，全面安排各层、各栋、各厅的零星收尾项目，做到随装修、随收尾竣工、随验收，不能全部拖到最后再来一个大的收尾阶段，耽误时间。同时还将质量、工期、效率和材料消耗各项指标指定到组，队组分片包干，明确责任，建立钢筋、木材、水泥等主要材料及高级装修材料和工具的限额领取和回收制度。设计中原设计过于烦琐、重叠和形式主义的地方，需要及时简化和修正，但必须在不影响工程进度和保证工程质量的前提下，与施工单位和甲方共同研究、商量，并取得他们同意。各队组要开展评比竞赛，实行超额奖励。正值夏天，要特别关心职工的生活福利和安全生产问题；保证职工 8 小时的睡眠时间，中午要休息，能够就近喝到开水，饭菜要有稀有干，尽量做到吃饭少排队。

6 月 21 日，总指挥赵鹏飞在总结大会上说：开了 20 天会，会上提出的很多问题都在不断改进，也见到了明显成效。不仅生产效率提高了，劳动纪律也有所加强，去吸烟室的人少了，出勤率明显提高。最突出的成绩是严重浪费现象有了扭转。人民大会堂工地 6 月 12 日至 16 日，仅仅四天就清理出钢筋头一百多吨，并日夜派人看管大理石地板材料，防止丢失浪费。一些工人在讨论中，对自己不爱护公共财产做了自我批评。市政五公司一位工人说：有一次我把铁锹把摔断了，便连把带锹都扔了。又有一次临下班时铁锹掉到沟槽里，也没去捡。可是自己的皮带圈丢了，却牺牲午睡时间到现场找了三次。一把铁锹几块钱，一个皮带圈几分钱，为什么对待两种东西两种态度，就因为前者是国家的，后者是自己的。所以要提高自己当家做主的责任感。

这次大会还表扬奖励了 1300 多人，都是各单位一贯工作积极，爱护国家财产，注意工程质量，遵守劳动纪律的好工人、好干部。职工们看到奖罚分明，心情舒畅，干劲倍增。

7 月 20 日，国庆工程办公室下发通知，出台国庆工程验收办法。

竣工日期一天天迫近，但工程完成情况却并不令人满意。一般情况下，工程要按照合理施工顺序，有秩序地进行。但由于经验不足，施工中常常出现颠倒工序的不合理情况，前头刚做好，后面就要返工，既不能保证质量，又浪费人力物力，延误工期。特别是一些单位，虽然对土建、装修工程做了安排，但土建、设备安装和室外管道工程综合施工计划的编制却粗糙、不具体。这样，即使土建工程基本完成，也不能做到水通灯亮、煤热俱全。

7 月 21 日，北京市再次召开五级干部会议，集中解决国庆工程收尾竣工问题。

万里焦急而严肃，他的报告没有空话、套话，直抵问题实质，毫不留情：直到今天，在整个国庆工程中，还没有一个房间真正做到全部竣工。一些本该竣工的房间，由于一些零星收尾和修补的活儿，比如电门、插销、灯具、暖气罩、门锁，以及卫生间的手巾杆、肥皂盒、镜子等，不能如期交付使用。另外，还有不少碰伤、掉角、破洞需要修补。如果这些活儿不能做完，各个房间以致整个建筑就不能使用，当然不能算是基本竣工。即便这些都完成了，还要预留出设备试运转时间，其中也不免会发生一些需返工修理的问题。况且已经进入雨季，不利的天气条件也难免会影响施工进度。

万里分析工程延误的原因，首先是一部分供货赶不上竣工需要，一些同志没有把那些零星小东西看在眼里，不了解就是缺少一个灯罩、一个插销也不能算是竣工，因而没有花大力量组织供货。其次组织管理也跟不上，收尾竣工项目繁多，每个房间都需要多工种共同协作。但有些人看到自己活儿似乎不多，就在那里互相等待，甚至害怕别人弄脏或碰坏自己所干的活儿，都争取留在最后来做。随时清理工作也不做，就想着最后来一次总清理。这样相互等下去的结果，要么延误竣工时间，要么最后盲目抢工期，影响工程质量。

万里认为，麻痹思想和松劲情绪是思想根源，有些人盲目认为，大江大河都过去了，难道在小河沟里还能翻船？但实际情况已经非常紧迫，时间上已毫无回旋余地，必须采取有重点的分期分批打歼灭战的做法，缩短战线，才能保证全部工程陆续竣工。

时间紧迫，只有打破常规，采用特殊办法解决症结。通过综合施工计划，把有关协作单位和各个工种组织起来，合理安排工序，联合作战。一方面供货部门依据施工顺序，有节奏地、主动地安排料具供应步骤；另一方面，充分利用时间和空间，实行多工种立体交叉平行流水作业方式，昼夜三班连续施工，保证“时时有人”。

多工种同时作业，现场自然非常拥挤。工人们提出“支架悬空脚手架”的建议，在30多米的高空，用一根根杉木搭出4000多平方米的悬空脚手架，让各工种分层施工，立体作业。

安装工提出口号：“有空就占，有缝就钻，哪里有一点条件，我们就安装到哪里。”装修万人礼堂时，现场同一时间内要容纳3000名工人、20多个工种。工人们像搞“高空杂耍”一样，开展了有11个工作层面的立体交叉作业，保证不同工种在同一时间干活而互不干扰。这样，当一个月后脚手架拆除时，下面的座椅大部分已经安装好；地板也在未受任何损伤的情况下，油漆完毕。

8月31日，为期304天的战役终于画上圆满句号。

9月10日，万名施工代表整装迈入装点一新的人民大会堂，参加在这里举行的国庆工程竣工表彰大会。周恩来总理站在门口迎接大家，与每一位与会代表握手问候。万里走上台，激动地宣布：“今天我们能够在这里开会，说明我们胜利了！”顿时，暴风雨般的掌声响彻整个人民大会堂，经久不息。

《新华文摘》2017年第2期

我们的车队

矫　健

一

我曾拥有一匹可怜的老马。它是一辆解放牌二手卡车，载重 5 吨，八成新，我花了 6 万元将它买下。有人说值，有人说不值，我看值。卖主新刷了漆，墨绿闪亮，雄赳赳气昂昂的，叫我联想起解放军叔叔。交割前，我请一位汽车教练验车，还请他喝酒。他醉醺醺地拍着胸脯说：好车，跑个三两年没问题，很快就回本啦！我遂心安。

但事实并非如此。我雇了司机小罗，第一天出工拉土，它就趴窝了。当天支出修理费 200 多元。小罗摇头，说这儿不好、那儿不好，总之是一辆烂车。我把汽车教练的评价告诉他，他笑道：那些教练经常验车，早被卖主买通了。淡水这地方就这样子，摆弄车的人都知道。我眼一黑，"解放军叔叔"顿时化为一匹老马。

我买卡车的初衷没错。淡水由一个万把人的老镇迅速扩张成几十万人的城市，大规模建设是必然的。在我印象中淡水很少见到青天白日，飞扬的尘土老把眼前染作黄蒙蒙一片。这边挖坑，那边打桩，工地连着工地，卡车连着卡车，终日闹腾腾。那么，我买一部卡车加入建设大军，不愁没活干，车轮滚滚钱就进账，无疑是一项明智的投资。我也调查过，淡水有许多车老板，养三两部车就富裕起来；若有机头（即挖掘机）更是发了大财。当然，一个菜鸟玩车会有啥下场，我尚未考察到；只是当自己略知一二时，我这只菜鸟已经下锅了。

生意分两类，一类为投资型，一类为经营型。我比较喜欢投资，它更像智力游戏。下海以后我炒邮票，炒股票，炒国库券，一路走来开心顺利。经营很麻烦，我做图书生意时就吃过苦头，特不擅长此道。这次买车也是不得已，亚细亚公司养了一群人，吃喝开销发工资，花钱如流水，我这当老板的内心有压力。公司主营买地盖楼，土湖、草洋、石灰窑三栋楼同时在建，房子卖掉之前没有一分钱进账。所以，我想建立现金流，商业教科书都这么说。然而刚刚迈步，我就陷入泥淖。卡车今天坏，明天坏，修理费加司机工资，构成一条不折不扣的负现金流。

晚上，卡车停在富华楼下面的大院里，我愁得老绕它转圈。这匹老马，还是一匹懒马、病马，若有俄罗斯歌曲《三套车》里那样一个傻财主，肯将它买了去，我真是烧高香了。想着，我就会朝轮胎狠狠踢两脚。

更苦恼的是司机管理问题。负责施工的刘国炳对我忠心耿耿，悄悄对我说："老板当心，小罗有鬼。"我明白他的意思，小罗串通汽车修理厂老板，偷偷吃回扣，那么，修理费就有相当一部分流入他的口袋。可是我抓不住把柄。跟去修理厂盯着，我这个外行两眼一抹黑，能看出啥门道？我也企图对他进行思想教育，跟他掏心窝子地谈话，夹以旁敲侧击；可那湖南佬一脸忠厚，双目清澈，直视我的眼睛，反倒弄得我挺不好意思。奈何奈何！

好在周梅森来了。他不仅拔掉了鲠在我喉头的刺，还把这刺变作一根金箍棒，孙悟空似的耍着金箍棒，演出一场眼花缭乱的好戏！

二

好戏开场之前，先交代一件事情：我公司业务员王丹霞盗窃马厂地块的所有证件，差点把地卖掉；几个同党卷入，简直形成一场哗变。关键时刻，我的政委周梅森从南京飞来，追回土地证，逮捕贼人，帮我平定了乱局。关于这个惊心动魄的故事，我在另一篇文章里写了，此地不再赘述。事毕，梅森把目光投向停在大院的卡车上。

"有点意思。马啊，你的大思路不错嘛……"梅森听完我诉苦，点燃一支香烟，大眼瞪天，陷入沉思。

"有啥意思，我恨不得立刻把这破车卖了——只要有人肯出钱。"我悻悻地说。

"一只羊难养，一群羊呢，肯定好放！你等着，我打个电话，奇迹就会出现了。"他扔掉烟头，急匆匆上楼。

在我下海经商的生涯里，最明智的举措就是拖周梅森下水。我们住在上影厂 52 号招待所，合作电影剧本《阙里人家》，我经常请他洗澡，陪他喝酒，费尽口舌劝他共创大业。我的初衷是找个伴，茫茫商海遇不上一个文学圈的人，闷都闷死了。我和梅森最要好，我属马，他属猴，平时马呀猴呀随便叫，有他入伙能不开心？他也有一颗动荡的心，渴望在时代大潮中翻滚一番。我的一句话最能打动他——我们要把文章写在大地上！终于说服了他，亚细亚公司得到了一位政委。当然，我是司令。不过，他的条件是参与有限战争，平日在南京写作，需要他帮忙时再过来。那也行，眼下就是他大显神威的时刻了。

他操着徐州话，哇啦哇啦嚷了半天，放下电话就拍我肩膀："哥们儿，成了！我赶来一群羊——整整一支车队！"

"啥？车队？"我的眼镜滑到鼻尖上，顿时傻了，"你开什么国际玩笑？"

"没开玩笑。这支车队是徐州贾旺煤矿的，你知道，我是矿工出身，当年和我一起钻煤洞子的哥们儿，如今都掌权了……"

"等等，天上不会掉馅饼。先说啥条件，要我投资多少钱？"我显示出生意人的冷静，抢先问道。

周梅森竖起一根手指头，夸张地在我眼前晃动："一分钱不要！车给我们白使，人给我们白用——当然，司机工资、油钱、修理费咱得负责，可是利润全部归我们呀，人家不参与分成，一分钱也不分！"

"不可能，清朝政府签的卖国条约也比这强！煤矿领导就不怕犯错误？你说，买一支车队光贷款利息就得多少？何况还有折旧费！我们把这支车队在淡水跑烂了，赚的钱通通装自己腰包，天下哪有这等好事？"

"就有这等好事！你不了解国有企业目前的情况，特殊历史时期总有奇迹发生。咱们作家，就要善于捕捉历史机遇！本猴，天生一双火眼金睛，马儿你服不服？"梅森以他惯有的姿态，拍着我的肩膀说。

我闪开："你把道理说通，我就服。"

于是，梅森告诉我真相："今年春节回老家过年，他和贾旺煤矿的老弟兄们喝酒，谈起大型国有企业的日子难过。20 世纪 90 年代，南北方经济形势大不相同——受邓公南方谈话的鼓舞，南方私营企业如火如荼发展起来；北方基本是国有企业一统天下，改革缓慢，死气沉沉。听周梅森乘酒兴吹嘘亚细亚公司，那帮哥们儿羡慕得眼睛发直。其中有一位运输队长，是梅森的发小，名叫万千山，是个精明能干以倔强著称的中层领导。他大杯敬酒，求梅森在南方给他们找活，拯救车队。由于煤炭销路不畅，运煤车队无活可干，已经半年多发不出工资了。家属们天天来闹，问万队长日子怎么过。他夜里失眠，头发大把脱落。现在他不求赢利，只要能保住工人的工资，上刀山下火海都肯干！万队长眼圈也红了，端着酒杯站在周梅森跟前，敬了整整一瓶老白干，訇然倒下……

"听你说买车的初衷，我眼前一亮。淡水遍地是活，万千山把车队带来，不拉煤改拉土，这盘棋不就活了？刚才我打电话一说，万队长乐得蹦高，马上向矿领导汇报！现在你信了吧？"

这会儿轮到我蹦高了："好猴，你领来一支天兵天将啊！"

三

我们激动得整夜睡不着觉。睡不着觉可是一件麻烦事情，因为我和梅森同床而眠。请别误会，亚细亚公司条件有限，一套三室两厅的房子，连吃带住加办公，老板员工住得满满的。我的卧室朝南，最宽敞明亮，且厕所在旁，号称本公司的总统房。只是，屋内只能放置一张席梦思床，多了放不开。我请梅森下榻，他用鼻孔“哼”一声：“还总统套房呢，见鬼！”我马上反击：“别挑剔了，你没读《古文观止》？这叫徐孺下陈藩之榻！”

两个大男人睡在一起，翻身、放屁、打呼噜，热闹非凡。睡熟了还好说，失眠可就完蛋了，你动动胳臂，我伸伸腿，谁也甭想入梦。我们憧憬未来，心潮澎湃，床就更显狭窄了。干脆起来抽烟吧，再到厨房搬一箱啤酒，聊到天亮。

梅森提出一个问题：“马呀，这个车队，应该算作独立项目吧？如果放在亚细亚公司，按股份算账，那对我就不公平了。你说呢？”

这个问题挺要害。我和妹妹华华占了亚细亚公司的绝对股份，周梅森投资8万块，只占小头。车队是他拉来的，居首功，得小头当然不公平。但是万一赔了呢？谁掏钱？别看哥俩好，各自小算盘打得门清。

我说：“那就单立账，你我一人投一万，赚钱平分。不过丑话说前头，赔了也是一人一半，到时候你别心疼。”

梅森举起酒杯：“就这么定了！干！”

这里我要多说几句。我和周梅森都是个性很强的人，有一位作家朋友评论：“这两人合作，要么三天就打翻了，要么能合作一辈子。”事实上我们属于后者。这里面有个重要原因：利益框架摆得正，公平，坦率。做事先算账，不怕争论，不怕讨价还价。定下了就齐心协力地干，决不要小心眼，决不出尔反尔！我们在经济上有漫长的合作历史，长达二十年，这很罕见。如今我60多岁了，回想起来，内心总有自豪和感动，这种友谊构成了我们人生的重要部分。因为我下海早，经验、资本更丰厚一些，前期是我带领梅森。后来梅森发达了，又时时提携我。举一个例子，上岸后我们回归写作生涯，周梅森任编剧的多部电视剧打响，自己办影视公司拍戏。原则上，他的公司只拍根据自己小说改编的电视剧，但为我破了例。我的长篇小说《换位游戏》是他掏自己的钱买版权，并请我编剧的。我们照例讨价还价，照例严格执行合同。隔一段时间，我就去南京住在他家讨论剧本，同时拿钱。临走，他总要调侃：“马儿呀，一辆奥迪开走啦！”再去，他说：“又一辆奥迪开走啦！”我便假装沮丧：“猴啊，从你手里抠钱可真不容易……”

回头说我们的车队。半月之后，车队在一个傍晚到达淡水。万千山穿越千山万水，带着 12 辆卡车浩浩荡荡开到富华楼。邻居们好奇，纷纷从窗户探出脑袋。万队长矮壮敦实，剃一小平头，两眼炯炯有神，跳出驾驶室与我们紧紧握手。我想起长征的红军，庄严说道：好，我们终于会师啦！

这样一支队伍的吃住，可不是小问题。好在土湖大厦及时竣工，我们提前做了安排：床铺、炊具、一般日用品都已到位，做饭的小李还炒好了几个大锅菜。我和梅森安顿好司机，当晚摆了会师宴。这一顿酒自然是喝得天昏地暗，唯独万队长喝得很少，似乎有心思。

周梅森掏出塞满钞票的信封，当众交给万队长。“老弟，我们的司令，啊，也就是亚细亚公司董事长矫健，早就准备下一万块钱，作为车队的前期费用。你放心，我们一定信守合同，绝不会亏待弟兄们！来吧，干杯！”

万队长把钱递给我，大气地说：“这个不急，信不过你们也不会来淡水。等我把一路上的油费、过路费发票整理好，再找贵公司报销。”我暗想：“国有企业办事就是规范，佩服！”正要敬酒，却又听他说：“活儿安排好了吗？我想明天就开工。”我说：“联系了一个沙场，要车队拉沙。可也别太急，你们刚到，先休息一天。”他坚决摇头：“不行，士气不能泄，我们这次来淡水是背水一战！”

接下来，万千山做出令人意外的举动。他捧着一碗白酒转向梅森：“哥，今晚是咱们最后一次喝酒。”梅森一怔：“怎么了？”他先仰脖将酒一饮而尽，放下碗，郑重其事地说：“我们出来很不容易。临走，矿领导叮嘱再三，要我带好这支队伍。自古就说喝酒误事。哥，我肩上压着千斤担呢，敢喝吗？所以我下了戒酒令，明天起，从我开始，车队所有人滴酒不沾！”

司机们“嗷”的一声：“是，滴酒不沾！”

这样一股精气神，可把我们感动坏了。既然明天戒酒，今晚就往死里喝呗！我和梅森轮流向司机们敬酒，醉得一塌糊涂。万队长把卡车当专车，亲自送我们回富华楼。又命令两条大汉——韩师傅和孙师傅背我们上楼梯，又把我们安置在总统房的大床上。我和周梅森互相拍打着说醉话：“工人阶级伟大呀，真伟大！工人阶级……实在伟大……”

沙场在淡水东面的一条小河旁。清晨，霞光映红草尖上的露珠，河边低洼处薄雾流转，几只白鹭在芦苇丛上方掠过，鸣声啾啾。南方的田野弥漫着一种特殊芬芳，令人想起母亲的乳汁。这地方保持着原始风光，城市的脚步尚未将它践踏。但挖沙的机械、颠簸于田间土路的卡车，一齐发出野兽般的轰鸣，宣告这片世外桃源即将被颠覆的命运。

我们的车队驶向沙场。我和梅森不顾宿醉，亲自率队出发。我那匹老马也加入队伍，司机小罗归万队长管理，从此再也不怕他玩鬼花样了。为追求气势，我们不肯坐在驾驶室，而是选择在最后一辆卡车的车斗上站着。春风拂面，车顶在朝阳的辉照下泛出金绿色的光芒。放眼望去，13 辆卡车宛如长蛇阵，一串金光炫人眼目。真不敢相信，这是我们的车队！两个作家，手无缚鸡之力的书生，竟然拥有这样一支队伍，还是机械化的，司令、政委真不是白叫的！过瘾，就为过这么一把瘾，下海也值了。

周梅森缓缓伸出右臂，向车队致敬。我也挥手致意。

四

幸福的日子总是那么短暂。三天之后，雨季来了。

先说说第一天的斩获：当天结账，沙场秦老板付给我们 2600 元现金。秦老板是本地客家人，长相清秀，文质彬彬。为加强合作，他还客气地请我们吃晚饭。我谢绝喝酒——学习万队长好榜样，戒啦！梅森也跟进，宣布自己改邪归正，从此滴酒不沾。首战告捷令人兴奋，我和梅森高谈阔论，在席间大谈马克思主义政治经济学。因某个观点的理解差异，我俩争得面红耳赤，一起请秦老板结合商业实践做出评判。面对两位书呆子，秦老板显示出商人的圆滑，他往我们盘子里夹了两只基围虾，满脸堆笑道：“妻（吃）虾，妻虾……”

回家后，我们把钱摊在席梦思垫子上。当时没有百元大钞，尽是 10 元票面，2600 元摊了小半边床！我俩乐得手舞足蹈。周梅森双手做猴爪状，一左一右比画道:“一天挣两千，十天挣两万，一百天挣二十万……乖乖,钱多了怎么办啊？”我和这猴终日厮混，形体动作深受其感染，也勾着爪子左右比画：“钱多了买卡车，今年买一辆，明年买一辆，后年再买一辆……”

春季的第一场大雨，把我们的黄粱美梦冲得稀里哗啦。那雨下得呀，淡水街道成了一片汪洋。我忽然想起一本书，讲黄埔军校学生军东征，就在淡水、惠州一带打仗，漫长的雨季使他们苦不堪言，行军少不得雨伞蓑衣……糟糕！我们漏算了雨季，这雨老下，车队怎么行动？不干活，司机工资照发，时间长了还不把我们赔死？雨没完没了地下着，急时雨柱粗如指，像一个怒汉挥鞭猛抽大地，缓时雨丝细如发，像一个小女人哭哭啼啼。我们的心境与乌云密布的天空一样，阴郁得透不过气来。

熬到雨停的间隙，我们急急忙忙去找秦老板。他正打麻将，怡然自得，全然不把风雨放在心上。他说：“急也没用，沙场淹了，等水退了才能开工。”我问要等多久？他扔出一张牌：“不好说，总得个把月吧，这地方就这样子，淡水人都习惯啦……”梅森要秦老板结另外两天的账，他不耐烦了：“让不让我打牌？没沙子卖我到哪里搞钱？”脸一翻，再也不叫我们“妻虾”了。无奈，又找了几家工地，老板们给的答复都一样——雨季过去再说。彻底没戏了，我们踏着泥泞回家，心里拔凉拔凉的。

半夜，我乘梅森睡熟，悄悄起身进厨房。我要喝酒。戒了 3 天酒，失败啦。压力山大谁能扛得住？我在黑暗中摸索许久，摸到半瓶二锅头，溜到阳台，咕咚就是一大口。雨又下大了，没完没了。天空抹了厚厚的黑漆，路灯光晕暗淡，无力地照着周围紧裹着的雨帘。我的脸庞不时溅上雨点，凉意沁脾。只好再来一口二锅头，让心火烧旺。

忽然，一只手从我身后夺下酒瓶，周梅森鬼魅一般冷笑道：“好哇，一匹赖马，深夜盗酒，让我逮个正着！”我吓一跳，讪笑着拖他下水：“你也来一口，咱俩扯平。”他岂能饶我？训道：“哼，我能堕落到你这般地步吗？我能像你一样意志薄弱吗？本人言必行，行必果，做个榜样给你瞧瞧！”我惭愧地低下头：“我错了，我错了……”等等没动静，再抬头一看，却见那泼猴仰头抻脖，快把剩下的二锅头喝光了！

周梅森说：“其实我早就想喝酒了，我的压力更大呀。不光是赔钱的问题，我怎么向徐州的兄弟交代？就这样让他们灰溜溜地回去？”我说：“只要度过黑暗，黎明就在眼前！雨季总会结束，我们有机会反败为胜。”梅森摇了摇空酒瓶：“既然堕落了，就来个痛快，让我们为黎明干杯！”我们两人一拍即合，返回厨房找酒，一直喝到黎明。

应该慰问一下车队的师傅们，雨天闷死人，不喝酒干啥？既然老板破了戒，伙计们也一起痛快吧。我和梅森搬了一箱二锅头来到土湖大厦。“大厦”是公司内部的叫法，其实该楼占地面积只有80平方米，却有7层楼高，看上去像一座碉堡。楼梯陡而窄，每层只有一套三室一厅的房子。进到底层，听见楼上咚咚的巨响，震得楼梯都在颤动。怎么回事？我急急往楼上奔，来到 3 楼，只见一个师傅双手反剪，两腿下蹲，踩着楼梯一格一格地朝上蹦，看上去活像一只大青蛙！梅森吆喝：“你在干嘛呢？”他忙站起来，青蛙变作一条大汉，是曾经背我上富华楼的韩师傅。他一脸腼腆，口中喃喃：“锻炼，万队长叫我们每天锻炼……他在上面哩……”

我们往楼上跑。4 楼、5 楼各有一只大青蛙蹦跳，咚咚之声不绝于耳。天，从 1 楼蹦到 7 楼，就是青蛙也累趴下了！来到 6 楼，我们终于看见万千山同志。他正蹦最后几级楼梯，满头汗珠滴落在地，白色圆领衫洇湿了一片。7 楼是一大平台，先行完成蛙跳的师傅们聚在楼梯口，掐着手表给队长计时。“加油！老万破纪录啦！”呼喊声中万队长完成最后一跳，转身跟我们握手。他先向我解释，为保证楼梯不遭损坏，特意把司机分开，一层楼只有一个人跳，声音虽响但问题不大。我笑：“这又不是豆腐渣工程，还怕你们把楼蹦塌了不成？”

平台上有蘑菇状小凉亭，我们在亭子里抽烟。放眼望去，可见淡澳大道上往来车辆，还有雨水积滞的片片水洼。万队长说：“这雨下得，把人骨头都泡霉了。我想了个办法，每天搞蛙跳比赛，既锻炼身体，又磨炼意志。倒是希望出去跑跑步，打打球，可惜老天不允许，只得在楼里折腾了。”说完，他又朝我抱歉地一笑。我说：“委屈你们了。雨季没活干，玩也没处玩，这段日子很难熬。”万队长摸摸小平头：“我最担心人懒了，斗志垮了，一支队伍松松散散拉出去没法打仗。雨一停就开工，咱得时刻准备着！”我和梅森对视一眼，想起带来的那箱二锅头。显然，万千山同志是万万不会破戒的，这礼物太不合适，等于抽自己的嘴巴。

离开土湖，我俩沉默不语，但内心充满感慨。逆境最能考验人的精神素质，万队长竟以蛙跳运动对抗雨季，真是匪夷所思！雷声隆隆，雨又暴烈起来。我和梅森不躲不避，任雨水兜头浇灌，步伐格外坚定有力。

五

一个好消息，一个坏消息。先说好消息吧：雨季提前结束，太阳重又烘烤大地。出车没问题了，零零星星有点收入。为啥零零星星？这就牵出了坏消息：大雨仿佛浇灭了淡水的建设火焰，工地一下子变得冷冷清清的。秦老板沙子卖不出去，几次找他都黑着脸，一口一句脏话，暴露出骨子里的粗野。他偶然也用车，但一辆二辆就足够了，再不需要浩浩荡荡的车队。结账更不痛快，压下的钱越来越多。我们又不能得罪他，只好请他“妻虾”，哄他高兴了才讨回一些债来。都说现在杨白劳比黄世仁狠，这会儿真信了。

后来我才知道，中国经济正处于一个拐点。1991年到1993年是罕见的繁荣期，过热的基本建设很快遇到瓶颈。之后是漫长的调整期，直到新世纪才进入另一个高潮。海南岛、北海、大亚湾等热点地区率先降温，丢下大片的烂尾楼，多少年都消化不掉。可惜我们当时浑然不知，只是对雨季过后工地突然萧条深感诧异，仍怀着一片痴心期待好日子的降临。

我命亚细亚公司员工全体出动，满淡水找活干。连做饭的小李也不闲着。她是本地人，七大姑八大姨都托上，找到活儿就给提成。司令、政委身先士卒，见泥坑就钻，与挖土方的包工头交朋友。周梅森天生热情，有求于人时更甚，长臂往人肩膀一搭，哈哈哈就成了哥们儿弟兄。香烟到处撒，并殷勤点火。我挖苦他：

“猴啊，你干脆叫人家爹得了！”周梅森大眼一瞪：“为了车队，叫爹何妨？你懒马一匹，还敢说风凉话！”

有一回为了拉近乎，我们在工棚与民工喝酒，菜肴粗糙，酒质低劣，醉得头痛欲裂。我外出尿尿，竟一头跌入地基里，死人一般睡着了。周梅森找我，两手在嘴边圈成喇叭状，“矫健——矫健——”招魂似的叫个不停。我终于醒来，睁开眼睛，只见满天星斗，那明亮，那璀璨，真是永生难忘！我不知身在何方，手掌四处乱摸，皆是坚硬石块。我心中惊愕：啥床是用石头制造的？及至梅森将我拽出，我才明白自己在地基坑里做了一场春梦。

我们互相搀扶，踉跄着往回走，一路感慨：过去领导总是组织我们作家下基层体验生活，何曾有过今天的感受？看来，生活就是生活，刻意体验都是走马观花，假的！

纵然我们这般努力，收获却寥寥无几。车队三天打鱼、两天晒网，从来吃不饱活。老板们的条件也越来越苛刻，压低运费，拖延结账，压迫得我们苦不堪言。最要命的是老板强迫超载，挖掘机大斗不在卡车上堆出一个山尖，绝不肯罢休。车们压得快散架了，呻吟着、颤抖着爬出土坑。万队长心疼极了，几乎哀求老板手下留情。老板总是一个表情，翻翻眼睛，满脸不屑：“不想干？走人！有的是车在后面等着。”我们更加心疼，因为卡车都被折磨得疾病缠身，这里坏了、那里烂了，轮番进修理厂看病。好，掏钱吧，车跟人一样，医疗费最要命！我们动摇了。从万队长痛苦的表情可以看出，他也动摇了。

有一天，小罗跑回富华楼。见面第一句话：北方人吃面、南方人吃米，我的胃受不了啦。第二句话：他们都是北方人，就我一个南方人，受欺负。最后一句话他眨了半天眼睛，凑近我耳边说：万队长想甩掉你。到淡水后他一直在搞调查，许多事情都记在一个小本本上。时机成熟了，他们肯定单干——车队可掌握在人家手里呀！说完，他像一缕青烟飘走了。

这话不啻在我心里扔下一颗炸弹，万千山同志的高大形象立马摇摇欲坠。莫非他打着与我们合作的旗号，背后另有企图？我在商海混了几年，见多了背信弃义的行为，难免疑心重。周梅森却坚定不移，拍着胸脯替万队长担保：“不可能！老万跟我一个煤洞子爬出来的，他什么样的人我还不清楚吗？”我摇头：“你还嫩。淡水是个大染缸，冒险家、投机者都跑来捞世界，谁的心都可能被染黑。”梅森不高兴了，脸拉得老长：“他们是国企工人，不是投机者！对朋友，我们应该保持基本的信任。”话题严重了，我不得不暂时退避三舍。

餐厅摆着一张圆桌，老板、员工围成一圈吃饭，说笑交流，气氛融洽。工作安排也在餐桌上进行，等于开了一个小会。这是我们公司的优良传统。可今天，我和梅森都不太开心，饭吃得有些沉闷。饭毕，周梅森忽然提出建议："小罗挑拨离间，不能再用。"刘国炳赞成："我早就提醒老板，这人鬼得很，公司买的卡车他可没少做手脚，趁早开了算了！"小刘原是南京某建筑公司的技术员，周梅森介绍给我的，是亚细亚公司的顶梁柱。自然，梅森的意见总能得到他的附和。

我不同意："小罗早开也好，晚开也好，恰恰现在不能开——他在土湖住着，能起到眼线的作用。"周梅森板起面孔："我就不愿听你这样说话！怎么，你还要在自己的车队派卧底？"我也沉下脸来："说是我们的车队，毕竟属于徐州贾旺煤矿，人家有什么打算谁知道？防人之心不可无嘛，留小罗当一只眼睛，有啥不好？"梅森提高嗓门："越是困难的时候，咱们越是要团结！小罗分明在起破坏作用，使我们和车队互相猜疑。他今天来说这番话，根本没安好心！"我说："他的动机姑且不论，能提供一些信息就有价值。比如万队长那个小本本，究竟记着什么？他到处搞调查，是不是想跟当地老板建立关系，今后单干？"周梅森气得直指我鼻子："矫健，你已经中毒了！"

员工们见势不妙，悄悄溜了。连小刘也坐不住，借口工地有事先走了。留下司令、政委大眼瞪小眼，吵个喋喋不休。我们都说了过分的话，最后是我借用《沙家浜》里胡司令的台词收的尾："这支队伍还是我当家！"周梅森拂袖而去。

晚上睡觉有意思了。我和那猴活像一对吵架的夫妻，冷冷的，背对背，且隔开好大距离。我们尽量不碰对方肢体，所以就各自滚向床边，险些掉到地下去！

六

我和梅森很快达成妥协，决定跟万队长开诚布公地谈谈。我们总是这样，一会儿吵，一会儿好，只有雷阵雨，没有雨季。

从富华楼到土湖有三里多路，需要交通工具。淡水城区初具规模，公共汽车、出租车、三轮车一概没有，全靠摩托车载人。驾驶摩托的多为当地农民，人称摩托佬。其风格彪悍，车速极快，"嗖"一下从眼前飞过，好似警匪片中的暴走族。我们往街口一站，立即有七八辆摩托从各处窜来，将我们团团围住。我和梅森各指定一辆，其他摩托佬悻悻离去。转眼间来到土湖加油站，前面一堆人堵住路口，还有几辆卡车，是我们车队的卡车！我的心一下子提到嗓子眼上。

出事了！一辆宝马轿车不知何故，忽然在路中央打开车门。韩师傅的卡车迎面驶来，猝不及防一下子撞掉车门。车内跳下几条大汉，拦住卡车，一把将韩师傅拖出驾驶室。宝马主人矮胖如肉球，气势汹汹滚上前来，气焰嚣张，语出惊人——"打死他！我出钱，你们打死他！"

有必要交代淡水的治安背景。这座南方沿海新崛起的城市，因扩张太快十分混乱。来自全国的投机客行走其间，手中提着装满钞票的小黑箱。他们身后跟着妓女、小偷、抢劫犯，当然，还有无穷无尽的民工。治安管理根本无法跟上，新建的街道没有名称，新盖的楼房没有牌号。工棚遍地都是，坏人随便往哪里一钻，你去找就是大海捞针！公安局的警力不够用，小案子只能拖着，大案也不能及时侦破。

幸亏有车队。后面的司机纷纷跳下车，万队长第一个上前阻拦，形成人多势众的局面。纵然如此，那几个保镖依然抽出尺把长的砍刀，追着韩师傅乱砍！可怜人高马大而又老实巴交的韩师傅，抱着脑袋绕加油站转圈逃窜。那肉球或许是黑道老大，或许是因暴发而狂妄至极的老板，仍瞪着牛眼咆哮：“砍死他！一条人命值不了几个钱，你们只管砍！”

万队长本来一直在旁边劝说：“又没伤着人，车门撞坏有保险公司，交警也很快到了，何必动刀动枪呢？”听肉球这么一喊，他铁青着脸走了。一会儿从驾驶室出来，手里多了一根铁制摇柄，上前一把揪住肉球的领带——“你有钱，我有命！信不信老子开你的瓢？”肉球顿时傻了，北方人说话他听不太懂，可万队长拼命的架势他还是能看明白的。追杀韩师傅的保镖们折返回来，提着砍刀围住万队长。司机们愤怒至极，这帮北方大汉抄起家伙，又将流氓团团围住。一场械斗一触即发！

我们恰在这时赶到现场。一番劝说，万队长松开肉球的领带。肉球也找到台阶下，肥脸堆起笑容：“好，老板来了，我跟老板谈。”他说这辆宝马刚买几天，撞掉车门实在晦气，不是保险公司赔几个钱就能解决问题的。言语间含有敲诈的意思，可见他大砍大杀就为这个目的。

我们明白：对付黑道，政府最有效。因王丹霞盗窃土地证件，我们上书惠州市委，在文联苏主席的帮助下处理好事情，并结识了几个政府官员。于是，我们谈起这些朋友。这方面梅森最擅长，他挥舞长臂，气势逼人：公安局长李强同志你知道吧？前些天他请我们，要我们写一篇打击黑社会的报告文学。给你交实底吧，我们虽然不是本地人，淡水朋友还是不少的。那谁谁，我们都认识。肉球听到这些名字，气焰一点点矮下去，不由自主地给我们点上香烟。等到交警来时，问题已经不难解决了。

这个意外事故伤透了万队长的心，也促成车队的最终离去。

在万队长宿舍，他打开我们送去的那箱二锅头，啥也不说先喝了小半瓶。他眼圈发红，泪光盈盈，谈起多年前贾旺煤矿的一桩事故。事故不算大，砸死一名工人，但万千山是班长，工人就是在他怀里咽气的。“梅森你知道吧，我就为这，再也不下矿井。老郑血糊糊的脸在我眼前晃了好多年，实在承受不住啊！”他抱着头抽泣起来，宽阔的肩膀抖得厉害，“你们说，今天韩师傅真叫那帮王八蛋砍了，我还有法活吗？我怎么向他家人交代啊？”

他像喝白开水一样喝二锅头，喝完一瓶又开一瓶。周梅森伸手阻拦，他却把手拨开：“你让我喝个够！今天我开戒了，因为我要走了。淡水太乱，这鬼地方不能待！我带弟兄们出来，万一谁有个三长两短，我就得死在这里了。梅森，别怪老弟，司机们早就闹着回徐州，我也顶不住了。我知道，你们一直在赔钱，何苦再撑下去呢？现在刹车还来得及，咱们好说好散吧。”

话说到这份上，很难再挽留了。其实我们心里都明白，这是必然的结局——雨季过后，工地萧条，车队已经是苟延残喘了。我们都很努力，苦苦挣扎，但对抗不了大势，终归无济于事。万队长把话挑明了，我们不得不面对现实。

于是，我们默默地拿起酒瓶，也像喝白开水似的喝二锅头。

七

又是一个霞光绚丽的早晨，我们送车队出发。大家都有些伤感，依依不舍地告别。

万队长拉我到一边，单独说几句话：“你不能玩车，快把卡车卖了。还有，小罗这人心术不正，早走早好。”

我感谢他的忠告，却对一事好奇。憋不住了，就把小罗打的小报告告诉他：“真有那小本本吗？你真的搞过调查吗？”

万队长点头承认：“真的，这件事小罗没撒谎。我想了解淡水运输市场的前景，为下一步棋做好准备。很遗憾，我得出的结论不太乐观。有一位专家说过，就淡水现有人口，盖好的房子100年都住不完。你想，以后谁还会大规模地挖土方？这也是我决心撤离的主要原因。”

我把话题引向深处：“你的下一步棋，是不是让车队独立，为自己干活？”

万队长坦率得惊人：“是的。但不为自己，是为贾旺煤矿。来之前就和矿上定了计划，如果淡水市场真那么好，就让车队长期驻扎。甚至可以设一个办事处，为煤矿的其他业务打开窗口。”

我有点不屑：“原来早就谋划好了，你只是利用我们。”

“绝对不是这样！”万队长激动起来，明亮的眼睛充满真诚，“咱们不是签了一年合同吗？这一年我会好好干，让你们赚足钱。合同期满再找其他方式合作。生意场上讲究双赢，你总不能叫我们白白赔上一支车队吧？国有企业也在寻找出路，我们做梦都想突围！可惜这次失败了，以后有机会再来。希望你能理解。”

万千山鼓荡的胸膛，使我看见一颗勃勃雄心！话说透了，我当然理解，并从心底升起浓浓的敬意。

车队终于远去，我们这个真实的故事也该结尾了。当然，还有两笔账要算清楚——

我接受万队长的忠告，辞退小罗，卖了卡车。这匹可怜的老马真是瘦得皮包骨头，煮汤也没多少肉。六万买进，四万卖出，净赔两万元。

我和周梅森也到了亲兄弟明算账的时候。我俩坐在那张大床上，扳着手指头计算：连同还没要回来的欠款，不多不少，正好赔进我们各自投资的一万块钱。那猴长叹一声躺倒，手脚摆成“大”字。我看他心疼赔的钱，就说：“要不给你减免一点？”他倒坚定，翻身而起：“不，按既定方针办！”

现在，他再也不会勾着猴爪左右比画了。

《时代文学》2017 年第 5 期

探秘“816”

——中国最大地下核工程的前世今生

米艾尼

“816”是一个代号，简简单单三个数字，看不出任何指代对象的信息。像很多拥有类似代号的机构或设施一样，“816”曾是一个重大国家机密。

它是中国最大的地下核工程。

50年前，我国开始在西南深山腹地建设第二个核原料生产基地。从1967年到1984年的17年间，前后有6万多人从全国各地聚集到重庆涪陵地区的白涛镇，挖空了150余万立方米的岩石，挖成了一个总长超过20公里的庞大地下工程。

由于历史的原因，816核工程并没有完全建成和投入使用。1984年停建时，它累计完成了土建工程的85%、安装工程的65%。直到2002年这段历史解密，人们才第一次听说“816”这个名字；直到2010年核工程洞首次开放，它的真容才第一次展示在世人面前。

半个世纪过去，世界格局和国际形势沧海桑田，中国的经济和军事实力今非昔比。没有完工的“816”地下核工程永久停工了，现在它是以“世界第一大人工洞体”著称的一处旅游景点。

现在，我们可以讲一讲“816”的故事了。

地下长城

与那些需要仰视的巨大建筑不同，要走进“816”地下核工程的洞体，才能感受到它的宏伟给人带来的震撼。

背靠武陵山，“816”地下核工程完全隐藏在山体内部。这座掏空山体的人工奇迹，洞厅共9层，高达79.6米，拱顶跨高31.2米，总长24公里。

整个工程，在山体周围共有大小 19 个洞口，根据不同规划，人员出入口、汽车通行洞、排风洞、排水沟、仓库等应有尽有；里面共有大小洞室 18 个，道路、导洞、支洞、隧道等 130 多条，大多数的宽度和高度都能通行卡车。洞体内厂房进洞深度 400 米左右，顶部覆盖层最厚达 200 米，核心部位厂房的覆盖层厚度均在 150 米以上。

“816”厂的老厂长张晓东告诉记者，这个“地下长城”完全是为核战准备的，所有的设计都符合“战备”的需要。“816”核工程洞的洞体可以抵御 100 万吨当量氢弹在空中爆炸的冲击和 1000 磅炸弹直接命中攻击，还能抵抗 8 级地震的破坏。

今天，主洞口原先的铅门被拆除，墙体上剩下一道 2 米宽的凿刻痕迹，显示着当年这扇数百吨的铅门的厚度。

这些铅门的构造与众不同，“816”工程所有露在外面的洞口处的铅门都由光电控制，只要核爆炸闪光一出现，铅门一秒钟内就会自动封闭。须知这是 20 世纪 70 年代的设计，中国自主研发出的这项技术，在当时堪称神奇。

“816”最核心的部位是核反应堆大厅，也是整个洞体内最大的洞室。洞内有九层高，在第九层的中央控制室里，曾装配着当年中国最先进的中央控制计算机组。

“816”并不是生产核武器的基地，作为我国第二套核反应堆，它的主要任务是生产原子弹的原料——钚 239。

在这里，有必要先介绍一些原子弹的科普知识。

原子弹装的核燃料一般有两种：铀 235 或钚 239，分别称为铀弹和钚弹。美国投在广岛的第一颗原子弹“小男孩”是铀弹，投在长崎的第二颗原子弹“胖子”是钚弹。

铀 235 可以从铀矿石中提取，不过其含量仅占 0.7%，其余都是不能发生链式反应的铀 238。从天然铀矿石中提取铀 235 的过程即通常所说的“铀浓缩”，用于制造原子弹的铀 235 浓度要在 90% 以上。铀浓缩需要很高的科技水平，因为铀 235 和铀 238 犹如一对双胞胎，其化学性质几乎完全相同，无法进行化学分离，只能采用物理学方法浓缩，耗时长且花费巨大。

钚 239 在自然界的存量几乎为零，只能依靠人工生产。它是铀 238 在核反应堆中转换而成，采用化学方法即可分离出来。钚弹中钚 239 的浓度必须达到 93% 以上。

武器级铀 235 和钚 239 的“原材料”都是铀矿石，相对而言，生产钚 239 要省时、省力、省钱得多，前提是掌握技术含量更高的核反应堆。

苏联的第一颗原子弹是钚弹。一个广为流传的说法是，苏联间谍搞到了美国原子弹的技术，所以直接走了这条“捷径”。不过，由于铀235存在于自然界，有核国家的原子弹研究多从铀弹开始。

我国的第一颗原子弹也是铀弹。很大程度上，中国的原子弹发展路径是内外条件“逼”出来的。

首先，中国的铀矿资源并不丰富。1955年1月，我国决定制造原子弹，第一个难题就是初始原料——铀矿的采集和加工。

当年2月，两支铀矿地质勘查队成立，在苏联专家的指导下开始找矿。历经数年，寻遍九州，终于找到了几个高品位铀矿床，在这些矿床上，中国在20世纪50年代末开始建设第一批8座铀矿厂。

然而，中国第一颗原子弹的核材料并非完全从这些铀矿中产出——由于1959年苏联援助的中断和专家的全面撤离，加上国民经济困难以及铀矿产地极端恶劣的自然环境，这些矿厂直到1962年至1963年才完全开工。制造一颗原子弹所需的铀矿石数以万吨计，所以在1958年，负责核工业建设的第二机械工业部（后文称二机部）提出了“全民办铀矿”“大家办原子能科学”的口号，将成千上万的农民动员进了找矿队伍里，保障了中国第一颗原子弹的原料供应。中国第一颗原子弹是真正的“人民炸弹”。

始建于1957年的国营404厂，是当时中国唯一的大型核原料生产基地，从黄饼（粉碎后的天然铀矿石经多种溶液萃取、沉淀而来，多为饼状；以最初的生产工艺，产品为黄色，因而得名）到铀的纯化、转化和浓缩都是在404厂完成的。

1964年10月16日，中国第一颗原子弹爆炸成功，使中国成为世界上第五个拥有核武器的国家。

世界为之震惊，更震惊的是美、苏这样的核大国。所谓“外行看热闹，内行看门道”，美国情报机关根据对我国核爆放射性尘埃等的搜集，惊讶地发现我国的第一颗原子弹是内爆式铀弹，这比其他国家的第一颗原子弹难度要高得多。

原子弹有枪式和内爆式两种引爆方式。枪式相对简单，但需要太多铀235核材料，我国刚刚起步的铀浓缩工业暂时无法满足这一需求，因此把装药量较少的内爆式钚弹技术用在了铀弹上。

这种以高超设计来弥补工业能力不足的中国特色，在我国核武器的发展历程中很多时候是常态，后来氢弹的研制也是如此。值得一提的是，我国首颗原子弹的代号为“596”，是为了记住苏联在1959年6月撕毁协议，停止对我国核武器项目的援助。

由于钚弹的技术含量更高，在当时的“核俱乐部”内，钚弹的研制才是主流。

1967 年，404 厂生产钚 239 的主反应堆建成，成为中国的核原料生产基地。

就在这之前不久，1965 年中国决定建设第二套核反应堆，也就是“816”地下核工程。

这个诞生于 20 世纪 60 年代的计划，在此后几十年里彻底改变了几万人的命运。

绝密计划

1965 年春天，正在北京出差的张晓东接到了一个来自 404 厂的电话。

张晓东是安徽人，20 岁考入哈尔滨工业大学土建系，学习了 6 年，1959 年毕业后，他被分配到嘉峪关外 100 公里处的 404 厂基建处工作。

“404 厂生产的是核元件的中间产品，再加工一下就成了核元件，然后拿到青海总装厂 221 厂去。”他说。

让 30 岁出头的张晓东没有想到的是，中国刚刚核试验成功，他就将离开茫茫的戈壁滩，到祖国的西南腹地去参与中国第二个核工业基地——“816”核工程的创建。

既有 404，为何还要再建 816？现在很多人可能会有此一问。在和平年代生活得太久，人们很难想象当时中国面临的国际形势。

“二战”之后，美国和苏联为了争夺世界霸权，展开了数十年的斗争。通过局部代理战争、科技和军备竞赛、太空竞赛、外交竞争等“冷”方式，美苏两大阵营在长达 50 年的时间里，进行着“相互遏制，不动武力”的对抗。

“冷战”让全世界都陷入“第三次世界大战”即将爆发的恐慌中。在日益升级的核军备竞赛中，谁掌握了生产核武器的核心技术并拥有更多的核弹头，谁就掌握了“冷战”的主动权。美、苏两个超级大国，都手握着可以把地球毁灭几遍的核武器。

而当时的中国，与美国长期对峙，与苏联关系恶化，处在两个超级大国的核威慑阴影下。

1994 年，尘封在美国档案馆中的一批机密档案满 30 年，部分内容被曝光解密——在 1964 年以前，美国曾制订了对中国进行突然袭击的计划，目的就是迫使中国停止正在进行的核试验。

中共党史出版社出版的《中国共产党与三线建设》一书详细记录了美国突袭计划的来龙去脉——

1961 年 1 月至 1963 年 6 月，美国间谍卫星对中国进行了 24 次侦察飞行，辨认出罗布泊基地，美国确认中国将在1964年爆炸第一颗原子弹。随后，美国参谋长联席会议向国防部长提出了一份长篇报告，拟定了直接和间接打击中国核计划的两种方案。

1964年4月14日，美国国务院政策设计委员会专家罗伯特·约翰逊起草了《针对共产党中国核设施直接行动的基础》。不过，在反复分析了计划实施的可能性之后，美国的最高决策者们犹豫不决。

1964年9月15日，当中国的核试验已经箭在弦上的时候，美国人最终决定放弃对中国“不宣而战”的打击，他们最后的看法是：在中国爆炸原子弹与美国对中国进行秘密打击之间，还是后者更有风险。

虽然美国试图伸向引爆战争按钮的手暂时缩了回来，但是作为中国唯一的核原料生产基地，404厂无疑长期处于核威慑的主要目标范围内。

张晓东记得，他们曾经从雷达上发现带着照相设备的氢气球从404厂上的高空飞过，“404厂高射炮的炮衣都脱下来了，但是我们当时的高射炮只能打900米，气球不在高射炮射程内，只能作罢”。

显然，再建一个隐蔽性和安全性更强的核工业基地，成为当时中国国防的迫切需要。

实际上，1964年的中国边境并不太平。8月，美军介入越南战争，开始了长达数年的“越战”。中越边境地区，海南岛和北部湾沿岸都落下了美国的炸弹和导弹。此后的历史走向表明，越战对美国和国际政治关系都产生了深远的影响。

而对于当时的中国，抗美援朝的硝烟味道并不遥远，美国叫嚣着对中国使用核武器的声音仍在回响。国门附近再次响起美军的枪炮，足以让中国为之警觉。

这年8月，毛泽东在中央书记处会议上两次指出：要准备帝国主义可能发动侵略战争，现在工厂都集中在大城市和沿海地区，不利于备战，所以各省都要建立自己的战略后方。

除了出于对核安全的考虑外，根据对当时国际形势的综合分析，毛泽东在“三五”计划中，提出了“三线建设”的概念。

“三线”成为当时党内使用最频繁的一个新名词。此后不久，全国上百万人从沿海来到内陆城市，远离家乡，开始了“备战备荒”的“三线”建设。

当时的划分，全国分为前线、中间地带和战略后方，分别简称为一线、二线和三线。其中，沿海地区是一线，中部地区为二线，三线则指的是甘肃乌鞘岭以东、京广铁路以西、山西雁门关以南、广东韶关以北的广大地区。这一地区位于我国腹地，离海岸线最近在700公里以上，距西面国土边界上千公里，加上四面分别有青藏高原、云南高原、太行山、大别山、贺兰山等连绵的山脉做天然屏障，在准备打仗的形势下，这些地区成了较为理想的战略后方。

816 工程的计划就是在这样的情势下孕育而生。

按照当时的计划，如果建成投产，816 工程将由核反应堆和化工后处理厂及其配套工程所组成。816 工程新建核反应堆增加了余热发电，而主反应堆将采用当时国际上最先进的“石墨水冷热中子反应堆”工艺。可以肯定的是，如果这个庞大的工程最终投入使用，将超过 404 厂的规模，成为当时全国最大的核原料生产基地。

816 厂的母细胞是 404 厂。作为 404 厂基建处的工程师，在 1965 年的春天，张晓东和同事们一起被“成建制”地抽调组建 816 厂，他们的第一项工作，就是为中国第二个核工业基地选址。

那时的张晓东还不知道，乌江边上落后闭塞的白涛镇，将成为他人生的第二故乡。

选址白涛

以 404 厂的人员为基础，816 厂的选址勘探组在 1965 年初成立。

此后，选址勘探组跑了云贵川的很多地方，“很多车都跑废了”。

选址小组最先选择的两个地点，一个是川西洪雅县罗坝区，一个是凉山彝族自治州甘洛。

张晓东回忆，最初选择洪雅是因为这里距离雅安只有 25 公里，属于乐山地区管，而当时中国的核工业都集中在那个地方，“与 816 同时兴建的 812 厂、814 厂也都在这个地区，但是也正是因为过于集中，不符合我们国家‘三线’建设‘靠山、分散、隐蔽’的选址原则。但是最重要的原因，还是地形的限制。”

洪雅有很多小山，选址小组最初为厂址选择的地方，在两山之间的一片盆地上，但是经过勘探，大家觉得这个地点并不理想：山不够高，盆地也不够凹，出于隐蔽性的考虑，洪雅这个地点最终没有成为 816 厂所在地。

第二地点——凉山彝族自治州甘洛也因为不够隐蔽而被放弃。

当时，西南地区特别是四川，因为高山林立的特殊地形和相对富庶的基本条件，成了“三线”的中心。1966 年，四川省的“三线”建设投资，几乎接近全国的 1/6。

四川的深山十分符合核工业要求隐蔽的特性，又因为核原料加工要依靠稳定的水源，选址小组决定，在乌江边的涪陵和万县两个地方寻找合适的厂址。

选址小组先到了涪陵，沿着乌江一直往上游走，走到白涛这个地方的时候，发现这里的地形条件非常有利：既有高山做屏障，又靠近乌江水源，最重要的是，这里有坚固的山体构造，如果在大山中挖一个洞，将整个核工程隐蔽在洞中，安全系数就更高了。

1965 年 5 月，404 厂的党委书记王侯山等人来到白涛镇，进行现场复勘，一眼就看中了这里高山密林、植被丰富、山体岩石完整的自然环境。

定址白涛后，由于保密的需要，这个地名便从中国地图上消失了。

1965 年 8 月份，张晓东他们在涪陵最热的天气里，迎来了北京二机部第二研究设计院的专家们。回想起往事，张晓东最津津乐道的一个细节是："设计院的女同志都是大红脸。"原来，当时的汽车没有空调，重庆这座中国著名的"大火炉"给了专家们一个"下马威"，40 摄氏度以上的高温把汽车变成了烤箱。设计院的女同志们走下车来时，一个个脸上都是红扑扑的。

第二研究设计院曾研究设计了 404 厂，816 核工程洞主体工程的构造设计，也将由他们完成。

规划的一个难点，就是生活区位置的确定。为了避免核辐射对工作人员身体的影响，核工程和生活区的距离一般是在 10 公里左右，在甘肃的 404 厂和青海的 221 厂，都是按照这个距离规划的。但是，要在人口密集的四川设定方圆 10 公里的无人区，几乎是不可能的事情。

最终，规划提出了折中的方案：在核工程附近三公里以内，绝对不能有住户，三公里以外可以安置一些不太重要的工程，生活区设计在距离主厂区 5 公里以外的山上，"一是距离远一些，核辐射小；二是山上比较凉爽，白涛的夏天太热了"。

规划里最难的部分，是核工程主体建设中在山体"打洞"的部分。按照最开始的规划，打洞的工作由二机部下属的国营 26 公司完成。

26 公司主要负责打矿和采矿作业，但是如何在坚硬的大山中挖出一个几十公里长的山洞，其实也没有太多经验。按照当时 26 公司写的规划报告，打洞总共需要 30 多个月的时间，谁也想不到，这个山洞最终挖了 6 年，挖出的石头整整填平了一条白涛河，而最终完成这个工程奇迹的，也不是以采矿为主业的 26 公司，而是 2 万多名工程兵和来自全国各地精挑细选的工程专家。

8342 部队

1969 年春天，当听到一个番号为 8342 的部队正在征兵的消息后，刚刚高中毕业的陈怀文在山西平遥应征入伍。

他在《难忘的核军工洞建设岁月》一文中回忆道："我当时立刻联想到了中央警卫团 8341 部队，既然这两个部队排序紧紧相连，那 8342 部队应该也在北京了。"

于是，陈怀文当即下了决心：当兵就要到北京当去。

12 月 18 日，戴着大红花的陈怀文告别家乡，坐上了运兵的火车，令他没有想到的是，火车开到石家庄后就拐弯向南行驶了。

一路上，火车过黄河，跨长江，在涪陵转弯，又顺着清澈的乌江水南下，最终在一个小码头停靠。

接兵部队的首长这时才大声宣布：我们的部队驻地到了。

此时的陈怀文才知道，他当兵的地点并不是在北京，而是在地图上都找不到坐标的白涛镇。

经过 3 个月的新兵训练后，陈怀文逐渐了解了 8342 部队的来历。这是一支中央军委直属的特种工程兵部队，长期担任着国家重要国防工程建设项目。从 1967 年开始，该部队秘密移防到白涛，承担了 816 工程最为艰巨的洞体开挖任务。

此时，张晓东已经正式从 404 厂调到 816 厂快两年了，作为第一批来到 816 厂的工程师，和在 404 厂时一样，他仍被分配到基建处工作。

在 1966 年到 1969 年这三年中，受到"文化大革命"的影响，816 工程的进度非常缓慢，几乎停滞。不仅仅是 816 工程，整个"三线"建设都受到影响。1965 年被任命为西南"三线"副总指挥的彭德怀在 1966 年底被揪回北京，不少"三线"项目，比如成昆铁路等，都处于停顿状态。

至于为何调集几万工程兵来白涛进行山体打洞，而没有按照最初的计划由二机部自己完成，张晓东说："当时'文化大革命'正是最如火如荼的时候，二机部的领导也都被打倒了，中央可能也是考虑二机部没有能力独立完成这么大的项目，于是决定把打洞的任务交给部队。"这个决策是完全正确的，"后来遇到的实际困难证明，如果不是工程兵的努力，这个洞绝对打不成"。

1967 年，根据周恩来总理的批示，二机部和工程兵司令部在北京召开了会议，确定了由两家分工合作完成 816 工程。

此后一年多的时间里，8342 部队在各地招兵，2 万多工程兵进入了白涛。

工程兵是分批作业，根据统计，在 6 年中前前后后参加工程建设的部队总人数高达 6 万人。

1969 年 3 月，中苏两国在珍宝岛发生边界武装流血冲突。这一突发事件，让中央再次对“三线”建设重视起来。中国感受到了更严重的军事威胁和核威慑。

苏联甚至通过美国新闻媒介扬言，要对中国实施外科手术式的核武器打击。9 月 16 日，有苏联高层背景的记者路易斯在文章中指出：苏联正在讨论打击中国在罗布泊核试验基地的可能性。

于是，1969 年的中国再一次进入了战备高潮，这一次的战备对象由美国变成了苏联。

距离中苏边境并不遥远的 404 厂，也再度安全告急。

毕业于湖南大学土木系的高才生潘开泰，从兰州化工设计院调到 404 厂。1969 年的夏天，他突然接到了入川的通知。

“404 厂很多人早就知道要来四川，但是我知道得很晚，厂里发过三次入川名单，我都没有注意。”今年已 81 岁的潘开泰对当时的历史细节仍记忆犹新。

“当时如果中苏真的爆发战争，苏联的导弹 7 分钟就能打到 404 厂，所以当时 404 厂非常紧张，火车、汽车都日夜不熄火，接到命令就马上离开。”潘开泰回忆，那一年，他们定期参加在 404 厂礼堂内召开的政治形势报告会。虽然当时警惕的对象包括“苏修”和“美帝”，“但主要感觉还是提防苏联，认为他们要摧毁我们，一打仗就会用原子弹，不是常规战”。

出于战备考虑，404 厂的相关资料被外移，以分散风险，404 厂的人员也分成了几个部分陆续转移。根据潘开泰的回忆，当年从 404 厂成建制调到 816 厂的，大概有两三千人。由于没有做入川的打算，他把自己的行李包都借给了别人，在入川前两天，他才突然接到通知。第一次来到白涛镇时，这里给他的印象是除了满地野坟，什么都没有。

因为潘开泰过去一直从事工程设计工作，到 816 厂后，他被安排在乌江东岸的 816 工程总指挥部，负责工程的设计管理。

潘开泰说，在参与工程的所有人中，最辛苦的就是工程兵。在那个年代，没有先进的设备，完全靠炸药炸开厚实的山壁，再用人力挖坑，刨石头，战士们用一把铁锹挖空了一座山。

18 岁的陈怀文被分派到风钻班，主要任务是在坑道掘进中打炮眼。施工实行三班制，四班倒，24 小时不停歇地作业，每个班必须在 8 小时内完成自己的工作量。

风钻班用的是重达 50 公斤、日本制造的凿岩机，施工作业时工程兵必须头戴防尘罩，在工作服外还要套上防水衣，脚上再穿上高筒水靴。为了凿岩石时机器不因为过热和岩石摩擦着火，必须时刻用水喷着凿眼处，水枪里的水打到岩石上，再溅到工程兵的身上，在冰冷的冬天里，很多工程兵因此而患病。

整个工程进度中，危险时刻都在。

挖洞掘进中需要工程兵经常近距离查看，有时炸药出了问题，意外爆炸，不少战士因此受伤，甚至牺牲。

山洞挖掘到一定深度时，洞内有时会发生垮塌，掉落的巨石瞬间就能夺走一个战士的生命。

8342 部队在白涛花费了将近 6 年时间，终于完成了洞体挖掘工作，完成了主体洞室、三十多个分支洞室和一百多条连接导洞的施工。

部队陆续撤走以后，1974 年 4 月，国营 22 建筑工程公司首批人员经过长途跋涉汇集到白涛，进行洞内工程施工。

当陈怀文随着部队离开白涛时，他的许多战友却永远留在了这里。

无名英雄

在整个掘洞和军工建设过程中，先后有一百多名官兵牺牲，他们的尸骨被掩埋在816工程洞附近的“一杯水”烈士陵园里。这些年轻的战士平均年龄不到21岁，有的人甚至连家庭准确地址都没有留下。

由于 816 工程是国家机密，在几十年后，这些战士的家人才知道他们当年为何牺牲，如今又埋葬在哪里。

曾为《琅琊榜》《伪装者》等电视剧作曲的音乐人孟可，与 816 厂有一段不解之缘。

在孟可的记忆里，他的三叔孟洁遥远又陌生，他只知道，这个小叔叔 18 岁当兵，24 岁便牺牲了。在偶尔茶余饭后的闲谈中，父母不经意间谈到三叔，总是黯然神伤。

最让孟家人放不下的事情是不知道这个年轻便离家的三叔最后到底牺牲在哪里，尸骨何在。

机缘巧合的是，2014 年，中央电视台拍摄了大型纪录片《铭记》，其中有一些关于 816 核工程的镜头。在片中，一名烈士的墓碑一闪而过，尽管画面只停留了一两秒，可孟可的二叔孟浩还是看见了自己弟弟孟洁的名字。

孟家人根据这个仅有的线索，经过多方打听，终于证实了镜头中一闪而过的那个名字就是自己的亲人。

2016 年 11 月，在烈士墓前，孟可年迈的父亲用颤抖的指尖抚过墓碑上那个熟悉的名字。兄弟一别，阴阳两隔，整整 45 年。

张晓东说，816厂作为一个绝密的工程，在这里工作过的所有人，包括工程兵，都必须对这项工程的内容绝对保密，即便有人在工作中牺牲，也不会告诉家人他的具体牺牲地点。

816厂有十分严格的保密纪律，所有进厂的人，都要经过严格的政审，而大部分工人为这个山洞工作了半辈子，却从来没有在山洞里完整地走过一圈。

1976年进厂的冯川勇，在816厂的动力处工作，但是一直到2010年816工程洞开放时，他才第一次进洞参观。据他回忆，816厂当时有一个警卫团负责安全。每个车间都有警卫，路口、桥头也有人背着枪站岗。洞体外一共有三层保卫，进来的车辆要对口令，口令经常改，对不上就进不去。

即便是816厂的工作人员，也划分了不同的内部保密等级，不同的人可以去的地方是不同的，不是随便哪里都可以去。

“我进厂以前是下乡的知青，父亲是革命干部，所以我进厂时的政审没有问题。”冯川勇说，动力处日常的工作在洞外，虽然是816厂的人，但是他平时并不能随便进洞；偶尔有事情要进洞去，都是集体坐车，直线来去，不能多说话。

所以，在816工程停建前，冯川勇只坐车穿行过816工程的一条山洞，这还是因为要穿到对岸去修建发电厂，旁边没有别的路可以走而特别获准进入山洞的。

作为主要工程设计人员，潘开泰可以在洞里随意走动，但是对外，他必须严格执行保密纪律。

那时，“816工程”以及“816厂”是内部才能使用的名称，对外的掩护名字曾有“建新公司”“建峰公司”等，过一段时间就要换一个。

潘开泰受困于自己总要对亲朋撒谎窘境，他对外宣称自己在生产工业器材的企业上班；有时在火车上碰到同学，为了不暴露自己身份，他要提前或延后下车。“有一次，一个同学说他们要购买工业器材，非要到我们企业来看看。我只好撒谎说要出差，躲过去了。”

同样的情况也发生在张晓东身上，他的哥哥曾经因为工作原因到816厂里来参观，到了以后才知道自己的弟弟原来在这里工作。张晓东对外通信，地址只能写“重庆市4513信箱”，所以家人和朋友大多认为他在重庆市里工作。

即便有严格的保密纪律，泄密的案例也偶有发生。据说，曾有一名816厂派驻重庆办事处的职工，因为对一个女子炫耀“我们单位搞原子弹”，后来被揭发，劳改了好几年。

出于保密的需要，襄渝铁路甚至为此改线，不走平地而走山洞，在816附近也不设站点。

2009年4月下旬，因为816核工程以旅游景点的身份对外开放，重庆涪陵邀请了百余名曾参与洞体施工的老兵重返816厂。在身边遍插“军事禁区，严禁入内”旗子的大山内工作了若干年，这些老兵并不知道自己当年参建的地下核工程究竟是什么样子，可见当时的保密工作多么严格。

历史记忆

1976年，“文革”结束，中国的历史走进新的纪元。

作为一个几乎与世隔绝的准军事化单位，已经建设了十几年的816工程渐渐感觉到与外界的脱节。

虽然隐隐有预感，但在1982年6月接到中央缓建816工程的指示时，潘开泰仍感到巨大的意外。

816工程只是全国下马的“三线建设”中的一个组成部分，当时面临关停并转的三线企业，不计其数。

“三线建设”历时16年，贯穿了三个五年计划，国家总共投入了2052.63亿元巨资，占这期间全国基本建设投资的40%。“三线建设”涉及全国600多家企业和事业单位的重建、搬迁、合并，整个工程的规模史无前例。成千上万的工人、干部、知识分子和解放军官兵跋山涉水来到深山峡谷、大漠荒野，投身于“三线建设”中。

在这十几年间，全国修通了25万公里公路、10条铁路干线，建成了45个重大科研生产基地，攀枝花等30多个新兴工业城市拔地而起，20多万工程技术人员在此过程中被培养起来。

然而，20世纪80年代的世界格局发生了重大变化，美苏两大阵营的“冷战”趋于缓和，国家对国际形势做出了新的判断，认为战争不再是国际形势的主要方面，和平与发展才是当下世界的两大主题。

1983年11月，国务院批准在成都设立了“三线”建设改造规划办公室，开始对全国“三线企业”进行军转民的调整改造。

1984年6月，国务院和中央军委正式决定816核工程停建。白涛镇深山里的816核工程，接到了中央下发的正式停建通知。

此时，816核工程洞已完成85%的建筑工程、60%的安装工程，已累计完成基建投资7.4亿元。预计再花大概一个亿，整个工程就可以投产。但是，为了和平和国家经济建设的大局，816核工程洞不得不提前结束自己的历史使命。

对于816厂的几千名职工来说，工程停建之后来不及伤感，生存问题就摆在了眼前。

很多人陆续离开了816厂，到其他地方去自谋生路，也有相当一部分人没有离开，与816厂共同经历了一段“找米下锅”的困难岁月。

工程停建后，潘开泰开始带着一路人到厂子外面给别人搞建筑设计，“我手下当时有七八个名牌大学的毕业生，为了生存我们到处找活儿，也有很多单位来找我，希望我调过去，有的单位甚至把户口都准备好了”。

但是，潘开泰并没有走。军转民的时候，816厂的老书记徐光和找他谈话：“816厂困难了，你们有点本事的都跑了，留下这么多工人怎么办？”

潘开泰当即答应了老书记不离开816厂。他一直践行着自己的诺言，军转民后816厂正式改名为建峰公司，后来转型做化肥，他一直担任建峰公司基建处的处长，直至退休。

冯川勇也选择了留下。他回忆说，在最困难的那段日子，他们基层工人什么都干过，在山上养过猪，在洞里种过蘑菇，甚至还在乌江上卖过自己做的面包。后来，他担任了建峰公司的宣传部部长，今年才刚刚退休，他的儿子如今也在建峰工作。

张晓东作为最早一批参与创建816厂的“老人”，在工程停建后也没有离开，他后来成为816厂的厂长，退休多年后，至今仍然居住在白涛镇。

“现在有的年轻人对我们不理解，觉得我们傻，有好地方不去，非要留在厂里。但是我们当时的想法就是要让816厂生存下去。”潘开泰说。

今天的建峰公司，已经成为军转民的典范。作为一个深山里的大型国有企业，建峰公司许多年来一直守护着他们为之奋斗了多年的816核工程洞，并负责洞体的基本维护。

虽然这个“世界第一大人工洞体”一天都没有投入过使用，但是作为一个不可替代的工程奇迹，2010年开放为旅游景点后，这里每年都吸引上万人前来参观。今年9月25日，经过特色景区建设后再度开放的816核工程洞吸引了国内外更多的游客。建峰公司准备以工程遗址为核心，将白涛镇打造成一个三线军工小镇旅游区。

总有老兵和当时的参建者回到这里，重新走过一条条凝聚了几万人心血的洞体隧道，回忆当年的情景。也总有年轻人站在巨大的洞体前，感叹它的精妙和伟岸。

81岁的潘开泰，如今仍然关心着核工程洞的未来：“这么好的洞，我们这么多人在这里奋斗了这么多年，废弃太可惜了，我希望有朝一日，它能有更好的用途。”

在816核工程洞对面，与它同时建成的指挥楼外侧墙体上，至今仍然保留着那个特殊年代的标语：“好人好马上三线，备战备荒为人民。”这个在特殊历史时期为和平而建又为和平而停的地下核工程洞，承载了太多的历史记忆。

对于为这样一个伟大工程贡献了青春和汗水的人们来说，他们几十年在这里所做的一切，正如一句电影台词：你消失的一面，足以让我自豪一生。

《新华文摘》2017年第6期

大风歌

——追寻叶挺独立团的精神血脉

李舫　张健

叶挺独立团是我党掌握的第一支正规编制的军队，其发展壮大的历程，可以说浓缩了一部人民军队的峥嵘军史：

参加南昌起义，打响武装反抗国民党反动派的第一枪；参加古田会议，见证我党建设新型人民军队的伟大实践。长征中，强渡乌江、飞夺泸定桥、奇袭腊子口，勇当“开路先锋”。抗战时，参加平型关战役，打破“日军不可战胜”的神话；血战刘老庄，创造“我军指战员英雄主义的最高表现”。解放战争时期，从东北的松花江，打到海南的万泉河，南征北战八千里，横扫千军如卷席。新时期以来，参加九八抗洪、汶川救灾、纪念中国人民抗日战争暨世界反法西斯战争胜利70周年大阅兵……

究竟是一种什么精神，铸就了这支队伍的辉煌？在庆祝中国人民解放军建军90周年之际，让我们走近这支英雄部队，聆听热血的呼喊，寻访历史的答案，感受时代前进的足音。

——编者

大风起兮云飞扬，
威加海内兮归故乡，
安得猛士兮守四方。

——题记

日月经天，江河行地。

西江从肇庆穿城流过，浩浩汤汤，不舍昼夜。

江水北岸的石头岗上，矗立着一座重檐飞阁的二层楼宇。登楼眺望，可见大江东去，浮光跃金，星星点点远接天际；对岸是青山绵延，在地势高处，有文明、巽峰两座古塔遥遥相对，真是江山胜景，尽收眼底。此楼因此得名“阅江楼”。

阅江楼，肇庆八景之一。“肇庆”，意为“吉庆之始”，此地不仅人文鼎盛，更是西江流域的军事重镇，扼两广水路之要冲，历来为兵家必争。所以，阅江楼上不仅多有文人墨客的题咏，更流传着仁人志士的热血传奇。

1925 年，这座楼台迎来了命运中最为辉煌的时刻：将在史书上留下厚重一笔的叶挺独立团在肇庆成立，团部即设在阅江楼。

手提三尺风云剑，鲲鹏击浪从兹始。

九十多年前，家国罹难，烟雨纵横，有多少风云人物往来于西江之上，奔走于阅江楼前。

九十多年后，翻开这支部队的征战地图，没有人不感到震惊，其足迹覆盖了大半个中国：

——向东，直达江苏省的白驹镇，

——向南，征战海南省的榆林港，

——向西，远抵云南省的元谋县，

——向北，挥师黑龙江的哈尔滨。

天地存肝胆，江山阅鬓华。

九十年的光阴，弹指而逝。而今，隔着时光厚厚的尘埃，抚摸那张红线密布的征战地图，滚滚硝烟，奔腾岁月，一张张依旧鲜活的面容，开始在我们眼前慢慢浮现。

一

1925 年，遥远的南中国，正值多事之秋。

这年 3 月，春寒料峭中，孙中山先生与世长辞。广东革命政府两次发动东征，讨伐军阀陈炯明。中共广东区委书记陈延年与中共广东区委军委书记周恩来等人，深感时局纷乱复杂、军阀不足倚靠，在总结一系列经验教训后，决定建立一支由中国共产党直接领导和实际控制的革命队伍。此后，经与国民政府负责人及国民革命军第四军军长李济深商议，选择在第四军 12 师组建 34 团，调共产党员叶挺担任团长。

1925 年 11 月 21 日，34 团成立。翌年 1 月，改番号为国民革命军第四军独立团。这便是军史上威名赫赫的“叶挺独立团”。此后，这支部队几经衍变，番号不停更改，但其建制得以清晰地延续，其精神传统也得以有效地传承，不论在部队还是在民间，人们仍习惯称之为“叶挺独立团”。

诞生之初，叶挺独立团就在当时的国民革命军中显得卓尔不群。

叶挺独立团的军费虽然由国民政府划拨，但却是一支以共产党员为骨干的队伍。团里排以上干部的任免、部队人员的补充，以及重大的政治军事训练计划等，都是独立团根据中共广东区委的决定，自行负责处理，不受军部约束。团长叶挺则直接向周恩来汇报工作。

中国共产党特别重视政治建军。叶挺独立团一建立，马上成立了中共叶挺独立团支部，下设6个党小组。支部委员会是叶挺独立团的领导核心，重大问题都由支部讨论决定。党支部不属第四军政治部管，而是属中共广东区委领导。此外，还建立团组织，直属党支部领导。这种“独立团内没有国民党的组织，只有共产党的组织”的情况，在国民革命军中是开天辟地的举措。

用兵之道，教戒为先。甫一到任，叶挺马上展开全面的军政训练。他以苏联红军的模式要求军队，并且在独立团内部开展“三反”运动：反贪污、反打骂、反报假，独立团建团初期的军阀习气一扫而空。这些努力，奠定了具有坚强战斗力的革命军队的基础，独立团士兵的政治觉悟和军事素质与日俱增。

有了共产党员作为骨干，有了共产党领导的政治工作，叶挺独立团在北伐战争中勇往直前、势如破竹，打出了“铁军”军威。1927年1月，武汉汉阳兵工厂受民众委托，制作了一块高1米、宽0.5米的铁盾牌赠送叶挺独立团所在的第四军，盾牌正面镌刻两个红色隶书大字：铁军。

叶挺独立团代表第四军接受了这块盾牌。“铁军”二字，由此载入中国革命史册。

铁军盾牌表达了人民群众对这支英雄部队的嘉许，以后的岁月里，这个团还将屡建奇功，威名播于天下，但不管怎么衍变，这个团的精神与气质，却实实在在萌芽于这两个鲜红的大字。

可惜的是，叶挺后来在皖南事变中被国民党军扣押，直到抗战胜利，由于中共中央的积极营救，才得以出狱。出狱后的叶挺未及施展抱负，就因飞机失事而罹难——北伐的一代名将、人民军队的创始人之一，竟这样陨落。

得知叶挺遇难后，陈毅悲愤难抑，写下一首真情流露的挽诗，最后几句这样写道：

> 我佩君忠贞不屈，服务人民，
> 不愧革命家的气概。

我只望你的遗风长存，
化育无数后继之英材。
将军之魂魄兮，
归去来，归去来！

一抔之土未干，故国山河变色。陈毅之哀婉伤痛，何尝不是家国山河之悲恸痛惜？

二

归去者，今来矣！长剑横九野，猛士唱大风。

1927年8月1日，南昌起义一声枪响，向世界宣告了新型人民军队的诞生。人民军队诞生在国民党反动派的无耻背叛与血腥屠杀之中，诞生在中国革命形势愁云漫天、雾锁重楼的黯淡时刻。痛定思痛的中国共产党人抓起枪杆子，挺起脊梁骨，在最令人窒息的时候，迈出了改变中国革命进程的关键一步。

时已改编为国民革命军11军25师73团的叶挺独立团，参加了光荣的南昌起义，成为人民军队的重要来源之一。起义部队从南昌挥师南下，辗转潮汕，又东进入闽，继而再北移，踏进赣南山区。一路上的征战极其辛苦，山高水远，雨急风狂，一些意志薄弱者与投机取巧者纷纷离开了队伍，每次走到岔路口，便有三三两两的官兵弃队而去，不再回头。

世事就是这样，在胜利顺畅的情况下，做英雄是容易的，因为牺牲较小，前景可期；而在失败退却的情况下，做英雄就难得多了，因为牺牲很大，前景还无法预料。所以，越是艰难困顿的局面，越考验一个人的信念与勇气，也只有经受过失败考验的英雄，才是真正能成就大业的英雄。

历史将用事实雄辩地证明这个道理。

1928年4月28日，毛泽东率领的秋收起义部队与朱德、陈毅领导的部分南昌起义部队在井冈山胜利会师。为继承与弘扬北伐战争时期叶挺独立团所在“铁军”的优良传统，中共湘南特委决定将部队合编为工农革命军第四军，叶挺独立团被改编为第四军10师28团。

此时的毛泽东，正在积极实践他对于建设新型人民军队的思考。有一天，他找到黄埔军校四期学生唐天际，授给他两件法宝：“党支部建在连上”和“三大纪律六项注意”，让他到28团1营2连去任党代表。唐天际到任后，按照毛泽东的指示，在连队建立党支部、列宁室（俱乐部）和士兵委员会（军人委员会），实行政治课教育制度。

“三大纪律六项注意”也受到官兵的热烈欢迎，被战士们写在包袱皮上、床头上和门板上，反复背诵，视作行动指南。后来，“六项注意”发展到“八项注意”。1947 年 10 月，毛泽东又亲自起草了《中国人民解放军总部关于重新颁布三大纪律八项注意的训令》。自此以后，“三大纪律八项注意”成为人民军队严格遵循的行为准则。

但在当时，红四军内部对毛泽东的一系列建军举措却分歧很大。一些人认为，毛泽东强调党对红军的领导，是在搞家长制；还有一些人话说得难听，说政治部妨碍司令部的工作，是“卖狗皮膏药”的，宣传兵都是“吃闲饭的”。

人心齐，泰山移；人心散，搬米难。

为了在党内统一思想认识，确立人民军队建设的基本原则，红四军在福建省上杭县古田镇，召开了影响深远的古田会议。古田会议确立了思想建党、政治建军的根本原则，重申了党对人民军队实行绝对领导，规定了红军的性质、宗旨和任务等根本性问题，从而为我军战胜强大敌人和艰难险阻提供了不竭力量，使我军始终保持了人民军队的本色和作风。

古田镇也由此成为我军政治工作奠基的地方，成为新型人民军队定型的地方。“革命的政治工作就是革命军队的生命线”这一重要治军理念，正是从古田会议发源。

三

归去者，今来矣！铁肩担道义，热血铸忠魂。

第四次反围剿战斗后，叶挺独立团被编为红一方面军 1 军团 2 师 4 团。在长征中，红 4 团挑起了“开路先锋”的重担，为中央红军二万五千里的战略大转移打开一条血的通道。

1935 年，红军在前往川西的路上遇到了大麻烦——天险大渡河横亘在面前。大渡河水急浪高，河面又宽，难以架桥，而渡口褊狭，无法满足数万大军渡河之用。当年太平天国的翼王石达开，一世英雄，就因在大渡河畔渡河无策，最后全军覆没。这一次，蒋介石野心勃勃，企图借地利之便，围歼红军于金沙江以北、大渡河以南、雅砻江以东地区，使“朱毛红军变成第二个石达开”。

5 月 26 日，毛泽东、周恩来、朱德抵达安顺场，听取汇报后，决定红军沿大渡河西岸北上，抢占泸定桥。夺桥的任务在 28 日下达给红 4 团。从地图上标出的位置看，红 4 团此时距泸定桥 120 公里，留给他们的行军时间，只有一个昼夜。

红 4 团沿着山路一路急行，在猛虎岗击破了川康边防军的阻击，行至奎武村时，天降大雨，山路一片泥泞。为加快行军速度，团长黄开湘、政治委员杨成武率领 3 个步兵营轻装前进，他们克服重重困难，在 29 日凌晨 6 时，准点抵达泸定桥。

顶风冒雨，边打边走，一昼夜奔袭 120 公里，这在外国军事专家们看来不可能完成的任务，硬是让红 4 团的战士们用一双双脚丫子完成了。

来到泸定桥的战士们发现，这座 100 多米长、近 3 米宽的铁索桥，已被抽去桥板，只剩下 13 根寒光闪闪的铁链在湍急的江面上晃动。桥的那一端是泸定城，城一半在东山上，城墙约两丈余高。守桥之敌在对岸桥头和山坡上构筑了防御工事，枪口、炮口早已对准泸定桥。

这种场景，让人想到了清代徐锡麟的那句诗：只解沙场为国死，何须马革裹尸还。

这注定是一场有去无回的冲锋，牺牲了尸体都将找不到，红 4 团的战士们心里都清楚。但是，没有一个人愿意退却。他们昼夜奔袭，马不停蹄，为的就是要打一场这样的冲锋，在不可能撕开口子的地方，撕他一个天崩地裂的口子！

2 连连长廖大珠抢先站了出来，对黄开湘说："1 连强渡乌江，立了大功。这一回，轮也该轮到让我们 2 连上了！"

黄开湘同意了廖大珠的请战。攻夺泸定桥的战斗很快打响。在密集火力的掩护下，廖大珠等 22 名突击队员，背插马刀，携带短枪，迎着肆虐的炮火，向对岸发起冲击。3 连在连长王友才的带领下，扛着木板，紧随突击队身后铺设桥板。头顶是呼啸的子弹，身下是咆哮的江流，这场艰苦的战斗，每进一步都付出了生命的代价。

泸定桥一战，成功打通了中央红军北上的通道，为中国革命立下了不朽的功勋。战后，毛泽东仔细察看了泸定桥的地势，感慨地说："这样险要桥面的桥能夺取，说明红军是不可战胜的！"不久后，他在《长征》一诗中，豪情满怀地写道：

金沙水拍云崖暖，大渡桥横铁索寒。

总参谋长刘伯承也来到泸定桥，他走到桥上，激动地跺了几脚，说："应该在这里竖一块碑！记下我们战士的不朽功勋！"军团《战士报》连续刊发捷报和评论，自豪地将红 4 团飞夺泸定桥、一昼夜行军 120 公里的英雄事迹传遍神州。

四

归去者，今来矣！一心中国梦，万古下泉诗。

全面抗战爆发之后，红 4 团改编为八路军 115 师 343 旅 685 团 1 营，参加了平型关战役，打破了“日军不可战胜”的神话。随后，挺进苏鲁豫，南下华中，东进淮海，身历百战。其中，最为惨烈的一仗，发生在 1943 年初的刘老庄。

刘老庄是苏北平原上的一个普通村庄，人口不足百户，距淮阴城 25 公里，距六塘河约 10 公里，紧靠淮沭公路，是日军进攻六塘河的必经之地。当时，上级决定以一个连的兵力，在刘老庄一线展开阻击战斗，延迟敌人的进攻时间，掩护我党政机关与当地百姓安全转移。

这个作战任务交给了新四军 3 师 7 旅 19 团——这支英雄部队在皖南事变之后的新番号。19 团决定把这个任务交给 4 连具体实施。

这场阻击战在 3 月 18 日上午 9 时打响，持续到当天 21 点左右结束。翻阅《新四军战史》与叶挺独立团团史，我们发现，与其他战斗相比，对这场战斗的记录显得简要得多：“4 连连续打退日伪军 1000 余人的 5 次冲锋，经受了 6 个小时断续炮击，整整坚守了 12 小时，毙敌 170 余人，伤敌 200 余人。由于 4 连的顽强阻击，日军被挡在六塘河以南十几里外，保障了六塘河两岸的淮海区党政军领导机关和人民群众安全转移。”

没有更详尽的记录，恐怕是因为这个连队的 82 名指战员，在这场战斗中全部殉国。

战斗结束后，淮阴县张集区的区队与游击小组赶到战场，眼前的一幕让他们潸然泪下：只见纵横交错的战壕里，泥土已经被浸泡成了血红色。一具具穿着灰色军装的尸骸，倒在泥土与血水之中。他们仍然保持着生前战斗的姿势：有的人，嘴里还咬着日军的半边耳朵；有的人，手里还揪着敌人的几缕头发；有的人，弓着双腿，双手紧握着捅弯了的刺刀……

诚既勇兮又以武，终刚强兮不可凌。

身既死兮神以灵，魂魄毅兮为鬼雄。

两千三百年前，屈原在《九歌》中的哀婉吟唱，何尝不是铁血英雄今日的行歌？

——八路军总司令朱德高度评价道：“淮北全连八十二人全部殉国的刘老庄战斗……无一不是我军指战员英雄主义的最高表现。”

——新四军代军长陈毅盛赞八十二烈士浴血刘老庄是“惊天地、泣鬼神的壮举”。他在《新四军在华中》一文中写道：“烈士们殉国牺牲之忠勇精神，固可以垂式范而励来兹。”

——新四军第三师黄克诚师长在《盐阜区反“扫荡”》中报告：“刘老庄战斗打得最坚决、最壮烈。19团4连在敌军千余围攻之下，从清晨到黄昏激战整日，指战员八十二人全部阵亡，阵亡之前将武器全部破坏，无一人投降。其为国尽忠、为民族尽孝的精神可歌可泣。”

为弘扬八十二烈士不怕牺牲、为国捐躯的爱国主义精神和忠勇无畏、血战到底的战斗精神，19团4连被命名“刘老庄连”。人们在烈士捐躯的地方修筑烈士陵园，建起雄伟的八十二烈士墓碑。

抗战胜利后，叶挺独立团挺进东北，大战秀水河子，保卫四平，三下江南，参加辽沈战役。其间番号几次衍变，后编为第四野战军43军127师379团，随四野南下，“从东北的松花江，打到海南的万泉河”，南征北战八千里，横扫千军如卷席。

五

数风流人物，还看今朝——进入新世纪的铁军随时整装待发。

2008年5月12日下午，河南洛阳。

379团突然接到命令：全团官兵整装待命。

那一天，在千里之外的四川省阿坝州汶川县，发生了里氏震级达8.0级、矩震级达8.3级、震中烈度达11度的超强地震。

13日，部队飞往四川。先期到达的官兵，奉命向震中地带——映秀镇徒步挺进。但是，往映秀镇已经没有了路。沿途全是倾倒的房屋、断裂的桥梁、不断滑坡的山丘，断树、巨石纷纷滚落，把交通重重阻塞。大地仍然在颤抖，余震不时到来，危险就潜伏在每个战士的身旁，此时往震中进发，就等于把生死置之度外。

面对不可预知的险情，师政委向全体官兵喊道：“独生子出列！”

喊了两遍，没有一个人出列。

“共产党员出列！”政委又喊了一声。

“哗”的一声响，全体战士都站了出来。

政委强忍泪水，挑选出一批党员骨干，每人背着两箱重约20公斤的药物，向4座大山阻隔的映秀镇挺进。他们披星戴月，不顾辛劳，一路上经历了13处泥石流、20多处塌方滑坡、15次余震，终于把药物送进灾情最为严重的地方。

有的时候，我们很难说精神是什么，但我们可以说精神像什么，精神就像长河里的灯塔，为我们带来坚持的勇气，照亮前行的道路；精神也像流淌的泉水，润泽我们枯燥的心田，丰茂我们荒芜的生命。铁军精神在和平岁月里并没有丝毫褪色，她正在这个伟大时代绽放耀眼的光芒。

再好的队伍也要与时俱进。尤其在一个科技发展日新月异而又承平日久的时代，丝毫的大意与懈怠，都将带来不可挽回的损失。

379团9连营地，酷热的天气几乎将人烤化，但是营地体能训练场上，士兵们头戴钢盔，身背作战包，清一色全副武装。

“只是训练而已，为什么搞得像打仗一样？”

连长周坦回答说：“战争中要用什么，我们就练什么，平时练得多，战时才用得好。”

好的习惯来之不易。曾经有一次战备拉动，9连由于平时没能及时检查战备物资，官兵携带的单兵干粮早已过期。行军几十公里后，大家只能饿着肚子完成后续任务。

那次狼狈的经历，让9连养成了实战化的备战习惯：作战包里，常年放置着最新的作战地图、村镇分布图；战术训练场上，指挥员从来不喊队列口令；早晨起床，班排宿舍几乎不开灯……

从北伐战争的叶挺独立团到南昌起义的73团，到井冈山时期的红四军28团，到长征时期的红2师红4团，到抗战时的八路军115师685团1营和新四军3师7旅19团，再到解放战争时期的东北民主联军第六纵队16师46团，到新中国成立前夕的四野127师379团……在叶挺独立团的足迹中，我们看到了人民军队发展壮大的缩影。一次次破茧成蝶，一次次凤凰涅槃，无数支像叶挺独立团一样的英武之师紧紧凝聚在一起，最终成就了人民军队开天辟地的历史伟业。

叶挺独立团以辉煌的历程证明：人民军队只有时时刻刻牢记“听党指挥”这个强军之魂，能打仗、打胜仗这个强军之要，依法治军、从严治军这个强军之基，才能建设成与中国国际地位相称、与国家安全和发展利益相适应的强大军队。

不忘初心，方得始终。

党的十八大以来，建设一支听党指挥、能打胜仗、作风优良的人民军队，成为党在新形势下的强军目标。

2012年12月，习近平主席南下广东，开始他就任中共中央总书记和中央军委主席后的第一次外出视察。在南海之滨，习近平主席登上新型导弹驱逐舰，驶向茫茫大海。

大海波涛翻卷，战舰乘风破浪。一个半世纪之前，正是在这里，西方的坚船利炮打开了旧中国的大门，中华民族从此沦为列强的半殖民地。一个半世纪之后，还是在这里，中国军队开始向世界一流强军迈进！

两天后，习近平主席接见驻穗部队师以上干部，做出重要论断：“实现中华民族伟大复兴是中华民族近代以来最伟大的梦想。这个伟大的梦想，就是强国梦，对军队来讲，也是强军梦。”

“中国梦”蕴含强军梦，强军梦铸造“中国梦”！

“事之当革，若畏惧而不为，则失时为害。”这个世界正发生前所未有之大变局，我国正处于由大向强发展的关键阶段，我军正经历着一场革命性变革。有着九十年光荣历史的人民军队，正在新的起点上开辟新的征程！叶挺独立团亦与时俱进，在改革中与兄弟部队组建成新的劲旅。

“受命以来，夙夜忧叹，恐托付不效。”中央军委民主生活会上，习近平主席引用诸葛亮《出师表》中的话，表达自己的忧患意识与使命担当。

安不忘危，治不忘战。这份忧患意识与使命担当，似警钟长鸣，回响在每一名军人的心头。

宜将剑戟多砥砺，不教神州起烽烟。一枚枚导弹昂首伫立，一辆辆战车整装待发，一架架战机振翅欲飞……中国军人，从来都肩负着“出征”的使命；中国铁军，时刻准备着打赢未来的战争。

大风起兮云飞扬，

铁血猛士兮定国安邦！

《人民日报》2017 年 7 月 20 日

励志人生

一个男人的海洋

许　晨

船长郭川

“大海啊，请你停一停波浪，祈祷我们的船长平安吧！”

“海风啊，请你静一静呼啸，祝福英雄的郭川回家吧！”

一个冷秋的夜晚，华灯初上，光影迷离，美丽的海滨城市青岛笼罩在安谧的夜幕之中。忙碌了一天的人们或乘车疾驰，或步履匆匆，穿过整洁而宽阔的街道，奔向自己那个叫作“家”的温馨港湾。可在著名的青岛奥林匹克帆船中心，远离闹市区的情人坝（挡浪坝）灯塔下，却有一群群普通的市民离开家门，走向这里，自发地聚拢在一起。

秋夜的海边寒意袭人，可他们丝毫没有觉得，他们面容焦虑、神情严峻，拉起了一条条长长的横幅，点燃了一支支红红的蜡烛，面向浩瀚大海，仰望无垠星空。有的人双手合十，有的人喃喃自语：郭川船长啊，你在哪儿？你听到亲人的呼唤了吗？家乡盼望你平安无事，祖国期待你凯旋……

这是公元 2016 年 10 月 28 日，距离那个令人震惊的一刻仅仅过去了三天。那是怎样的一刻啊！ 10 月 26 日，中央电视台新闻频道正常播出，突然屏幕下面飞出一条字幕：据新华社消息，正在单人驾驶帆船穿越太平洋的中国职业帆船选手郭川，在航行至夏威夷西约 900 公里海域时，于北京时间 25 日 15 时 30 分与岸上团队通话之后失去联系！

一石激起千层浪。立时，亿万国人的心像被一只无形的手揪住了似的。

失联！自从马航 370 客机“失联”之后，这个名词便几乎与“不幸”二字画上了等号。

多年来，郭川的名字在航海界、体育界，乃至社会各界，不能说如雷贯耳，也是早已声名显赫了。他的不凡业绩通过广播电视、报纸杂志传遍了华夏大地乃至世界航海界。郭川是中国职业帆船航海第一人，获得过诸多“第一”：第一位参加克利伯环球帆船赛的中国人，第一位完成沃尔沃环球帆船赛的亚洲人，第一位单人帆船跨越英吉利海峡的中国人。2012 年 11 月 18 日，郭川开启“单人不间断、帆船环球航行”之旅，经历了海上近 138 天、超过 21600 海里的艰苦航行，于 2013 年 4 月 5 日驾驶“中国 · 青岛”号帆船荣归母港青岛，成为第一个单人不间断、无补给环球航行的中国人，同时创造国际帆联认可的 40 英尺级帆船单人环球航行世界纪录。两年后，他又率领国际船队驾超级三体帆船，成功创造了北冰洋（东北航线）不间断航行的世界纪录……

进入 2016 年以来，郭川团队一直在国外训练、调整、准备；7 月应奥委会主席巴赫之约，从法国拉特里尼泰出发，跨越大西洋到巴西里约热内卢，观礼 2016 年奥运会；而后启航穿越巴拿马运河北上太平洋，经过两段航程共 43 天的航行之后，于当地时间 9 月 30 日凌晨抵达美国旧金山。计划在 10 月中下旬，由郭川独自驾驶帆船横跨太平洋，目标地为中国上海。

这个航段是一次挑战之旅：去年 6 月，意大利“玛莎拉蒂”号船队创造了从旧金山到上海、用时 21 天的帆船速度世界纪录。郭川决心单人单船沿此航线突破上述纪录，用 16 天至 20 天的时间到达上海市金山区。因“玛莎拉蒂”号船队有 11 名船员，所以郭川不管用多长时间完成航程，都将创造一项新的世界纪录——单人不间断跨越太平洋航行，也可以称之为“金色太平洋挑战”活动。

2016 年 10 月 18 日上午，旧金山湾区阳光明媚，郭川独自驾驶着“中国·青岛”号，离开停靠的里士满游艇码头，在人们的一片欢呼送行声中，踏上了直达中国上海的航程。当鲜红的三体船从旧金山地标建筑金门大桥下通过的瞬间，国际帆船联合会记时员沙马·科塔古特蒂按下计时器，显示当地时间为 14 时 23 分 11 秒。这年，郭川已经 51 岁了，将在太平洋上独自航行 7000 多海里，一路上须闯过风暴、海浪、鲨鱼、孤独等难关。一般人连想都不敢想，可郭川毫不畏惧。

当然，他不是只知蛮干的傻大胆，他的毫不畏惧是建立在科学训练和多年实践的基础上的。他此次驾驶的超级三体船长约 30 米，宽 16.5 米，桅杆 32 米，使用碳纤维材料制造，重量轻，性能好，为世界上仅有的同型五艘帆船之一，在上次的北冰洋航行中表现甚佳。为了准备这次挑战，郭川团队又对此船进行了部分设备的升级改造，驾船从法国一路走来，进行了大量模拟训练。

似乎万事俱备，只欠东风。帆船前进的动力就是风，一帆风顺，乘风破浪，祖先留下的诸多成语证明了这个道理。然而，这是一把双刃剑，无风难行船，风大浪必高。特别是一个人一只船，只靠风航行在茫茫大海上，如果遇上狂风暴雨、浪涛汹涌，那将是难以言表的灾难与不幸。虽说郭川船长已是久经沙场的战将，但也不免谈此色变、百倍小心。临行前，他说了一段耐人寻味的话：

“从某种意义上说，我是在不断挑战一个更高的层面。我希望把这件事做得精彩，给自己的帆船梦想增添新的高度。风是我的对手，也是我的伴侣。没有风，走不好；风很大，会带来很多压力。我要时刻小心谨慎，不要产生不好的结果……”

难道是一语成谶？就在郭川驾船航行一周后的10月25日，“中国·青岛”号驶到距离夏威夷以西900多公里的海域，中午时分曾与岸上团队连线通话：“怎么样，船长，没事吧？你那边有什么新消息？”

“啊，还行。”郭川答道，声音里透着疲惫，“没事就是最好的消息。昨天晚上有些不稳定的阵风，有两个乌云团突袭，然后阵风加大，船体感受到了突如其来的压力。好在都已经应对过去了。”

“那你一定要多加注意啊，利用风浪较小的时间，尽量休息一下，保持体力。如果再遇到突发之事，比如撞上鲨鱼什么的，没有体力是不行的。”

“对！其实远航撞到大鱼是常见的事情，这回我就撞到两次了，大概有一两米长，没有什么破坏力。当然，我不希望撞到鲸鱼，否则那就麻烦大了……”

“好的，不说了，保重！”

此次通话后，郭川的一位同学又打通了电话，聊了一会儿，他就休息了。北京时间下午3时半左右，岸基保障团队GBS定位图屏上，突然显示帆船航速明显慢了下来，从二三十节突然降到了六七节，大家赶紧联络郭川，不料却一点回音也没有了！

“青岛号，青岛号，你在哪里？听到请回答！听到请回答！”

“郭川船长、郭川船长，在何方位？发生了什么事情？请回答、请回答……”

岸上保障团队负责人刘玲玲，以及她的团队伙伴们，一遍又一遍地用海事卫星电话、用超强信号的手机呼唤着。一个小时过去了，两个小时过去了，郭川就像人间蒸发了一般，无声无息。失联！这两个幽灵一样的大字，像两记大锤重重地砸在人们心上。他们马上向中国驻美国外交使团报告，并联系美国海事部门请求援助。

中国驻洛杉矶总领事馆对此高度重视，立即启动了应急机制，敦促美方采取一切必要措施全力展开搜救。这是人道主义救援，国际上照例是一路绿灯。美国海岸警卫队夏威夷海事救援中心、美国海军在附近游弋的舰只、法国航海帆船运动基地有经验的水手，纷纷在第一时间前往事发海域。很快，搜救飞机在海面上发现了三体帆船，其大三角帆倾斜落水，甲板上空无一人，无线电对讲机多次呼叫没有应答。消息传来，人们心情十分沉重，这说明郭川落水了……

熟悉帆船运动的人都知道：单人单船的航程中，最怕的是人船分离。一旦由于狂风大浪或是大鱼撞击，失足坠入海中，人根本赶不上一直前行的帆船，前后左右无人施救，就会遭遇灭顶之灾。如此看来，郭川船长境况不妙。唯一能够期盼的是，他在海面上漂浮或游到某个荒岛上，利用野外生存知识坚持下去，直到被前往搜救的飞机舰船找到，并且安全地带回来。

祖国时时刻刻牵挂着她的儿女！

自从“中国·青岛”号失联的消息公布之后，举国上下就被“郭川”这个名字牢牢吸引住了。每日每夜，人们密切注视着中央电视台的《新闻直播间》《二十四小时》《新闻联播》等栏目，忧心如焚地等待着来自太平洋的信息。在 10 月 27 日的中国外交部例行记者会上，发言人陆慷表示：“中国航海家郭川不幸落水失联，外交部和中国驻洛杉矶总领事馆，正密切关注有关事态，继续协调相关搜救工作。如果有进一步的消息，我们会及时向大家提供。”

郭川的家乡——山东省青岛市，更是在第一时间启动应急机制。市委、市政府召开专题调度会，全力做好各项搜救工作。市体育局、市帆船运动协会等单位，及时联系郭川的保障团队，了解最新信息，慰问郭川的妻子肖莉和亲属。最令人感动的是，那些普普通通的青岛市民，他们视郭川为自己城市的英雄、家乡的优秀儿女，震惊担忧之余，在各个微信群朋友圈里振臂一呼，决定于 10 月 28 日晚上来到奥帆中心，为郭川船长祈福！

于是，这就发生了本文开头的一幕。

以往总是荡漾着欣喜的青岛奥帆基地出现了从未有过的沉重。

北京航空航天大学青岛校友会、帆船之友会、青岛一中校友等群友们，还有许多自发赶来的市民、游客和外宾，都一脸凝重、虔诚地伫立在海边。人们都在期待船长归来。

“疯子”郭川

郭川是一个什么样的人？

他又是怎样成为一名职业帆船赛手的？

这还要从国际帆船运动项目说起。

帆船，顾名思义是利用风力前进的船。国际帆船赛事总体上分为两种：一种是运动员驾驶帆船在规定的场地内按级别比赛速度，比如奥运会帆船项目；一种是离岸远航横跨大洋，或是环球航行，具有探险和科考性质。相比而言，后一种更加考验船员的意志和驾船技术。

郭川，就属于后一种更具挑战性的帆船航海家。然而，他并不像欧美国家的运动员那样大都从小就在海水里扑腾、迎着风踏着浪长大，而是半路出家，一步步从业余爱好走上职业航海生涯的。算起来，他真正从事这项运动时，早已过了而立，接近不惑之年了……

是的，36 岁之前的郭川，与当下的大部分人一样，上学、读书、工作。只不过从小特殊的家庭经历养成了他“敏于行而讷于言”、思想独立、爱冒险的性格。郭川原籍青岛，生于 1965 年，是独子，上有姐姐下有妹妹。父母早年在西南地质勘探队工作，条件艰苦，只好长年把几个孩子放在老人身边。

小小年纪，远离父母之爱，或许是一个人童年的不幸，但从另一个角度上看，缺少管束的日子，加之隔辈老人的疼爱，也会给男孩子的天性发展以更大的空间。小郭川从记事起就爱满世界跑，爬树、上房、掏鸟蛋，下海玩水、摸蛤蜊。快上小学了，父母把他接到了身边读书。地质勘探队不是固定在一个地方，哪里有矿苗就到哪里去，家属孩子跟着，几乎成了以大篷车为家的“吉卜赛人”。或许从那时候起，郭川幼小的心灵里就有了“流动”的意识。

小学五年级的时候，电影放映队到各个乡镇去放露天电影。当时有一部片子叫《海霞》，讲述了南海女民兵守海岛的故事。可能是从电影里看到了久别的大海，又是当时少有的彩色影片，郭川看了还想看。有一天放学后，听说几十里外的村子要放映，他便带着戴健、唐矿田几个小伙伴，连家也没回，背着书包徒步追着看去了。

到了吃晚饭的时辰，还没见他们的踪影，家长找到学校才发现早已放学，问谁都不知道他们上哪儿去了，便满世界地寻找：“健子、小健，回家吃饭了……”天完全黑了下来，仍然毫无消息，几位孩子父母只得报告了勘探队领导。

队长一声令下，兵分几路，派出了汽车到周边乡镇去找孩子。一直忙活到半夜，终于在一条村路上找到了他们。几个小学生累得满头大汗，还没走到放电影的村庄呢！不用说，领头的小郭川屁股上挨了爸爸几巴掌。瞧，小小年纪就埋下了“好奇”“探险”的种子。

两年后，郭川被送回家乡，进入了青岛第一中学学习。也许是接受了小学的教训，他变得腼腆起来，加之个子不高、身子骨也不壮，说话文文静静，跟个女孩似的，在班上很不起眼；唯独天资聪颖，他的学习成绩很好，稳定在班级里的前三名。家乡面临黄海，蓝色的波涛一望无际，少年郭川常常站在大海边，久久地凝望，飞舞的海鸥、飘荡的帆船、苍翠的小岛，令他心醉神迷。几十年后，郭川曾经老实地讲：“那时并没有将来航海的想法，也不知道世界上还有帆船比赛，只是出于好奇、看不透，看不透就越想看……”

这样的中学生，典型的求知欲旺盛的“理工男”，高考一定不在话下。果然，郭川一路考到了北京航空航天大学，又在那里读了硕士。不过在同学们眼里，他从来不是那种光知道埋头“死读书”的学生，而是一个兴趣广泛、天性好动的人。

顺利拿到了北航飞行器控制专业硕士学位，郭川又考取了北京大学光华管理学院，攻读 MBA，毕业后被航天部某公司引进，一帆风顺，几年便做到了副司级的部门经理。如果沿着这条现成的大路走下去，他的人生履历便会如期写上“某某公司总经理、首席执行官”之类的头衔。可是，他那“不安分”的细胞一直在活跃着。正如后来他自述道：

“突然有一天，这种单调的生活让我厌倦，我开始拼命拓展生命的外延，因此我去学开滑翔机、学习潜水、学习滑雪……用一切可能的方式挑战自我的极限，用常人难以想象的意志力和与年龄不符的热情，疯狂填充自己生命中的空白。”

他骨子里有一个自由的灵魂，甚至用诗一样的语言，形容那种离开固有的束缚和羁绊，奔向自己喜爱的广阔天地的心情：“从空中飞下来，沐浴着夕阳温暖的光线，像自由的鸟儿一样，在秋天金黄的树梢之上飞来飞去，你想想那有多美！我被这种纯粹自然的美所吸引，常常在空中流连忘返……”

从此郭川的人生之旅拐了一个弯。2001 年，他不顾器重他、关心他的领导们一再挽留，不顾父母、亲朋好友、同事不理解的诧异目光，放弃了一套单位即将分配到手的住房，毅然决然办理了辞职手续，开始奔向了广阔的梦想天地。

对于这个举动，有不少人是不理解、不赞同的：“郭川，你疯了吗？公职、房子都不要了，去玩什么户外探险？简直不可思议！”

郭川一笑置之。他记起了美国电影《燃情岁月》中的开场白：“有些人能清楚地听见自己心灵的声音，并按这个声音去生活。这样的人，不是疯子，就是成了传奇。”

他这个惊世骇俗、反向思维的行动，就是在义无反顾地遵从自己心灵的呼唤。并且他还想告诉大家：只要有梦想，只要想改变，什么时候都不算晚！

诚然，他不是一时的心血来潮，而是经过了慎重的思考甚至是痛苦的煎熬。

郭川摆脱了日常繁杂的事务，沿着自己热爱的轨道“撒欢儿”了。

他没有像其他人一样，辞职后或到国外留学，或去下海经商，而是痛痛快快地去追逐早年的梦想。郭川有计划地去练习滑雪、驾滑翔伞、下潜海底，等等，从事各种各样的户外运动、极限挑战。这些既锻炼了身体，磨炼了意志，又掌握了面对艰苦环境的知识技能。当然如同宿命一样，少年时的海边眺望有了答案，最终他迷上了帆船航海。

那是在 2001 年，郭川有想了解航海的兴趣，得知在国家体委任中国帆船帆板领队的曲春，是青岛老乡也是行家，便去向他请教。曲春比他大两岁，从小爱好水上运动，一直沿着市队、省队专业队员的道路走上来，20 世纪 90 年代调到北京工作。曲春看到这位老乡十分真诚，便详尽地为郭川介绍了有关知识，最后说："烟台要举办一次全国帆板锦标赛，你想去看看吗？"

"想，当然想去了。"郭川兴致勃勃。

在曲领队的介绍下，郭川来到距家乡青岛不远的烟台，观看全国帆板赛事及同时进行的帆船表演。利用比赛间隙，郭川上船体验了一把。这是他第一次摸到帆船，第一次有了在海面飘飞的感觉，迎风踏浪，驰骋海天，一下子便着魔似的爱上了它。

事后，郭川感慨地对朋友说："我玩了很多体育项目，都觉得不太过瘾。这次到了帆船上，我突然发现航海就是我的梦想，就是我这辈子的生命；以前玩的那些东西，跟航海比起来都无足轻重了！"

说这话时，他的两眼炯炯发光。

郭川最初几年的航海之路，还只是在海湾里或近海边"打转转"，属于帆船运动的"发烧友"水平。事实上，这项欧美十分兴盛的运动，在中国仍然处于起步阶段，数遍全国也没有几个有影响的职业帆船手。直到有一天，郭川遇到了一个在他走向大洋中至关重要的人，才逐渐有了改变。这个人名叫朱悦涛，时任青岛奥运会帆船比赛组委会综合部部长。

2016 年初冬的一天，我在青岛市旅游局见到了任副局长的朱悦涛。他已过了知天命之年，可身材保持得不错，看得出来爱好运动。他曾经有着十几年的军旅生涯，20 世纪 90 年代转业到青岛工作。得知我正在寻访探究郭川的航海人生，他先是盯着我看了一会儿，而后为我倒了一杯热茶，陷入了深沉而永恒的记忆之中……

本来，他与郭川的生活道路是两条平行线，没有机会交集，可在当年那场轰动中外的北京奥运会中，共同的追求将他们联结到一起，使他们相识相知，成为终生的朋友。

进入 21 世纪以来，中国人最自豪的事情之一就是赢得了 2008 年夏季奥运会举办权。北京，古老而年轻的北京第一次成为奥运城市，而风景秀丽、有着帆船运动基础的青岛，则幸运地成了北京的伙伴城市，承办其中的帆船比赛。于是，一个响亮的口号迅速响彻青岛、山东乃至全国："相约奥运，扬帆青岛。"

为了实现这个宏伟目标，青岛选调了一批年富力强的干部，组成了奥运会帆船项目委员会，简称奥帆委。2003 年 7 月，刚过不惑之年的朱悦涛出任奥帆委综合部副主任。实话说，开始他与大多数局外人一样，并不真正了解帆船比赛，但多年军旅养成的基本素质使然，他干一行爱一行，以高度的热情投入工作中去。

青岛，曾经为国家培养了一大批优秀教练员和运动员。第29届奥帆赛的落户，使大家看到了帆船运动所蕴藏着的对城市品牌巨大的推动力。市委、市政府适时提出打造“帆船之都”的构想，希望通过举办奥运会帆船比赛，打造一个新的城市名片。

郭川，就在这个时候、这个地方登场了，一点也不闪亮，而是悄悄地走来，默默地出现……

时任青岛市体育总会主席的林志伟，是一位精明强干的女将，生在青岛、长在海边，对这座城市充满了感情。她思维敏捷、勇于创新，积极与奥帆委合作，培养大众对帆船运动的热情。这时，她被郭川的执着和真诚所打动，此后一直全力以赴给予支持，与他和他的家人结下了深厚的情意。

而前面提到的曲春领队，两年前也调回了青岛，在隶属国家体育总局的青岛航海运动学校任副校长，是国际帆联认可的专家，也投身到奥帆委工作中，全力推广与组织帆船比赛。回到家乡的曲副校长热情很高，对积极参与比赛的老朋友郭川，更是毫无二话地伸出友谊之手。

最先使郭川与青岛奥帆委结缘的，还是那位有着军人作风的综合部部长朱悦涛。他想：要想利用帆船扩大青岛的国际影响，仅靠奥运会还不行，因为奥帆比赛是在港湾赛场里进行。如果能像欧美帆船手那样，驾船出海，宣传效果会更好。这就需要找合适的船与合适的人！

到了2004年4月，上海举行帆船展销活动，朱悦涛前去参观并借机寻船，会上与一位名叫张伟民的船商相识。他代理世界上著名的美国“亨特”牌游艇帆船，希望找个海港基地扩大销路。两人一拍即合。朱悦涛代表奥帆委提供停放基地，张伟民同意出借一条帆船，船名可以叫作“青岛”号。为此，他们策划了一系列活动，简言之就是“航海三步走战略”：

一是走出国门，宣传奥运、宣传青岛。二是中国沿海行，驾船沿海岸线前进，一路走一路报道。三是环球航海行，进一步扩大青岛奥帆赛的影响力。那时这些方面的经验还是空白，他们也不懂其中的奥秘和风险，但无知者无畏，他们敢想敢干。

船有了，战略目标有了，谁来驾船去实现呢？船东张伟民说香港、厦门有这样的人才。朱悦涛摇摇头，提出了选人的三个条件：一、这个水手必须是青岛人，才能代表青岛城市形象。二、他要胆大心细、懂帆船。三、他要有钱、有闲、有热情。按此标准满世界找，一时难以如愿。虽然青岛有全国第一所航海运动学校，但上到教练员、下到运动员，都是驾的运动帆船，这和远洋帆船是两个概念。

后来，还是做帆船生意的张伟民熟悉这个“圈子”，推荐道：“有一个叫郭川的，是你们青岛籍的，原先玩过滑雪、滑翔，现在喜欢上帆船了，你看行吗？”

“那好，让他来谈谈看。”

在青岛奥帆委办公室里，朱悦涛与郭川见了面。寒暄几句，朱悦涛便试探性地问：“你玩过大帆船吗？”

郭川说：“玩过，我在香港和奥克兰学过一点，但水平不高。”

这不同于有些人满嘴打包票的做派——郭川老实直白的回答，让朱悦涛顿生好感。很快，两人就利用帆船宣传城市的话题达成了一致意见。别看郭川身材不高不壮、也不善言辞，但那略显红黑色的瘦削的面孔、明亮坚毅的目光，还是显露着长期从事野外运动的锤炼经历，以及性格的朴实、真诚与执着。

最重要的一点是，他们的价值观完全相同，一切以事业为重。此前，朱悦涛曾与另一人洽谈此事，那人一张口就是：“我来办这件事，给多少钱？”

郭川根本没提钱的事，满脑子想着如何尽快出海成行。这让朱悦涛认定他是个能干大事的人！

信使郭川

走出国门的机会来了！

2004 年 4 月，恰逢纪念中国青岛与日本下关结成友好城市 25 周年，奥帆委策划了“奥运友好使者行”活动——郭川作为船长信使，驾驶着借来的那艘帆船，代表 700 万（当时数字）青岛市民前往下关送一封市长亲笔信，借机宣传北京奥运会青岛赛区。

由于张伟民提供的船属于近海游艇性质，要想出国远航还需要改装添加设备。经过汇报争取，市政府大力支持，拨了 100 万元的经费，注册了当时全国第一条无动力远洋帆船，命名为“青岛”号。朱悦涛等人又四处联络游说，几乎跑断了腿、磨破了嘴，终于拉到了 30 万元的赞助，可以成行了。

这是“大姑娘上轿——头一回”的新生事物。注册时，帆船航行到底是归体育总局管，还是归交通部管，费了一番口舌。去日本大使馆办签证时，还遇到了一个令人忍俊不禁的小插曲：日本签证官问什么时候出发？郭川回答 9 月 12 日启程，计划 20 日前到达。人家一听不对劲：“这中间隔了 7 天时间，你们在哪儿？”郭川坦然道：“在路上。”“什么路需要 7 天？”签证官警惕地看着他，“下关离中国不远，即便坐游轮也要不了这么久，你们想干什么？”“误会了……”郭川赶紧解释是怎么回事。日本签证官一听竟然是驾驶无动力帆船的友好信使，惊奇而钦佩地立刻发了签证："哟西，你们是现代第一批驾帆船去日本的。祝一路平安！"

毕竟是首次驾驶帆船出国，这与在海湾里玩玩大不一样，大家心里都没底。朱悦涛与郭川、张伟民等人商量，再请几位有经验的航海人保驾。于是，他们找到了香港吴家兄弟、青岛航海学校的张军教练一同出航。吴家兄弟俩是玩船多年的"职业水鬼"，有经验，有技术。

为了强化青岛元素，同时又要保证安全，朱悦涛特地叮嘱郭川："咱们毕竟欠缺远航经验，这回在岸上、在媒体前，你只是'形象船长'；一到了外海，吴家大哥就是真正船长了，你要听他的。"

"明白！我也会借这个机会，好好向人家学习的。"

2004 年 9 月 12 日下午，青岛尚未竣工的奥帆基地施工现场，第一次围绕着帆船热闹起来了。"奥运友好使者行"活动拉开了序幕，市政府和奥帆委的工作人员、青岛航海学校的学生、新闻单位的记者，以及喜欢帆船的市民们汇聚一堂，欢送"青岛"号奔赴日本下关市。

这是郭川和"青岛"号的处女航。人们敲锣打鼓，摇着彩旗，挥着手臂，大声祝福："一路顺风！早日凯旋！""再见，再见，我们一定完成好任务！""青岛"号满载着青岛全市人民的友情，缓缓离开码头，顺风驶出了浮山湾。

在欢送的人群中，朱悦涛、航海学校校长戴志强、副校长曲春，还有市体育总会主席林志伟等人又激动又不安，站在岸边久久地凝望着。谁知怕什么来什么，眼看着帆船刚刚驶出湾口，却突然打了个趔趄，停住不动了，船上的人影一片忙乱。朱悦涛心里大叫不好，赶紧躲到一边给郭川打手机，原来是船底好像撞到了什么东西，船员们正在查看。

出师不利！朱悦涛脑门上冒汗了，欢送仪式还没完，帆船就走不动了，这不等于演砸了吗？不行，首航一开始不能不吉利，他对着电话嚷嚷："别停别停，你们赶紧走！记者们还在拍着呢！有什么事出去再说。"

"明白！"郭川是个明白人，放下电话便招呼吴家兄弟和张军教练："走，走，先对付着开出去。"帆船又扬起风帆前进了，很快便消失在人们的视线中。

一场热闹的帆船"首航秀"仪式结束了，朱悦涛他们心里毫无轻松感，总觉得会发生什么事似的。果然，当晚 9 点多，在夜幕的掩护下，"青岛"号又悄悄地回到了出发地——原来船舱出现不明原因的漏水，船员不敢再往前开了。

朱悦涛和戴志强听说了，火急火燎地赶到奥帆基地码头，希望及时排除故障，再抓紧航行。如果让媒体知道报道出去，那可就丢人了！到底是哪儿漏水呢？人们里里外外查了个遍。戴校长还特意找了几名潜水员下水察看，都没找出毛病来。

这时候，还是郭川脑子快。他突然蹲下来，捧起一捧船舱里的水舔了舔，惊喜道：“啊，淡的，渗进来的不是海水。”

“对啊，这说明船底没漏！看看舱里边……”

众人立刻顺藤摸瓜，很快找到了出水点——原来是出发时的意外碰撞，导致船舱淡水箱漏水。他们赶快更换了水箱，清除了积水，帆船于凌晨时分再次出发了。

一场虚惊。但朱悦涛意识到这只是开始：“就像唐僧西天取经似的，将会有九九八十一难，后边不知还会遇到什么难关呢？”

不幸而言中，第二天就迎来了更大的考验——一场台风突然而至，大海如同发了疯的野马群，铺天盖地横冲直撞。朱悦涛整个心胸也在波翻浪涌。行前，他们给郭川配了卫星电话。这天从早上到晚上，怎么也打不通电话，一次又一次地拨号振铃，耳机里传来的全是无人接听的“嘟——嘟——”声。

失联了！这个名词虽然还没有像如今这样震撼，但对于当事人来说却是如雷轰顶。朱悦涛茶饭不思，只是不停地拨打着电话，脑海里幻想着可能出现的种种场面：是船翻了？还是设备被风浪打坏了？时令已是秋季，可他待在办公室里坐立不安、汗如雨下……

一夜无眠，等到早晨7点多钟，朱悦涛几乎绝望地连续拨打着电话，突然通了！“郭川、郭川！”朱悦涛一下子从椅子上跳起来：“快说，你小子怎么回事？咋一直不接电话呢！人员怎么样？”

伴随着哗哗的海浪，响起郭川沙哑的声音：“嗨，别提了。我们跟风浪干了一夜，船身东倒西歪，电话早不知甩到哪儿去了，这才找着。不过人都没事！”

听到这里，硬汉子朱悦涛再也控制不住自己，眼泪“哗”一下就出来了，带着哭腔喊道：“好，好，人没事就好！郭川，好兄弟，你们一定要保证安全，晚几天到没关系！”

“谢谢朱主任！现在风小了，我们调整一下，继续航行。”

这是郭川第一次在大海上“失联”遇险，此后他的航海生涯还会不断上演类似戏码。而朱悦涛渐渐熟悉并且相信郭川的能力越来越强，没有了那样的担心，也未再流过泪。只是到了12年之后的2016年10月，郭川船长在“金色太平洋挑战”中的数天“失联”，使朱悦涛再次泪流满面……

经过六天六夜的航程，“青岛”号终于驶进了日本下关港。朱悦涛和戴志强等人跟随青岛市友好代表团，乘飞机赶到下关迎接他们。帆船使者来送信了，当地市政府也感到新鲜且十分重视，在跨海大桥上组织了军乐队欢迎仪式，手捧鲜花的学生高呼口号。郭川、张军还有吴家兄弟驾着帆船缓缓驶进下关港，大帆上的“青岛”两个字分外醒目。

依照约定，在大海上航行听吴家大哥的，而上了岸郭川就是当然的船长了！他在人们的簇拥下来到市政厅，向下关市长递交了青岛市市长的信。下关市长发表了热情洋溢的欢迎辞。接下来，应该是郭川船长致答辞了。外交无小事，朱悦涛担心不善言谈的郭川说错话，为他起草好了致辞稿。可这天，当他在现场看到走上话筒前的郭川两手空空，朱悦涛心想坏了，这小子肯定把讲稿丢了，暗暗为他捏了一把汗！

事实却让人大开眼界，尽管郭川到了台上有点紧张，肩膀不自觉地往上耸，手也不知道往哪儿放，两个大拇指硬邦邦地插在裤兜里，可一开口讲话，却顺畅而得体。郭川说："六年前我来过日本，当时坐飞机也就是两个小时的事。六年后，在现代交通如此发达的当下，我却以一种最原始的方式，冒着很大的风险，在海上航行了 7 天，战胜了台风大浪的考验，才又一次踏上日本的土地。作为一名信使，通过这种最传统的方式，来表达青岛市民对下关人民的真诚情谊……"

朴实的话语，真挚的情感，令在场的日本市长、议员感动得频频点头。朱悦涛不仅对郭川刮目相看，而且觉得这些话语比自己起草的那些礼节性的"正确的废话"强多了。在场的记者们纷纷拍照摄像，"青岛"号及其使者的新闻铺满了第二天的报纸、电视。

尽管好事多磨，风不平浪不静，但毕竟成功了！"奥运友好使者行"一炮打响，青岛、奥帆赛的名气响出了国门。今天回看那次航海微不足道，反映了当时中国的帆船水平，可意义不小！更重要的是，郭川得到了磨砺，为今后的航海生涯奠定了坚实的基础。

一鼓作气，青岛奥帆委和体育总会等部门决定实施宣传青岛、宣传奥运的第二步战略——中国沿海行。还是与船东张伟民合作，还是这条"青岛"号帆船，还是这个船长——青岛人郭川……

他们对于上一次航海暴露出的问题，一一解决，力求打一仗进一步。特别是定位、通信等手段，必须加强，因而需要增添雷达、对讲机等设施，预算 50 万元。有了成功的处女航，现在拉赞助比较容易了，著名的家电大王青岛海尔集团成为奥帆赛赞助商。

而这时的郭川成了名副其实的船长，可以驾船掌舵，不用香港水手保驾护航了。2005 年 8 月中旬，郭川和几名同伴再次从青岛奥帆基地起航，沿着烟台—大连—上海—广州—香港等海滨城市航行，青岛"奥运会伙伴城市、帆船之都"的名声响彻云霄。

特别是在上海，由于黄浦江航道十分繁忙，小帆船是不允许进入的，只能停留在吴淞口码头上。可这一次，上海市政府特别批准："青岛"号可以沿着黄浦江一直航行。哈！那一天，郭川他们驾着“青岛”号，缓缓进入黄浦江，一直行进到外滩，行进到东方明珠电视塔下，两岸万众瞩目……

这样，“航海三步走战略”走完了第二步。面对第三步——环球航行时，朱悦涛等人心里却打起了退堂鼓：通过前两次远航，越发感到远海航行不是简单的事，而我们缺乏的东西太多了，出于技术和安全的考虑，还是暂时放一放吧。

是谁说过：机会只给有准备的人。真是千真万确。

2005 年下半年的一天，克利伯环球帆船赛的英国代理商慕名而来，找到青岛奥帆委，推广这个项目。克利伯赛事是“世界上规模最大的业余环球航海赛”。爱好者自费报名并接受赛前培训，在职业船长的带领下，从英国出发，途经世界主要港口城市，影响力很大。

朱悦涛看着前来洽谈的代理商，第一个反应是，机会来了，完全可以借船出海，通过这项赛事，实现“青岛”号走向世界的第三步设想。谁知，谈到这个问题时，商业代理痛快地答道：“可以啊，我们允许使用当地城市名称，但需要 100 万美元的冠名费。”

“啊！”这让一向精打细算的老朱傻了眼。政府没这笔经费，企业也不愿赞助，去哪儿找这么些钱啊？

朱悦涛不死心，直接给克利伯英国总部去信联系，劝说对方派员前来沟通，并最终说服了他们——将这项赛事中国站定在青岛，无偿提供参赛帆船，冠名为“青岛”号。接下来，又回到了选人的老问题——当克利伯帆船在青岛靠岸时，一定要有一个青岛籍的英雄般的人物参加了环球航行，从船上昂然走下来。不用说，朱悦涛第一个就想到了郭川。

不巧的是，郭川当时已经订好了飞往新西兰的机票，为媒体拍摄滑翔翼的照片。顺便说一句，这些年的探险运动，也使他练出了超一流的摄影技术，是《国家地理》杂志的签约摄影师。他是个办事严谨可靠的人，不想临时爽约，事情一时陷入了两难之中。

这天晚上，朱悦涛将郭川约到一个通宵营业的咖啡馆，一边喝着醒神的咖啡，一边彻夜长谈：“郭川，你一定要继续走下去。这可是国际性的帆船赛啊，今后你要还想航海，就不能错过这个机会。”

“是啊，我知道，可是……”郭川挠挠头，心里还纠结着，“我早答应人家了，食言不好吧？”

“想想吧，哪头轻哪头重。咱们计划的航海前两步都办成了，但那只是自己玩，克利伯赛事具有世界影响力，如果你再次成功，就是中国的航海英雄，不仅对宣传青岛有好处，还能促进全国帆船运动的发展！”

朱悦涛晓之以理，动之以情，有着深厚家乡情结和责任感的郭川，被深深打动了。他不再犹豫，端起面前的咖啡杯，就像啤酒一样，一饮而尽，说："我干！摄影的事，我再想办法处理好。"

2006年1月，郭川作为首位征战克利伯环球帆船赛的中国人，登上了"青岛"号，参加预定国家沿海城市的一站站比赛。在船上，他的身份是水手，但他却觉得自己更像一个"插班生"，周围都是素不相识的外国人，讲的是英语，聊的是帆船，一切需要从头学起。

虽说曾经有过两次出海航行经历，但这却是郭川第一次面对真正的远海大洋，他得到了进一步的磨炼。多年后，郭川曾充满感情地回忆道："参加克利伯，是我完成单人不间断环球航海必须要经历的第一步。"

当年4月，当郭川随船抵达青岛时，整个城市都为之轰动了，因为之前还没有一个中国人参加克利伯环球赛。如果说前两步奥帆航海行，人们的注意力还在"青岛"号上的话，那么这一次，舆论的焦点都落在了郭川身上。确如朱悦涛所预料，当他从船上走下来时，就完成了从"形象船长"向"城市英雄"的转变。敬佩的目光、赞许的掌声，毫无保留地送给了这位青岛汉子。当年，郭川被评为"感动青岛"十大人物之一。

可以说，此前的郭川还是一位航海的业余爱好者，只不过相比其他极限运动，他对航海的兴趣更大、热情更高罢了。参加克利伯环球航海赛，真正触动了他心底敏感的神经——帆船航海或许应该是自己的唯一！

两年后的沃尔沃环球帆船赛，成为郭川真正走向职业航海家的平台。不过，对于郭川的航海人生来说，那是一段惊心动魄、不堪回首却又值得回首的航程……

"抑郁症患者"郭川

沃尔沃环球帆船赛是世界上历时最长的职业体育赛事，也是全球顶尖的离岸帆船赛事，其以航行时间长、条件艰苦而著称。比赛历时10个月，航程近39000海里，穿越全球最变幻莫测的海洋，停靠11个国家港口。这个项目，不仅是一项挑战人类体能极限的比赛，更是一次对参赛队员毅力和信心的严峻考验。

可是，直到21世纪前10年，沃尔沃赛事还没有在亚洲的城市停留过，也从没有出现一位黄皮肤、黑眼睛的面孔……

东方巨龙的崛起，使古老而傲慢的欧罗巴人另眼相看。从2008—2009赛季开始，沃尔沃环球帆船赛决定采用全新航线，首次征战从未涉及的新领域——亚洲的中国、印度和新加坡。这既是开辟亚洲市场的挑战与机遇，也为沿海的人们提供了更多观赏比赛的机会。

尤其是中国，成功地举办了2008年北京夏季奥运会，青岛作为帆船项目赛区，无论比赛场地、奥运村等硬件建设，还是赛事组织、志愿服务等软件建设都十分圆满，名声在外。然而，如何经营好“后奥运帆船运动”，也摆在了青岛有关人士面前。

前面介绍到的青岛市体育总会主席林志伟，巾帼不让须眉，义不容辞地挑起了重担。早在奥帆赛前，她就积极策划组织了“帆船进校园”“千帆竞发2008”等活动。如今，她又在谋划新的篇章。在市领导的支持下，成立了青岛市帆船帆板运动协会，林志伟任常务副会长，主持工作。沃尔沃环球帆船赛的到来，使她和许多志同道合的朋友们眼睛一亮。

好啊！青岛将在奥运辉煌后，为国人和世界再次呈现一场精彩的帆船盛会。而更让人振奋的消息接踵而至：沃尔沃组委会确定青岛为本届比赛唯一的中国经停港后，再增加中国元素，爱尔兰和中国联合组队，正式命名为“绿蛟龙”号。之所以这样命名，一是因为爱尔兰的国旗是绿色的，二是因为龙为东方华夏民族的图腾，代表了朝气蓬勃的中国精神。“绿蛟龙”号，大气磅礴且寓意深长。船队由11名队员组成，10人为爱尔兰人，船长是著名的奥帆赛奖牌获得者伊恩，再选拔一名中国船员参加。而此时的郭川，在完成克利伯赛事之后，专门到航海强国——法国去学习航海技术，进行迷你级帆船的训练，希望完成跨大西洋的航行，向职业帆船手的目标迈进。

得知沃尔沃来到中国了，郭川积极请战。他说：“就帆船而言，这是让我在专业上再上一个台阶的机会；就荣誉而言，这是代表国家的事。所以我必须登上那条70英尺的船。如果只选一个中国人参加沃尔沃比赛，我认为非我莫属，因为我有远航的理想，并且具有一定经验和能力。”

这话说得掷地有声，从中可以看到郭川那颗航海报国的赤子之心。但，能不能成为一条“绿蛟龙”，还需要完成从爱尔兰到冰岛的航行测试。这一段航程近2000海里，风大浪高，郭川咬紧牙关，闯了过来。船长伊恩决定吸收郭川，可不是当水手，而是当一名负责摄像拍照的媒体船员。

只要能上船，就是沃尔沃。没有哪个水手能拒绝沃尔沃的诱惑，就像没有水手能躲过女妖塞壬的歌声一样。他的好友、东南卫视记者黄剑也加入了“绿蛟龙”号的岸队，跟随着船队跑遍沿线。

西班牙时间2008年10月11日下午2点，8艘70英尺级帆船一字排开在阿利坎特市的港口外，随着对讲机中裁判长倒计时的声音：“10、9、8……1，出发！”响起一声长长的尖锐的汽笛声，8艘赛船争先冲过起点，2008—2009沃尔沃环球帆船赛正式拉开序幕。

第一赛段是从西班牙的阿利坎特到达南非的开普敦，横跨欧洲到非洲的大西洋，航行距离漫长，气候、洋流状况复杂，对于首次参赛的郭川来说，是一场严峻的考验。从狭窄险恶的地中海直布罗陀地区出来后，在开阔的大西洋上西行不久，船队就面对赤道无风带的考验，对这一段水域风向的判断能力及驾驭能力，决定了整个赛段的成绩。

科恩船长经验丰富，率领“绿蛟龙”号船队劈波斩浪，勇往直前。而郭川则履行着媒体船员的职责，拍录下整个船队的事迹，及时传送到赛事组委会。毕竟是初涉顶级大赛，又遇到水平如此高的船员，好比是“一个小学生面对着十个教授”，无论是驾驶技术、身体素质，还是对航海精神的理解，郭川和他们都隔着巨大的鸿沟……

他本来是个完美主义者，做事认真、较劲，一旦定下方向就不达目的不罢休。比如一些人跑帆船，是以玩为主，在一个朋友圈里说起来有个谈资。但他玩帆船，期盼能玩出点名堂来，当初滑雪、滑水、滑翔也是这样，总想玩得高级一点、专业一点。现在却处处“不懂”、时时“碰壁”，一下子备感压力，甚至压得他透不过气来。

也正是在这个赛段里，高速航行的“绿蛟龙”号意外撞上一条鲸鱼，20 节的速度瞬间停滞。缺乏经验的郭川一时控制不住，直接摔进前舱，痛得他“哎哟！哎哟！”直叫。

那些从小就在海浪里泡大的欧洲同伴，根本不把这当回事，还打趣地说：“郭，摸摸鼻梁骨是不是快断了。没事，不摔上几回成不了好水手。”

这个时候，郭川开始出现焦虑感，继而感觉孤独。他在船上做的是一项独立工作，与其他人没关系。他承受着来自多方面的压力。有对自己的责任，他需要证明自己，赢得所有人的认同；有对船队的责任，他需要把这么多风云人物的故事讲出去；有对赞助商的责任，他需要同时满足沃尔沃组委会，以及沃尔沃中国的媒介诉求；有对国家的责任，因为有了中国在世界上的地位，才会有他这样一个叫郭川的人登上这条船。

他就是凭着这种责任感咬牙坚持着，紧绷着每一根神经，直到快要绷断了。船队完成第三赛段到达新加坡时，组委会总评媒体船员，一位负责人对郭川说：“郭，我给你提一点建议，摄像时，你要把那个摄像机端平一点！”

“啊，你说什么？我没有端平吗？”这句话让郭川受到很大震动。人家说得很委婉，反映的问题却很严重。一个媒体船员连摄像机都不能端平，且自己还没有察觉，说明身体和心理已到了一种极限。他觉得干不下去了……

新加坡之后的第四赛段，就是驶向中国青岛了。中间正巧赶上圣诞节，船队休息的时间比较长，郭川利用这几天时间抓紧飞回北京休整。体育总局主管大帆船项目的刘卫东前来接他，并陪同他这个远洋归来的单身汉过节。

当晚，刘卫东请郭川好好吃了一顿，又去洗浴中心泡了个热水澡。这是几个月以来，郭川第一次有种享受生活的感觉。刘卫东显得轻松而高兴，因为接下来的赛段距离不长，难度也不大。两人裹着浴巾躺在小床上，刘卫东欣慰地说："你小子干得不错，下一步沃尔沃平安到了青岛，对于中国航海运动来说，就是里程碑式的一站。"

刘卫东觉得大功即将告成，甚至在想象着"绿蛟龙"号抵达青岛的时候，将会是怎样热烈的场景啊！可此时的郭川却正经历着煎熬，几个月来如同坐"水牢"的感觉使他心有余悸。他在想之后怎么办。从青岛到巴西赛段，长达12300海里！自己的状态如此萎靡，能不能坚持下来呢？

"卫东，我……感到太不适应，有点受不了……"郭川试探着表达想退出比赛，或者换个人顶上去的想法。

刘卫东起初并没在意，说着说着，明白了他的想法，便有点着急了，噌地坐起来："怎么回事？你不想干了？你有点出息没有啊你大爷的！这事关系到中国人的脸面。郭川，我的哥哥，能坚持还是要坚持啊！"

一番"臭骂"加上劝解，使郭川不好再说什么，可问题并没有解决。他回到北京的宿舍，虽然泡了热水澡，但他整夜失眠了。并且从第二天开始，天天处在昏昏沉沉却无法入睡的状态中。

几天后，郭川下决心去了安定医院，挂了一个专家号。医生一看，说你这是典型的幽闭恐惧症，不管你做什么事情，有意义也好，没意义也好，哪怕你的事关系到党和国家的前途命运，现在也必须休息！郭川说没有办法休息，也没办法解释清楚，只拿了点药就回去了。

幽闭恐惧症，是对封闭空间的一种焦虑症、抑郁症。例如处于电梯、车厢或机舱内，可能发生莫名的恐慌症状，以至于心慌心跳、呼吸急促，甚至昏厥。但一离开恐惧环境，便可恢复正常。出现此病的原因很多，比如说成长经历、性格因素、心理压力等——郭川心想自己如果"抑郁"了，显然是在沃尔沃赛程一待几个月的原因。

郭川平生第一次吃下了抗抑郁的药"百忧解"，症状并没有明显改善，每天还是只能睡两个小时。2009年1月12日，他又回到新加坡赛场。此时，岸队中的黄剑也赶过来陪同。由于长时间睡不着觉，郭川十分痛苦，心情倍加沮丧。

那天，郭川与黄剑站在酒店26层的阳台上观景，他突然指着下边的街道问：

“我要是现在跳下去，会怎样？”

“哥们儿，你可别开这种玩笑啊！”黄剑惊讶地睁大眼睛。

第四赛段出发前，郭川不得不向伊恩船长说了实情。这位阅历丰富的老船长拍拍他的肩膀安慰说：“别担心，很多人有过这种情况，适应适应就好了。”同时也做了两手准备，安排黄剑去做救生培训，万一郭川真的不行的话就让他顶上去。想想要回家乡青岛了，郭川不愿让人看作半途而废的“逃兵”，咬着牙又上了“绿蛟龙”号。

毕竟是在病态的情况下，郭川整天无精打采，昏昏沉沉，只是被动地履行媒体船员的职责。他不知道那几天是怎么过来的。航行时也屡遭磨难，天气海况特别差。除夕前一天，10 级左右的狂风突然袭来，船的横隔板撕裂了，不修好是不能继续航行的。

沃尔沃比赛的规则，允许就地维修，可是一时找不到材料，船员们发现郭川的媒体工作台不错，决定把它拆下来当横隔板！看见弟兄们手忙脚乱地拆自己用了几个月的工作台，郭川的心情反而变好了——船如此千疮百孔，可能会中途退赛。这样一想，他忽然有种如释重负的感觉，马上躺下来睡了一觉。

谁知等他醒来，发生了令人啼笑皆非的一幕——伊恩船长做出决策：绝不放弃，一定要修好船完成整个比赛！郭川听后心里一沉，病情复发，又进入了浑浑噩噩、昏昏沉沉的状态……

在大家的鼓励下，郭川咬着牙坚持着，心里默默计算着到青岛的时间：三天、两天、24 小时、18 小时……在这种离家越来越近的心理暗示下，他觉得自己马上就要逃离这个空间了，情绪竟慢慢地稳定下来。

此时，伊恩船长和沃尔沃组委会密切沟通着：希望在“绿蛟龙”号进入青岛的时候，让郭川掌舵——按照规则，媒体船员是没有掌舵资格的，但伊恩船长很理解这条船对于中国、对于郭川的意义。当然，组委会和船上的其他船员也理解。

2009 年 1 月 31 日晚上 8 点左右，郭川欣喜而兴奋地掌着舵，操控着“绿蛟龙”号缓缓驶进青岛奥帆码头。早已等候在岸边迎接的人群欢呼起来，主持人手持话筒喊道：“‘绿蛟龙’号，欢迎你回家！”“郭川，好样的！”防波大堤上烟花齐放，在夜空中尽情绽放着青岛人的热情与期盼。

这项在欧美乃至世界上盛行数十年的沃尔沃环球帆船赛，首次由中国人操作驶进了中国的港湾。为了迎接沃尔沃的勇士们，赛事青岛站组委会特意搭建了一个气势壮观的长城景观，两侧挂满了象征吉祥喜庆的红灯笼，将整个奥帆中心点缀得分外迷人。全体船员下船沿着红地毯登上“长城”，体味了中国“不到长城非好汉”的豪情壮志。

一个抑郁症患者强忍着痛苦，给所有人带来了创造历史的快乐……

从北京赶来的刘卫东，是少数几个了解郭川状况的人。本心希望他参加到底，完成这项首次有中国人参加的国际赛事，可如果病情严重，也不能强人所难啊！

事实上，船到港后，熟悉郭川的人已发现异样了——他面目僵硬、双眼无神，甚至不会笑了——心里都为他捏着一把汗。回到父母家里，姐姐一见他的面就哭了："怎么成了这个样子，你这是吃了多少苦啊！这个英雄咱不当了……"

究竟还参加不参加下一个赛段，直到全程结束呢？

在当时的情况下，所有相关的人都面临着两难选择：谁都不能说郭川你要咬牙坚持，因为这样不人道，等于是把一个抑郁症患者再次关进牢笼。但同时，谁也不能说郭川你放弃吧，因为他这次参赛具有一种特殊的意义。假如说那时候就有"中国梦"这个提法的话，郭川的这次航行，其实就是"中国梦"的一个缩影、一个代表、一个标志、一个象征。

曾经的奥帆委综合部部长朱悦涛，早已与郭川是无话不谈的老朋友了，知道他压力巨大，状态不好，便想尽办法让他放松。找人给他按摩身体、陪他打网球散心，甚至考虑到他还是单身，张罗着给他介绍女朋友，希望他能够坚持到底："你小子，可不能前功尽弃啊！"

不过，也有十分清楚其中危险性的，特别是那位在新加坡见识过郭川郁郁寡欢的黄剑。他悄悄地说："老郭，你不能再走了，否则很可能是死路一条。"

第三天，伊恩船长找到郭川，严肃地问："是否还要继续航行，你自己必须要做决定了。"郭川想了想答道："请给我 24 小时考虑一下。""好，明天这个时候，我等你的准确答复。"

何去何从？所有人都看着郭川！他在做着激烈的思想斗争：就此罢手，抓紧治病，身体会慢慢恢复起来，可半途而废人家老外会怎么看？继续参加，一天到晚睡不着觉怎么行呢，真可能像黄剑说的，再走就是条不归路了！

傍晚，郭川一个人来到奥帆基地灯塔前，遥望着无际的大海和满天的星斗，陷入了沉思……终于，他昂起头颅，大步向伊恩船长的住处走去。

伊恩惊讶地看着他说："这才过了几个小时，就想好了？告诉我你的决定是什么？""两个字：继续！"郭川掷地有声。

此时此刻，郭川心里想的是，就是死也要死在船上，不能让外国人说中国人不行！现在他看待沃尔沃，已不是一场体育赛事了，而是一次西天取经般的磨难、一次苦行僧似的修行。

郭川这次走得很悲壮，大有"风萧萧兮易水寒，壮士一去兮不复还"的气概。

当然，他没像荆轲那样带什么地图、匕首，而是带了一大堆药丸子：六味地黄丸、清心养肝丸、安神丸，还有治疗抑郁症的“百忧解”。毕竟下一赛段从中国青岛到巴西里约热内卢特别漫长，帆船在海上要走 40 多天，横跨整个太平洋……

我们常说，沧海横流方显英雄本色。其实，英雄并非都有惊天动地的豪言和力挽狂澜的行动。普通人也可以成为英雄，关键就看你在关键时刻的选择！

令人称奇而欣慰的是，当“绿蛟龙”越过赤道，行至南半球时，郭川的状态竟然变得越来越好，那困扰他数月之久的失眠、抑郁等病症大大缓解了，他熬过了那道坎。就像跑马拉松似的，运动员有一个疲乏的极限点，到达那个极限点时，感觉呼吸不畅、再也无法跑下去，一旦咬紧牙关挺过来就好了。

他终于可以与那些爱尔兰队友一样，享受帆船航海的乐趣了。这里，我们找到了郭川写于船上的日记，真实而宝贵，摘录一二，读者可以原汁原味地体味当时的情景——

2009 年 3 月 1 日　国际日期变更线

“绿蛟龙”沿着“国际日期变更线”一路向南航行。得分点在南纬 36 度左右、新西兰的奥克兰附近，离我们 600 多海里路程，按目前的速度 2 至 3 天可以到达。

天气非常好，阳光明媚，风力合适。这样舒适的天气让大家有了一个休整的机会，船上弥漫着愉快的气氛。沃布雷克给自己洗了个澡——新的领航员和伊恩·摩尔一样，也是一个酷爱清洁的人。利用这段空隙时间，他把胡子刮了，整洁干净的他和一群胡子拉碴的水手站在一起，很醒目……

2009 年 3 月 28 日　冲过 12300 海里赛段

早 8 点多钟前方隐隐约约出现了一个轮廓，是陆地！不多时远处起伏的山峦更加清晰，引来一片欢呼声。这是我们 40 多天来在合恩角第二次遇到陆地。随着时间一分一秒地过去，远处这沁人心脾的景象在视线中不断地放大，再放大——里约，我们来了！

出发的时候，对漫长的未来是如何地未卜，那目的地遥远得似乎只能在梦中到达；而现在，她就在眼前，真真切切！闭上眼睛，任由海风拂面而过，真心感受这漫长的最后一刻。下午两点，随着一声汽笛声响，“绿蛟龙”冲过了沃尔沃赛事最长的 12300 海里赛段……

此后，又接连经历了几个赛段艰苦卓绝的航行，“绿蛟龙”号乘风破浪，与其他 7 条大帆船一起，于 2009 年 6 月 27 日傍晚，驶到了本赛季的终点站——俄罗斯圣彼得堡，获得了第 5 名的成绩。郭川，也成为历史上第一个全程完成沃尔沃环球帆船赛事的中国人！

6 月 29 日，沃尔沃环球帆船赛组委会在圣彼得堡海军俱乐部大厅，举行了盛大的庆祝仪式和颁奖晚会。帆船运动在欧洲十分盛行，人们对历经艰辛成功抵岸的航海英雄充满了敬佩之心。所有来宾都盛装出席，男士西装革履，打着庄重的领结；女士则是一身长裙曳地的晚礼服。色彩缤纷的舞台上方，树立着五块硕大的电子屏幕，不断地播放着海上风光，以及沃尔沃赛事片断。

当时，青岛市市长夏耕正在俄罗斯访问，应邀出席了颁奖活动。当组委会主任宣布各种奖项时，来自荷兰、俄罗斯、英国、爱尔兰等与本赛季有关国家的宾客，看到本国选手创造佳绩的形象，不断爆发出一阵阵欢呼声。

夏耕坐在那里，礼貌地击掌致贺，内心知道这项运动是欧美人的天下，中国人首次跑完全程就不错了。突然，大屏幕上出现了一面鲜艳的五星红旗，一个穿着印有“中国青岛”T 恤的汉子站在帆船上，昂首挺胸，搏风击浪。主持人提高声音宣布：“中国选手郭川将沃尔沃帆船赛带到了亚洲，获得了更多亚洲人的关注。组委会决定授予他‘特殊推广贡献奖’！”

一时间，鼓乐大作，掌声如潮。郭川蓦然听到自己的名字，一脸茫然地愣在那里，直到船长伊恩推了推他：“快去，是你的奖，快上台！”他才清醒过来，忙不迭地跑上台与主持人握手、领奖。

而喜出望外的夏耕市长，“噌”地从座位上站起来，一边用力鼓掌，一边向台上的郭川挥手，心中充满了喜悦和自豪。霎时，参加典礼的 1000 多名不同国家、不同肤色的嘉宾全部起立，给该项赛事第一个亚洲面孔的中国人送上了充满敬意的掌声。

主持人继续宣读颁奖词：“从 35 年前赛事创建以来，沃尔沃帆船赛首次开辟了亚洲航线，在印度科钦、新加坡和中国青岛分设了三站，并获得了巨大的成功。作为赛事首次设立的媒体船员，中国人郭川是 8 艘参赛船上的唯一一名亚洲人，对于赛事在青岛和新加坡两站的推广功不可没。”

喜讯传到国内，国家体育总局、中国帆船运动协会和青岛市有关部门更是欢欣鼓舞。青岛市体育总会主席、市帆协常务副会长林志伟立即行动起来，专门赶到国家体育总局水上运动中心，找到韦迪主任要求授予郭川“环球航海第一人”的称号，并邀请他参加青岛市表彰大会。

韦迪主任是一位学者型的领导，既为郭川取得的成就感到十分高兴，又感到有些为难，因为刚刚表彰了一位环球航海人——翟墨。这同样是一位值得敬佩的航海家，来自山东日照，他驾船随走随停，历时两年半完成了环球行。韦主任说："他也是你们山东的，已经被授予国内环海第一人了，你看……"

"那不一样。"林志伟据理力争，"翟墨不简单，值得我们尊敬。可他不是正式比赛，郭川参加了沃尔沃，那是国际帆协承认并授奖的亚洲第一人，咱们应该表彰啊！"

这话打动了韦迪！他成为林志伟的支持者……

2009年8月7日上午，青岛电视台800平方米的演播大厅里张灯结彩、乐曲飞扬，一个名为"挑战人生极限　成就蓝色梦想"的颁奖典礼正在举行。这是由中国帆船协会和青岛市政府联合主办的，隆重表彰给青岛带来感动、为祖国赢得荣誉的中国第一位沃尔沃环球帆船赛参与者——郭川！

中国帆协副主席、国家体育总局水上运动中心主任韦迪，青岛市委副书记、市长夏耕，市委常委、市委统战部部长臧爱民，副市长王修林，以及有关方面的朋友林志伟、朱悦涛、戴志强、曲春和众多各界人士数百人出席了大会。硕大的背景屏幕上播放着"绿蛟龙"号搏击风浪、郭川身披五星红旗屹立船头的镜头。全场不断爆发出一阵阵热烈的掌声。

专程从北京赶来的韦迪主任，向郭川颁发了"沃尔沃环球帆船赛中国第一人"荣誉证书。青岛市委统战部部长臧爱民和副市长王修林，分别向郭川颁发了"青岛市打造帆船之都特殊贡献奖""青岛市劳动模范"证书、奖章和10万元的现金奖励。一日之间获得三项荣誉，这是国家和人民对自己的认可啊！见过大风大浪的郭川，此时诚惶诚恐，连连挥手鞠躬致意！

面对着主持人的话筒，不善言辞的他激动地说："我万分感谢中国帆协、市政府和家乡父老对我的支持和理解。如果没有这种信念，我能不能坚持到底还很难说。说真的，在赛程中最艰难的一段，也就是从新加坡到青岛的那段，我真有些支持不住了。但当我到了青岛，看到在寒风中等待着我的父老乡亲，我一下子就有了力量！"

最后，青岛市市长夏耕讲话。他接过话筒看看全场，抛开秘书准备的讲稿，即兴动情地说道："我们这座城市为一名市民单独举行颁奖仪式，是多年未有的……在一项由西方人所垄断的顶级帆船赛事中，一个亚洲人、一个中国人、一个青岛人能够获得如此高的荣誉，实在是太让人激动了……"

至此，颁奖表彰会达到了高潮，每个人都沉浸在欣喜和振奋之中。

我们的主人公郭川，眼眶中蓦然涌上来一层热泪……

硬汉郭川

“参加完沃尔沃比赛，你已经达到了一个很高的高度，其间还患过幽闭恐惧症，是不是应该见好就收了？”

“不！我要把自己想做的事情继续做下去。”

当喝彩与掌声慢慢平息之后，郭川的心态也随之平和下来，开始规划下一步的航海人生。2010年3月，他继续来到法国训练，完成因为参加沃尔沃而中断的“迷你型”横跨大西洋比赛。然后，他便想做一个与中国关系更大的航海事件，让同行和各界看到：我不只是媒体船员，还是一个真正的帆船手、一个中国航海家！

那么，做一件什么样的事情，才能让国际航海界对中国高看一眼呢？才能让同胞们真正了解和重视航海呢？一个想法在郭川脑海里渐渐萌生——那就是无助力单人不间断环球航行。这是最有影响力的，也是最难的。

国际帆协对于这种航行有严格的规定：水手必须是独自一人驾驶纯靠自然力量驱动的帆船，航行期间不得靠岸、接受外界器材或生活用品补给等，航线起始点必须同为一处，不得通过人工运河等路径点，必须经过非洲好望角和南美洲合恩角等地，且至少跨过赤道一次并横穿过全部子午线，总长度不少于21600海里。

世界上第一个完成不间断环球航行的，是英国人罗宾爵士。到目前为止，世界上完成单人环球航行的有200多人，其中不间断航行的只有70多人，远比登上珠穆朗玛峰的人要少，可见其难度有多大了。

挑战单人不间断全球航行，郭川在技术方面是有信心的，但要克服许多新的困难、学会许多新的东西。这时候，他问法国国家队的教练、朋友阿兰，能不能找到相关的专家帮助。阿兰与优秀的航海气象导航专家、沃尔沃赛事的高级顾问克里斯蒂安相熟，约好见面详谈。

相互介绍之后，郭川开门见山：“我想做一个不间断航行，请你帮助筹划一下，怎样才能做好呢？”

克里斯蒂安充分了解并信任郭川，思考了一下，给了他一个非常重要的建议：“我觉得你可以做一个世界纪录，这个纪录现在还没有人完成。”

“哦，什么纪录？请你说明。”郭川眼睛亮了。

“单人不间断环球航行的世界纪录，是按船的长度分成三类：第一类不限级别，第二类是60和60英尺以下，第三类是40和40英尺以下的。当下前两项已经有人做过了，唯独40英尺的还是空白。”

“好啊！我就做这个40英尺的！”没想到，第一次见到克里斯蒂安，就得到如此明确而宝贵的建议，郭川异常兴奋。他感到梦想找到方向了，而且不仅是他个人的梦想，也将是中国人在海洋上迈出的重要一步。为此，他接着咨询了两个问题："第一，我想从中国青岛出发和结束，这样对我的祖国有益，可以吗？第二，这是否就是一项国际认可的世界纪录？"

"这个好办，我帮你向世界帆船纪录委员会去确认一下。"

历史上的帆船环球纪录都是以欧美国家做起点和终点的，郭川希望将自己的祖国和家乡列入纪录表，可见他那份拳拳的中国心！

克里斯蒂安是一个办事认真且讲究效率的人，没过几天，他就给郭川带来了好消息：国际帆联同意以中国城市做纪录航行，但线路要重新核定，一定要达到21600海里。如果不够，可以在中间设一个绕标点。

太好了！郭川下定决心，坚决完成这项计划。他那帮法国朋友纷纷鼓励，积极帮助他，说一个中国人如果干成了，那就是谱写了世界帆船史上的新篇章！

接下来就是选择合适的船。

这艘用来创造世界纪录的环球帆船，尺寸是40尺，"裸价"加上电子设备等，大约四五十万欧元，这对于已经从单位上辞职，依靠当特聘摄影师和比赛奖金生活的郭川来讲，显然是无力承担的。不过，国人中不乏慧眼识人、义薄云天之士。郭川在北航上学时有位校友，名叫施雷，毕业20多年，经营有方，已有一定经济实力。他也是个喜欢户外探险运动的人，性情豪爽，对郭川的事迹十分关注和敬佩，经常以此鼓励自己的孩子。

2010年5月，郭川从法国回到北京。施雷请他吃饭，中间聊起单人不间断环球航行的事，谁知当郭川说到需要一条船做这事，正想法筹钱时，施雷就豪迈地说："郭川，我来帮助你，支持你买船。我也没多少钱，就出个两百万吧！"

"那可太好了！"郭川连忙端起酒杯敬了他一杯，心里暖洋洋的。尽管这些钱还不太够，但剩下的就好筹集了。从中可以看出大家对中国帆船事业的期望。

时间走进2011年，郭川在自己的两个追梦战场上双向推进着——

一是在法国参加M34级别的环法帆船赛，并且拿到了冠军；接着参加6.5米级别跨大西洋比赛，也是为来年单人环球航行做准备。二是漂泊多年的他、一直是"钻石王老五"的他，渴望有个家了……

无情未必真豪杰，怜子如何不丈夫。

这是鲁迅先生写下的诗句，说明英雄豪杰并非不食人间烟火，也有七情六欲、喜怒哀乐。虽说郭川多年来一心痴迷探险运动，把自己的终身大事耽搁了，可他那颗坚强身躯的外表下，深藏着一颗柔软的心。只不过天南海北、居无定所，使他不愿让人家姑娘跟着受苦罢了。

越是这样独行侠一样的硬汉子，越能得到有一双慧眼的佳人的喜爱。早在20世纪90年代末，郭川在北京一个外语学习班上，就结识了在那里学习的肖莉女士。那时，她刚从四川老家来到北京工作，从朋友处了解到郭川的一些情况，就以一种仰望敬佩的目光看着他。

并不高大也不帅气的郭川，不善言谈不爱张扬的郭川，以其坚毅果敢的性格、真诚宽广的胸怀和做事认真靠谱的风格，深深赢得了这位女子的芳心。只是由于种种客观上的原因，使她不能主动去表露心迹。而一心扑在自己事业上的郭川，更是没有心思捅开这层窗户纸。后来，两人竟断了联系。

有情人终会成眷属的。新世纪的某一年，两颗孤单而又相知的心再次相遇了，本来就没有熄灭的火花重又燃起，而且越烧越旺。聪慧能干的肖莉，已经办起了自己的公司，经营劳保用品。她依然仰望着大哥哥一样的郭川，绝对信任支持他做的事情，喜欢看着他吃饭、开车、摄影……

这几年，郭川不断在法国、英国和国内的北京与青岛之间奔波，每次出发与归来，都是肖莉开车送行和迎接，几乎成为他的“专职司机”了。而似乎只有在这时，他们才能单独地、不受任何打扰地倾心交谈。肖莉那辆白色奥迪车，就这样成了温馨的“二人世界”。

2010年暮春的一个夜晚，郭川按计划前往法国训练，照例由肖莉驾车送他去机场。起飞时间是凌晨1点50分，两人提前驱车行驶在首都宽阔的公路上。夜已深了，人已静了，整座城市进入了甜美的梦乡。白色奥迪车内两颗相知相印的心在深情地碰撞着。

谈了过去，讲了未来，述说了可能遇到的困难，描绘了航海事业的前景。突然，郭川闭上了嘴，肖莉也不说话了，只听到窗外的风声呼呼地掠过，汽车发动机隆隆地鸣响……

不知过了多长时间，郭川终于开口了：“肖莉，我想有个家了。这些年，我奔波得太累了，我真的想有个家。你……”

“不用多说了，郭川，我、我愿意给你一个家！”

没有花前月下的缠绵，没有海誓山盟的浪漫，两个早已心心相印的情侣，在飞驰的轿车车厢里，在夜半的高速公路上，就这样订下了白首之约。这仿佛注定了他们总是聚少离多、天各一方。

长话短说。一年后，郭川忙里抽暇从法国飞回北京，筹办婚礼。两人把家安在了北京五环边一个小区里。2011年5月19日，是中国古代旅行家徐霞客的生日，也是第一个“中国旅游日”，这一天，郭川和肖莉举办了婚礼。当然，朋友们都知道，他们选择这一天结婚，绝对不是因为徐霞客的缘故。

婚后10个月，郭川的儿子出生了。中年得子，他自然十分高兴和宝贝，把起名字当成神圣而庄严的大事。之前，肖莉管这个小儿子叫小弟，郭川也认可，但他心中一直在为叫什么大名而思虑。

家人起了3个认为是很吉利的名字，可他一个也没看中。直到3个月后，郭川胸有成竹地宣布："有了，我们的小弟大名就叫郭伦布！"

"郭伦布？怎么有点外国味啊？"肖莉不解地问。

"对！世界上伟大的航海家叫哥伦布，他发现了新大陆。哥与郭，读音差不多嘛，用它命名我郭川的儿子，很有意义啊！"

"原来是这样啊！"肖莉恍然大悟，"看来你跟航海算是较上劲了！"

2012年11月18日，一个风平浪静的日子。在顺利完成了M34级别的环法帆船赛、横跨大西洋比赛，熟悉新船、训练磨合、做好了充分准备之后，郭川驾驶"青岛"号，开始了单人无动力不间断环球航海之旅。

青岛市政府、市帆船帆板运动协会和各界人士、市民群众等1000多人，在奥帆中心基地举行了盛大的出征仪式，为家乡的好汉郭川壮行。这天上午，秋高气爽，整个基地码头披上了节日的盛装，彩旗飘舞、鲜花簇拥，一块硕大的蓝色背景板高高挺立，上面印着高扬着"青岛"二字的帆船图片，8个大字醒目而庄严：环球英雄，中国传奇！

10时整，一直对郭川赞赏支持的青岛市原市长、现山东省副省长夏耕手持一面五星红旗，郑重地交到郭川手中，祝他一路好运！市人大常委会副主任邹川宁、青岛奥帆城市发展促进会常务副会长臧爱民，向郭川赠送"帆船之都"纪念旗帜……

面对家乡父老的殷殷期望和高涨的热情，郭川这位铮铮铁汉激动不已，以至于在发表感言时，热泪盈眶，几度哽咽："今天我特别激动，应该激动，真的很激动。感谢大家、感谢青岛……一年前，哪怕是一个月前，我都不敢想象今天的到来。我想说的是，我行，我能，我一定能！请放心，明年春天，我们故乡见！"

10时42分，郭川接过写满青岛市青少年美好祝福的漂流瓶，抱着自己刚刚9个月大的小儿子郭伦布亲了又亲，而后交给妻子肖莉，在众多亲朋好友的簇拥下，在上千名青岛市民依依不舍的目光中，沿着象征大海的蓝地毯，与中国首位帆板世界冠军张小冬，一起登上了"青岛"号帆船。

欢送的人群中爆发出一阵阵热烈的掌声和欢呼声。其中有一位梳着短发、举止干练的中年女士，神情激动而欣慰，悄悄摘下近视眼镜，擦拭着无法遏止的泪珠。她就是青岛市体育总会主席、帆船协会常务副会长林志伟，为了郭川此次出航付出了很多心血。

不过，最初听到郭川的单人环球航海计划时，林志伟以为他只是说说而已，并不太当真。因为这个项目太难、太艰苦了，一般人根本不敢问津。可当看到郭川在一步步认真准备着、筹划着，特别是他要求把中国青岛作为出发与返航点——要知道，这是此项目设立以来第一次从东方城市启航，并且坚持将帆船命名为“青岛”号时，林志伟感动不已，决心尽力支持他！

2016 年 12 月的一天，我在青岛市奥帆基地媒体中心大厅里，采访了这位曾为打造“帆船之都”立下汗马功劳的林会长。谈到郭川，她充满感情地回忆道：

“郭川，一个原来不怎么让人瞩目的男人，2010 年底，他回来了，回到青岛，他告诉我，他正在法国做一个创纪录航海行动的准备工作，我一笑了之；2011 年，他又回来了，告诉我他准备好要前行了，我又一笑了之；第三趟回来他告诉我，主席，真的要航行了，我才真正认真地审视了一下眼前的这个执着的男人。他告诉我，他要冠名‘中国·青岛’号。我太高兴了，想跳起来欢呼但又忍住了，我不能让他觉着我那么想有人为青岛‘帆船之都’冠名。

“但是，他又一次回来了。他很沉默，在我的一再追问下，他告诉我遇到困难了，他准备起航的大帆船因为冠名遇到了困难，原因是船东要冠自己公司的名，郭川坚持冠名‘中国·青岛’号，为此郭川要付出 150 万租金赔偿船东。郭川告诉我一定要这么办！我当时不知道体制外的体育人有多么难，但良心告诉我要帮帮他。在请示了夏市长和栾副市长之后，我从当年的帆船经费中挪了一笔钱，给了郭川团队 100 万，虽然对他来说还远远不够，但是他及他的团队从来没忘记过。随后我包揽了他出发的所有活动筹备工作及费用。送他出发的时候，随行的游艇跟出了很长时间，从欢呼到流泪，流干了眼泪，喊哑了嗓子，我觉着他回来的可能性很小……”

事实上，不少亲朋好友都有这种担心，只是不愿表露出来罢了。一个人、一条船、一片海、一道未知的难题。挑战海洋、挑战自我，太难了……

按照国际惯例，每当一项远洋航海赛事起航前，都会有一位名人从比赛船上跳入大海，为参赛选手壮行。而今天为郭川担任“跳海嘉宾”的，就是那位张小冬，如今她是国家体育总局青岛航海运动学校副校长。张小冬陪同郭川绕行一周，深情地拥抱祝福了他，相约明年春天再见。而后，她张开双臂纵身跃入大海。

站在起点线上的青岛航海学校副校长曲春按下了秒表。他是国际帆联仲裁专员，执法过雅典奥运会帆船比赛。国际帆联规定，创纪录的航海项目，必须选择醒目而永久的建筑物做参照。曲春受国际帆联委托，肩负着仲裁使命。上个月，他带着几位助手仔细测量，反复权衡，确定了“五月的风”雕塑尖与奥帆中心灯塔顶部，为郭川此行的起终线。

11 时 57 分 07 秒，“青岛”号以约 20 海里的时速冲过了起点，标志着郭川正式拉开不间断环球航海的帷幕。曲春喊一声：“‘青岛’号，起航了！”刹那间，几道彩烟升腾而起。郭川挥了一下手，全神贯注地驾船乘风破浪，向前航行，不一会儿便消失在美丽的水天线中。

此时此刻，始终淡定甚至面露微笑的妻子肖莉，再也抑制不住自己的情绪了。她把小伦布交给郭家大姐，突然跪倒在地上，朝着“青岛”号的方向磕了 3 个头，祈求上苍保佑丈夫一帆风顺，平安回来……

欢乐热闹的场面瞬间消失，接下来将面对的是几个月孤寂单调、隐藏着种种风险的海洋。当最后一个人影远离视线后，郭川仿佛一下子放松下来，感觉终于可以休息了。

“青岛”号船体太狭小了，40 英尺级，长度折合只有 12 米，为单人不间断环球航行最小级别。船上有个主控制台，上面有一排开关、仪表，用于导航，显示船速、水深、合成风和船行方向，等等。供电要靠太阳能蓄电池，还有天线系统，随时和卫星保持联系。

郭川的饮食起居限定在 4 平方米的船舱内，在海上只能靠脱水压缩食品充饥，吃饭时，把食物浇上热水，泡成糊状食用。他也携带了少量罐头、香肠、咸菜之类的食品和几瓶酒，留着在船上过元旦、春节和过生日时庆贺。这一去就是数月的时光。此外，他只带了一箱纯净水，那是在遇险时的救命水，平时饮用水全部来自海水净化装置。

虽说眼下郭川特别渴望休息，可身体却马上要进入另一种状态。首先就是培养自己的睡眠系统，一个人面对大海，什么事情都可能发生，需要时刻保持着高度的警醒状态。他设置了一个闹钟，每次睡觉最多 20 分钟。哪怕一丁点异样的声响，都会刺激着他的神经末梢。

后来，郭川回忆最初航行过程时说道：

“……实在太困了，死去活来地困。白天还好，我能坚持不睡。可天一黑，半夜到天亮，是最难受的时候。那是我在海上的第二天晚上，凌晨 3 点，我心力交瘁，决定打个小盹。也就 20 分钟，突然听见‘咣当’一声。我一下就醒了，然后脑袋蒙蒙的，心想肯定是挂上渔网了。最简单的办法是把帆降下来，看看如果没有动力，渔网的绳子能否自动松脱。但当我降帆之后，发现浮标和绳子仍然绞在船底。我拿了个钩子，小心地把绳子一根一根勾过来，再用刀子割掉。浮标仍在不停地撞击。那真是恐惧的声音，就像深更半夜有人在猛烈地敲门。

“一个多小时后，声音终于停下了。我拿着手电筒检查了一下四周，看看船舵，自我感觉没出什么大问题，终于松了一口气。天仍是黑的，很快就是黎明，我却再也睡不着了。受了这个惊吓，睡意全无。说实话，如果那天真出了什么大问题，导致必须放弃这次航行，我一定非常沮丧。为了这次航行，我准备了将近两年，即使要放弃，也不要是现在……”

对，绝不能轻易退却。两年来，他整装待发，秣马厉兵，付出了巨大的心血和牺牲。特别是作为独子，郭川竟然未能赶上为病逝的父亲送终，成为他终生的遗憾。那还是他去年在法国集训的时候，一天突然接到家人的紧急电话：父亲病逝，定于后天举办火化仪式。啊！他心痛欲裂，泪流满面，自己长年奔波在外，难以为病重在床的父亲尽孝。这次一定是病情急转直下，来不及通知他回去见最后一面了。

郭川立即请了假，驱车向巴黎机场飞奔，买上最早的一班机票回国，恨不能一步迈回到父亲身边。万万没料到，由于机械故障，这趟航班晚点了！他悲伤而焦躁地转来转去，痴痴地等待着，一直从晚上 10 点等到凌晨 3 点多钟，等来的却是航班取消！如果改换第二天的航班，计算一下时间，肯定赶不上父亲的追悼会了。

怎么办？父亲自从得知他的环球航海计划后，就表示支持，期待着儿子为中国人争这口气。他要化悲痛为力量，不能有一丝一毫的懈怠和耽搁。想到这里，郭川跪地向着东方磕了一个响头，流着泪说：“爸爸，儿子不孝了，不能为你老人家送行了！请你原谅，你一直以儿子为荣，我不能停下来……”

现在终于成行了，郭川感到身上承载着父子两代的志向，怎能不全力以赴、勇往直前呢？夜深人静时，他望着无边的海浪、满天的星斗，总在想那是父亲在看着自己呢，身上就有了无穷的勇气和力量。

接下来，他遇到了一个又一个难以想象的难关，都想方设法地去拼、去闯、去奋斗。用他的话说：“我每天以海水洗头、以雨水洗澡、以泪水洗面。我恐惧过、沮丧过、哭泣过，但没有放弃过！”

让我们回放一下当时的航程片断，可见一斑——

2012 年 11 月 27 日，横风帆一个固定点的绳缆在与轮轴发生摩擦后，突然断裂，郭川在一片漆黑的环境下花费了 1 个小时，才将面积约 100 平方米的横风帆铺在水面上并重新收好。

2012 年 11 月 30 日，“青岛”号行驶至热带风暴南侧，郭川小心驾驶，绕过风暴中心区，成功摆脱了灾难性天气的威胁。

2012 年 12 月 27 日，帆船大前帆突然发生破损，坠落水中，他紧急将船停住，在漆黑的夜里花费很长时间才将帆从水中捞起，重新收好。随后，爬上六层楼高的桅杆，剪掉之前大前帆的残余部分。

2013 年 1 月 5 日，郭川在海上迎来自己的 48 岁生日，按照约定，他打开电脑视频，看到了妻子和儿子可爱的面容。想家的情绪非常浓烈，他把儿子的照片打印出来，贴满船舱。肖莉和孩子每天都会和他通电话，讲讲家里的事情，电话里的笑语盈盈压住了舱外的疾风大浪。

2013 年 1 月 18 日，郭川来到了南美洲最南端的合恩角。这是整个航程中真正给他带来巨大危险的地方。它位于智利南部合恩岛岬角，以 1616 年绕过此角的荷兰航海家斯豪滕的出生地合恩命名。那里终年强风不断，波涛汹涌，历史上曾有 500 多艘船只在此沉没，两万余人葬身海底，有“海上坟场”之称。

郭川全神贯注地驾驶帆船，一会儿被巨浪推向波峰，一会儿被卷入波谷，在惊涛骇浪中前行，随时都有葬身大海的危险。经过两天两夜的顽强搏斗，终于闯过了这道鬼门关。他按照传统，掏出早就准备好的一瓶朗姆酒、一根雪茄，把摄像机放在前面，拍下这难忘的一刻。一脸沧桑但异常兴奋的他举着一块纸板，上面写着：“走得到的地方是远方，回得去的地方是家乡。”

2013 年 1 月 19 日，在家中的妻子接到了郭川的卫星电话：“合恩角，过了！”顿时，肖莉的眼泪夺眶而出……

整个航行并非全是苦难，也有许多充满快乐和自由自在的时光。风平浪静的时候，不少海豚会在船前跃出水面，为他领路。有一次，郭川还遇见了飞鱼群，飞鱼两侧蓝色的鳍好似一对翅膀，有的还飞进了船舱。郭川把飞鱼做熟后品尝，却发现难以下咽。他也试着钓过鱼，但每次都希望落空。如果下雨了，他就站在甲板上冲洗一下，痛快地洗个澡，享受一次淋浴。

在茫茫的大海上，海风的方向变化无常，单人航行要求船员时刻注意调整船帆，确保航行的方向准确。白天不能睡觉，因为风向、风力变化很快。一次在顺风航行时，郭川认为风不会很大，就使用面积比较大的船帆。不料，刚挂好风帆，风速突然加快，船像脱缰的野马一样难以控制，桅杆差点折断，他马上把帆降了下来，才避免了危险。

航行途中，郭川携带的食品量不足，前半程很快就吃得所剩无几。后半程郭川处在半饥饿状态，却舍不得多吃，以备不时之需。食物对他的情绪影响很大。他的年夜饭是一包冷冻脱水食品、一袋腊肠、一瓶白酒和一盒罐头，这已经比平常吃得丰盛多了。

2013 年 3 月 12 日，“青岛”号航行在爪哇岛与苏门答腊岛之间的一条狭窄水道。郭川感觉回到了文明世界——有人间烟火了，但有的人可能会是“海盗”。那是凌晨左右，郭川突然发现船又被渔网缠住了。它安静地停在爪哇海上，一动不动。黑灯瞎火的，什么也看不见，他特别抓狂。突然间传来了马达声，远处有一点点微弱的光游来。

起初，郭川以为是普通的渔船，希望他们来帮忙摆脱渔网，便喊叫着。不料，他们径直撞过来。“不好！”郭川心想，“这一定是有意的。”不过这一撞，帆船开始松动，郭川赶紧升帆乘风开走，一边跑一边回头看，那条船上有两个人，见赶不上便放弃了。郭川猜测他们只是一些业余的小海盗，如果自己运气差，帆船被网缠着走不开，就可能成了他们的猎物了。

有惊无险，“青岛”号很快驶进了南中国海，穿行在台湾海峡，离终点越来越近了。这里的视线中，始终能看到船。白天看得清楚，郭川可以睡上20分钟。到了晚上，则根本不敢睡，生怕被什么船只撞上。有一次，他连续两三天都没睡觉，感到疲劳极了，只是胜利在望的信念在支撑着他。

2013年4月3日清晨，肖莉接到丈夫的电话，听到郭川激动地说：“我肯定能回家了！”她又掉下了眼泪……

两天后——4月5日清晨，郭川驾驶的帆船驶入青岛浮山湾的奥帆基地，驶入了去年秋天启航的地方。家乡父老早已等候在这里欢迎远航归来的游子、自己的城市英雄。“青岛”号先后两次自东向西、自西向东驶过终点线之后，在数十艘伴航的迎接船队齐鸣的汽笛声中驶入港池。

“来了！来了！”岸边人群中传来山呼海啸般的欢呼声，一个个兴奋地指指点点。郭川站在船头点燃了信号棒，与岸上的鞭炮烟花一齐腾飞。人们不断高呼着“郭川！英雄！”“好样的，郭川！”

现场大屏幕上显示的航行时间为137天20小时02分28秒。最终纪录，还要等待国际帆联核实黑匣子的数据，精确地确认冲线时间。那时，郭川将创造40英尺级帆船单人不间断环球航行世界纪录，并历史性地开启了这个项目的“东方航线”。

此时，“青岛”号尚未靠岸，归心似箭的郭川早已等不及了。他面朝岸边跪拜叩头，而后纵身一跃，跳入冰凉的海水中，奋力游向妻儿身边。早已等候在岸上的肖莉搂着两个孩子泣不成声。郭川用尽力气爬上了岸，爬到亲人面前，埋头亲吻着故乡的土地。慢慢地，他抬起头，对妻子肖莉说：“我，活着回来了！”

郭川的母亲也走过来，一家人紧紧拥抱在一起。

前一个夜晚，得知郭川快到家了，74岁的老母亲激动得一夜没睡，今天她带来了儿子爱吃的苹果、山楂片、桂圆、花生米……

奇人郭川

灯火辉煌，明星闪烁。

2014 年 1 月 11 日晚上，中央电视台演播大厅里一片喜庆气氛，本年度《CCTV 体坛风云人物》颁奖盛典正在举行。这是由中央电视台主办，国家体育总局、国家新闻出版广电总局大力支持的一项年度体育人物评选活动，是中国体育的荣誉殿堂。

当依次评选出最佳男女运动员、教练员等奖项之后，两位嘉宾——体育界的元老、国际排球名誉主席魏纪中，和家喻户晓的传奇人物、中国排球队主教练郎平走上前台，宣布并颁发“2013 体坛风云人物年度特别贡献奖”。背后大屏幕上映出几位候选人，其中有郭川航海的画面，画外音解说：

“如果你在大海上生活 137 天，你可以成为水手；如果你在大海上驾船行驶 137 天，你可以成为船长；如果你一个人不间断在大海上航行 137 天，并且创造了世界纪录，你就是航海家！郭川，改变中国航海历史的英雄！”

短片播放结束，魏纪中在郎平的注视下打开了获奖名单，高声宣布：“获得 2013 体坛风云人物年度特别贡献奖的是——”

蓦地，整个大厅里自发地响起一片兴奋的喊声：“郭川！郭川！”

魏纪中看了看全场，提高嗓门蹦出两个字：“郭川！”

“噢！”全场一片掌声、一片欢腾，看得出来这是众望所归。身着黑色西装的郭川从座位上跃起来，笑着向大家挥手致谢，然后大步走上台去领取奖杯和证书。他，当之无愧。

至此，郭川的荣誉榜上又增加了一项——体坛风云人物年度特别贡献奖。用修成正果、功成名就来形容他，似乎一点也不过分。或许应该停下奔跑的脚步、收拢高扬的风帆，歇一歇了。一些亲友劝道：“郭川，差不多就行了！”

不，不，郭川是一个不满足于现状的人，是一个不断挑战自我的人，简言之，他是一个东方奇人！当他从大有前途的公司高管位置上毅然辞职，寻找自己的梦想人生时，很多人不理解；当他参加了克利伯帆船赛、沃尔沃环球赛、横跨大西洋等一系列赛事，获得了众多鲜花和荣誉，大家劝慰他见好就收时，他却选择了更为艰难的单人环球航行。同样，这次在北京领奖之后，郭川又马不停蹄地策划下一步行动了。

他认为，获得体育贡献奖，并不仅仅是表彰自己赛出了好成绩，还是鼓励自己尽可能为发展这个项目尽心竭力，尤其在国内尚未十分普及的帆船运动上面。由于郭川的奋斗和成功，国际帆船界已对中国刮目相看，同时也影响和带动起一大批帆船爱好者。郭川对此十分自豪："这证明我不是一个人在战斗！"

别的城市不说了，仅在他的家乡青岛就涌现出了一批跟随者。其中，最典型的是有"女郭川"之称的宋坤。80后的宋坤是土生土长的"青岛大嫚"，自小与大海结缘。大学毕业后，宋坤回到青岛受聘到航海俱乐部做翻译工作，接触到了帆船，也一发不可收拾地爱上了航海。

2013年9月，当时的宋坤将在伦敦驾驶"青岛"号，参加2013—2014克利伯全部8个赛段的比赛。除她以外还有8名中国船员，但他们每人只参加一个赛段。宋坤如果全程坚持下来，有望成为第一位帆船环球航行的中国女船员。

正在备战新征程的郭川，闻讯后十分高兴。他专程来到英国伦敦看望即将出发的宋坤，讲述当年自己参加这项赛事的经验教训，供她参考。郭川还拿出一个崭新的睡袋说："小宋，这是法国朋友送给我的，保暖性能特别好。我送给你，去争取好成绩吧！""船长，太感谢了！这对我来说是很好的激励，我一定会争取成功的。""对！你只要坚持到底，就是胜利！"宋坤用力点点头："我对完成比赛很有信心。"

本赛季是"青岛"号帆船连续第五次征战克利伯环球帆船赛，自2006年郭川成为首位参赛的中国人后，先后有30余名中国人通过这项国际知名赛事实现了远洋航海梦。宋坤随船队于2013年9月1日从英国伦敦起航，沿途停靠11个国家16个港口，于2014年7月12日再次回到伦敦。她就像当年的郭川一样，咬紧牙关顽强拼搏，成为中国女子环球航海第一人。

这期间，郭川一点也没闲着，又自费来到法国这个航海大国加油充电。当时业内出现了一种新型的三体大帆船，船身是由碳纤维做成的，重量轻而速度快，全世界只有5艘。郭川非常看好这种航海最前沿的工具，希望驾驶它去完成更高难度的航行，更好地树立中国人的形象！

正值国家落实"一带一路"倡议，青岛市作为节点城市之一，需要扩大宣传力度。而市委书记李群、市长张新起与历届领导一样，都有着浓厚的"帆船之都"情结，在得知"海洋公益形象大使"郭川需要一艘新船时，他们及时开会研究决定，帮助郭川将船购买下来。

2015年3月15日——中国航海英雄郭川作为船东代表，在世界航海运动圣地法国拉特里尼泰，将心仪已久的"宝船"收归麾下。这条即将被命名为"中国·青岛"号的三体船，曾在法国航海家弗朗西斯·乔伊恩的驾驶下，创造了57天13小时34分06秒的单人不间断环球航行的世界纪录，至今仍然是航海界的标杆。

郭川说："我为能够代表中国青岛，接收这条有世界传奇意义的三体船而感到自豪。我从一艘只有我自己驾驶的小'青岛'号的船长，成了一艘超级三体大

‘中国·青岛’号的新船长，我的航海目标也从一个人的小目标，变得更加具有世界意义，我希望为中国在世界航海史册书写新的辉煌。”

此船长 29.7 米，宽 16.5 米，桅杆高 32 米，重 11 吨；装有现代化的导航、通信等设备；船帆顺风最大面积 520 平方米，迎风最大面积 350 平方米。周身漆着中国人喜爱的红色，高高的大前帆上，也是一片红红的底色，上边描画着世界地图，书写着硕大的“中国·青岛”字样，最顶端是一面醒目的五星红旗！

经过一年多的精心筹划准备，郭川又要踏上新的航程了……

2015 年 9 月 3 日，伴随着北京举行纪念抗日战争暨世界反法西斯战争胜利 70 周年大阅兵的乐曲，郭川带领他的团队驾乘“中国·青岛”号三体大帆船，从俄罗斯摩尔曼斯克出发，开始大胆而“疯狂”地挑战北冰洋的航行。

这年郭川已经50岁了，从未涉足过冰海航行，可他此次组织的船队经验丰富，技艺超群。获得过 30 多个国际纪录片大奖的英国导演斯图亚特·宾斯，将跟踪拍摄纪录片《郭川船长》。宾斯认为，航海没有雄厚的实力是不行的，19 世纪是欧洲的航海时代，20 世纪属于美国，但今天应该属于改革开放后崛起的中国。

在开机仪式上，宾斯向郭川提问：“对你，好像没有什么不可能？”郭川答道：“不全是。我感觉自己很幸运，是时代赋予了我这样的机会。过去 10 年间，帆船运动在中国的发展，恰好是这个东方古国在新时代飞速进步的一个缩影！”“那你目前最关心的问题是什么？”“启航！风帆升起的那一刻，所有的事情都留在岸上。呵呵，只要船开出去，我的假期就开始了。”

别看他说得轻松，实际上时刻绷紧着心弦。北冰洋 3240 海里征途漫漫，若不是气候变暖出现短暂的冰融期，平时这里只有破冰船能前行。郭川及其团队驶入寒冷的东西伯利亚海，水温是零摄氏度，船舱外一些部件结冰，船员们不停地拍打冻在绳索和帆上的冰。这被称为“生死远航”的冰缘线，考验着每个船员的勇气和毅力。

海面上不时有冰山漂过，随时可能撞坏帆船。好不容易躲开冰区，又遇到了极地狂风。船体在不停地颠簸摇晃，一会儿被推上浪峰，一会儿又跌入深谷。主帆被冻坏，滑轨突发故障，不能正常使用。郭川带领船队冒着刺骨的寒风连续奋战，更换了零件，修好了主帆滑轨，保障了航行的正常进行。

一路拼搏，风雨兼程，郭川和他的船员从巴伦支海开始，先后穿越了喀拉海、拉普捷夫海、东西伯利亚海、楚科奇海，最后来到了白令海峡。国际标准时间 2015 年 9 月 15 日 16 时 48 分 24 秒，船长郭川亲自掌舵，率领 5 名国际船员驾驶“中国·青岛”号，冲过了在白令海峡设置的终点线。

“我们成功了！”船员们击掌相庆，欢呼着，蹦跳着。

驾驶无动力帆船在不间断、无补给的情况下，历经12天3小时7分钟，完成了危机四伏的北冰洋东北航线，郭川又一次创造了世界航海新纪录，谱写了人类航海史上新的绚丽篇章！

马不停蹄，时不我待，在我们这个日新月异的时代里，有责任、敢担当的人是不会停下前进的脚步的，更何况“帆船达人”郭川呢？他们驾船回到青岛母港后，经过短暂的维修保养，立即投入“21世纪海上丝绸之路”的航行。

这是由青岛市有关部门主办的大型航海活动，帆船将到访中国香港、新加坡、斯里兰卡、印度、意大利等8个国家和地区，秉承“和平合作、开放包容、互学互鉴、互利共赢”的丝绸之路精神，加强不同文明之间的交流，将青岛的城市形象、中国的国家形象，传递到海上丝绸之路沿途的港口城市。

值得一提的是，已经从克利伯赛事中成功归来、获得了中国女子帆船环球航海第一人称号的宋坤，与来自法国、德国、挪威等几名国际船员一起加入了郭川团队，成为传奇船长麾下的一名女水手。

2016年初冬，在郭川船长于太平洋失联一个月后，我来到青岛采访了这位年轻的女航海家。她心情沉重地说：“郭川船长是航海界的珠峰，也是我学习效法的楷模。那是我们第一次合作航行，给了我极其深刻的印象。他办事严谨稳妥，胆大心细。他多次说，让我们一起努力把中国帆船推到国际上。这次他意外地失联，是中国乃至世界航海界不可弥补的重大损失……”

自然，这是后话了。

2015年10月21日，郭川船长率领他的团队从母港青岛缓缓驶出，沿着“21世纪海上丝绸之路”自东向西，开始了跨越亚欧非三大洲、造访9座海港城市的友谊之旅。船，还是那艘战胜过北冰洋的三体帆船，红色的船体、五星红旗和“中国·青岛”字样依旧，只不过大前帆印上了绿色的青岛啤酒瓶。作为本次帆船航行活动的主赞助商，“青岛啤酒”一路同行。

两个月过去了，这些挑战极限的勇士们克服风力强劲、船体颠簸、船帆断裂，甚至海盗威胁等种种困难，终于抵达了本次活动的终点站——摩纳哥。消息传来，山东省委常委、青岛市委书记李群，市委副书记、市长张新起在第一时间发来贺信，向“中国·青岛”号郭川船长、全体船员表示热烈祝贺和诚挚慰问：

“历经60天激情扬帆、乘风破浪，你们完成了1万海里的‘21世纪海上丝绸之路’帆船航行；历经12天，不畏艰险、攻坚克难，你们创造了人类北极东北航道的世界纪录，充分展现了航海人挑战极限、超越梦想的拼搏精神……”

随后，国际帆联、中国航海协会、北京奥运城市促进会等单位的贺信贺电雪片似的飞来。12月21日，在久负盛名的摩纳哥游艇俱乐部，世界“和平与体育”

组织举行了盛大的欢迎仪式。乔伊·布佐主席为郭川船长和船员们戴上了象征成功的花环，代表摩纳哥亲王阿尔伯特二世给予了热烈的祝贺！他称赞郭川是“和平冠军”：“你带领着国际船队成功挑战了北冰洋创纪录航行，并完成了海上丝绸之路的航行，将和平的信息传递给全世界。我们为你身上所展现的体育精神感到骄傲！”

是的，胸中跳动着一颗火热的中国心，加之拥有了这艘新型的三体大帆船，郭川船长如虎添翼，率领他的团队成功地完成了一个又一个挑战，赢得了全世界航海界对我们华夏古国的刮目相看。

2016 年 1 月 14 日在伦敦船展上，帆船界的权威杂志《帆船与航行》举行年度颁奖典礼，郭川船长荣获年度成就奖。颁奖词说：“作为来自帆船航海并不发达的国家——中国的水手，郭川让我们看到了中国帆船航海的潜力！”

世界帆船运动领域的气象权威克里斯蒂安·杜马尔说得更加生动：“一件连我们这样疯狂的法国人想都没有想过的事，竟然被一个中国人干成了。郭川就好像第一个完成环球航行的人、第一个登上珠峰的人一样，不可思议而又让人敬仰！”

面对如此高的评价，郭川只说了一句朴实无华的话：“来到这里，我不能让我的祖国蒙羞！”

如果有人问，是什么支撑着郭川不惧风浪、抛家舍业、一往无前？我想答案是很多的，爱好、兴趣、成就感或许都有，但最根本的还是上面这句朴实无华却振聋发聩的话……

“殉道者”郭川

“长风破浪会有时，直挂云帆济沧海。”

这是我国唐代大诗人李白的诗句，表达了尽管前路障碍重重，只要锲而不舍、持之以恒，终将乘长风破万里浪，横渡沧海，到达理想的彼岸。同时，这也是中国驻美国大使崔天凯给郭川发来的祝词，勉励他再接再厉、勇往直前。

北京时间——2016 年 10 月 19 日 5 时 24 分 11 秒，永不满足的郭川船长，驾驶着心爱的三体大帆船“中国·青岛”号，从美国旧金山金门大桥出发，前往中国上海，正式开启了“金色太平洋挑战”之旅。正如本文开篇所描写的一样：郭川将单人单船不间断、无补给跨越太平洋，计划在 20 天内甚至更短的时间完成。按说，对比他之前创造过的那些帆船世界纪录来说，这应该是一次难度不大的航行活动。

然而，世间万事就是那样奇特难卜。

时光的车轮跨入了 2016 年，一连串的征程计划在等待着郭川和他的团队。

4 月，他带领着自己的团队来到法国训练、磨合、准备。

6 月，郭川回了一趟北京，看望妻儿，联系有关事宜，来去匆匆。走时，还是夜深人静之时，还是肖莉开车送他去机场。一路有说不完的话，分别的时刻到了，夫妻俩却无言，只是郭川临下车时说了一句："我们再见面，就到冬天了！"

而后，郭川背着双肩包，拉着拉杆箱，匆匆走进候机大厅 2 号门。肖莉望着他的背影，趴在方向盘上哭了……

8 月，"中国 · 青岛"号大帆船来到巴西，停泊在里约城的港湾里，漂亮的船体和高大的船帆，鲜艳的五星红旗、硕大的"中国 · 青岛"字样十分醒目。郭川和他的团队一边休整，一边训练。

9 月，整个团队前往美国旧金山，全面检修补给，进行了海上试航。计划 10 月中旬起航，可就在整装待发之际，发生了一件令人十分不快的事情，好似冥冥中预示着什么。

那是 10 月 15 日，郭川的表姐孙萍一家三口飞抵旧金山，看望即将出征的船长弟弟。这是他们多年的惯例——每当郭川启程与返航时，作为他的亲人，表姐一家都会赶到他停靠的码头去迎送助阵。而郭川也特别依恋表姐、表姐夫，愿与他们说说心里话。

当晚，就在他们聚会用餐后走出门时，突然发现郭川的汽车玻璃被小偷砸破，放在座位上的双肩包不翼而飞，里边有他的护照、现金、个人电脑等。更令人痛心的是，电脑里保存的航海记录资料也随之丢失。大家都很惊讶和气愤，郭川更是愤怒得几乎发疯，一边朝着大街怒骂，一边用脚狠狠踢着车轮："这是哪个混蛋干的？快出来，把我的包还给我！"

这种失控状态，是孙萍多年没有见过的。她劝他冷静一下，可郭川丝毫不听，照样大吼大叫着。情急之下，孙萍挥手捶了他几下——这是她从小到大第一次打他，但似乎只有这样才能让他平息下来。孙萍说："愤怒着急是无用的，现在我们一边报警，一边最大限度地帮助你弥补损失。"

"对、对，我们都帮你想办法，尽量不影响工作。"聚餐的朋友谢明、李永茜夫妇，以及外甥女叶菲都劝解道，并且立马慷慨解囊补买用具。

看看，这种砸车窗盗窃令人憎恨的"毛贼"，在美国也照样有。而且由于案发时间是晚上 9 点半，报案后警察迟迟没有现身。孙萍、郭川连忙给中国总领事馆打电话，领事闻讯高度重视，马上派人联系警察局，留下报案记录和悬赏通告，又在第一时间为郭川补办了护照。

第二天，朋友们就带着郭川购买了新电脑，最大可能地恢复了航海数据，并且代付了帆船停泊费。近乎抓狂的郭川慢慢稳定了下来，表示尽量调整好自己的情绪，不影响即将开始的航行。事后想起来，这就好像古代战前发生战马摔倒、旗杆断掉等事件似的，似有出师不祥之兆。当然迷信之事不可取，但此事确实打乱了郭川原本要在出发前放松调整的计划。

好在他是老水手了，不久便将种种“不快”丢在脑后，投入了紧张的备战之中。孙萍心中感到一阵欣慰：“兄弟，你状态不错，我很高兴！”

“姐，你放心，大风大浪都经历过，现在风向天气又很好，我会顺利的。”

以前他每次走，作为姐姐的孙萍都很揪心，这次感到了些许踏实。然而，现实却恰恰相反……

起航前几天，风平浪静，一切正常，郭川熟练地操控着“中国·青岛”号，行驶在东太平洋的海面上。船舱工作台前，摆放着妻子肖莉和两个儿子的照片，他们微笑着伴随着他。录音机里，是他精心录制的西班牙歌手安立奎的独唱《Hero》（中文《英雄》），其中音乐前奏特意夹杂着小儿子郭伦布的笑声。

每天傍晚，在苍茫的大海上，伴随着悠扬的歌声和儿子的笑声，结束了一天劳作的郭川手握船舵，凝神望向远方。夕阳给他饱经沧桑的面庞镀上一层金色，墨镜上反射着余晖的光泽，海风扬起蓬松凌乱的卷发，紧抿着的嘴唇流露出一种沧桑孤独又饱含柔情的表情，整个人像雕塑一样。

按照约定，郭川定时与岸上团队、与团队总经理刘玲玲联系通报情况。刘玲玲与郭川年龄相近，重庆人，曾担任过中央电视台记者，现定居英国。5年前，她和郭川相识在海南三亚的一次帆船活动发布会上，相谈甚欢，就做起了郭川团队的总负责人，既是郭川的智囊，也是他的管家。

当地时间10月25日下午3点半左右，郭川驾船行驶到美国夏威夷海域附近，岸上团队从监控轨迹上发现船的航行速度明显慢了下来，他们试图通过卫星电话与郭川联系。“丁零零、丁零零……”电话响了很久，但郭川没有接听。他们马上向总经理刘玲玲报告。整个团队陷入了焦急的呼救和等待中。

北京时间26日凌晨4点，刘玲玲把电话打给了身在北京的孙萍，说：“从昨天下午起发现船速不正常，就是打不通郭川电话，到现在已有10个小时联系不上了！”

“啊！”刚从睡梦中惊醒的孙萍大惊失色，睡意全无，立即拨通了中国驻洛杉矶总领事馆副总领事孙鲁山的电话，请他马上联系美国有关方面前去救援。这时，她不敢告诉肖莉。丈夫海上失联，妻子是最受不了的。

在中国驻洛杉矶总领事馆、国际海事救援中心北京分部的全力协助下，靠近三体船航行海域的夏威夷火奴鲁鲁（檀香山）当地海事救援机构派出搜救飞机，前往事发地点。紧接着，美国海岸警卫队也派出了两艘军舰前往事发海域，并靠近了“中国·青岛”号三体船。舰上人员登船后检查了一遍，大三角帆断裂了，没有找到郭川的下落。这意味着单人航行中最坏的结果——人船分离了。

技术专家的事故报告分析：航行途中大三角帆意外掉落，应该是事故的诱因。郭川尽力想让船停下来，但大三角帆和边翼船体的船舵缠绕在一起。他当时穿着救生衣，系着安全绳，并带有信号浮标。他要设计一套把船帆拉上来的系统。在某个时刻，或者突遇大浪，或者有大鱼撞击，他失去了平衡，掉进了水中。

郭川落水后，帆船仍以大约每小时 20 公里的速度航行，身系安全绳的他可能面临两种情形，都很可怕。第一，他被拖着在水中滑行，继而溺水，没有时间发出求救信号；第二，他因落水受到水流冲击而失去知觉，救生衣和求救装置也被海浪冲坏断掉。生还希望十分渺茫了。

尽管如此，从我国驻美国大使馆、总领事馆，美国海上救援队到郭川团队、亲朋好友等，以及中国、法国、英国的航海专家们纷纷投入人力物力，甚至发起了救援捐款，人们慷慨解囊相助。中央电视台《新闻联播》、体育频道、各网站也不断地发布消息，关注最新进展，掀起了一场空前浩大的海空大搜救。

然而，人人心里都明白，失联这么些天，肯定是凶多吉少了。可是谁也不愿说出那个“黑色”的名词，总盼望着奇迹能发生……

时光一天天过去，奇迹没有出现。

其间，岸上团队联系了有关专家、水手，已经把郭川船长的三体帆船拖到了夏威夷。总经理刘玲玲一直待在那里，组织一拨拨的搜救，看护维修船体，期冀意外的佳音，但收到的消息只有四个字：持续失联。

一个月后，刘玲玲与两名曾经和郭川共事过的法国水手来到海边，遥望远方，默默伫立，表达对郭川的思念。天边翻滚的浓云正在由白变黑，海浪吐着白沫不断冲向金色的沙滩。四周一片静默，只有无止无休的潮涨潮落声拍打着人们的心扉。3 个人相对无言，双手合十，让自己的眼光尽量望向海天交接的远方——

也许，在大海深处的某一片清澈水域，郭川正迎着东方的太阳追逐自己的梦想。满载一船朝晖，他在放声高歌。认识郭川的人都知道，由于种种原因，他的行为和追求还未得到应有的重视，一直活得有些压抑。

也许，在太平洋某个不知名的小岛上，郭川正在奋力地披荆斩棘开辟求生的通道。理解郭川的人也明白，他是一个不会轻易服输的人，就像海明威笔下的《老人与海》中的老渔夫一样，永远不会被打败……

人同此心，心同此理，这段时间以来，国人为郭川船长的命运深深担忧着、惋惜着。在当下资讯信息相当发达，微博和微信等自媒体、互动媒体百家争鸣的时代，网友微友们纷纷发声。这里，选载一二，供各位读者参阅——

一位叫“青春的痕迹”的网友真诚表示：“我特别钦佩这种敢于挑战命运的人。但是大海离我太远了，我只能默默地祈祷！吉人自有天相吧！”

网友“巴西站星星”说：“媒体没有扩大他，他真的是民族英雄，只是他胜利的时候报道得少，所以一些中国人不知道他的功绩！他在全世界的帆船航海界被称为中国第一人，是他把中国帆船名声打出去的！”

几乎每个网站、每篇报道郭川的文章后面，都有成百上千条读者、网友们的留言，大部分都充满了对郭川的关切、祝福和尊敬。但，不容否认的是，也有一部分人有另外的看法，归纳起来主要有两点——

一是认为郭川此举是对家庭的不负责任，只顾自己追名逐利，而使妻儿老小无依无靠。二是对于英雄定义的不认可：说好一点是一个壮士，说差一点只是体育爱好者，说得不好那就是冒险找死！不知道他的这种个人行为，给大家带来了什么？怎么就成了英雄呢？

老实说，这些话语给了解郭川、理解船长的人以深深的刺痛，他们难以忍受心目中的英雄生死未卜、可能魂归大海之际，还被不明真相的人如此中伤。笔者在采访郭川的同学、亲友、支持者等人士时，他们无不对此表达了心中的愤慨。

可是，平静下来认真思考一下，那些网络“喷子”大多不是故意捣乱的人，而只是对帆船航海缺乏了解、缺乏正确的“英雄观”罢了。

郭川是不是一个只顾个人名利、不管家庭的人呢？

答案显而易见：不是！相反，他是一个深深爱着家庭的孝子、贤夫和可爱的父亲。正是这种挚爱，才使他一次次离家远航，去追求人生的梦想和祖国、民族的尊严。也正因如此，他获得了亲人有力的臂膀和温暖的怀抱。他的妻子肖莉，在回答有关问题时坚定地说：“他有个大目标，他做的一切我都支持，因为我爱他！”

这些年，郭川从事这样非奥运会项目、国内属于小众的帆船航海，争取赞助是比较困难的。曾经闹过这样哭笑不得的笑话：他们到一家企业谈商业广告，不料人家一听是帆船项目，立即打了“回票”，说什么听起来像“翻船”，不吉利！其实，它是预示着“一帆风顺”呢！加之帆船运动成本较高，这些年郭川团队基本上是负债运营。

而他本人呢，更是因早就辞职离开了体制，没有固定收入，十分节省，恨不得一分钱掰成两半花。早年，他从北京往返青岛联系事务，根本舍不得买卧铺票，都是坐一夜硬座，天亮下车，背着个双肩包赶到市里有关部门办事。一天下来，马上再乘夜车返回，为的是省下那一晚的住宿费。

后来郭川稍有名气了，也得到一些比赛奖金、赞助经费，可不断尝试更高层次的技术和项目，需要聘请名师、招募队友、交纳学费管理费等，这些大都是郭川自费的。如此而已，他哪有什么利润而言？说句不好听的，幸亏肖莉有个小公司支撑着，不然连养家都困难。

也许有人会问了，那么他到底图的是什么呢？这就归结到了第二个问题，郭川这样做有什么价值和意义？在当今时代里，他算不算英雄？郭川曾经有一篇博文自述《执着的人是幸福的》，真实而客观地袒露了心迹。其中他这样说道：

“……独立的思想，自由的精神，始终是我追求的一个境界。

“茫茫大海，漫无边际，在长达数月的航行中，我需要忍受着孤独、抑郁和恐惧的煎熬，我的冒险行为，在常人看来无异于‘疯子’。而我和别人的不同就是多了一些执着。所谓执着，就是不怕吃苦，不怕前面是未知还要把它当作追求的目标。我认为我是一个幸福的人，因为执着，我成就了我的梦想。

“好奇与冒险本来就是人类与生俱来的品性，是人类进步的优良基因，我不过是遵从了这种本性的召唤，回归真实的自我……”

这是郭川船长的心灵独语，也是向世人的真情告白，充满了文采和哲理。其中的每一个词、每一句话都是经过深思熟虑的，是从人生的波峰浪谷中捧来的，值得我们尊重。

何谓英雄？有人讲：聪明秀出，谓之英；胆力过人，谓之雄。事实上，没有谁天生就是英雄，英雄出自平常人。他们之所以能成为英雄，是因为他们踩着时代最需要的节点，在最恰当的时候及时出现了。

远在1600多年前的东晋时代，一位名叫法显的中国和尚从长安出发，历经千难万险到达天竺，第一次成功地从“西天”取经归来。他比唐玄奘早200年，“法流中夏，自法显始也”。其中，他的同伴有的死在路上，有的中途返回，也有的滞留异国不归，而他不顾年老体弱，坚决带着经文回去。

令人感叹的是，他是从海路归国的，乘坐比今天落后不知多少倍的帆船，途中几次遇到台风，既险些船损人亡，又差点被船主认为他不吉利扔到海里去，历经九死一生，才在今之青岛的城阳登陆上岸，居住了一年，整理经文，写出了珍贵的《佛国记》，成为后世人们探索文明的经典。

20世纪20年代是探险的黄金时代，世界最高峰珠穆朗玛峰尚未有人踏足，也从来没人走进其40英里范围以内。英国于1921年首次筹组珠峰探险队，乔治·马洛里以优异的登山能力和丰富的经验，成为公推第一人选。他接受远征邀请，接连两次攀登均告失败，还造成了人员伤亡。但他仍然锲而不舍。

对马洛里而言，家庭、孩子是他生命中的最爱，完成珠峰首攀则是他内心最炽烈的渴望，他在二者之间痛苦挣扎。1924年他又加入了第三次远征队，在季风来临的时刻进行攀登。记者问他："你为什么要登山？"他答道："因为山在那里！"马洛里说完继续攀登，然而却在距离珠峰顶只有 300 米时，被一阵突然而至的暴风雪卷走了。

直到 1999 年 5 月 1 日，美国登山队的科拉德·安珂沿传统路线攀登，在距珠峰顶端不远的冰雪中，发现了一具大理石雕像一样的尸体遗骸。安珂从残留的衣服碎片，以及其他的遗物证实，他就是失踪了整整 75 年的乔治·马洛里！他那句"因为山在那里！"成为勇于进取的登山名言。

难道上述这些人都是"疯子"和"狂人"吗？难道他们都是"吃饱了撑的吗？"不，不！如果世界上没有这些不甘现状、敢于冒险的人，那么人类很可能还处于茹毛饮血、刀耕火种的年代。不怕吃苦、自我放逐，为信仰而献身，为梦想而拼搏，这是古今中外的"殉道者"形象。"殉道者"，原意是指为了传播神的福音而牺牲的基督徒，后来延伸到那些为了信念、目标，执着追求直至付出生命的人身上，他们堪称为理想而献身的"殉道者"！

反观郭川船长，多年来为了把中国的帆船事业推向世界高度，在欧美一统天下的领域里，醒目地写上"中国"两个大字，痴心不改、风雨兼程，虽九死而犹未悔的壮烈行为，不就是一名虔诚的"殉道者"形象吗？这样的人，完全可以称为我们这个民族、这个国家的"英雄"！

中国是一个海洋大国，但还不是一个海洋强国，自明朝郑和以来的 600 年间，海洋留给中国的，多是惨痛的屈辱记忆。如今，中华民族正在为伟大复兴的"中国梦"而奋斗，这离不开每个人心中涌动的豪情。在这样一个历史节点上，有了郭川，至少让我们在麦哲伦、哥伦布、库克船长这些伟大的西方航海家面前，可以稍稍抬起头来了。

如果一定要追问郭川航海有什么意义，这意义或许就是——一种对于自身生命的拓展精神，一种不断谋求超越的进取精神，一种敢为人先、勇立潮头的创造精神！这，就是我们这个时代需要的"郭川精神"！

记得一位记者采访郭川时问道："你希望更多的人像你一样吗？"

他想了想回答："我的航海事迹或许无法拷贝，但我的追求精神可以复制。"

公元 2016 年 12 月 15 日 20 时，中国十佳劳伦斯冠军奖颁奖典礼在北京 BTV 大剧院荣耀揭幕。这个奖项是由素有"体坛奥斯卡"美誉的"劳伦斯世界体育奖"与历史悠久的"中国体育十佳运动员评选"合作而诞生的中国体坛大奖，是中国优秀运动员和教练员的至高荣誉。

在颁发最佳体育精神奖时，主持人栗坤情真意切的演讲介绍，感动了全体来宾。这个奖项众望所归地授予了还在失联状态的郭川！随着大屏幕上郭川迎风斗浪的镜头和深情款款的音乐，栗坤讲述了郭川的环球航行事迹，并把肖莉请来替丈夫郭川领奖，发表感言。

肖莉抱着奖杯和花束，站在那里想了想，说道：“我在后台的时候，哭得稀里哗啦，我不知该讲些什么。不过上来之后，看到这里还有一艘帆船的模型，是郭川驾驶的那种帆船模型，所以刚才我一直回头在看，我、我真的非常想念他！”

她哽咽着说不下去。此时此刻，全场来宾无不动容，郎平、王楠、刘国梁、张继科、傅园慧等体育明星泪流满面。

停了停，肖莉继续说：“好多人都问过我，你为什么支持郭川航海。其实特别简单，就是因为我爱他。我爱郭川，自然就要支持他做他喜欢的事情。我在这里说了这么些，好像跟这个奖没多大关系。其实我想告诉大家，如果郭川今天能来这里领奖，他一定会感谢组委会，感谢帮助过他的人。兴许他还会跟大家说一下，他的下一个航行计划……”

音乐加大了音量，海潮般真诚的掌声响彻整个大厅。与此同时，北京卫视同步直播颁奖典礼，郭川获奖的片段，以及肖莉代夫领奖的真情告白立刻占据了各大网站头条。郭川的事迹和他的精神感动着每一个人，他的命运也牵动着每一个人的心！

当天晚上，由于预先没有留意北京电视台的预告，我正在收看中央一台的节目，突然接到一些朋友的微信、短信甚至电话：“赶快收看北京卫视，正在直播劳伦斯体育颁奖典礼，郭川获得了特别贡献奖！”

“是吗？我马上转过台去。”

大家知道最近我正在集中精力采访船长郭川的事迹，跑遍了他曾经奔波忙碌的地方，一旦发现有郭川的报道，朋友们便立刻向我通报。

正值中央电视台评选“感动中国人物”之际，郭川也被列入了候选人之一，我每天除了采访写作，一个首要的任务就是打开手机，一遍又一遍地刷屏投票，当看到数字在不断上涨时，心里就特别高兴。过了几天，等到肖莉稍稍平静一下之后，我拨通了她的手机。一是问候她和孩子们，告知投票情况；二是向她通报青岛人正在发起捐款活动，准备在奥帆中心竖立一尊郭川船长的塑像。大家非常踊跃，短短几天内已经筹了 20 多万元。

肖莉是一位通情达理的女性，她说，感谢家乡人的厚爱与支持，郭川如果有知，一定会感到高兴的。他可以永远与大海、与青岛帆船基地在一起了。当得知我们还在积极筹备建立郭川纪念馆时，她以商量的口吻说：

“这是好事，但可不可以建一座会馆性质的。平常供人参观纪念，也可以容纳航海爱好者聚会。郭川过去跟我说过，他在国外就住过这样的会馆，很有人情味。”

“嗯，你这个想法不错，我一定帮助反映上去。那名字就不一定叫郭川纪念馆了，可以叫郭川航海之家！你看呢？”

“不错，还可以多考虑一下。我们的目的就是一个，让郭川形象和郭川精神更好地传递下去。”

近期来，我几乎天天与郭川待在一起——当然，我指的是电脑中他的照片和视频，一边感受他的性格特征，一边结合采访记录思考，就像与他对话似的。从中，我有了一个新的发现：郭川是一个严谨的“理工男”、豪放的航海家，但也是一个艺术气质相当浓厚的“文艺男”，他爱好音乐、摄影、文学。据说郭川还计划写自传，可惜未能完成。

记得我与他的老朋友朱悦涛交谈时，他曾说过这样一句话：“郭川早晚要魂归大海的，但现在太早了……”

夜深了，我关掉电脑写作的界面，打开了下载的郭川原声朗诵。或许不少人还不知道，郭川十分爱好诗歌，早就担任了“为你读诗”公益活动的嘉宾。这是一首配乐诗，是他钟爱的葡萄牙诗人安德拉德的《海，海和海》。自从他失联以来，我一遍又一遍地播放倾听。

伴随着一曲悠扬深沉的钢琴音乐，“为你读诗”开始了，虽说郭川的普通话并不太标准，声音也不太洪亮，但那种内在的艺术神韵、那种沧桑的人生况味，再一次拨动了我的心弦——

“你问我，但我不知道
我同样不知道什么是海
深夜里我反复阅读着一封来信
那夺眶而出的一滴泪珠也许便是海
你的牙齿，也许你的牙齿
那细微洁白的牙齿便是海
一小片海
温柔亲切
恰似远方的音乐……”

听着听着，我眼前似乎出现了一幅模糊而清晰的画面：

若干年后的某一天，有一艘独木舟，载着一位须发斑白、衣衫褴褛，却铁骨铮铮、眼睛明亮的人，好似与那位名叫鲁滨孙一样的人，从大洋上乘风踏浪驶来。郭川船长重新回到了我们中间……

《北京文学》2017 年第 4 期

生死珠峰

张安华

虽说就攀登珠峰的事已经准备多日，但是当出发时间真正来临时，仍然有一些不可名状的纠结和犹豫。我独自在办公室里静静地待了约一个小时。看着手机上朋友们发给我的许多攀登珠峰途中遇难者遗体的照片，想到自己明天就要踏上攀登珠峰之路，晚上少数几位知道我去攀登珠峰的朋友要聚餐为我送行时，一种难以言说之感逐渐涌上心头。

自 1921 年人类开始组队攀登珠峰以来，先后献身珠峰者已约 300 人，伤残者不计其数。1953 年新西兰人艾德蒙·希拉里和夏尔巴人丹增·诺盖成功登顶珠峰后，登上世界之巅成为许多登山探险者的终极向往和最高追求。曾经，攀登珠峰人员的死亡率约为 15%，近几年其死伤情况似乎更使人感到悲痛：2014 年死亡 16 人，2015 年死亡 20 余人，无一人成功登顶。我看着挂在墙上的珠峰攀登者遇难地分布图，觉得珠峰之路处处有凶险，实在是危途。面对大概率的死亡之旅，我去还是不去？

在沉重的思虑中，我再次打开了存入手机的三首歌曲，《在那遥远的地方》《珠穆朗玛》《橄榄树》，一一听了一遍。我原计划在珠峰大本营时，多听听较为抒情的《在那遥远的地方》，以使技术性训练和适应性活动中的单调与枯燥得到一些缓解。在正式冲顶时多听听高昂激越的《珠穆朗玛》，以激励自己攀登珠峰的斗志和勇气。而在不幸遇到高山反应或体力耗尽等无可挽救的情况时，打开《橄榄树》，听着“不要问我从哪里来”的歌声，躺在珠峰的冰雪上，静静地安然逝去，慢慢地与珠峰融为一体。但是，当计划即将变成现实，当死亡也许真的将要来临时，心里禁不住有些怯意和游移。

关于珠峰，虽然有很多令人兴奋的说法，“登顶珠峰是极致的人生体验”“到珠峰上去看一个真实的自己”“经历过极致的困难，才能看到极致的美景”“完美的人生，必须有一次绝尘壮游”“要体验生命必须站在生命之上”“挑战生命禁区，登上世界之巅，不辜负生命给你的上场机会”“到珠峰极顶去盛开自己生命的故事”“到世界之巅去感受生命的伟大，世界的壮丽”……

关于死亡，也有不少表述，“要获得伟大的收获，我们就必须生活得好像永远不会走向死亡一样”“死亡并不是生命的毁灭，而是换个地方”“人不应该恐惧死亡，应该恐惧的是从未真正地活过”“死亡是生命的赏赐，我们静静地迎接它，就像玫瑰谢落了最后一片花瓣”“死去何所道，托体同山阿”……

有许多话，说起来很轻松，但轻松过后，真正面临死神时，很难不心生畏惧。

我关闭手机，不由自主地走出了办公室。

冥冥之中，似乎是想对自己熟悉的环境做一次告别，又像是莫名之间生出了一种对生命的珍惜和对人世的留恋，我走出办公楼，来到了长安街。我的办公地点在西单十字路口西南，紧靠长安街，离北京图书大厦不远。我曾经无数次到图书大厦买书购物，留下了无以计数的匆匆脚步。我看着图书大厦熟悉的门楣，心里想起自己老家关于人死后会到处去收回生前脚印的说法，不免在心里问着自己，万一在珠峰不幸身亡，自己的灵魂会来收回这里的脚印吗？

我离开图书大厦继续踱步向东，一会儿便来到了中南海的红墙外。我的视线在西门停了下来。我在江西工作时，为了华能井冈山电厂的建设事宜，曾经从西门进出过中南海，并得到中央领导的关心和支持。电厂建成后，我从一名中层干部提升为厂级领导，并在 2009 年 1 月 25 日胡锦涛总书记到井冈山电厂视察时有幸见到胡总书记。在 2011 年 8 月 15 日我代表电厂来北京参加“全国模范劳动关系和谐企业表彰大会”时见到了习近平等党和国家领导人。后来，我荣幸地被调入北京工作。由此，我一直将中南海视为我生命的福地，我一直庆幸自己能出生于一个如此美好的时代，能够有一截如此美好的生命。但是，我现在不禁暗自设问，此次珠峰之行，我能继续得到宝贵的福佑吗？

我慢慢走过新华门，来到了天安门。灿烂的阳光下，人民大会堂巍然屹立。2008年5月16日，我曾经在人民大会堂参加过中国社会科学院经济学部举办的“第四届中国经济论坛”，并做了题为《中国电力体制改革的成效与问题》的发言，留下了一段美好的记忆。2011 年 11 月 22 日至 25 日，我在人民大会堂参加过“中国文学艺术界联合会第九次全国代表大会暨中国作家协会第八次全国代表大会”，留下了一次难忘的经历。人民大会堂对面的国家博物馆，我曾经多次前往参观各种艺术作品的展览，也应邀出席过几次艺术作品展览的开幕式。自己也曾经打算将北京 798 艺术区和美国纽约联合国总部展览过的有关艺术作品，挑选一些在国家博物馆进行展出。如果这次攀登珠峰失败殒命，这些想法也就不可实现了。

我继续向东走，一会儿到了王府井。这里有两个地方我曾经带着在北京读书的儿子多次来过，一个是王府井书店，一个是便宜小商品店。在书店买书时我会毫不犹豫地按照儿子的需求掏钱，而在购买日常用品时我相当抠，目的是想培养儿子节俭朴素的生活习惯。现在儿子已经学有所成，能够丰衣足食，小夫妻俩虽然都学至博士毕业，收入也不错，但是都养成了低调朴实的生活习惯。这是让我感到十分欣慰的事情之一。

我一边走一边感受着过去似乎没有发现的美好，不知不觉来到了中国社会科学院前。我停住脚步，注视良久。在这里，珍藏着我许多特殊的经历。我读经济学博士时的社科院研究生院世界经济与政治系就在该大楼的9层，后来被社科院可持续发展研究中心聘为特约研究员的办公地点是在15层。在第一和第二学术报告厅我多次做过能源与环保方面的演讲。在一楼的大会堂，我曾接受过社科院研究生院特聘导师的聘书，接受过“优秀特聘导师”的表彰。几个月前，在大楼的9层，我从蔡昉副院长手里接受了“中国社会科学院生态文明研究智库理事”的聘书。我的导师潘家华在这里给予过我无数让我受益匪浅的指导。如果，我此次去珠峰遇有不测，是否有负于导师和院领导的栽培和期望?

我离开社科院，转身朝西单方向返回。当我走至政协路路口时，看到了北京市政协会议中心。2002年9月13日，在该会议中心的5层大会议室，我平生第一次参加了国际会议,由联合国政府间气候变化专门委员会第三工作组举办的“减缓气候变化：发展的机遇与挑战国际研讨会”。会上我做了题为《近几年中国的能源利用与效率》的发言，获得了主办方的肯定。以此为起点，后来我多次应邀在联合国气候变化大会、世界可持续发展大会等会议期间进行交流学习和发表演讲。经过多次会议的耳濡目染和不断交流的学习提升，以及我所在工作单位中国华能集团红、绿（环保）、蓝“三色文化”的熏陶，我逐渐成了一名环保志愿者，觉得自己应该在环保方面做一些有益的事情，并开展了“万里边疆环保行”等活动。此次中尼边境的珠峰之行，也是我的“万里边疆环保行”的计划之一。

路上越来越多的汽车，提醒我下班的时间快到了。我赶紧加快了步伐，返回了西单，返回了办公室。

我在办公桌前坐下，挂在墙上已经看了无数遍的两幅图片又映入我的眼帘。一幅是2009年10月17日马尔代夫总统纳希德穿着潜水衣、戴着供氧设备在海底主持召开有副总统、内阁秘书以及11名内阁部长参加的全球首个海底内阁会议的情景。纳希德的举动意在呼吁国际社会关注全球气候变暖造成海水上升，已经威胁到马尔代夫生死存亡的情况。

另一幅是意大利著名钢琴家伊诺第在北极的海冰上演奏自己创作的《北极挽歌》的壮阔景象。他想通过一种特别的方式呼吁人们重视全球变暖与北极冰层逐渐消融的问题。

我将视线移到放在旁边的一帧横幅上，上面印着“中国环保志愿者在珠穆朗玛峰上向全世界呼吁：关注气候变化，关注冰川融化，保护地球环境，保护人类家园”中英文字样。这是我酝酿多时，想在珠峰上亲手展示的环保横幅。我想通过一种特殊的形式，在世界之巅郑重表达一名中国作家、一名中国环保志愿者呼吁人们关注气候变化和重视环境保护的心声。

然而，我能够将其带到珠峰顶上吗？如果我告诉别人我攀登珠峰是为了通过一种特殊的形式表达一名中国人的环保呼声，别人会相信吗？会认为我是犯傻吗？如果此行一去不归，值得吗？

隔壁出现了关门下班的声音。我叠好横幅，放进提包，环视了一下办公室，有点不舍地关上门，离开了办公室。

当我来到聚餐地时，大家都已到齐。于是立即开始用餐。餐叙中，有人称赞我，为我的“壮举”干杯；也有人向我提问，为什么要冒着生命危险去登珠峰；更多的人提醒我，千万要适可而止，能到哪就到哪，人的生命只有一次，万万不可强求。我向各位一一表达了感谢之意，并保证一定会努力化解危险，争取安全返回。

由于都知道我明早 5 点要出发，小聚至 8 点多即告结束。在即将相互道别时，有人提出一起合个影。于是大家站好留了一个影。我当时想，这提出合影的朋友，是否有为将来留个“怀念”的想法？

回到家里，空无一人。我此次去登珠峰，没有告诉家里人，主要是怕他们知道后为我担心。我父母都已去世，我的儿子和儿媳不在北京工作。由于儿媳已有身孕，我夫人半个月前即离京前去照应。我正好利用这段时间悄悄地做着各项登山准备事宜。我将必带的文件、服装、登山器具、生活用品、摄影录像设备等清点一遍，打好包时已近 12 点。于是赶紧洗漱、睡觉。

翌日，一阵手机铃声将我叫醒。洗漱整理完毕即到了出发时间。即将出门时，我在屋子里静静地站了一分多钟。我慢慢扫视了一下屋内，刹那间一股说不出的感觉一下涌上心头，有一些孤独、酸楚，也有一些忧虑和不舍，担心此去难再归来，从此变成永别。俄顷，我的双眼不觉有些湿润起来，一种从未有过的伤感涌上来。珠峰上一些尸体的画面再次在我眼前浮现，甚至连自己死在珠峰上的画面也浮现了出来。

片刻后，我心一横，有点视死如归地提起行李，走出了家门。这一天，是 2016 年 3 月 29 日。

早上 7 点多钟从北京首都机场起飞，经转昆明，于下午 5 点多抵达了尼泊尔首都加德满都。到机场接我的是尼泊尔亚洲探险公司的小邦以及此次登山团队的队长尼玛·贡布·夏尔巴。

小邦介绍，尼玛是一位很有登山经验的夏尔巴人，他有7个兄弟，全部登顶过珠峰，并被载入吉尼斯世界纪录。

由于跨越中尼边境居住的夏尔巴人擅长登山和攀爬并能适应喜马拉雅山脉的极端环境，许多攀登珠峰者都以夏尔巴人作为自己的登山协作人。许多组织开展攀登珠峰项目的公司也以有夏尔巴人的协助作为重要保障。

入住香巴拉酒店后，小邦查看了我在北京协和医院的体检报告书，询问了我的有关登山经历和购买意外人身伤害保险的情况，确认了我的身体条件和登山经验后，拿出了一份协议书亦即人们常说的"生死状"给我，要我签字。协议书的核心内容是我在此次攀登珠峰过程中遇有伤、残、病、死等任何情况均由我自己负责。由于事先已经看过此协议的电子版，没费多少时间，我便签了字。接着又要我在两天内写好一份留言，放在身上，以备不测之时用。我说已经写好，会一直放在我左胸前的衣袋里。小邦看着我笑了笑。

来到晚餐处时才知道，我们这次的登山团队共有9人，仅我一位中国人。还为我配了一名中餐厨师。先我抵达的队员已经到海拔3000至4000米的地方去做适应性训练了。按计划我两天后出发。所有队员在珠峰大本营集合。

第二天小邦检查了我带的衣物器具等，让我试穿了他们为我准备的一些高山防寒装备和登山所需设备。然后根据我的情况，到有关商店补充、更换了一些登山设备和高山防寒靴等物品。

4月1日清晨，在尼玛队长的带领下我们乘飞机由加德满都飞抵卢卡拉。到卢卡拉后，必须徒步前去珠峰大本营。

在一路徒步中，尼玛几乎一直在我的身边，对我特别关心。尼玛是一位面相非常慈善的40多岁的汉子，是那种"外相很静稳，内心很有斗志"类型的人，具有高山攀登者应有的优秀品性。他说他信仰藏传佛教，很喜欢中国文化，并多次去过中国。他去过北京两次，并计划明年再去一次北京。

我们一路相谈甚欢，并相互希望能早日在北京相聚。尼玛还激励我说，他初步判断，我很有可能会成功登顶。我自然很高兴地感谢了他一番。

经过多日翻山越岭，多次训练性攀爬几座海拔5000至6000多米的山峰后，我们于4月13日中午到达了海拔5360余米的珠峰大本营。

由于去年4月25日尼泊尔发生了一场8.1级的大地震，珠峰大本营被震得一片狼藉。现在仍然是坑洼不平，乱石成堆，犹如一片洪荒野蛮之地。地震时当场死亡20余人，伤残100多人。由于平地太少，现在有的帐篷仍然建在去年死者帐篷的位置。据尼玛介绍，受前年雪崩和去年地震影响，今年注册攀登珠峰的人大为减少。由于地震后地壳不稳定，今年攀登珠峰的不确定性仍然非常大。

我们还没有走到自己团队的营地，只听右边山上一阵巨响，巨量的冰雪由山顶倾注而下，卷起的漫天雪雾如浓烟般翻滚着向山脚下冲来，似乎是给我们一个下马威。我们立足未稳就遇到了一场从未见过的雪崩。尼玛说，在尼泊尔珠峰大本营，这样的雪崩是家常便饭，有时一天会发生好几次。所以说，攀登珠峰历来都是勇敢者的游戏和生死难料的挑战。尼玛接着说，特别是近十多年来，由于全球变暖,冰雪融化厉害,雪层冰架越来越不稳定,雪崩冰崩的次数明显增加了许多。

我环视了一下四周，4 月的珠峰地区，海拔 5000 多米的地方，其冰盖和积雪确实有点出乎意料的少。许多地方全是裸露的石块石壁，仅存的一些冰雪也在不断地融化成水流持续不停地向山下流去。看来全球变暖的影响，世界任何一个地方都不能幸免。喜马拉雅山脉是亚洲水塔，如果这里的水源日益减少，将会带来难以估量的严重后果。减缓全球变暖，关注冰雪融化，真是到了应该令人警醒的地步。

尼玛的说法晚上立即兑现了。当天晚上发生了两次雪崩、一次泥石流。在黑夜里，突然发出轰隆隆的声音，使人毛骨悚然，令人时刻担心自己的帐篷会被雪流冲毁或埋没。到了后半夜，狂风大作，吹得帐篷噼里啪啦直叫唤。四周牵拉帐篷的绳子不停地挣扎着，压在帐篷边缘的石头，有的被风移开，帐篷不断地一起一伏，像是要跟随狂风脱缰而去。躺在睡袋里的我，看着剧烈摇晃的帐篷无可奈何，心里只好祈祷不要发生什么不测之事。

俄顷，我觉得脚部非常凉。摁亮戴在头上的头灯，朝脚部看了看，只见睡袋上面一片白霜。我估计帐篷里的温度至少有零下十几度。我赶紧找了一双厚袜子穿上，并将两件羽绒衣盖在了睡袋上。勉强待到了天亮，太阳出来后方觉好转。

在日夜交替的雪崩声中，在顶着狂风、严寒和翻飞的雪花完成了 20 多天的训练后，时间到了 5 月初。由于印度洋上的暖气流与亚欧大陆的冷气流在每年的 5 月间于喜马拉雅山脉处会形成暂时的相对平衡，此时珠峰处的风速相对较小，由此形成所谓的攀登珠峰的窗口期。因而进入 5 月后，我们就在大本营着手完善冲顶珠峰的各项准备事宜。一旦冲顶时机出现即正式出发。

而在此时，身体上的各种问题逐步显现了出来。先是不停地咳嗽，接着是拉肚子，四肢疼痛，反复出现流鼻血、咳嗽时带出血丝等症状，脚后跟的冻疮此起彼伏，然后是厌食，体重逐步减轻，心跳的频率增加，呼吸越发急促。

尼玛见我咳嗽不止，对我的身体有些担心起来，主要是怕我肺部有问题。如果遇上肺水肿，那可是会致命的。于是他叫人陪我去一个帐篷医院进行检查。我们找到医院后，医生不在，相关人员叫我们明天再来，于是只好折回。

那天我的心情无比沉重。尼玛叫我多喝热水，躺在帐篷里多休息。

我独自躺在睡袋里咳嗽不止，一面不停地喝着热水，一面不断地抚摸着肺部，想着心事，生怕因为身体的原因，攀登珠峰的事情会前功尽弃，甚至未捷先亡。

肺水肿是最致命的高原病之一。我曾经去过西藏阿里，到阿里的当天，曾亲眼看见由四川去阿里打工的父子俩因肺水肿在一天里去世。而阿里的海拔才4500多米，这里是5300多米，并且我们已在高海拔地区先后度过了40余天。

我虽然阅读过一些关于死亡的书，看过一些濒死体验之类的描述，但是对于自己的死亡，还确实没有认真思考过。忽然间我想到如果死亡正式向我逼近，我的生命行将终止，那将会是一种什么样的情状？人在死亡的那一瞬间会经历什么？是恍惚、晕厥，还是痛苦、恐惧？假如我就死在这里，接下来会发生什么？会有人将我运回北京吗？我的亲朋好友听到这个死讯后会怎么样？

这时，我想起了从网上下载到手机上的一个帖子。我打开手机，找到它又看了看：有一天，我去世了，恨我的人眉飞色舞，爱我的人眼泪如注。第二天，我埋在深处，恨我的人看着我的坟墓一脸笑意，爱我的人不忍心酸回眸。一年后，我尸骨腐烂、坟头荒芜，恨我的人偶尔提到我仍然一脸恼怒，爱我的人夜深人静时欲言难诉。十年后，我只剩一些残骨，恨我的人只隐约记得我的名字、忘了我的面目，爱我的人想起我时有短暂的沉默，生活把一切都渐渐模糊。几十年后，我的坟地长满草木，恨我的人把我遗忘，爱我的人也进入了坟墓。在这个世界，我彻底变成了虚无。三千繁华，弹指刹那，百年之后，不过一捧沙土……

我拿着手机，看着帖子，感慨良多，思绪起伏。

我将手机放下时，忽然想起我带来了几首歌曲。于是我打开手机上的《在那遥远的地方》，闭着眼睛听了起来。舒缓悠扬的旋律，逐渐给了我些许的抚慰。

一会儿，尼玛手拿一瓶罐头钻进了我的帐篷。他将罐头递给我后，问我播放的是什么歌曲，旋律非常好听。

我接过罐头看了看，是瓶阳桃罐头。由于大本营的一切吃用物品及燃用的液化气等，都必须经人力或畜力从卢卡拉运来，如果遇上雨雪天，这里的蔬菜就会短缺，因而会储存一些罐头在营地。

我将罐头放下后对尼玛说，播放的是中国民歌《在那遥远的地方》。

尼玛说，你怎么将它带到大本营来了，有什么特别的原因吗？

我从睡袋里坐了起来，顺手将一些我从北京带来的干果递给尼玛。他找了个地方坐下，我们慢慢聊了起来。

我告诉尼玛，《在那遥远的地方》是一首影响很广泛的中国歌曲，先后获得过中国金唱片奖、联合国教科文组织特别贡献奖，并被法国巴黎音乐学院列为东方声乐教材，在中国传唱了近 80 年，长唱不衰。这首歌是我认为原创地离珠峰最近的一首好歌——歌曲的原创地就在青藏高原的青海湖畔。

尼玛打断我说，青海我知道，青海湖我去过。你这么一介绍，将这首歌带到珠峰来还确实有点意思。

我继续说，我喜欢这首歌，还因为作者王洛宾先生坎坷的人生经历和坚韧不拔的意志感染了我。他出生于北京市区的一个油画匠家庭，在北平师范大学，也就是今天的北京师范大学音乐系毕业后，到中国山西抗日前线参加了八路军西北战地服务团，后又加入了西北抗战剧团。1941 年初被国民党特务逮捕入狱，坐了三年大牢后才出狱。

尼玛提高声音问我，他进过监狱？

我说是的，他还不止一次进过监狱。1949 年 9 月他因音乐专长参加了中国人民解放军，在新疆军区做文艺工作。1951 年被新疆军区军法处判处两年劳役。1960 年又因历史问题被关进乌鲁木齐第一监狱长达 15 年，直到 1975 年他 62 岁时才刑满释放。后来新疆军区撤销了对他的判决，并为他召开了平反大会。1986 年新疆军区政治部、新疆音乐家协会为他举办了“人民音乐家王洛宾作品音乐会”，并授予他“人民音乐家”的称号。虽然他先后坐了近 20 年的监牢，历经了无数磨难，但是对音乐的追求和创作始终没有停止，他“用我的歌声迎接一切苦难”，用血用泪写出了许多囚歌，被誉为“狱中歌王”。他一生改编、译配、创作大西北民歌 1000 余首，不少歌曲脍炙人口，广获好评。他先后被人们敬称为“民歌之父”“西部歌王”。他这种坚忍不拔的精神，正是我攀登珠峰所需要的。

尼玛笑了笑说，这非常对，有了这种坚忍顽强的精神，何愁做不成大事。

接着，我摁响了另外一首歌曲《橄榄树》。我们静静地听了一会儿。尼玛说，这首歌也挺好听的，是不是也有什么说法？

我说，这首歌曲的词作者叫三毛，是一位很有特色的女作家。我曾经读过她写的很多书籍，她那文字里的万山千水、大漠沙原、人间苦乐、异国风情，对我有过较长时间的影响。她去过的许多地方后来我也去过。她曾经说，“生命不在于长短，而在于是否痛快地活过”，“一个人至少应该拥有一个梦想，有一个理由去坚强”等，我至今没有忘记。她的这首《橄榄树》，在华人社会有很高的美誉度，有人评论它是华语流行乐坛的殿堂级曲目。这首歌表面上叙述的是关于流浪的故事、流浪者的心结，而隐含的是一种渴望得到生命的皈依之情，渴望生命得到一种永恒持久的依托。我想，来到险象环生的珠峰，很可能在某个时候，我也会需要这种皈依和依托。

尼玛笑了笑，将一粒腰果送进了嘴里，然后说，想不到，你还是一个很有思想厚度的人。

我也笑了笑说，你想不到的，是后面的故事。三毛曾经到过尼泊尔，她在尼泊尔还购买了一件藏式毛料裙服。后来，她穿着这一裙服将自己打扮成《在那遥远的地方》歌曲中藏族姑娘卓玛的样子，到乌鲁木齐去见了王洛宾先生。

尼玛很有兴趣地问，是吗，为什么？

我告诉尼玛，20世纪80年代，王洛宾先生的歌曲《在那遥远的地方》，以及《达坂城的姑娘》《半个月亮爬上来》等，传到了台湾。在台湾的三毛，对王洛宾的歌曲非常感兴趣，并通过一些杂志的介绍，逐渐对王洛宾产生了仰慕之情。1990年4月，三毛通过各种努力，从台湾到了乌鲁木齐。4月16日，她穿着尼泊尔藏式裙服打扮成卓玛的样子，到王洛宾家见到了崇拜已久的“西部歌王”。两人相见甚欢，第一次见面，三毛就向王洛宾唱起了自己作词并已流行于世界华语歌坛的《橄榄树》。此后，两人相互写了不少赞美对方的文章，并进行了频繁的书信来往。后来，三毛搬进王洛宾家住了下来。但是，由于种种原因，两人最终分开。三毛于1990年11月回到了台湾，并在12月给王洛宾写了一封深情的信后，于1991年1月3日不幸去世。王洛宾得知三毛去世后，非常难过，他将三毛的相片放大，围上黑色纱巾，放在三毛居住过的卧室里，并将三毛留给他的一缕秀发用白绢布包起来，放在三毛的相片前，为她设了一个小小的灵堂。同时，他写了一首“献给死者的恋歌”《等待》，作为对三毛的深情怀念：

> 你曾在橄榄树下等待又等待，我却在遥远的地方徘徊再徘徊，人生本是一场迷藏的梦，请莫对我责怪。为把遗憾续回来，我也去等待，每当月圆时，对着那橄榄树独自膜拜。你永远不再来，我永远在等待，等待等待，等待等待，越等待，我心中越爱。

王洛宾的传奇人生以及他与三毛的故事被收藏于青海的王洛宾音乐纪念馆。

我们正聊着，有人叫尼玛，说是来客人了。尼玛跟我打了个招呼，很不情愿地走出了帐篷。

我又摁响《橄榄树》，钻进睡袋里，闭上眼睛听了起来。

不知道是歌声具有疗伤作用，还是身体自我修复功能起了作用，或者是喝了不少热水有了效果，我当晚咳嗽的状况好了许多，一整晚睡得非常踏实。

第二天，我按约到帐篷医院做检查。结果尚好，除了心率偏高，每分钟111次，比在北京时的每分钟69次有较大增加外，其他情况都较正常。血液的含氧量仍有83%。医生的意见是攀登活动可以继续进行，但是心率偏高太多，一定要多加小心。举止要缓慢，行走不能太快，尽量减少心脏的负担。

我知道自己暂无生命危险后，一下放松了不少，感谢了医生一番，接过医生给的一些治咳嗽的药，返回了营地。

5 月 13 日晚，尼玛一一通知我们，15 日凌晨 3 点出发，正式冲顶。

第二天我们仔细检查了一遍登山器具、吸氧设备、保暖衣物后，将帐篷里的东西进行了全面整理，所有物品被装进了两个大包里，并贴好姓名和通信地址，以防遇有不测时，便于相关人员作善后处理。

15 日深夜两点半，团队所有人被统一叫醒。尼玛检查了每个人的衣着、装备后，吃过早餐，即列队出发。此时，留在大本营的后勤人员一一过来和我们握手或拥抱告别，嘴里不停地说着同一句话："呐吗斯得（愿神保佑）！呐吗斯得！……"

尼玛要我走在最前面，于是我第一个来到插着经幡的尼玛堆（类似神龛的石头堆）前。待大家站好后，尼玛端上一盘大米，让每个人抓了一把，然后他领着大家一起朝尼玛堆和深邃的天空念念有词地抛撒大米，祈求珠穆朗玛女神保佑大家平安往返。接着，尼玛给每个人献上一碗夏尔巴酒。大家喝完酒后，朝着珠峰方向深深地鞠了一躬。然后在尼玛的引导下，我们走到火光摇曳的煨桑堆前，每人朝火堆里添加了一些柏树枝，火光顿时更为明亮起来。大家在火光前站立了一会儿，各自默默地许了个心愿，然后提起拐杖，踏上了正式攀登珠峰的路程。

我在登山协助者夏尔巴人三穆僜的陪同下，凭着头灯的光亮一步一步向登山道路走去。一会儿，后面的人群陆续跟了上来。闪动的灯光，很快汇成了一条不断移动的"灯龙"。

我们越过两条雪水形成的溪流，翻过几道不是太高的冰梁，来到了著名的"昆布冰川"前，许多人将其称为"恐怖冰川"。这里是从南坡攀登珠峰必经的最艰难、最危险的路段之一。2014 年这里曾经夺走 16 位攀登者的性命。冰川内冰峰林立，冰裂缝密布，冰岩四突，冰路峭立，冰崩雪崩经常发生，令人时刻胆战心惊。

由于冰川的情况变化无常，每年攀登珠峰的路都不完全一样，甚至一两个月内也会有所改变。因而无论爬过多少次珠峰的人，都会经常遇到新情况、新风险，都会担心随时遇到不测，瞬间生命被夺，每次都会高度谨慎，极端小心。

我们行进不久，遇到一处奇形怪状的冰岩。虽然已多次进行过攀冰训练，但当看到眼前这处既高又陡的冰岩时，心里还是感到紧张和犯难，有点畏缩。不过，一想到事已至此，不可能刚一开头就打退堂鼓，同时也没有谁会助你一臂之力，一切全靠你自己，于是只好硬着头皮咬紧牙关往上爬。由于心里有些紧张，再加上此处冰岩不是直线往上攀爬，而是先要向左边攀登四五步，拐到一个突出部位后再回头斜向右边的一个冰岩往上攀登，我抓着冰岩上垂下的安全绳努力了好几次都没能将自己的身体正确晃到左边以使自己的左脚恰好踏在冰岩上的一处落脚点上，我晃来晃去，没过多久就弄出了一身大汗。由于三穆僜已先于我攀上岩顶，他在上面看着我，一脸茫然，不知如何帮我，由于要节省体力，他也不愿下来。我稍微停顿了片刻，分析了刚才几次的不足，定向发力，终于晃到了正确点位上。向左攀登了几步，来到了突出部位。由于看不到突出部位的上面，我向上抓安全绳时一下抓空，差点摔了下去，还好我的手迅速抓在了一处冰棱上，将自己稳定了下来。休息了片刻后，我将身子先向外仰，双手紧抓安全绳以双脚为支点将身子往上送，腰部到达突出部位后，再将身子折向右边往上爬。经过断断续续地攀爬和坚持不懈地努力，最后总算爬上了冰岩的顶端。

冰岩的顶端上面还是冰岩，我整理了一下衣着，调整了一下身上的装备，继续向上攀行。我抓住冰岩上垂下的安全绳往上攀登了六七步，忽而一下踩在了一处松动的冰块上，在身子往下坠的同时脑袋往冰壁上撞去，幸亏戴了安全帽，避免了头部受伤。在身子往下坠时我拼命抓住了安全绳和上升器，向下滑了不到1米就止住了。我停顿了一会儿，平息了一下呼吸，集中注意力看清了冰壁上的落脚点后，再次往上攀爬。慢慢爬到冰岩上面后，一处冰裂缝在不远处等着。

该冰裂缝不是太宽，上面没有架梯子。但是也不是太窄，有一米多宽，而且是由下往上跨，有约30厘米的落差，并且深不见底。三穆僜过冰裂缝时是先进行一两步助跑然后一下跨了过去。我有点害怕，不敢跨。因为我身上背着冲顶包、冰镐，头上戴着安全帽，腰上挂着安全绳、升降器、下降器、安全环、8字环等，脚下穿着内外三大层的高山保暖鞋及冰爪，全身负重有近20公斤。我怕万一不慎没有跨过去，后果不堪设想。我看了看周围，没有其他的路可走，也没有其他办法可想。犹豫了好一会儿，无可奈何，只好壮起胆子硬跨。我退后几步，加力起跑，借着助跑的惯性拼尽全力一步跨了过去。由于有一个向上跨的高度差，我跨到对岸时身体有一些往后仰，幸亏三穆僜一把拉住了我，不然的话后果不堪设想。三穆僜待我惊恐的心情逐渐平静下来后，引着我继续向前行进。

翻过几道冰沟，钻过一处冰林，转过两个大弯，来到了一处大的冰裂缝前。该冰裂缝五六米宽，深不见底，上面架着用绳子绑着的4个铝合金梯子连接而成的光溜溜晃悠悠的梯子。

三穆僜见我有些犹豫，他走到我前面，拾起雪地上的两根绳子，一手抓紧一根，然后抬起套着冰爪的脚小心翼翼地踩在梯子上，为我做着示范，一步一步地走过梯子，越过冰裂缝，到了对岸。

我虽然心有恐惧，但是三穆僜到了对岸后不断地用手势催促我，弄得我非常尴尬，最后不得不壮着胆子前行。我拾起绳子，一手抓一根，拉紧绳子的一端，身子向前倾斜，使抓绳子的手与绳子在地上的固定点以及踩在梯子上的脚形成一个大约的三角形，使劲稳固自己，然后一步一步缓慢地向前移动。由于冰爪和梯子都是金属的，踩在上面觉得随时都有打滑的可能，神经极度紧张。尤其是走到一半时，梯子不断往下弯曲，一阵风吹来，吹得心里无比惊悚。两腿逐渐酥软，全身颤抖不已，深感随时都会掉入无底裂缝。我不由自主地瞟了一眼冰裂缝的深处，差点摇晃着要晕倒下去。

2014 年在此冰川丢命的 16 人据说还有两人没有找到，不知是否就在此处的冰裂缝里。

我停了下来，想稳定一下极度紧张的心情。我不停地提醒自己，千万不能慌乱，尤其两只脚不能错乱，一旦脚下踩空，势必粉身碎骨。

三穆僜见我站在梯子上一动不动，又加大手势催促我。由于在冰架四悬的冰川内不可大声叫喊，以免冰塌下泻发生难以想象的危险，所以他老是用手势示意我。

我慢慢镇定下来后，认真仔细地看清楚梯子上的横杆，缓缓地抬起一只脚，准确踏实地踩在了杆上后，再抬另一只脚，然后稳步向前移动。经过提心吊胆如履危卵的缓慢移行，最终绝处逢生般越过了冰裂缝，到达了对岸。

三穆僜笑着向我竖起大拇指晃了晃，以示夸赞和鼓励，然后引着我继续向前攀登。走着走着，天慢慢变亮了。

天亮不久，我们来到了一处高高的冰岩下。由于这里要通过 4 个连接的梯子往上爬，每次只能承担一至两个人通过，所以梯子下面滞留了不少人，有 3 个中国人、6 个外国人、9 个夏尔巴登山协作者。快要轮到我上梯向上爬时，头顶的冰山上突然轰隆声大作，许许多多的冰碴雪块顷刻间哗啦啦地直往下落，突然有人叫了起来："雪崩！……雪崩！……"

我心头一惊，快速扫了旁边一眼，迅即往附近的一块大冰岩下躲避，并迅速掏出一根早已准备好的红色绳子，一头抓在手上，将另一头尽量向外抛去，以让自己被冰雪埋住时别人能够寻着绳子尽快将自己找到救出。然后双手抱着脑袋，身子紧缩成一团，做好防打击、防挤压的准备。

在不断作响的冰雪下滑声中，我似乎感到电视电影里所展现的珠峰那种夺人性命的场景就要发生在我的身上，觉得此次必死无疑了。我顿时感到极为遗憾起来，还没有真正冲顶，就要命断冰川。一种悲伤凄戚和心有不甘之情蓦然涌上心头，我开始后悔自己没有把需要向家人和工作单位交代的事情写得更加清楚一些。

惊心动魄的响声过后，冰雪逐渐停止了下落。我慢慢伸直身子，走出冰岩。

看看大家，都平安无事，只是都默不作声。一会儿，大家拍打完身上的冰雪和污物，又秩序井然地继续往上攀爬。

历经千难万险，历时 7 个多小时，我们于上午 10 点多穿过“恐怖冰川”抵达了海拔约 6000 米的 1 号营地。大家坐在雪地上吃了一些东西，喝了一些自身携带的热水后，又继续朝 2 号营地行进。这说明大家的状态尚好，如果有谁出现问题的话，按计划会在 1 号营地停下来住一晚再往前走。

随着海拔的升高，加上疲劳程度不断增加，行进的速度不断减慢，越走越觉得精疲力竭。仅鼻孔喘气早已不够，嘴巴本能地张开，不断地大口呼吸，致使喉咙超负荷工作，每咽一次口水就疼痛不已。但是，队伍里没有人叫苦，没有人愿意给人以懦弱的印象，均默然不语地、顽强地向前走着。

至下午 5 点左右，到达了海拔约 6400 米的 2 号营地。我一见到给我准备的帐篷，就即刻钻了进去，摊开四肢喘着粗气如释重负地躺在垫子上放松地歇息起来。

自深夜3点多从大本营出发到现在已先后历经了约14个小时的高强度攀爬，此时我除了全身无比疼痛外，便是难耐的疲倦和睡意。我一躺下去就连续睡了两个多小时，如果不是被人叫醒用餐，不知会睡到何时方醒。

按计划我们在 2 号营地住两个晚上。主要是为了适应高海拔环境，同时也可恢复一下体力。第二天主要是晒太阳、喝热水、聊天，交流冲顶第一天的体会，了解下一阶段的路线情况。我打开太阳能充电器给照相机、摄像机的电池和两个手机一一充满电，然后写日记，修复登山器具。午饭前，我在附近画了三幅速写。自 4 月 1 日从卢卡拉步行开始一路速写到现在，已经画了 40 多幅。我希望能够在攀登珠峰结束后，编辑一册《用生命速写的风景——张安华攀登珠峰速写作品集》。

2 号营地就在珠峰南侧，但是看不到珠峰峰顶。只是感觉到珠峰就在身边。向右侧望去，可以看到海拔 8516 米的洛子峰。它是世界第四高峰，其西侧在尼泊尔境内，东侧在中国西藏。洛子峰与珠峰一样，有许许多多的攀登者逝于其上。

午饭时，三穆僜将尼玛通过对讲机告诉他的一些情况告诉大家，前天有一批人实施了冲顶行动，其中有十几名中国人。由于珠峰顶上风特别大，只有两人成功登顶，其他人都被迫下撤。有的待在 4 号营地，有的已撤到了 2 号营地，准备打道回府。中国的夏伯瑜在几天前也先行实施了冲顶行动，同样是功亏一篑，未能成功登顶，现在已经返回大本营。

听了三穆僜的通报，大家都有些沉重，难道登顶珠峰就真的如此之难?

在大本营我与夏伯瑜老师见过两次面。他曾经是中国国家登山队队员，1975

年即攀登过一次珠峰，克服千难万险到达8600多米后，因故未能登顶，遗憾撤返，并由于将自己的睡袋无私给了犯病的队员而使自己的双腿冻伤被迫截肢。时隔近40年后的2014年，他又萌生重登珠峰的念想，并到达了尼泊尔珠峰大本营，由于“恐怖冰川”出现大雪崩，未能如愿。2015年再次来到大本营，因发生特大地震而再次无功而返。今年他又一次与“登顶”失之交臂。我为他的坚强意志点赞，为他的运气不佳而深感遗憾。

午饭还没吃完，忽然响起了直升机的声音。三穆僜跑出帐篷打听一番后回来告诉大家，2号营地有人出现严重的高山反应，直升机前来紧急救援，并说，前几天有几个斯洛伐克人在3号营地遭遇雪崩，被打掉了眼镜，引起雪盲，失去了视力，也是被人带到2号营地后由直升机救援送往了加德满都。三穆僜顿了顿又说，直升机只能到2号营地，再往上走就不行了。由于空气中的氧气严重不足，直升机发动机效率受到影响，超高海拔起飞极其困难，驾驶员都不敢往更高处进行起降。

20世纪30年代，英国前陆军上尉威尔逊曾计划从尼泊尔一侧单人驾驶飞机进入珠峰地区，然后攀登，并认真学习了半年飞行驾驶技术，但因尼泊尔政府拒绝而被迫放弃。不过，后来人们还是在海拔7000米附近发现了他的遗体。

午饭后，又有消息，有几个美国人在爬西壁时不幸遇困，相关人员找了两天没有找到。后来总算找到，但因严重冻伤，也被直升机紧急送往了加德满都。

下午3点左右，太阳悄然隐去，接着刮起大风，继而雪花飞舞，气温骤然下降。大家各自钻进自己的帐篷休息。

我进入帐篷后，脱掉分体羽绒服，换上连体羽绒服，并将冲顶背包里的东西重新整理了一番，然后摁响手机里的歌曲，钻进睡袋，闭上眼睛听着音乐休息起来。

当《珠穆朗玛》响起时，雄浑激越、气势磅礴的旋律，彭丽媛嘹亮甜脆、大气爽净的歌声，使我心里一动，精神一振，一种从未有过的此山此歌相映生辉的感觉油然而生。我静心地聆听着，享受着。

忽然间，又响起了隆隆的直升机的声音。陆续有人走出帐篷外向远处瞭望着，议论着。我睁着眼睛看着帐篷顶部，心里问着，谁又出了问题需要紧急救援？真是不来不知道，来了心直跳，才到2号营地，就出现了这么多紧急情况，那到了3号和4号营地，从4号营地到峰顶的路上，将会是个什么情况？

翌日，5月17日7点，简单用完早餐后，我们继续朝3号营地进发。

刚出发时天气尚好，阳光灿烂，风速不大。但不到两小时，阳光瞬间消失，旋即狂风骤起，雪花翻飞，氧气也似乎越来越少，行进变得越来越困难。

一会儿来到了一个山坳下，挡在前面的是一座高不见顶、坡度在75度以上的雪山。看着这寒风飞雪中又陡又高的雪山，心里禁不住犯了难。

这应该是从2号至3号营地最难攀爬的一段路程。有的地方几乎是与天垂直，有的地方暗藏着冰裂缝、断层。昨天上午还讨论过如何对付它的一些方法和措施，今天一到它的面前完全傻了眼，束手无策，左右为难。

我想坐下来休息一下，三穆僜赶紧制止了我。他指了指头顶，意思是头上的冰雪随时有砸下来的危险。

我抬头一看，头顶的雪层冰岩嶙峋，在不断翻卷的风雪中摇摇欲坠，随时都会向我猛然砸来，我本能地想快走几步离开这危险之地，但是心里有想法腿上没办法，双腿如同注了铅一般沉重，被强磁吸引似的难以挪动步子。

三穆僜在前面严肃而急促地不断向我招手要我跟上他，并且一边招手一边不停地向前走去，大有"我已经提醒你了，你站在那里不动被砸死了别怪我，我可不愿陪你送死"的意思。

三穆僜离开此地那紧张匆忙的样子，一下激起了我逃生的潜能，我拼尽全力提起双腿朝着已经远去的三穆僜不顾一切地追去。但是因坡度实在太陡，而且总也看不到尽头，追了一小段路，就喘着粗气停了下来，难以动弹。此时此刻，哪怕是看着头顶的冰山往自己头上砸，也无能为力，也只有等死而已。

我弯着腰、低着头面朝雪山休息了一会儿，静静地理了一下思绪，觉得还是要慢慢地、持续地往前走，不能过快、不能着急，要迈小步但不能停步，按照自己适宜的速度和步伐走，尽量不要受别的因素干扰。要既不怕死，也不等死。要集中思想，一切为了"缓慢而持续地走"。

我将心情平复下来，将速度放慢下来，整个身心轻松下来以后，体力似乎有了好转，两条腿也觉得没有那么沉了，又慢慢地手脚并用地一下一下攀爬了起来。

比计划晚了约两个小时，我们终于踉踉跄跄地到达了海拔约7100米的3号营地。这里说是营地，其实没有一点平地，所有的帐篷都是在雪山的斜面上挖出一小部分空间稍微平整一下临时搭建的。由于海拔已经很高，风雪特别大，而且持续不断，大部分时间人都不能自然站立，行走时多是弯着腰扶着雪山移动。相当一部分人已经开始吸氧。

我也准备了一瓶氧气，但没有开始吸，背在冲顶包里以作备用，以免一旦感到严重缺氧时措手不及。

我们在3号营地要临阵搭建帐篷，顶着急剧的高山风雪在雪山的斜面上搭建帐篷，那真是无法想象的困难。支撑帐篷的支杆被大风吹得不断摇晃，长时间无法固定下来。费尽周折好不容易将支杆固定后，大风又冲着帐篷斗起劲来。帐篷一会儿被大风鼓起，一会儿又瘪下，一会儿被大风强劲拉高像是要随风而去，一会儿又被强风压制匍匐在地难以直立。如此起伏无常，反复折腾，花了比在其他地方多出数倍的时间才将帐篷勉强搭建好。而这时，每个人都精疲力竭了。

由于搭建帐篷太困难了，临时改为 3 人一个帐篷。我与三穆僜及一位乌克兰小伙子合住一个帐篷。当我们匆忙进入帐篷时，大把大把的飞雪也跟随而入，整个帐篷里的东西几乎全被白雪覆盖。我们拉紧帐篷人孔门的拉链，将呼呼作响的风雪挡在帐篷外面后，立即清理帐篷里的积雪，用固体酒精炉融化冰雪烧制热水。攀爬高海拔雪山，最重要的是要时刻注意补充体内的水分，这比吃饭还要重要。由于身处严寒之中，喝的都应该是热水，所以攀爬高海拔雪山，携带一只大容量高质量的保暖杯极端重要。烧完了水，赶紧煮面条。吃完了面条，都立即钻进睡袋里，抓紧时间睡觉。

第二天，三穆僜最早醒来。他做的第一件事又是烧热水，将三个人的保暖杯灌满后，又将三个一次性快餐米饭袋弄好，然后叫我们从睡袋里坐起来吃，吃完了就收拾东西。收好东西即拆帐篷，拆完帐篷叠放入包里，背起背包就上路，向 4 号营地进发。

我习惯性地看了一下手表，已是 5 月 18 日 7 点 33 分。

风雪比昨天的要稍小一些，但是仍然很大。我们低着头，弯着腰，沉着身子，几乎匍匐在雪山上慢慢地往上爬。腰部和腿部都早已酸痛，双手挂解安全绳的灵活性也明显降低。我一再提醒自己，这里已是超高海拔，是真正的生命禁区，动作一定要稳，要慢，要万无一失。

可能是昨天晚上温度太低，雪面比昨天更硬更滑，冰爪踩上去相当费劲，而且极其容易打滑。再加上冰雪里不时会间杂着一些石块石壁，一旦冰爪的方向和力度不当，或者人的重心发生偏移，极容易造成夺命的滑坠。

在高海拔山峰攀登中，不幸滑坠是造成死亡的重要原因之一。喜马拉雅数据库里有一个统计数据，1950 年至 2009 年间有 608 名高山攀登者和 224 名登山协作者在尼泊尔境内的山峰死亡，其中约 50% 的协作者死于雪崩，而将近 40% 的攀登者死于滑坠。

到了海拔约 7500 米的地方后，我感觉有些缺氧，于是停了下来，将氧气面罩戴上，将氧气瓶的阀门打开，开始补充氧气。

戴上氧气面罩后，一个大的问题随之而来，由于氧气面罩会将呼吸的一部分热气导向眼镜处，使镜片上产生一层雾状物，遮挡住视线，使得我时不时地要停下来擦拭眼镜片，从而大大降低了行进速度，增加了滑坠的风险。

我采取了几种措施试图解决这个问题，但是均不理想。先是将氧气面罩尽量拉紧，再拉紧，以图热气上不到眼镜处，但是没有作用。后又换了一副眼镜，并同样是拉紧再拉紧，还是没有作用。然后又在氧气面罩的上端扎一布带，用以挡住热气上升，同样没起到多大作用。

我赶紧向其他人取经讨教，一位同行的其他团队的人告诉我，我用的这种氧气面罩是俄罗斯的，已经比较老旧，问题比较多，所以只能将就着用。

我立即大声问三穆僜有没有备用的氧气面罩。三穆僜给了我一个备用的氧气面罩，我换过后，仍然没有多大的改善，急得我直想冲着三穆僜叫起来，想责怪他们怎么选用这样的氧气面罩，对如此重要的事情不予重视。但是很快我就忍住了，在海拔七八千米的高山上，与自己的协作者过不去，无异于拿自己的生命当儿戏。在攀登珠峰的途中，任何一个人死去都会被视为正常，因而在途中被人算计的无辜死者不在一二。何况，每位前来攀登珠峰的人都签了“生死状”，无论是在什么情况下死去，协作者都没有任何责任。

我只好冷静地看了看三穆僜，然后戴上备用氧气面罩，小心翼翼地向前走起来。为了减少擦拭眼镜的时间，我将防风眼镜换成了墨镜，然后将眼镜稍微向上抬了抬，使眼镜下面留出一点缝隙，用以观看路况。为了避免眼睛出现雪盲，我将眼睛尽量睁得小一点，能看清路即可。同时由于眼镜向上抬了一些后，镜片上的雾气会慢慢散去，当雾气散去后我又将眼镜戴好，使眼睛得到休息。如此交替往复，眼睛基本上没有大的影响。

但是，由于频繁地来回倒腾，再加上海拔不断升高，体力不断消耗，动作逐渐迟缓，行至海拔约7600米处时，我一步没有注意，踩在一块湿滑的石壁上，啪的一下倒在雪地上，紧接着一个大滑坠，哗哗地不停向雪山下摔去。

三穆僜见我滑坠，急得直用中文叫我，老张！老张！……

向下急速滑行了近20米，戛然而止。幸亏我身上安全绳的安全环一直牢固地挂在路途中的安全绳上，当安全环顺着途中的安全绳下滑到安全绳上的一个固定点时，一下被止住了，避免了继续下滑。

我心有余悸地躺在雪地上，长时间没起来。许久后，我动弹了一下身子，没有感觉到有什么疼痛的地方。还好此地的雪比较厚，使身体得到了保护。

一会儿，感觉腰部被安全绳勒得有些难受。虽然难受，自己却不能将其解开，一是没有力气，二是解开后极其危险，只有等待救援。

为了减轻腰部的受力，我将两只脚的冰爪的后跟慢慢扎进雪地里，然后将身体的重心逐渐移向脚下，用双脚顶着身子向上移动了一点距离，使腰部的压力得到一些缓解。

我继续躺在雪地上，两眼望着天空，想着一路的艰难，想到后面不知还有多少艰险，再想想自己体力已消耗得差不多了，开始怀疑自己是否有能力到达珠峰峰顶。逐渐地，我萌生了退却的念头，觉得适可而止，可能是明智的选择。

一会儿，三穆僜来到了我身边。他先是站着观察了我一番，然后又摸了摸我的腿、我的手，摇了摇我的头，不断地问我有什么问题没有。我望着天空回答他，没有感觉到有什么问题。

三穆僜见我两脚的冰爪已扎进雪地里，向我竖了竖大拇指，对我进行肯定，然后慢慢将我扶起，让我坐着。我想要他帮我解开腰部的绳子，他立即制止说不能解，解开会有危险。说完，他在我旁边坐了下来，然后取出我的保暖杯，倒了一些热水让我喝。我坐起来后，摇了摇头，扭了扭腰，拍了拍胸部，觉得没有什么大的问题，然后接过热水，慢慢喝了起来。

经过二三十分钟的休息后，我把本想对三穆僜说“我不想往上爬了”的话咽了回去，整理了一下身上的装备，又继续谨慎地向前行进起来。

克服一次次湿滑，避过一次次险情，经过多次休息、多次犹豫不前、多次咬牙硬撑，我们最后在接近中午 12 点时到达了海拔约 7950 米的 4 号营地。

到达 4 号营地，这是我徒步到达地球上的最新高度，有点兴奋，也有点五味杂陈。站在大风呼啸不止、云雾变幻莫测、雪花急剧翻飞、海拔已近 8000 米的冰雪之上，面对一个全新的未知之地，想到后面随时可能出现的风暴、雪崩、严寒、滑坠、体力耗竭、高山反应，等等，真是有一种“虽然上得来、怀疑下不去”的感觉。

海拔 8000 米以上，氧气会越来越稀薄，高山反应会越来越严重，人的体力会越来越衰竭，突然死亡的概率会越来越大。一旦遇上狂风暴雪、强雾严寒等极端天气，九死难求一生。所以，不少人说，海拔 8000 米以上的危险不能用常理推测。海拔 8000 米以上的攀爬之路，是名副其实的“亡命之途”。

1996 年两支登山队在 4 号营地至珠峰峰顶之间遭遇暴风雪，造成 8 人死亡，这一悲剧事件被好莱坞拍成电影，取名叫《绝命海拔》。当来到 4 号营地后，再回想起电影里的一些镜头，体会和理解确实大不相同。

我们到达 4 号营地后，第一件事仍然是搭建帐篷，然后是烧水，煮热食，充饥。经过短暂的休息后，按照预定计划，我在三穆僜等 4 位队友的帮助下，在 4 号营地的一块雪地上举行了“气候 · 冰川 · 灾害——张安华环保美术摄影书法作品展览”，展出作品 20 幅，历时 30 分钟，参观者 12 人。这是一场必须戴着氧气面罩参观的环保作品展览，也可能是人类历史上海拔最高的艺术作品展览。

展览活动的举行，完成了我一个多年的心愿，也实现了我此次攀登珠峰的最低目标。虽然身体很疲惫，但是心里很欣慰。

展览活动结束后，我察看了一下周围的冰雪情况。这一想象了无数次的高海拔地方，积雪和结冰的情况也非常不好。搭建帐篷的一块略显平坦的地方，石头密布，冰雪极少，使人难以相信这里是海拔约8000米的地方。旁边的山体上，有许多裸露的石棱石壁，竟然既无雪也无冰，与在海拔四五千米的地方很是相像。

通过实地察看，我已经完全相信，现在南极、北极和珠峰“世界三极”的冰雪储存情况都在不同程度地呈下降趋势，确实到了需要引起高度重视的时候。

我在记录察看冰雪情况的时候，顺便画了一些速写。待最后一幅速写画完，已经到了下午4点多钟，按计划晚上8点钟要开始从4号营地出发实施最后一段路程的冲顶。我赶紧走进帐篷休息，按响《珠穆朗玛》，将声音调到合适范围，钻进睡袋躺下，听着音乐睡起觉来。

由于风特别大，帐篷被刮得不停地响，加上营地其他人的吵闹，几乎没有睡着就到7点半了。我勉强从睡袋里坐起来，赶紧补充营养，吃一些自己带的东西。根据这几天吃东西的经验，晚餐肯定指望不上有什么好吃的。我吃了一些能量棒、能量胶、麻辣豆腐、袋装榨菜，以及好不容易带到4号营地的我原来在北京时儿子寄给我的一些干果等。

一会儿，三穆僜端来一碗夏尔巴稀饭，说这是冲顶前吃的最后一次热食。我看着这碗稀饭呆了半天，在攀登世界最高峰前吃的居然是一碗稀饭，并且在此之前我已经消耗了约13个小时的体力，几乎没有休息，接下来还有约20个小时的崎岖陡峭的路程要走。如此这般，真是难以置信。

我拿出相机拍了一张稀饭照后，三下两下就将稀饭吃完。

晚8点，三穆僜招呼我出了帐篷，仔细检查了我携带的氧气瓶、安全带、升降器、8字环、头灯、手套，帮我紧了紧脚下的冰爪，拉了拉我背上的冲顶包，拍了一下我的肩膀，说了几句鼓励的话，然后指了指山上。山上已有不少灯光，有不少人已先于我们开始冲顶了。于是，我和三穆僜相互示意了一下，一起上路出发，开始了正式冲顶行程。

我又习惯性地看了看手表，时间是5月18日晚上8点3分。

刚开始时路不是太难走，按照三穆僜的计划在这段路上要走得稍快一些，尽量省出一些时间给后面的行程。我用头灯照着他踩出的脚印，紧跟着他匀速向前行进。

攀登珠峰有一个惯例，一定要在中午12点前登顶，身体条件和登山经验特别好以及登山速度比较快的登山者最迟不能晚于下午1点登顶。超过了这个时间范围没有登顶，无论走到哪里，无论什么情况，都应该放弃登顶下撤返回。因为必须留出时间在傍晚前回到4号营地的帐篷里，否则会在山上活活冻死。傍晚的珠峰经常会有一些强烈的风暴，对登山者形成巨大威胁。同时，如果登山时间拉得过长，氧气消耗殆尽，同样具有致命的危险。

尼玛和三穆僜给我计划的时间是 12 至 13 个小时从 4 号营地抵达峰顶，最多不能超过 14 个小时，否则必须无条件下撤返回。过长时间的攀登，会使一个人的体力消耗至极，会使人体力衰竭而丢命。

由于山上的情况不明，也不知道自己到底要多长时间才能登上峰顶，或者会在哪里出现问题使自己登不上顶，心里没有任何底。我一直低着头，跟着三穆僜不紧不慢、持续不断地向前行进。

走了一段路程后，山势逐渐变陡。由于是在夜晚，看不太远，当上上下下翻过了几道山梁，一条较陡峭的路一下出现在眼前时，令人深感突兀。由于道路陡峭，行进的速度突然减慢，路上陆陆续续聚集了好几个人，大家都用手拉住路途中的同一根安全绳往上攀爬，这使我对安全绳的牢固性担心起来。

由于途中的安全绳出问题而发生滑坠致人死亡的讯息时有所闻。

我赶紧将冰镐取出拿在手上，以防万一途中安全绳出现问题时可以及时用冰镐插入雪中牵引住自己，减少滑坠的风险。

真是说曹操曹操就到，我手握冰镐还没走几步，只听哗的一下，一堆人向下滑了下来，固定安全绳的铁钎被从雪地里拉扯了出来。我立即用力将冰镐插入雪地里并手抓冰镐匍匐在雪地上，刹那间好几个人从我身边滑了下去。

我看了一眼三穆僜，他也用冰镐将自己固定在了雪地上，安然无恙。我又看了一眼向下滑去的人群，基本上也没有大碍，大概下滑了 10 多米远，都先后用脚上的冰爪或手上的冰镐等将自己稳定了下来。还好坡势不是特别陡，雪也比较厚，才避免了严重情况的发生。

我们拍打了一下衣着、整理了一下装备后，又陆陆续续往上攀爬。

翻过几座山峰，爬上一处 V 形山口，风速突然变大起来。我的内衣已经被汗水浸透，风一吹，全身感觉寒冷起来。

我抬起手腕看了看海拔表，已经到达 8300 多米处。我停了下来，动作缓慢地环视了一下四周。虽然是晚上，可仍然可以看出群山的轮廓。

到了 8300 米以上，就真的只能听天由命了。在 8300 米以下，如果攀登者遇到险情发出求救信号，可以获得紧急救援队的救助。而在 8300 米以上，由于天气多变、风速极大、气温超低、氧气极少，尤其是道路崎岖、陡峭、狭窄，上下极其艰难，无法实施救援，所以 8300 米以上的珠峰地区是真正的“死亡禁区”。

有一位名叫哈文艺的中国新疆登山者，曾经从 4 号营地爬到了 8300 米处，到了这里就走不动了。有位名叫帕姆巴的夏尔巴人路过他身边时他还活着，虽然发现他的氧气瓶已经无氧了，但是也无能为力，施救不了，只是把他重新固定到了安全绳上。待帕姆巴返回再次路过他身边时，他已经死去。在他较远处还有一位死者——加拿大女登山者施利亚沙。

我正深怀同情时，一阵强风刮来，令我打了个寒战。由于太冷，我不敢久停，只好克服全身的疲惫，继续慢慢地往前走。

爬过几条直上直下的崎峭窄道，翻过了几个迎风悬立的山头，可能是由于体力消耗太严重，也可能是山上气温越来越低，我越走越觉得身体发虚，越来越觉得身上发冷。一会儿，身体不停地颤抖起来。

我赶紧停了下来，叫三穆僜帮我取出保温杯，喝了一些热水，吃了一些能量棒和能量胶。寒冷的感觉有了一些好转。

我将氧气面罩上结的冰打掉，将头上的保暖帽扎紧了些后，又慢慢地往前走。

寒冷的感觉没有缓解多久，爬过两个山头后，全身又开始不停地颤抖，阵阵寒冷一波一波袭来，牙齿也逐渐哆嗦起来。全身就像是要失去体温，要被冻僵了。

在攀登珠峰途中因失去体温而身亡者不在少数。我的意识虽然已多少出现了一些模糊，但一感到身体失温后，立刻有所警觉。我将我的情况告诉了三穆僜，他除了用一种非常复杂的眼光看着我外，也是无能为力、无可奈何。我请他帮助我喝了一些热水后，他就一直在旁边看着我。

我哆嗦着看了一下手表，已是 19 日凌晨 4 点多，正是最冷的时候。我见三穆僜无能为力，觉得还得自己拿主意。于是我看了看山上，慢慢走了起来。我想通过身体的运动驱赶寒冷。

我一边不停地走，一边不时地用手上下左右“啪啪”地敲打自己的身体。一来是想通过敲打驱赶寒冷，再就是促使自己千万别迷糊过去。

虽然这些做法有一些作用，在一段时间里寒冷的状况没有继续恶化，但是随着海拔的不断升高,气温越来越低,风越来越大,我又开始不断地颤抖和哆嗦起来。

当顶着一股强风越过一个山头后，我感到全身极其寒冷。在急剧地颤抖和哆嗦中，我感觉到可能撑不过去了，可能要死在山上了。虽然知道停住脚步即意味着死亡，但是仍然无可奈何地停了下来，不顾一切地一屁股坐在雪地上。此时此刻，巨大的遗憾和许多的想法不断涌上心头。我想起了《橄榄树》，但是已经无力去掏手机了。

在极度严酷、无休无止、没有尽头的寒冷中，孤独无助、没有任何逃生希望地待在死寂无比的绝命海拔上,我第一次深切地感受到了生命的脆弱和人的渺小,感受到世事的残酷和死亡的恐惧，体会到精神崩溃的真切感受以及求生欲望的深刻内涵。

正当我感到无比绝望开始思考是否听天由命放弃生命时，三穆僜突然拍了一下我的肩膀，用手指着远处对我说，太阳，太阳要出来了！

我朝着他指的方向看了看，天边露出了一抹红霞，虽然离太阳出来的时间尚早，但是仍使我为之一振，使我一下增添了极大的希望。我的精神状态立即发生变化，由听天由命、被动等待变为积极应对、想主动出击，战胜寒冷的信心即刻大增。

我咬紧牙关在三穆僜的帮助下站了起来，然后抬起几乎失去知觉的腿，慢慢走了起来。

我想方设法调动所有积极因素顽强地坚持了一段时间后，太阳慢慢地升了起来，寒冷的状况逐步有了改善。虽然还是很冷，但是可以忍受。在灿烂的阳光越来越强烈后，因为寒冷而产生的死亡威胁逐步得到解除。

经过9个多小时的不懈攀登，我们于早上近6点时到达了海拔8750米的南峰。南峰是珠峰在尼泊尔境内的最高峰（珠峰的主峰在中国境内）。我用无比疲惫的眼神看了看四周，只见云海茫茫，白雪皑皑，群峰巍巍，山峦绵绵，有如九重仙境一般。

4年前的2012年5月19日，有位名叫王书礼的中国登山者曾经到达过南峰。他在这里停歇了一会儿然后重新戴上雪镜时，忽然眼前发黄，后又慢慢变绿，随着颜色的变化其视线逐步变得模糊不清，甚至连站在他面前的同伴的脸都看不清楚。他的夏尔巴登山协作者凯乐陪他在南峰等了1个小时，其视力一直没有得到恢复。大本营命令他们必须下撤返回，而王书礼心有不甘，想继续往上前行，凯乐在后面死死将他拉住不让他再往上走。两人发生了一阵争吵后，最终王书礼被凯乐硬拖了下来。王书礼带着不甘之情和极其遗憾的泪水回撤下了山。在下撤途中，王书礼两次出现幻觉，面临危机，后在2号营地由直升机直接送到加德满都救治，两根手指严重冻伤，被迫予以截除。

1996年有一位美国登山者爬上南峰后也出现了严重的眼睛问题，不但未能前行登顶，连下撤都没有完成，最终长眠在珠峰的雪地里。

真是“一条珠峰路，无数悲壮情”。

我和三穆僜在南峰顶稍微停了停，便继续往上行进。前行了没有多远，一条近似垂直的峭壁山道挡在了面前。我几次抬头探望高不见顶的山天接合部，想到自己已经精疲力竭、腰酸背痛、头晕眼花、脚麻手疼，怀疑自己能否爬得上去。自昨天早上7点多从3号营地出发到现在，已经历经了23个多小时，无休无止的高强度攀爬，早已将自己的体力耗尽，早已是用一种极度倔强的意志力在支撑着自己艰难前行。看着令人望而生畏的天路畏途，我无比无奈地将脚步停了下来。

三穆僜见我犹豫不前，便先行往上攀爬了一段路程，然后停下来不断地向我招手，要我跟上去。

我心里想跟上去，但是腿脚动不了，身子移不动，全身极度虚弱，觉得自己已经时时摇摆在死亡线上了。若在平时，我肯定早已放弃攀爬，打道回府，但是此时，当我想起自己为了登顶珠峰已经准备了多年并付出了许多，而且已历经千难万险攀爬到了如此高度，如果就此放弃，实在心有不甘。如果功亏一篑，使自己多年的愿望不能实现，肯定会留有终生难以弥补的遗憾。

我犹豫了一段时间后，决心用进一步放慢速度的方式继续往上攀爬。降低速度，可以减轻强度，可以降降疲惫感。牺牲速度，可以换得慢慢向上的高度。于是，我重新调整了一下自己的心绪，进一步坚定了自己宁死不屈的意志，又一次咬紧牙关，继续向上攀爬起来。

我走走停停，停停走走，摇摇晃晃，晃晃摇摇，缓缓地慢慢地往前走着。一会儿，眼前有些恍惚起来，自己的脚和脚下的路逐渐模糊起来，我心头一怔，担心自己是不是出现了高山缺氧病症，或是因极度的疲惫和饥饿出现了身体虚脱。

因身体虚脱、体能衰竭而丧命，在此段路上早成常态。

我立即停了下来，低下脑袋，拼命地吸着氧气。我慢慢平静了一下极度紧张的心情，稳定了一下急剧变化的思绪，尽量将自己的意识往正常状态调整。

我吸了一段时间氧气后，觉得恍惚的状况有所好转。三穆俚帮助我喝了一些热水，我的意识也逐步有所恢复。三穆俚问我要不要吃点东西，我摇了摇手，表示不想吃。此时，我不但没有任何食欲，而且还直想呕吐。我现在最想要的是一下躺在地上万事不管地就地休息，但是，现在不能躺，一躺下去就极有可能再也起不来了。

三穆俚见我不想吃东西，又催我往前走。不能长时间站着，一停下来寒意又侵袭而来。我打了一个寒战，迫不得已又走了起来。

我一心一意看着脚下，心无旁骛地踏着三穆俚的脚印走，再也不管旁边有什么风景或山色。

我们走着走着，忽而一块巨型石壁出现在了眼前。三穆俚告诉我，已经到了希拉里台阶。

希拉里台阶是一裸露的山体岩石断面，几乎垂直而立，高达 12 米，石块层叠，崎岖险峻，是抵达珠峰峰顶之前的最后一道难关。它因希拉里和丹增是第一次翻过这个断面登顶的队伍而命名。

德国登山者埃贝哈德曾经于 2012 年 5 月 19 日来到此地，在攀登此台阶时不幸摔下身亡。现在东南面斜坡的冰盖上成了埃贝哈德最终的安息之地。

由于台阶既高又陡，裸露无雪，冰爪难以落脚，不能寻常用力，加上攀爬到此地的人早已是筋疲力尽，寸步难行，来到此地望石兴叹抱憾而退的人不胜枚举，走到这里不幸丧命从此难归者持续累增。

我虽然知道只要攀上这一台阶登顶便胜利在望，并且无比希望自己能够一鼓作气将其翻过去，但是当我抬头看着那高高在上约有三层楼高的顶端，想想自己的体力、心力、毅力已经全部透支到了极点，要想攀到它的上面去，谈何容易！

三穆僜看出了我的畏难情状，便先行举步进行攀登。他在攀登中只休息了三四次，便较为顺利地到达了顶端。然后他又不停地向我招手。

我虽然心里发怵，但是事已至此，只好硬着头皮上。

我忍住全身疼痛慢慢抓起石壁上的安全绳，想将随身携带的升降器挂上去，但是由于要将升降器挂上去之前必须先打开上面的一个卡锁，我酸痛无比的双手按了几次都没有将其打开。我无奈地看了三穆僜一眼，他也一直无奈地看着我，不想再下来。

我见自己已经无力到了如此地步，又一次觉得自己难以攀登到珠峰顶上，即使拼命爬了上去，很可能也会走不回去。与其上去送命，还不如就此止住。

我慢慢朝山下看了看，猛然间又觉得，即使现在从这里返回，也很难平安走回已经爬了四天四夜的大本营。何况上山容易下山难。

我喘着气低着头，心里悲伤地想，这次一定是九死一生了，十有八九回不去了。怪不得有那么多人命断珠峰，原来它是如此的残酷、绝情！

正当我准备跟三穆僜说下撤返回时，一位登山者气喘吁吁地爬到了我的面前。我一看，是位夏尔巴人。他见我手拿升降器发愁，很快明白是怎么回事。他帮我打开升降器的卡锁，将升降器挂在了安全绳上，然后向我做了一个“请上”的手势。

我突遇如此一幕，一下不知所措。刹那间我鬼使神差般向他做了一个“感谢”的手势，然后就稀里糊涂不顾一切地向上爬了起来。

这位夏尔巴人见我的冰爪在石头上打滑，抓不住落脚点，几次差点滑坠，赶紧帮我将安全绳极力拉紧，尽力固定，使我一下方便了很多，也使我平添了一些力量和信心。

经过多次爬爬停停，多次咬牙挣扎，在双手痛得几乎快抓不住绳子，几乎熬不下去的时候，我慢慢爬到了接近顶端处。歇息了片刻后，在三穆僜的帮助下，爬上了希拉里台阶的顶部。

上到顶部，我全身瘫软在地上，要死难活地喘着粗气。这时候，我的身体虽然极度疲惫，但是心里已有些许庆幸，又萌生了顽强登顶的冲动和希望。

待那位好心的夏尔巴人上来后，我赶紧扶着三穆僜站了起来，与他紧紧地拥抱了一番，并表达了非常真诚的感谢之意。

该夏尔巴人拍了拍我的背部，向我竖起大拇指摇了摇，然后带着他的客人继续向前走去。由于戴着氧气面罩，我看不到他的面容，通过他的外形及其一举一动，我感觉到他是一位极其善良的人。夏尔巴人多信佛教，或许他是一位非常虔诚的佛教徒。

三穆僜帮我清理了一下氧气面罩上结的冰，整理了一下我的衣着和腰间的安全绳、登山器具，然后又帮助我喝了一些热水。这时候，虽然我仍然没有半点食欲，但是因为重生了登顶的希望，有了求生的欲望，我取出一些能量胶和能量棒，给了三穆僜一些后，强迫自己硬吃了起来。由于风太大，气温太低，食物太冰太硬，咬不动，咽不下，吃得我悲上心头，眼泪直流。

顽强补充了一些水分和能量后，疲惫的感觉有了一些缓解，精神状态也有改善。三穆僜朝不远处的珠峰最高处指了指，然后一招手，又引着我继续前行。

经过若干次上坡下坡，左拐右转，顶着一阵阵强劲凛冽的寒风，越过好几处狭窄险峭的冰架，经过几小段近似垂直的攀爬，我们于 5 月 19 日早上 7 点 45 分成功登上了珠峰峰顶。

到达峰顶后，我没有兴奋，也没有激动，而是一屁股坐在了雪地上，不停地喘着粗气，脑子里一片恍惚。

珠峰峰顶是一小块斜形雪地，约可容纳 8 至 9 人。在我们登顶之前，已有 6 人在上面。有人站着，也有人疲惫不堪地坐在雪地上。

三穆僜掏出我的相机，请一个夏尔巴人帮我们照了两张登顶照。照相时我仍然是毫无力气地瘫坐在雪地上。

休息了大概几分钟后，我的疲惫状况慢慢有了一些缓解。我从冲顶包里取出环保横幅，与三穆僜一起拿着，在珠峰顶上留下了几张合影。当我取出摄像机想在珠峰顶上留下我发出环保呼吁的影像资料时，摄像机因挨了冻而“罢工”。我便手拿横幅大声念了起来：中国环保志愿者在珠穆朗玛峰上向全世界呼吁，关注气候变化，关注冰川融化，保护地球环境，保护人类家园！

大声念完后，我感到如释重负，也感到无比欣慰，多年的愿望总算实现，多年的梦想终于圆满。能够在绝命海拔，发出一名中国环保志愿者的真诚呼吁，能够在世界之巅，表达一名中国作家的环保良知，我感到无比的高兴、自豪和幸运！

我希望大家能够深深记住马尔代夫总统在海底召开内阁会议的警世画面，能够深深记住音乐家伊诺第在北极演奏《北极挽歌》的醒人图景，能够深深记住一名中国环保志愿者冒死登顶珠峰向全世界呼吁加强环境保护的特殊身影！

我非常希望有更多的人加入呼吁和践行环境保护的行列，有更多的人创造出能够令人深深记住的特殊画面。我们的家园需要珍惜，我们的地球需要爱护!

我收起环保横幅，又取出“CCTV·品牌故事”“中华新汉画学派”“亚洲探险”“安顺茶叶”等横幅，一一留了影。

随后，我面对千里雪原、万里冰峰，激动不已地画下了一幅珍贵的速写。

我们在珠峰峰顶停留了约16分钟，然后赶紧下撤返回。

历经多次危险，经受种种磨难，得到许多好心人的帮助，我们最后安全返回了加德满都。到加德满都后获知，在我攀登珠峰的过程中有6人不幸遇难，其中有2人是与我同一天登顶后于下撤途中去世的。我在获得尼泊尔文化旅游民航部旅游局颁发给我的登顶珠峰证明后，于5月29日安全返回了北京。

回到家里，虽然还是一个人，但是感受到的不是孤独、忧伤、酸楚，而是安全、温馨、幸福。

回到朋友中间，朋友们问得最多的话是你凭什么能够爬得那么高，我回答的最多的话是信念加坚持、加运气。有了信念和坚持，可以变不可能为可能。

回到长安街，走过新华门，来到天安门，我由衷地感到自己太幸福、太幸运，生在中国，生逢盛世，使自己有条件到南极、北极和珠峰“世界三极”留下环保足迹，圆环保梦想。

回到办公室，再次看到挂在墙上的珠峰攀登者遇难地分布图，回想起自己的生死珠峰之行，对著名作家托尔斯泰的一句话有了新的认识和理解：

人生唯有面临死亡，才会变得严肃，意义深长，真正丰富和快乐。

《中国作家·纪实》2017年第6期

此念此心

任林举

当盐从血液中析出，那些落在土里和石头上的汗水或噙在眼中的泪水便呈现出固有的本质和意义。不必再提及生活和生命中的苦涩，一种纯洁、晶莹的固体已经为我们凝结、预备了前行的力量和闪光的信念。

——题记

受伤的骨头

当了大半辈子乡镇书记、担了大半辈子土、抬了大半辈子石头的吴金印，到后来才发现，骨头有时是能够发出声音的。

年轻时，他经常挑着两桶水走在山路上，或担着两箩头土走在乱石滩上。那时，他健步如飞，体态轻盈，身体和意志从来没有须臾或分毫的游离。扁担和肩膀的相接处不断传来均匀的吱呀声，他认定那是扁担的呻吟或是对所承重量的抱怨。肩上的皮肉有时红肿、有时酸痛，无非是和扁担一样，以自己的方式提一些不必理会的抗议，但这些都与骨头没有太大的关系。骨头一直保持着沉默。

然而，当上海瑞金医院的医生们对着灯光屏讨论吴金印刚刚拍出的骨片时，每个人都惊愕不已。他们断定，吴金印的骨骼曾经出现过多处断裂。也就是说，他的骨头曾经在过去的某些时间里发出过可怕的脆响或闷响。医生们分析，他的骨头如果不是发生了癌变，就一定受过大伤，一次或多次在外力的冲击、重压下发生折断——肩胛骨和几处肋骨最为明显。

对此，吴金印也感到有些迷茫。是啊，自以为坚不可摧的骨头，从哪个时间开始，竟然违背了自己的意志，也发出了令人担忧的变化和声音呢？他躺在病床上，在记忆中那些密如荆条的疼痛里搜寻，搜寻着一个与断裂有关的声音。

是从县里开会后连夜往乡里赶，途中坠下山崖的那次吗？

那时，他刚去山区不久，村庄与村庄之间还没有像样的路。人们行走的羊肠小路，不是在河滩匍匐，就是在山间高悬。虽然在这样的山路上摸黑行走，随时都得提心吊胆，但不管怎么“提”、怎么“吊”，也保不准突然来一个“万一”。当那个突然的“万一”来临时，吴金印还是在失足的瞬间失去了清晰的意识，只觉得眼前一黑，倏忽一下，一个惊心动魄的过程就宣告完成，一切都是片刻的事情。当他再次攀着荆条和树枝重回小路时，他已不再记得曾经有过什么声音，山石滚落的声音、树木折断的声音、肌肉撕裂的声音，抑或骨头断裂的声音……空空的山谷里，一片寂静，仿佛什么都没有发生过。他拖着绵软无力的身子，走回了住处。无处不在的疼痛让他躺了两天，第三天他咬咬牙，爬起来，照样下田劳动。他相信，只要骨头依然保持着沉默，他就不会倒下。

是在小店河造桥时，抬石头跌倒的那次吗？

吴金印清楚地记得，那是一块十分独特的石头，牛犊般大小，和所有的障碍一样，挑衅般横卧在那里，与人们的目光对峙着。石头的质地细密坚硬，似乎可以让每道遇到它的目光都发出铮铮鸣响。最后，人们的目光经过一阵零星而散乱的碰撞、交织和反弹，还是找到了一致的方向，几十道光束聚合到一处，同时射到吴金印的眼中。类似的情形，吴金印已经记不清曾经遇到过多少次了，但他一直把这目光的集合理解为信任和依赖，同时也理解为鞭策。在这些最关键的时刻，他总是毫不犹豫地穿过人群，穿过众人的目光，迎着艰险，走在最前边。他坚信，最有力量、最坚实的事物都是无声的。只有人的骨头能和石头对话，只有目光和目光能够交流，只有行动是最有权威的命令。

他走到巨石旁边时，群众也跟他走到了巨石旁边。于是，四副绳套、四条木杠、八个人就把千斤的重量放在了肩上。吴金印负重走在右侧的最前面，在人们的呼喊声中，以自己的步幅和频率引领着这个负重队伍的节奏。

这一次，重力仿佛穿过薄薄的肌肉直接作用在骨骼上，他都能感到骨头的弯曲和颤抖，但隐隐的疼痛却不是来自骨骼，而是来自骨骼里面的肺腑。至于骨头们有没有像绳索、木杠一样发出细微的嘶嘶声，吴金印并没有留意。汹涌的汗水和人们的呼喊打断了他对自身的聆听。其实，他也不需要聆听，既然已经把这条命交给了一份卸不去的重担，还有什么必要在意以物质形式存在的身体暂时有什么反应？挺住和坚持，已成为不可更改的现实和命运。此时，他要做的正是忽略和忘记，他的意识里只有距离，离开起点和到达终点的距离……

突然，他感觉双脚一软，大地倏然倾斜。那一瞬间，他已分不清传递、集中到自己身上的重量是众人肩上的重量、石头的重量，还是大地的重量；他也分不清那些混乱而沉闷的声音是人们扑倒的声音、石头落地的声音，还是来自身体内部的声音。十万颗金星在眼前迸射，旋即熄灭。巨大的黑暗，显影为一段记忆的空白。当吴金印从地上爬起来的时候，只感觉到了右侧脚踝的剧痛。大面积的肿胀和瘀青，让他自己和围观的人们只看到和相信了那处“皮肉”之伤。

医生的推断基于专业和科学，看来已不容置疑，但吴金印身上的多处骨伤，究竟缘何而来、发生于何时何地，他本人已经无法在记忆的长河中准确定位。再认真审视一下那奇怪的骨像吧！在两块光滑的骨头之间，那些粗糙的、疙疙瘩瘩的隆起物，究竟是一些怎样的存在？除了物质成分，是否含有大比例的精神要素？

一个人一生都经历过什么，才能结出这样的骨像？那些从生命深处、从骨髓里渗出的东西，除了在断骨的衔接处固化为更加坚硬的骨，是否还有一些渗透到血液之中，然后以汗水的形式渗出体外，一部分化为耀眼的反光，一部分还原为承载力量的盐？或许，那些都是骨头们在漫长的时间进程里，与他头脑中的观念、意志，以及外部形形色色的压力和重负争论对话所积攒下的话语吧！可是，那些话语却只能说在无人倾听、无人领会的内部，甚至吴金印自己也不能完全读懂或破译，就像人们并不能完全破译和读懂吴金印的精神密码一样。

现在，我们只能重返岁月深处，沿着他往昔的足迹，一直追寻至本源；循着他一路洒下的光辉，一直回溯至那些光辉的生发之处。在汗水的源头，在血液的根部，我们重温一个生命艰难而辉煌的叙事，我们倾听一部骨骼负重前行的简史。

抉 择

1966 年 8 月 15 日，吴金印背着随身的行李，只身走向太行深处。

八月的阳光，似乎与这古老的山系结下过宿怨，凶狠地灼烧下来，一派劈头盖脸、不依不饶的架势。沉默的大地，也毫不示弱，干脆裸露了肌体，以坚硬的石头、无水的河滩和一道道狰狞的荒沟与之对峙。天上的云，仿佛很早以前就感觉到了形势的不利，纷纷逃逸，踪迹杳无。稀疏的小草，依托着一层薄薄的焦土，躲入石头缝隙，连大气都不敢出一口。偶尔有几棵低矮的树木来不及躲闪，就低了眉，垂了首，蔫头蔫脑地垂立在山体的缓坡之上。草木们命苦，正是因为它们有根而无脚，生在哪里就要长在哪里，不但出生之地不能选择，所往之地同样也不能选择，就算心有所仪，也断然不得移动。如果它们有脚，或许，早已如那些鸟兽一样，迁往风生水起的丰腴之地了。

人无根，且有脚，但由于他们的家和先人的坟墓都安在这里，便让他们生出另一种“根”。有了“根”，就难以移动，不会轻易跑掉，就只能守着穷山过活，世世代代在这山里盘桓。山中那些断续、弯曲的羊肠小道，就是山民们拖着无形的“根”进进出出留下的痕迹。

吴金印走在那些可叫作路也可不叫作路的乱石滩上，忍受着酷热从脚下和头顶的双向夹击。汗水从他的帽子底檐流下来，顺着眉毛流到了眼中。大概因为汗水与泪水本是同源同质，他并没有感到多么不适，只是有那么一瞬间，视线受到汗水的干扰，眼前的道路变得模糊起来。于是，他用手抹了一把，额头的汗水就暂时停止了向下的流淌。当汗水再一次流至唇边的时候，他下意识地舔了一下，一股又苦又咸的味道，自舌尖直至心田。有生以来他第一次感觉到汗水的味道竟是那么陌生，仿佛这味道并不是来自身体，而是来自这横亘八百里的大山。

这时，吴金印刚刚 24 岁。

多年以后，当他历尽沧桑、百炼成金，从灵魂深处发出“汗水是个好东西”的感慨时，仍然清晰地铭记着那段旅途上最初的汗水和最初的感觉。但他也许并没有意识到，在世界上有一些地方或领域，汗水滴下去之后，也可以成为种子，生长出可供灵魂食用的“植物”或“粮食”，假如，每个人都确有灵魂。

从老家李源屯的董庄到卫辉，再从卫辉到此行的终点狮豹头，其间的路程加在一起百里有余。尽管路途崎岖不平，但对于年轻体壮、血气方刚的吴金印来说，不过是从日出到日落之间的区区 10 个小时急行。但是，谁都没有料到，从他第一天踏上这段山路到最后离开，竟然用了整整 15 年的时间。

年初，他被选送到中央团校学习，临走前，组织部门透露，学习结束后打算将他分配到新乡地区团地委工作。此时，李源屯的乡亲和自己的家人可能正在盼望着他荣归、升迁的好消息。谁想到，仅仅一夜之间，他竟然放弃了去城里工作的机会，连个“照面”也不打，就直奔山区而来。对于这样的决定，盼着儿子出人头地的父母会理解吗？指望着有朝一日能把自己“带”出落后的农村，让生活有个着落，让孩子们受到良好教育的妻子会理解吗？其他内心有所期待的亲友和乡邻们会理解吗？为此，吴金印也不是没有过矛盾和挣扎。从中央团校回到河南，在新乡等待分配的那个晚上，他一夜没睡，辗转反侧，思前想后，追问和思索的就是这样一些问题：一个人，一生究竟要为什么、为谁而活？怎样、在哪里才能找到自己的价值和意义？

中央团校半年多的学习，是吴金印人生的一个重要转折。在那半年时间里，每一天他都能感觉到生命里有一些东西在被唤醒，被点燃。听老师讲课，听老前辈做报告，去天安门广场参观人民英雄纪念碑，去八达岭长城凭今怀古……一宗宗、一件件，无不让他心潮澎湃或感慨万千。

团校学习结束了，吴金印回到新乡。

入住新乡地委招待所的那个夜晚，吴金印毫无睡意，他在认真地思考着今后的人生之路究竟应该如何走。是选择脚踏实地，还是选择展翅翱翔？想到此，他抚摸一下自己的肩膀，在未来的岁月里，它果真能够生出丰满的“羽翼”吗？虽然，那个年代的每一个年轻人都有自己的理想，但对于自己的出身、情感、性格，吴金印是心里有数的。将来能做什么也许不好预料，但想做什么、愿意做什么，他自己还是清楚的。顺应着自己的认知和意愿想下去，最终，他还是确认，这副肩膀更贴近大地，更适合负重。至于搏击“天上的风云”，那是别人的事情，还是让那些更适合的人去做吧！

夜色渐消，熹微乍现。他终于想明白了一个道理，如果不是为了刻意吸引那些仰视的目光，行走或飞翔又有什么区别呢？一双臂膀，如果能够在地上担负起千斤重担，不是比它们在空中徒劳地舞动更有意义吗？就这样，他给自己的人生做了一个初步的定位——此生不当什么大官，也不贪图安逸，只要能够带领一方百姓从困苦中挣脱出来，过上好日子，就很满足了。于是，他披衣下床，郑重地给上级组织写了封信：“我从小在农村长大，祖辈都以种地为生，熟悉土地、熟悉农民、熟悉农村工作。眼下，农村的生活还很困苦，需要人，恳请组织让我回到艰苦的农村去开展工作，我要在那个广阔天地里实现人生的价值……”

苦命之“根”

卫辉市西北15公里有镇名曰太公镇，镇又有辖村名叫太公泉，村中有太公泉、太公庙、太公祠、太公墓，据学者考证，这就是姜太公故里。据传，3000年前，姜太公曾坐在太行山区的某块平石之上，终日垂钓。“不用香饵之食，离水面三尺，尚自言曰：负命者上钩来！”

大钓无钩。这一钓不仅仅钓得了千古英名和一个繁荣的王朝，还钓尽了此地未来3000年的风水，鱼几尽，水几绝。之后，再之后，生活在太行山区的很多山民祖祖辈辈都不得不因为缺水而穷，而苦，而发愁。

56岁的暴秀明讲起那些不堪回首的往事，脸上似乎仍然残留着洗了多年仍未洗净的愁苦。

暴秀明过去居住的村庄叫虎掌沟，因太行山延伸至此，几沟几岭组合出的地貌恰似巨大的虎爪而得名。“虎掌”之中水贫土薄，由于岭高、沟深、地险，村中无河也无井，村民吃水全赖一个自然积水坑。坑中泥土、草木、虫子、牛羊粪、蛤蟆、蝌蚪等混在一起，浑浊不堪。讲究的人家，把水担回去用箩过一下，再撒上一些白矾，澄清以后才用；不讲究的人家，倒在锅中随便抓几下，点火就做饭。

即便这样的浊水，也并不是天天都有，只有下雨过后才能吃上。平常日子，就要到十几里地之外去挑水。

暴秀明的爷爷挑了一辈子水，走了一辈子崎岖难行的山路，终于压坏了脊柱，压弯了腰，到了晚年背驼得两头快扣到一头，走路时只好按着一只小板凳一步一步往前挪，身子弯得比小板凳还要低。临终之前，他就有一个愿望："等我一闭眼儿，你们就趁热把我的腰拽直，好把我直着放到棺材里！"谁知，到了那一天，儿孙们一边哭一边努力完成老人的遗愿，但终究还是没能把老人"拽直"："用力按头时，脚翘起来；用力按脚时，头翘起来……"

2005 年，因为虎掌沟等 4 个国家级贫困村划归吴金印任职的唐庄镇，暴秀明和全体虎掌沟的村民才有机会一起逃离这个巨大的虎爪，迁到山下的四合新村。这是吴金印任职期间、职责范围之内救助的最后一批山区困难人口。

四十多年前的狮豹头，绝大部分山村和虎掌沟的情形如出一辙。一些地方的山民连挑水也很难找到地方，每逢夏季干旱，吃水就得靠供应，政府派车往山上运水，分到各家各户，一人一天只有三碗水。娃娃们的手脸常年不洗，脸上都裹着铜钱厚的黑泥。成年人也大多是几天才洗一回脸，洗过脸的水舍不得泼，再用来洗衣服，洗完衣服的废水再用来喂牲口。池山村七十多岁的徐锡权老汉，披着皮袄到几里外的山泉边挑水，黄昏时，一个人担着两桶水东倒西歪地走在布满石头的山道上，一脚没踩稳，便跌入山沟摔伤了腿，落下了终身残疾……

吴金印常说："老百姓是我们的衣食父母，是我们的爹娘，对爹娘不好的人，就是不孝之子。"可怎样才是真对老百姓好？吴金印的阐述很简单，就是"把老百姓放在心里"。放在心里，不仅要了解和关心老百姓，而且还要把老百姓的事情当成自己的事情，真心实意地为他们说话、办事、解决问题。更重要的是，还要把自己这颗心和情感交给老百姓，与他们同甘共苦、同笑同哭。

进山之后的第二年，吴金印就在包村驻点的实践中找到了让自己和群众同心同德、血脉相连的最好方式——"四同"，即与群众同吃、同住、同劳动、有事同商量。虽然，那时他对自己的工作方式和方法还没有进行系统总结和科学论证，但已经很自觉地将这些想法付诸实践，并一直坚持到晚年。

吴金印总结自己大半生的人生经验，深深地感叹道："做不到'四同'，就做不到真心为民。"高高在上，怎么能知道民间还有那么多的苦难和不幸？不入"红尘"像"民"一样生活，又怎能体会民之为民的艰辛和酸楚？两脚不插入泥淖之中，怎么了解身陷泥淖之人内心的感受和愿望，又怎么能够感同身受地和他们一样烦恼、忧虑，一样急切地寻求解决问题和摆脱现状的出路？

当然，眼下最要紧的还是从解决他们的实际困难入手，先拔"穷根"。山区人民的“穷根”虽然不止一条，比如路少、田少、资源少等，这些都要在将来一一拔掉，但最首要的一条还是缺水。水是生命之源，也是生活之源。对于靠种地为生的农民来说，缺水就缺粮，缺粮就缺吃、缺穿、缺钱花。不仅如此，缺水，有时还可以直接导致人们无法生活。

“好吧，”吴金印打定主意，“那就先解决水的问题，想办法让老百姓吃上水，浇上地。”

可是，水源在哪里呢？

太行山区的水一向如机警的野马，雨来，从天而降，奔腾咆哮，势如排山倒海，所过之处石滚土崩；雨过之后，短时间内即消失得无影无踪，山石依然，草木依然，太阳暴晒几日之后，甚至雨水行过的足迹都无可追寻。除了几条较大的河流水量丰盈，谁也不知道水都去了哪里。

狮豹头乡靳庄的一处山崖上，至今还隐约可见50年前有人以红漆涂在上边的一行大字：“找不到大水，死不瞑目！”这模糊的字迹，既反映了当时村民们盼水的心情，也传达了当年吴金印四处找水的决心。

卫辉市档案局原局长孟双喜，当年在狮豹头公社给吴金印当通讯员，曾经见证了吴金印找水时的全部热忱、艰辛和痴迷：“那时，他满脑子装的都是找水的事情，一心一意找水。只要有一点点儿时间他就去山上转，礼拜天和节假日，一天也没休息过，不是到山上去栽树，就是到山上去找水。有时我陪着他，有时我和另一个水利技术员陪他，有时他一个人单独出去。狮豹头的山岭和河沟几乎没有他没去过的，从最高的老绝顶，到那些干涸的无名河谷……”

为了寻找水源，狮豹头的大山小山、沟沟壑壑都布满了吴金印的足迹。听到有人说，夜深人静后可以听到地下河水流动的声音，他就带人手持黄蒿拧成的火绳，夜间翻山越岭，四处寻找山脚、石隙，耳贴石壁静听。听说哪里有个泉眼，他立即跑去看个究竟，反复研究能不能利用、如何利用……

在一次闲聊中，吴金印听说西沟有一眼山泉，有人去泉里打水发现过很大的鱼。他突然就有了一个灵感——这么干旱少水的地方，哪来那么大一条鱼？俗话说：“浅水不生大鱼。”反推之，既然有大鱼，就一定有大水。如果地面上看不到明水，那么水一定藏在暗处。或许，这泉水的底下就连着一条暗河。果真如此，靳庄的老百姓可就有福了。我们可以修一条渠，把水引到村子里，让世代为水愁、为水苦的老百姓吃上“自流水”；也可以引到田里，把这里的低产田变成水浇田、高产田……

西沟那个水坑，吴金印为徐锡成家挑水时是去过的，也听人们议论过那个水坑的神奇。据村中老人说，有一年连续大旱几百天，周边十几个村庄都来泉边挑水，人们排着长队日夜不停地挑，也没把它挑干。事实证明，这泉眼下面确实应该连着很大的水源。但在听到那里有大鱼之前，他并没有想这么多。突然降临的想法，让他兴奋不已。

他立即找到靳庄的大队书记孔现银，召开支部和党员代表大会，集体研究商量。意见统一之后，再召开群众大会，倾听群众的想法，听取群众的意见，集中大家的智慧。听说要寻找暗河，引水进村，村民们茅塞顿开："俺们祖祖辈辈守着这泉，怎么从来没想到呢？中啊！你有主意俺们听你的，你说咋干就咋干！"

时令刚好赶到了秋粮收过之后，农活不多，可以在春秋两个农忙的间隙，展开手脚大干一番。当吴金印带领几百号人"开"到西河沟，站在乱石横陈的两山之间举目四望时，他的心情有几分兴奋，也有几分忐忑。这是他来山区领着群众干的第一件大事。干好了，可以为民造福，惠及后世；干不好就会劳民伤财，让本来负担很重的村民再背上一重负担。

"水往低处流"。如果泉下确有暗河，一定会从高处流往下游。为了稳妥起见，他们商量了一个虽然工作量大但万无一失的方案。在离水坑三十米左右的下游挖一条从南山到北山横跨河谷的长沟，不管暗河从哪里流过，一直挖下去，定然能把它截住。吴金印的作风一向是说干就干，干就带头。接下来，这支挖掘"梦想"的队伍，在他的带领下，向不明方位、不知深度的地下展开了汹涌澎湃的进攻。遇到河卵石用手搬，用肩扛，用箩担；遇到巨石用炸药炸……人们起早贪黑，挥汗如雨，一鼓作气在河滩上挖出了一条十多米深的大沟。这时，时间也已经过去一月有余，可是仍然没有一丝水的痕迹。

夜晚，吴金印一个人到沟里巡查，手拿石块东敲敲西打打，多么希望从回声中得到某种带有方向性的暗示或回答，但大地沉默依旧，静得没有一丝一毫的声息，静得让人心里恐慌。这沟，是该继续挖还是该停下来？在面临选择的关键时刻，吴金印还是把决策权交给了大家。此时，大家虽然对推测中的暗河毫无把握，但仍把信任的目光聚集到了吴金印身上："你说吧，你说挖，咱就接着挖！"

面对群众的安慰和鼓励，吴金印感慨万千，两眼不知不觉地就充满了泪水。这是一个开端。在这种汗水与泪水交织的农村工作实践中，一种独特的对农民群众的认识和态度，渐渐在吴金印的心里形成并清晰起来："群众最有理解力和辨别力，最知道谁真心对他们好，也最通情达理。为了他们，吃再多的苦、流再多的汗都值！"

虽然这件事暂时不得不告一段落，但吴金印却心有不甘。如果让他承认自己找水的思路和方法有问题他完全没意见，但让他承认泉下没有更大的水源他却不愿意。在一次支部会上，吴金印旧事重提，激动地表达了自己找到水源的信念和决心："找不到水源，死不瞑目！"话一出口，立即得到了其他几个支委的高度赞同。其实大家的想法是一致的——人苦点儿累点儿，没什么可怕，可怕的是没有追求和盼头。没有失败哪有成功？不拼不干什么时候能等来舒服日子？会后，一个支委悄悄拎着漆桶到西沟水坑边，在旁边的山崖上写下了大家这个共同的愿望。

之后，吴金印又到水坑边去了几次，反复琢磨这水坑的源泉藏在哪里。有一天，他站在远处观察，突然发现水坑所在位置的地势明显高于周边。原来，这泉正是因为自己的石头挡住了自己的路。他恍然大悟，其实哪用费那么大的周折？只要把坑边高出的石头铲平，也许……他立即召开支部会，把自己新的想法说给大家听，大家一致赞同。

几天后，吴金印又带着群众来到水坑边。他们顺着坑沿往下挖，挖着挖着，坑里的水果然沿着斜坡奔涌而出。好大的一脉清水！虽然人们仍然说不清泉中的水究竟从何而来，但它的水量却充沛得仿佛无穷无尽。接下来，一切都变得顺理成章。吴金印带着靳庄人，修了一条转山渠，把水引至村庄，然后在各家接上水管……从此，村民们不但吃上了自来水，而且还有两百亩农田因为这眼清泉变成了水浇地。

通水的那天，全村男女老少欢呼雀跃，脸上洋溢着喜悦，如久旱的树木终遇甘霖——沉积了几百年的灰尘一扫而光，枝叶伸张、舒展……吴金印从人们脸上看到了一种久违的生机与灵动，他的心，遂被一副副动人的表情所感染，充满了甘甜。

羊湾啊羊湾

沧河水行至羊湾，遭遇棋盘山的阻隔，一赌气，绕了长达数千米的大弯子，一个迂回就掠去了千亩沃土。若以人事论山水，此为争斗之相，正应了天地间阴阳二气失和之说。有关棋盘山的神话，在这一带的民间已经流传很久。棋盘山之所以叫棋盘山，是因为曾有上界二位神仙手执黑白之子在这山中对弈，久无结果，遂拂袖而去，遗下空荡荡的棋盘和两股不平之气，化作互不相让的青山和绿水。

实际上，阻挡了沧河前行之路的这段山体，可叫山，也可称石壁，最薄弱处从前到后不过区区 200 米的厚度。早在吴金印来狮豹头之前，就有一些有心的群众看破了这段山水之间的玄机。如果能劝一劝棋盘山，为沧河让出一段路，也劝一劝沧河水，别负气绕那么大的一个圈子，委屈一下从棋盘山的脚下走，把多占用的土地让给山区穷苦的老百姓，让他们种庄稼，吃饱饭，过上好日子，岂不美妙？

吴金印一到羊湾村蹲点，大队书记郭文焕就把这个大胆的想法说给了吴金印：“把山体打通，让河水改道直行。”郭文焕一说，吴金印立即深表赞同，原来这是久久藏在山区群众心中的一个梦想啊！

吴金印一边和村民们交谈，一边心中暗想，一个干部，口口声声说的是为人民服务，可什么是真正的服务呢？不就是为他们谋福利，致力于帮助他们实现一个又一个梦想吗？那时的吴金印正血气方刚，不怕苦、不怕累、不怕困难，越是艰难的事情，越能激发他的斗志。有了初步想法之后，他立即回到公社，召开领导班子会议，研究如何将其付诸实施。当他把这个想法说给公社党委班子，班子成员都听懂了，大家一致赞成这个主意。然后，他又把这个想法说给羊湾大队以及全公社其他干部群众听，大家最后也都听懂了，大多数人为这个主意欢欣鼓舞。然而，高山与河水都有自己的语言体系和交流方式，对它们而言，人类的语言无异于唧唧虫鸣，根本不予理会。吴金印知道，与那些几近永恒的事物对话，不能靠语言，只能靠行动，靠那些钢铁与钢铁相互撞击释放出的巨大声音，靠意念、意志和不计其数的血汗。

“让高山低头，让河水改道。”

如果把这理解为人与自然的一场征战，那就需要付出足够的勇气和力量，如果将之理解为一场特殊的对话或谈判，那就要付出足够的耐心和智慧，总之都要付出巨大的代价。吴金印大略估算了一下，这一桩“生意”做完之后，尽管代价不小，但所得的回报也十分诱人。那可是六百多亩良田啊！为了山区人民千秋万代的利益，付出再大的代价也值！

经过严密的论证、沟通、协调和发动，吴金印很快把羊湾村改河造田工程落到了实处，在人力、物力和财力上做好了开工准备。

1973 年 10 月 16 日，一支由男女青壮劳力组成的庞大队伍浩浩荡荡开进了乱石滚滚的沧河滩，在大山与沟壑间的平川上安营扎寨。平川前旌旗招展，人喊马嘶，一片欢腾的景象。公社的广播站、电影放映组、卫生队、财务组、后勤组……全部开到现场，以最短的时间各就各位，以最快的速度进入工作状态。一时间，人们摩拳擦掌，热血沸腾，再也顾及不到棋盘山的风声和沧河水的咆哮，只等待着一个激动人心的时刻到来。

四十多年后，旧事重提，羊湾村的李爱菊老人仍余兴未尽：“从来没见过那么多的人，激动啊，心里咚咚响着一面鼓哩！”就这样，一场人类与自然对话的恢宏序幕徐徐拉开。

羊湾打洞棋盘山改河造田的启动仪式，简单而庄严。开山造田的队伍面对大山，如同面对强悍凶蛮的敌人战阵，吴金印则是第一个出战的将领，身先士卒，拎起一柄大锤走向大山，向大山宣战。一锤下去，大山被震得微微颤抖，紧接着就是第二锤、第三锤……在他的感召下，民工们意气风发，干劲十足。大山东西两边同时开钎，相向施工。

霎时间，沉睡千年的沧河滩锤起锤落，石屑飞溅。锤声、炮声、号子声交织在一起，有来有往，有叩问，有回响，仿佛一片连绵不绝、激昂雄壮的激辩。为了提高工效，民工兵分两路，从山体的两侧同时相向打洞。吴金印亲领任务，与公安特派员侯宝群、团委书记孟双喜三人一组，一盘钎子、两把锤，轮流扶钎，轮流打锤。虽然几个人各有指挥任务，但指挥不误定额工作，别的小组每天打炮眼定额 3 米，他们几个人半日就开进 4 米。

在叮叮当当的撞击声中，时间仿佛一只受伤的鸟儿，收拢了透明的翅膀，凝固下来，化作灰色的粉尘，从人们的头顶，从侧面的石壁，纷然而落。汹涌的汗水从吴金印的发际、脸颊流淌下来，流过颈项，流过前胸，流过后背，流过腰际和双腿，流过双脚，通过棉质的圆口布鞋，与脚下的岩石合为一处。汗水，如难以抑制的背叛的力量，不断从血肉之躯中溢出、逃离，之后，又与空中的石粉合谋，对它们的主人进行了不易察觉的围困和涂改。慢慢地，吴金印的帽子、皮肤、衣服……一切最终都变成了石头的颜色和质感。如果不是那双不肯闭上的眼睛始终在不停地眨动，如果不是那柄不肯屈服的大锤一下接一下在空中划出倔强的弧线，那人看起来就是一尊雕像，或许就已经化作了一尊雕像。该换岗了，人一动，脚下露出了两个深黑色的湿脚窝，看上去很像一棵植物从土中拔出后留下的痕迹，也很像一个生命为了证实自己的存在刻意留下的印记。但这样的印记，在那个热火朝天的山洞里比比皆是，根本就没有人留意，只是任其一次次显现，又任其一次次被石粉覆盖……

放眼烟雾缭绕、石屑横飞的山洞，一个个、一组组到处都是像吴金印一样的“石人”。浓重的粉尘呛得人喘不过气来，他们就用毛巾勒在嘴上当口罩。衣服被石粉糊得没法穿，夏天休息时，他们就赶紧将衣服洗净，搭在绳上晾干，开工时再穿；冬天没法洗，就用体温暖干，然后用手揉，用石头刮或用笤帚将石屑扫掉。

山洞越来越深，人们越来越兴奋，但一个严重的问题摆在了大家面前。因为没有抽风机之类的设备，每次爆破之后，山洞内的烟尘久久不能散去，只闻其声，不见其人，严重影响了施工进度。吴金印将大家召集在一起，商议策略。“三个臭皮匠，顶个诸葛亮。”很快大家拿出个办法：每次爆破后，人们排队展开衣服，依次往洞口处飞跑，来驱散洞内滚滚烟尘。

“导洞”打到第 11 个月时，现出了胜利的曙光。几乎两侧的民工都听到了山体中传来了隐约的咚咚声，这声音意味着相向打洞的两支队伍已经相距不远。

人们被这声音振奋了，他们干一会儿，停下手中的锤，仔细听听，再撒着欢儿地猛干一阵。渐渐地，感觉那悦耳的咚咚声越来越近，越来越清晰了。对于那些日夜期盼着把洞打通的人们来说，世间任何音乐都没有那断断续续的咚咚声美妙动听。整个白天，他们的心都被那渐行渐近的声音撩拨得兴奋不已，一阵阵心跳、血涌。夜晚来临，随着最后一阵锤打铁钎的声音结束，山洞两侧同时安放好爆破炸药。一声巨响之后，两边的人们忘情地呼喊起来。东边的人越过豁口爬到了西边，西边的人越过豁口又爬到了东边。每个人都高兴得像孩子一样，蹦跳着，拥抱着，欢笑着，嬉戏着，庆祝着。

时至凌晨，在县里开会的吴金印正沉睡在梦中，突然接到从工地上打来的报喜电话，他也睡意顿消，立即连夜步行赶回羊湾工地与群众共同见证、分享这欢乐且具有历史意义的时刻。

崭新的一天已经降临，洞打通的消息如长了翅膀的鸟儿，飞到了附近的村庄。村庄里的男人、女人、老人、儿童倾巢出动，奔走相告，把这令人振奋的消息传得更远。欢乐的涟漪以这个日子为原点，向着未来时空里一波波地荡漾着，一直到几年之后，那波纹似乎仍未彻底消失。在羊湾 7 个自然村中，一两年之内，很多村民都怀着崇敬的心情，把这一历史事件嵌入了新生婴儿的名字中，有的取名“洞生”，有的取名“洞莲”，有的取名“云洞”……这些人将以生命的长度把一段岁月的荣光延伸至遥远的未来。

苦　行

吴金印在狮豹头工作 15 年，有 10 个春节是在山上过的。

有一年，大年三十早晨，吴金印把公社其他工作人员都打发回家过年。最后，只剩下他一个人站在空荡荡的院子里。这是一年中最清闲也最空虚的时刻，他感觉自己此刻就像一只空转的轮子，因为突然失去了负荷而飞转得心惊胆战。他一下子想起了很多事情。他想起了父母慈祥的笑容，想起了妻子温柔的低语，想起了孩子们天真爽朗的笑声，想起了锅里煮肉时飘出的阵阵香气，想起了柔软的被子，想起了长长的睡眠，想起了整天斜倚在床边和乡亲们漫无边际地“喷”，没有任何劳作……想着想着，突然有一丝倦怠如一阵凉凉的风从脚底侵入，一直蹿到心窝。他突然打了一个冷战，觉得周身有一些乏力。他知道自己又中了“软弱”的埋伏，一个时期以来，特别是震动全省的羊湾工程结束之后和女儿小红的医疗事故之后，这种懈怠和厌倦的情绪已经好几次找上门来了。这些情绪就像潜伏于自己身体内部的敌人一样，一直在寻找着最佳时机准备向自己发起攻击，稍有松懈，它们就有可能猛烈地扑来，将自己撂倒在地。吴金印已经意识到了它们的可怕，但他此时并没有害怕，至少他认为自己暂时还有办法、有力量战胜它们。

想当初，吴金印刚到狮豹头的时候，他给自己定的规定就是“吃百家饭，串百家门”，但要确保一次也不超越规定的“纪律”的边界。他就是要给自己定下苛刻而不可通融的条规，以此锻炼自己的意志力和原则性。无论到谁家吃派饭，一律只吃粗粮、粗饭，并如数留下钱和粮票，无一次例外。直到现在，大家共同进餐时，只能由他给别人布菜，如果别人给他布菜，他是坚决不接受的。就算你已经把菜布到了他的碗里，他也要夹出去，以此表明他坚决不接受别人的“服务”。这么多年，他已经养成了一个根深蒂固的为别人“服务”的习惯。

在狮豹头时，逢年过节，山里人改善生活，他就找个借口躲开，坚决不吃群众一口好饭好菜。在群众家里吃饭时，吴金印有个习惯，就是要掀开锅盖查看群众和他吃得一样不一样，哪怕稀稠不一样都不行。不少时候，群众吃糊涂菜饭时，往往要擀点儿稀罕东西——白面条，给他盛饭时会悄悄把面条都捞到他碗里，上面盖上一层菜饭做掩护。其实这是群众看他整天跟他们一样干活流汗，为大家操劳，表达的心疼爱戴之情。对此，吴金印坚决“不领情”。他会很坚决地把自己碗里的面条倒回到锅里，一面拿勺子充分搅匀，一面念叨同甘苦共患难，有“好的”咱们一起吃。

吴金印在山上的15年，《三大纪律八项注意》这首歌他不但经常唱，而且落实在具体行动上。当年，毛泽东把“解放军不吃苹果”的故事作为党风建设的典型范例，吴金印至今牢记在心里，一张嘴就能够准确复述。毛泽东这样说：在这个问题上，战士们自觉地认为，不吃是很高尚的，而吃了是很卑鄙的，因为这是人民的苹果。天长日久，各村群众都明白了他的规矩，但大家却不知道他为什么要如此坚持，为什么能够如此坚持。

有一年他在池山村蹲点，正好赶上了端午节，到了吃饭的时候他又神秘地“失踪”了，谁也找不到他。这时，公社的一名干部来到池山村，说是有急事要找驻队干部吴金印。有人把他领到吴金印吃派饭的群众家里，可是女主人苦笑着说：“我们两口子也正焦急地等他回来吃饭呢。早饭后他说上午有事，晌午饭不一定回来吃，带了本书就匆匆走了。你看，到现在也没见他回来，真是急死人哩！”于是，大家开始分头去找，可是，找遍了整个山村，也没找着个人影。最后，这名公社干部找到了池山大队支书李仁。一听说来人要找吴金印，李仁笑了：“你们可是找对人嘞！这会儿，他一定在山上，不到天黑他不会下山。这样吧，麻烦你在山下等会儿，我上山找他。”李仁说完就向山上爬去。他翻过一道又一道山岭，不停地高声喊：“金印！金印！”当他好不容易爬到山顶一看，吴金印正坐在一块石头上看书。李仁气喘吁吁地走到他跟前说："你这个吴金印哪，大过节的躲在这大山尖儿上，让我咋说你好哩！"吴金印轻描淡写地回应："这儿看书僻静啊……"李仁也笑了："你可甭跟我绕弯子，我知道你是不忍心吃群众家的好饭，才这样东躲西藏的！"其实，李仁对吴金印的了解也不全面，他也只说对了一半。他并不知道吴金印正是要通过这些生活细节的历练来塑造自己，提纯自己的精神成色。

曾有亲近的人，认为他这样苦待自己没有必要，他却正色反驳："谁不知道倒着好受，谁不知道肥肉好吃，可是我有什么特权放下山区群众，不管不顾地讲享受？"

那天，他站在狮豹头公社的门前向高耸入云的跑马岭遥望了很久。然后，微笑了一下，决定这个春节不回家了。这时，通讯员孟双喜刚好跑了过来，吴金印马上对他说："小孟啊，你准备一下，陪我一起去一趟跑马岭，这个春节咱们做一件有纪念意义的事情。"

关于跑马岭，曾流传有多种传说。有人说，因为有两匹天上的金马每天夜深人静时都在那平坦、光秃的岭上奔跑、嬉戏，所以得名。有人说，明朝的开国皇帝朱元璋，曾带领胡大海、常遇春等人在此屯兵牧马，岭上日日响彻马蹄的声音，所以得名。不管是真是假，那都是很久很久以前的历史，后来的跑马岭只不过是一个空荡荡的平地，连一棵树都不长。山民们走在岭上，常被一轮大太阳追得无处躲藏。汗流浃背之时，无不从内心里发出同样的渴望——这山岭上若是有一棵树该有多好啊，好歹能避避阴凉！

"吴书记，您又在琢磨在跑马岭栽树的事吧？"通讯员小孟说。

"小孟啊，常言说'人头有血，山头有水'，咱们今天去跑马岭上栽树试试，说不定能成功哩！"

说干就干！他们很快到沟边砍来一捆可用于扦插栽种的柳枝，又随便准备了一些干粮，扛上镢头，背上水壶出发了。俗话说，望山跑死马，更何况是如此险峻的跑马岭呢！经过大半日的攀爬与急行，尽管是严寒袭人的季节，两人的棉衣却很快被汗水浸湿了。在一处光秃秃的山坡上，他们停了下来，用镢头一下一下刨开石头，再从别处一点点儿收集山土，把柳枝一根根栽上。最后又用水壶从泉眼提来泉水，浇了一遍。

吴金印看着刚刚栽下的一排"柳树"，突然生出些感触："小孟啊，你以前听说过无心插柳柳成荫吗？这柳树，生命力很强啊！无论在河边还是在山上，无论在南方还是在北方，只要你把它们埋在土里，转春就活。我们做人也应该像柳树一样，走到哪儿就要在哪里生根、发芽，长出一片绿荫！"他这一席话，似有意教育年轻的通讯员，又似自我抒发或内心的道白。

稍事休息之后，他们接着栽种。饥了啃口干馍，渴了喝口泉水，一刻不停地栽呀栽。吴金印做起事来，经常忘记时间。等上百棵柳枝全部栽完，已是繁星点点。远处的山村，隐隐传来噼里啪啦的鞭炮声，新的一年的大门已经徐徐开启了。这时，吴金印的思绪仿佛才从一个很遥远的地方回到现实，想起这是除夕之夜。他直起身，对小孟微微笑了一下，微笑里包含了几分歉意。这是中国最传统的节日，就算自己不想回家，小孟也要回家与亲人团聚呀！可是，“上山容易下山难”，况且夜色已重，在悬崖上走路一脚踩不稳，掉进山谷就会粉身碎骨。为了安全起见，吴金印还是决定不冒这个险，他转过身对站在身后的孟双喜说：“小孟，白天上下山人们还提心吊胆，现在天晚了，看不见路，咱干脆找个山洞将就一夜算了。”于是，他们就在山南面找了一个小山洞，又找来一些干草，铺在地上当床铺。

隆冬天气，就算住在有门、有窗、有火炉的屋子里，都难保温暖，更何况住在这洞门大敞的山洞！一阵寒风吹过，汗水浸湿的衣服格外冰冷，他们咬紧牙关坚持着。一会儿躺下，一会儿坐起，一会儿又站起来跺跺脚。小孟年轻耐受力弱，早冻得上牙直打下牙，便提出建议：“吴书记，咱们烤烤火吧？”吴金印沉思片刻说：“咱在山上点火，山下的群众看见，不知发生了什么事，大过年的，可别弄得群众不安生，咱还是忍着点儿吧！”于是，一段让孟双喜终生难忘的艰涩时光，就这样一点一滴地挨过，从漆黑到微明。

那一年的除夕之夜就那么过去了。当新年的第一缕阳光照进山洞时，也照亮了吴金印脸上的微笑。那微笑对于年轻的孟双喜来说，是难以解读的。但对于绿荫满山的未来来说，那微笑显然是一场战役之后停留于得胜者脸上的、一时还未消散的满足和自豪。

宏图大展

吴金印到唐庄镇的第一件事就是召开领导班子会，解决大家的认识问题。

当“全心全意为人民服务”已经成为某些干部挂在嘴上或用来粉饰自己的套话时，它原有的语义便被篡改。吴金印深知，“这锅饭”必须一丝不苟地做好，一旦夹生，对开展工作和对党员干部的形象都会产生不可挽回的伤害。他觉得，想干真事，就得讲真话，哪怕这真话说出来会让一些人心里发抖，额头冒汗。

他清了清嗓子慢慢地说：“同志们，我们吃的饭是谁给的？是党给的？是政府给的？都对，但归根到底是人民给的、老百姓给的。我们是国家干部，我们花的每一分钱都是纳税人的，是人民、是老百姓养育了我们。老百姓养一头猪一年能换几百元钱，养一只鸡一年能攒一罐鸡蛋，养一条狗还能看家护院。老百姓也养育了我们，如果我们不知道感恩和回报，不替老百姓办事，猪狗不如哩！”

说罢，吴金印环视一周，接着说下去：“这个道理并不是我的新发现，其实，谁都明白。那么为什么都不说呢？是不敢说，是给自己留有余地。留有余地，就是对自己的信念和言行没有把握，就是随时准备着反悔或转身撤退。”吴金印笑了笑，缓和一下语气，“我相信大家都不是这种伪善的人、犹疑的人。据我了解，唐庄的经济状况还比较落后，唐庄的老百姓还不富裕。我到唐庄来，没有别的想法，就是要和在座的各位一起，带领唐庄的老百姓致富，让他们过上与我们这个国家、与我们社会制度相匹配的好日子，就是要帮助他们彻底挖掉穷根。当然，要彻底拔掉这条扎得很深的穷根，永远不让它再发芽，还得靠我们这些当干部的人身先士卒，真抓实干，还得依靠全体人民和我们一起出力、流汗，用勤劳的双手和智慧去合力创造。光靠平时逢年过节为贫困户送一箱方便面，送一桶油，做些表面文章，永远也难拔掉这条钻到石头缝里的穷根！”

开始制定唐庄的发展蓝图时，有人来问吴金印，这蓝图由谁制定。吴金印坐在案前埋头批阅文件，虽然没有抬头，却大声应了一句：“群众！”来人愣在那里，半天不知道应该说什么好，他在怀疑自己是否听错了。过一会儿，吴金印抬起头笑了笑，详细地解释了自己的想法。他对来人说：“我们制定蓝图，要充分调查研究，要广泛听取老百姓的意见，看到底怎么做才符合我们的实际，怎么做才能满足群众的需求。我们是在给老百姓干活，就得听老百姓的。真正的智慧和高见，都在群众之中。你们先走出去，到群众中征求意见，寻找方略，回来咱们再讨论。”

来人犹犹豫豫地走出了吴金印的办公室，他很难理解吴金印的这个想法，因为按照以往的惯例，制定蓝图就是由一个工作人员负责起草，然后找几个人在会议室里议一议，通过了，就下发执行或束之高阁。然而，他却有所不知，这一招正是吴金印和一般领导的不同之处。这些年，他之所以能把每一件事情都做到点子上，既踩准政策节奏又受群众拥护，有时甚至还能走在政策的前头，就是因为他始终能把群众的需要放在首位，凡事从老百姓的实际出发。

回首他走过的路，无论发展副业补农业、率先发展多种经营、率先发展节能环保经济、在开发中保护耕地，还是新农村建设等，基本都先于国家大力提倡一两年时间。他的超前意识，一方面来自于对党和国家政策的敏感和把握，更重要的就是因为他每做一件事情，都能够及时捕捉民意，顺应民意，尊重来自百姓的意见，办群众想办和向往的事情，而民意正是国家各项政策的基础，所以他自然会走在前头。

在卫辉市868平方公里的土地上，数一数，算一算，唐庄镇的地形地貌都是最复杂的。西部是山区，北部是丘陵，东部与南部为平原及低洼易涝地带，各具特色却也各成难点，如4道不好破解的难题。西部山区除了石头就是石头，光秃秃的山寸草不生，谁靠上了谁受穷；北边丘陵地带，沟壑纵横，有水大丰收，无水一片黄；南部河谷地带，低洼易涝，雨水稍多就是一片泽国；也就是东部平原还稍好一些，土地肥沃，水利条件好，离城区近，地少人多，适合种菜。难啊！从上到下都承认难。不难不是早就成了富镇、强镇啦?

在吴金印派出的4个调研组里，其中就有一路是他亲率的。他带领一路人马直奔西部山区而去。到了山区一看，好家伙！抬头是石头，低头是石头，山上是石头，沟里是石头，东南西北到处都是赤裸裸的石头。看着这满山的石头，吴金印突生灵感，便问身边的随行人员："你知道山区的百姓在想什么吗？"随行人员摇摇头，表示不知道。吴金印风趣地说："他们一定在想，如果能把这满山遍野的石头变成钱多好啊！"大家都笑了，可是谁有本事把石头变成钱呢?他们几天的调研，重点就是向山区老百姓征求意见，看政府需要做些什么、怎么做，才能帮老百姓把这满山的石头变成钱。

正当吴金印四面出击寻找唐庄的发展良策时，突然有风言风语传到吴金印的耳中。有人说吴金印就是一个山区农民，打洞造地还行，来镇上管企事业和商业就是外行当家。听到这些，吴金印也没急，也没怒，也没吭声，只是淡淡一笑。在过去的很多年里，类似的情况他见得多了。人走得顺利了，想干点儿事，总是不可避免地会遇到反对的声音和敌对的情绪，人之常情嘛！至于外行、内行的说法，他心里更加有数。大凡轻易提出这个问题的人，恰恰是一个当领导的外行，这种人不是没当过领导就是不会当领导。一个优秀的领导者只需要知道谁是"行家"和如何发挥"行家"的作用，而不是自己假装"行家"，或沉迷于当个"行家"。

吴金印从来没有认为自己在哪个领域是行家，他觉得工作和生活的学问太大了，如果不能虚心地向群众学习，不能发挥和依靠群众的智慧，自己就是念10个大学也依然会在某些事情上变成傻子。

半个月后，4个调研组都回到了唐庄镇的会议室，每个组都拿出了符合实际的可行性方案，经过认真梳理、整合、调适，一个集中了唐庄人民智慧和心愿的宏伟蓝图展现在人们眼前：西抓石头东抓菜，北抓林果南抓粮，乡镇企业挑大梁，沿着国道做文章。

当吴金印又一次驱车进入西部山区时，他知道，唐庄的这幅蓝图已经有很多人跟着他在一针一线地"绣"了，而自己的"针脚"必定比谁的都密、都急。本来他是可以袖手旁观的，至少可以站在高处指手画脚，此前已经有很多人那样劝他了。他觉得，如果那样他就不是吴金印了，他边走边在心里想：就是到了70岁，我也不会是那样的形象！他这次进山可不是调研，他要亲自和山区群众开出一条把石头变成钱的路。

西部山区6个村，最困难的是后沟村，不但困难，而且深陷困境——北面靠山，南面临沟，与南面的东连岩村虽只有一沟之隔，但两村祖祖辈辈都被这个深沟阻碍，很难来往。村民穷得只能在沟岸上挖出一个个土窑，作为栖身之所。这一带曾流传着这样一首民谣：

东连岩村连后沟，
唱不起大戏耍皮猴，
骑不起毛驴骑墙头，
坐不起板凳坐石头，
住不起瓦房住河沟，
挂不起灯笼挂箩头。

这个最穷困的山沟，早就在吴金印的牵挂之中了。吴金印上次调研时，曾指着满山的石头问过这个村的支书窦全福：“你们守着宝山，为啥不开发？”

窦全福说：“我们这里没有路，车进不来，没法开发！”

窦全福的话让吴金印了解了山区贫穷的根本原因，他记挂在心，并下决心帮助后沟村修路架桥。回去后他马上派一名副乡长带着技术员前来帮助规划、设计，组织农民自备石料和木料。这次，他就是来工程现场督战的。

在鸿沟上架桥，连通外面的世界，这已是后沟人多年梦寐以求的事。消息传来，全村一片沸腾。为了解决工程所需木料，老百姓纷纷慷慨解囊，短短一天时间，地上就堆起了近百立方米的木料。78岁的老大娘刘树芝怕自己活不到大桥建成之时，拉着村干部的手说：“你们得答应俺一件事，俺要是万一见不到大桥修成，俺死后，你们千万得抬着俺在桥上走几圈，这样，俺也能合上眼了……”

这是老百姓心中一个质朴而简单的愿望。吴金印把它当作一道无形的律令揣在怀中，每天进山，与村里的干部群众一起参加大桥建设。他不仅亲自为村里请来了施工技术人员，还带领村民一起抬石运土。全村三百多名青壮劳力全部出动，农忙时节务农，农闲时节架桥。需要石料，自己上山开采；没有机械设备，就凭着几百双粗壮的大手和几百副宽厚的肩膀；高空作业没有安全网，就砍下野酸枣树堆在桥下，上面再铺上一人多厚的干白草。村民们把麻袋片往肩上一搭，扛起七八十斤的大石头，吭哧吭哧一口气登上20多米高、仅有一米多宽的桥墩。就这样，大家在吴金印的指挥和带领下，共开采石料 2.6 万立方米、起土 3.95 万立方米，硬是靠肩膀将 8.5 万块石头和 1000 多吨水泥扛上了大桥。如果让工程队承包，建成这样一座桥至少需要投资 100 多万元，而后沟人发扬自力更生、艰苦创业的精神，仅用了 70 万元，就拿下了这个巨大的工程。

这座长 131 米、宽 8.5 米、高 21.8 米的长虹般的大石桥竣工后，不仅为后沟村打开了一条生路，也为西部山区所有村庄打通了出山的通道。紧接着，乡里又投资几百万元修了 3 条水泥路，1 条纵穿南北，2 条横贯东西，总长达 35 公里。

道路通，百业兴。有了良好的外运条件后，乡里又及时跟进了一系列鼓励、奖励和资金扶持政策，让每一个想致富却没有条件的村民都具备了创业条件。不出两年的时间，各种企业如雨后春笋般蓬勃兴起，60 多个石砟厂、85 个石灰窑和大大小小的石料厂，每天生产石砟 3000 多立方米、石灰 2000 多立方米、各类石料 2 万立方米。同时，还有近千辆各种机动车昼夜在公路上穿梭奔忙，将石料和石灰运出山门。山区各村家家户户没有闲人，建厂的、采石的、运输的、服务的……忙得不亦乐乎，很快靠石头致富，人均收入由过去的 200 元增加到 1000 多元，家家盖上了红砖房。

唐公山

西山是豫北太行山余脉的一个分支，面积达 2 万亩，有百道岭、百道沟，但沟沟岭岭都刻写着贫穷的记忆。“山顶草不长，山坡光脊梁，沟里不产粮，雀鸟饿断肠……”这恰是昔日西山的真实写照。关于这座山，卫辉人叫它西山，山里人叫它龙山，但叫来叫去，因为历史上无名，到底还是没有一个权威的名字。

2013 年 7 月 1 日是中国共产党建党 92 周年纪念日。这一天，唐庄镇西山的悬崖峭壁上突然出现了“吴公山”三个描红大字。从此，这座山才有了真正属于自己的名字，而且这名字深得山区老百姓的心意。

那么，这里的老百姓为啥执意要把西山改名为吴公山呢?

原来这又是一段和吴金印有关的故事。

自从吴金印带领山区群众彻底改变了山区贫困的面貌之后，富起来的山区人民一直想表达对他的感激之情，可是这份感激要如何表达呢? 吴金印带领群众苦干，走到哪里哪里富裕，集体富了，群众也富了，但他本人却一分钱的利益也不沾，群众甚至连请吃一顿饭、送一篮水果的机会都没有。想来想去，也只剩勒碑、刻字等这种偏于精神奖励的方式了。但以往的经验告诉大家，勒碑搞不好又会被他本人毁掉。“这次，能不能来点儿绝的，让他‘处理’不了？”于是，参与西山建设的几个老党支部书记，山彪村原党支部书记李祥印（已故）、山庄村原党支部书记原德臣、盆窑村原党支部书记李庆一各自代表本村的群众凑在一起商议。

“俺村的群众找俺商量，让俺牵头张罗一下，给吴书记刻个碑嘞！”

“俺村的群众以前也议论过，大家心思都是一样的。”

“要不我也回去商量一下，咱几个村合在一起干点儿大事吧！”

“人多力量大，到时吴书记要怪罪下来，也找不准人哩！”李庆一说完自己也笑了。几个人中，数李庆一的点子多，人也有几分幽默。

“我看中，就这么定了！可咱还得商量一下，捐多少钱，干点儿啥呀！”

“俺村这几年富了，捐点儿钱不算啥事哩！”

关键时刻还是李庆一首先拿出了主意：“这几年在西山这一带干活儿，边干我就边琢磨这件事。如果是雕像呢，咱这一带还没有那么高级的工匠，外请工匠操办费用又太大，不符合实际……我看就找个地方刻字最可行。因为这山如果没有吴书记，就没有今天的面貌，干脆就以吴书记的姓给这山起个名吧，就叫它吴公山！地点，就选在西山背后那面平整的山崖上，刻字的条件好，又有纪念意义。你俩看看中不中？”

“那中啊，我看趁这些天吴书记出门，就把这事情办了，免得被他发现，事做不成。”

“对，等他回来，字已经刻上去了，发火也没用了。”

“你真不怕他发火？”

“山上只刻了‘吴公山’，咱又没直接夸他，他还好发火吗？”

“再者说，这是山区群众的意愿哩，他就是发了火能咋的，能把咱吃喽？”

“就这样，每村出 5 万，可钱儿花！”

“中啊，山庄村这些年光和石头打交道哩，认识的石匠多，就由老李出个面找个巧石匠把字刻上吧！”

几个人说干就干。第二天，李庆一就开始在他能打听到的石匠里寻找合适人选，最后选定了一个叫李加智的石匠。于是，李庆一通过熟人专程去请李加智。当李加智得知是唐庄镇西山周围的 3 个老支部书记代表群众要为吴金印刻字时，坐在沙发上的他突然站起来说：“我在山上刻了那么多关于吴金印事迹的碑文，从来都不收一分钱。不管到哪里，只要为吴金印书记刻字，我半文钱都不要！”

李庆一丈二和尚摸不着头脑，便很好奇地问：“你为啥不要钱？”

在李庆一的再三追问下，李加智才道出了原委。20 世纪 70 年代，吴金印带领当地群众挖青年洞时，住的正是李加智家，同时，初期的建设指挥部也设在那里。当时的李加智虽然还是一个十来岁的顽童，但很聪明，懂事理，吴金印在那里所做的一切都被他看在眼里，记在心里。

吴金印劳累一天，回来时脸上除了两只眼睛外，满脸都是石粉灰。就算这样，他每天晚上还得开会听进度汇报，一直忙到半夜。清早又第一个起床把李家小院里里外外打扫得一干二净，然后再到河沟边去担水，把水缸都担得满满的再去吃派饭。从大人的态度和自己的观察来判断，他感觉吴叔叔很亲切，和自己家里人一样。很快他和吴金印就成了忘年交。吴金印到乡林场开会，也带上小加智，到了林场就给加智摘梨吃。有时候吃过晚饭，加智嚷嚷着要吴金印和他到河里扎鲶鱼，吴金印就耐着性子带他去。两个人将麻秆捆扎在一起当火把，一个晚上能扎好几条鲶鱼。

别看加智只有十来岁，他也参加了青年洞周围拦河造田大会战。每逢周末，他便牵一头小毛驴等在坡前，当大人拉来平车，他就挂上驴套，帮大人一起运土方。有一天晚上，小加智溜到吴金印住的窗户下，往里一看，昏黄的马灯下，吴金印正在拿着针线缝补衣服。小加智赶忙跑到妈妈跟前惊奇地说，吴叔叔还会做衣服哩。妈妈说，你吴叔叔就是那样的人，不愿意麻烦咱，好多回我想给他补衣服他就是不让，非要自己补。

吴金印的一言一行影响着小加智的成长，他也越来越感到吴叔叔是一个非常值得尊重的人。一转眼到了 20 世纪 90 年代初，小加智也长大成人，在当地成了一名能工巧匠，尤其擅长在石头上刻字。平时李加智走到哪里都会自豪地讲一讲自己和吴金印的故事，也是在那时，有当地干部群众自发起来为吴金印刻碑，以纪念吴书记带领山区人民重新安排山河的壮举,李加智往往成为刻字的最佳人选。从那时起，他就怀着一种崇敬之情主动对来请他刻字的当地老干部或群众代表表示，只要是给吴金印刻碑，不要一分钱，就是尽义务。

既然李加智坚持义务刻字，几个老先生只得留下一些运输、材料等费用，将大部分钱仍按照原渠道退给捐款人。

为了保密，他们施工时在脚手架外边挡了一层幕布，从远处看，根本无法猜测他们在干什么。等几个大字刻完了，把幕布一撤，人们才恍然大悟。“吴公山”三个字刻好后，3 位老干部也算了却了山区群众的一份心愿！

果然不出所料，吴金印从北京开会回来，发现了这件事之后，非但不领情，还立即召集西山工地负责人、副镇长刘友金和刻字当事人原德臣、李庆一到镇政府开会。会上吴金印对他们进行了严厉批评：“西山建设是上级领导和各部门支持的结果，是唐庄广大群众积极参与建设的结果，是唐庄镇政府干部与群众同吃同住同劳动用血汗换来的结果。我老吴没有那么大的本领和功劳，更不敢贪大家的功劳……”

几位老先生虽然做好了宁可挨批也坚决不改的准备，但看到吴金印态度如此坚决，也只能改用“怀柔”策略。否则，让吴书记亲自找人来做这件事，恐怕连一个字也留不下来。最后的结果就是将“吴”字改成了“唐”字，吴公山变成了现在的唐公山。应该说，这个结果并不是一个完美的结果，所以，之后的很长时间，有一些群众心里仍然不快，于是自编顺口溜，绕着圈子重提此事：“白云朵朵悠悠过，绿水青山带笑颜。层层梯田顺山摆，游园公路绕山间。盛世休闲逛公园，西山变成金银山。别管时间有多久，百姓就称吴公山。”

唐庄人的日子过得越来越好，一些民间艺人便自发地组成了一支独特的文艺宣传队。他们自编自导自演，以豫剧、黄梅戏、快板书、小品、三句半等不同文艺形式来歌颂唐庄30年来的巨大变化和他们念念不忘的吴书记。

老百姓的力量大，刻字勒碑“不可靠”，他们就给吴金印立“口碑”。老党员张希温在豫剧唱段《十唱老吴》中写道:“拦河造田几十年,旱地变成水浇田……”东连岩村魏玉枝创作的《俺村的幸福谣》描写道:“好穷的小山村,如今多繁荣……”妇女代表李红云在《百姓的公仆官》里系统地总结了吴金印到唐庄之后为老百姓做的大事和为唐庄带来的新变化：“荒山野沟造良田，除掉了山区八大难……架桥修路非等闲，穷村贫民有了钱……”

尾 声

一连3天，吴金印没有在唐庄镇的办公楼里出现，也没在唐庄的任何一个村庄或工地上出现。吴金印临走时，似乎只和被委托主持工作的镇常务副书记孟全亮有过详细的工作交代。

最初，镇里的人并没有在意。

这几年，随着吴金印的先进事迹在全国范围被广泛介绍，他被各地党组织和政府邀请去讲党课或做报告的事情渐渐地多了起来，所以离开唐庄一两天时间也属正常，但终究不会离开太久。如果是去省、市开会，倒有一些会耗时较长的情况，但那些会议基本尽人皆知，比如例行的“两会”和省市人大的换届会等，大家都知道吴书记一定会去参加。

除了两次因病住院，吴金印像这样一连走了多天，没有一点儿音信，也不知道去向的情况从来还没有过。到了第三天的时候，镇里的部分工作人员心里就有些发慌。早晨上班时，有人特意去问了主持工作的常务副书记孟全亮，而孟副书记只是说吴书记去外地办事了，基本不算什么明确回答。

镇党政办主任任鹏禁不住和一名工作人员悄悄议论起来：“到底是什么事情

呢？怎么总有一种令人不安的感觉？”

“是不是他的身体又出了问题？他只剩下3/4个肾哩！如果真有问题，那可……”

“不会吧？如果身体出了问题，薛书记应该和我们交代一下，那是多大的事情啊！”

“可能吴书记自己有要求，不允许他向别人透露吧？”

“也可能，凭吴书记的性格，他自己身体出了问题，一定是要保密的。但这个时候薛书记也不应该再像以前那样严密封锁消息啦！”

“是啊，如果那样我们这些人就太不近人情嘞！”

“那，不是身体上的问题，又能是什么问题呢？”

“唉，真让人担心哪。”

“或许，是在跑西山通用机场的事情吧？那可是一件大事和难事哩！”

“是哩，为这事老头儿可是拼上了全部力气和资源！”

“那是献给唐庄未来的大礼物呀！”

“老先生是在拼命哩！”

说到这里的时候，两个人突然不约而同地打住了对话，相对无语。

这时传来一个熟悉而亲切的声音：“任主任，马上通知班子成员到会议室开一个紧急会议！”

吴金印和以往一样站在他们的面前，也和以往一样微笑着，神色里有几分疲倦也有几分兴奋。此时他的心里是喜悦的——经过几天的奔忙，又一个大项目就要在唐庄落地了，他要尽快和领导班子成员分享喜悦，然后具体讨论谋划，该怎样实施……

这突如其来的惊喜让人们感觉到心头一震。

11月的天色，早早地暗了，但从那一刻起，屋宇间的灯光似乎骤然变得明亮起来。仿佛已经停滞了数日的唐庄时间，又一次越过阻碍，重拾不息的流淌。

《人民文学》2017年第7期

我在新西兰当保姆

杜 娟

我女儿琳琳是 1999 年夏天去新西兰留学的。

她走后，我和她爸老赵非常想她。一年后，她爸说："咱今年去新西兰过年吧？"我说："好呀，我早就盼着这一天了。"

我们把护照、签证办好，就到了腊月了。我们腊月十六去上海，腊月十七从虹桥机场起飞经香港去奥克兰。下了飞机，是当地时间 2001 年 1 月 12 号中午。

琳琳此时正在奥克兰读书，已经放了暑假。她租住在一位华人的别墅中，是院子里的两间偏房。我们去后，她开着一辆二手本田车，带我们去北岛一些地方游玩，如怀托摩萤火虫洞、罗托鲁阿、哈密尔顿、吉斯伯恩，等等，还坐轮船去激流岛，看了顾城的故居。

女儿开学了，我和老赵就在奥克兰继续逛。因为不会开车，不懂英语，也不敢走远，常去的地方就是附近几个超市。见超市门口都放着中英文报纸，不要钱，随便拿，我们就拿中文报纸看。我开玩笑说："看上面有没有赵德发的作品？"老赵说："那不可能。"

我们翻看一下这些中文报纸，发现大部分版面都是广告，其中有好多招聘信息。让我惊讶的是，这里实行周薪制，工资也高。比如，超市服务员一小时是 5 块纽币，折合人民币 25 块；有的力气活儿，每小时 9 至 12 块纽币。当时我在日照市一家国营粮店上班，没有星期天，有时还加班，一个月才发 400 元，觉得收入差别真大。

我们的签证是 6 个月，组织上给老赵批了 1 个月的假。他到期该回去了，可我不想走，一是不想离开女儿，二是想在这里挣点钱。另外，我的好奇心重，每天看见那么多洋人，男的气宇轩昂，女的漂亮潇洒，很想了解他们到底是怎么生活的。我决定，在这里找份工作，住一段时间再走。

我们就上街找了很多报纸。老赵翻看一会儿，指着上面说："你看这个华人服装厂，工资不低。你有特长，可以去干。”我说：“去看看吧。”

女儿打电话约好后，我们去了那里。进了工厂，看见有许多工人，都趴在缝纫机上干活，连头都不抬，我就想起了当年在家给人做衣服的情景。那时我住在农村老家，好多人送来布料让我做衣服，都想尽快穿上，催我抓紧做，我就是那样干活的，又急又累，太难受了。

华人老板和我们谈了一会儿，说她就想要我这个年龄段的，年轻人事多，也不能吃苦。要是愿意，明天 8 点可以来上班。女儿看我没说话，就和老板说，我们回去商量商量，再和你联系。

到了车里，老赵看着我说：“你干不干？”我说：“我不干，一看头就疼。”

此后又找了几家，不是工作不适合我，就是语言不通没法干。

这天，发现报上有一条信息是招保姆的，男的是洋人，女的是东北人，周薪 200 纽币。

我说：“去，当保姆我能行。1 个月挣 4000 人民币，赶上我 10 个月呢！”

女儿联系了发广告的于女士，约定下午 2 点过去。

到了她家，见他们住的是连体房，上下两层，楼梯在外面。一层是个大车库，能放两辆车。他一家住在连体房的最西头，三面是草坪、花园。这样的房子，在奥克兰是最常见的。

一个 60 多岁的女人开门笑着说：“来了？请进。”说着便把我们领进屋里。

一个年龄 30 来岁的女人笑脸相迎。一看她就是个东北大嫚儿，很泼辣的样子，中等身材，不胖不瘦，长方脸，大眼睛。

她笑着说：“你们来了？黄妈快倒水。”

老赵说：“谢谢，不用了。我们过来见个面，赶着去一树山玩。”

我打量了一下，她家屋内面积有 90 多平方米，两室一厅，一厨一卫。我还看见，摇篮里有两个孩子，是双胞胎，就说：“两个孩子吗？报纸上没说呀。”

她笑着说：“双胞胎，黄妈年龄大了，不撑。”她还介绍说，黄妈是福建人，在新西兰专职当保姆。

我说：“黄妈不撑，我能撑吗？”

她说：“我不上班，咱俩看着。”

我说：“那就试试吧，孩子长得好可爱，随他爸爸吧？”

她说：“大的像他爸，小的有点像我。”

我们又交流了一番，她让我明天过来。

我说：“老赵明天上午坐飞机回国，我下午来吧。”

她点点头说：“好的。”

我们从她家出来，去了她家后面的一树山公园，在那里玩了一下午。

不愿叫“太太”

第二天下午，我去了她家，小于和黄妈正在喂孩子。我们说了一会儿话，小于把孩子放在小床上，叫黄妈带我熟悉熟悉业务，交接一下。

黄妈就非常认真地教我怎样带孩子，怎样做饭，说到小于的时候都是叫“于太太”。我听到这个称呼，感觉一下回到了中国的旧社会。我生在新社会，长在红旗下，在那个年代，“太太”是个贬义词，我从小就对这个称呼反感，从来没对任何人称呼过太太。

黄妈拿着一本发了黄的小本本说：“这是我祖上传下来的菜谱，你拣常用的记下来，平时好用。”

我一看，那个本本都磨得滑溜溜的，包得很板整，里面的字全是繁体字。我想，我连字都认不全，不费那个劲了，就把书还给她说：“谢谢黄妈，我不用记了。”

她用异样的眼光看着我。我知道她的意思，肯定是认为我干不了几天就会被炒鱿鱼。

她盛了一碗汤，叫我给女主人送去，还教我说“于太太请你喝汤”。我笑着端起碗就走，心想：你叫你的，我可叫不出口。我见小于躺在床上，就把汤端到她面前说：“请你喝汤。”

小于坐起来笑着说：“谢谢。”

黄妈这时要走，拎着个大提包说：“于太太，请你检查检查，包里有你家的东西吗？”她一边说，一边扒拉着自己的提包。

小于说：“哎呀，黄妈你把我看作什么人了，快装好了。”

我俩去送黄妈，黄妈说：“于太太，外面有风，你不要出来了。”

小于回屋里去了，我提着包送到大路边。黄妈接过包说：“妹子不用送了，衣服洗好了，你回去晒上吧。”

我走了几步，回头看着她的背影，心里不是滋味。我觉得，像她那样低三下四，一副下人模样，我是做不出来的。可是，我已经接了这份活，干不了怎么办？我想起电影里游击队打鬼子时说的一句话，“打得过就打，打不过就跑”，心想，能干几天算几天吧。

我一边晒衣服，一边哼着歌，就听有人叫了一声“杜姐”，原来是小于过来帮忙晒衣服。我感觉她不像个太太的样子，就说：“你叫我姐，我怎么称呼你？”

她说：“我叫于小惠，你就喊小于吧。”

我笑着说："黄妈还叫我喊你于太太。"

她说："她那样叫，我感觉别扭。她是职业保姆，成习惯了。"

我说："黄妈是个很有素质的人，做到这一步不容易。"

她说："当时就想找个有经验的，可是她做饭是南方人口味，我不习惯。"

她告诉我，两个孩子，一个叫大虎，一个叫小虎，大名都是英文名。她让我晚上带小虎，她带大虎，孩子晚上睡宝宝床，12点起来喂一次奶就行了。我点头答应着。

这时，就听楼下有个男人吆喝："哈喽！"小于对我说，她丈夫赛尔德回来了。

赛尔德跑到楼上，用中文叫了一声"亲爱的"，小于回应一声"亲爱的"，和他亲亲热热抱在了一起。我站在一边，对他们的做法很不习惯，心想，要是在俺老家，这样守着外人搂搂抱抱，还不叫人家骂死？

赛尔德看上去有50多岁，一米八的身高，肥头大脸，浓眉大眼，挺着大肚子。他是白人，但不是很白，反而有点黑，身体很健壮的样子。

后来小于给我说，赛尔德原来两条眉毛长在一起，叫她给拔了一些，拉宽了眉间距离。因为中国有个说法，眉间窄的人心眼小。

他俩用英文说了几句，赛尔德笑着对我说："哈喽，娟。"我笑着回应："你好。"

他亲亲两个孩子，去洗澡换衣服了。

我跟小于说："我不会做饭，就会包包子、刷碗。"她说："好吧，饭由我做，星期天让赛尔德做。"

从这天起，我就在小于家住了下来。因为我有带孩子的经验，很快熟悉了"业务"。两个孩子很健康，吃饱了肚子不哭不闹，很好带。小于也对我比较满意，加上她性格直爽，跟我越来越热乎。

星期天，我们刚吃完早饭，外面来个了洋人美女。她看上去有40多岁，身材高挑，金黄的齐肩发，蓝眼睛、高鼻梁，雪白的脸上有几个褐色斑点。

小于和赛尔德下去迎了上来。他们说话我不懂，只懂一句——美女把带来的两套小孩衣服送给了小于，小于向她说："三克油。"

我和小于一人抱着一个孩子，那女人看看孩子，目光复杂，说了些什么。赛尔德端来咖啡，殷勤地叫她坐下说话。我心里猜，他俩说话很默契，眼神交流起来也不一般，不像朋友。

小于用酸酸的口气小声对我说："这是他前妻，叫卡琳娜，头一回来。"

语言不通也有好处，说话不用怕人。我问她，赛尔德多大年龄，她说，52了，她前妻51。我惊讶地说："50多了？真不显老。"

我又问小于，赛尔德和卡琳娜说话，她能不能听懂，她说，懂不了多少。

卡琳娜坐了一会儿，向我们告辞，小于下去送她。

赛尔德竖起大拇指，向外指着他前妻，用不会蜷弯的舌头对我说："娟，她很棒。"

我能看得出，他对卡琳娜的感情很深，就笑着点点头，也竖起大拇指回应。

下午，两个孩子都睡了，小于说："杜姐，我跟赛尔德出去一趟。这是给你的工资。"我说："谢谢你。"我接过钱，有点不好意思。她们出去后。我把钱摆在地毯上，看着10张蓝盈盈的纽币，上面印着美丽的英国女王头像，我很开心。没想到我也能挣外币了，才干了几天就发工资了，真好。

后来，我每逢想家的时候，就想起英国女王在纽币上向我微笑，就又打消了念头。

过了几天，小于拿出她早就买来的纯棉布，对我说，本来要做尿布，这里都用纸尿裤，布料就用不着了。我看了看说："这布料很柔软，给孩子缝成小衣服，穿着一定很舒服。"我主动提出要给她做。

小于说："没缝纫机怎么办？对了，卡琳娜家里有，叫赛尔德去拿来，你给孩子多做几件。"没等我说话，她就打电话给赛尔德。我心里想，去哪里找缝纫机，也不能去她家找，你也太缺心眼了。

赛尔德下了班，果然笑呵呵地搬着缝纫机回家了。他叫着"亲爱的"，与小于拥吻片刻，两人一起把缝纫机抬到了楼上。

小于说往事

我和小于脾气相投，我直，她比我更直，有啥说啥，无话不说。

她说："杜姐，我有好几年没见过家里人了，我第一次看见你，就感觉很亲。你一来，好像娘家人来看我帮我的，心里特亲。"

我说："这都是缘分，你1月12号生孩子，我就是那天下飞机到了奥克兰。我玩得差不多了，正在找工作，你发了广告，好像有人安排好了。"

她点点头："还真是这样。"

后来，她向我讲了在中国的经历，让我听得目瞪口呆。

原来，她生在东北，从小要强。上初中的时候，看见一个女的穿着貂皮大衣，短皮裙，从小轿车下来，"啪"的一声关上车门，把她给吸引住了，觉得以后就要像她那样，做个人上人。后来她参加了工作，在一个公司干期货业务，主要工作就是陪酒，她能喝2斤白酒。有一次，法国来了个老太太，酒量很大，一般人陪不了，公司让小于陪她，不一会就把她整到桌子底下去了，让她服服的。那时候她天天穿小短裙，以至于把腿冻伤了，现在膝盖还常常疼痛。她做业务，都是用大提包提钱，一提就是几十万。说到这些，小于眉飞色舞，好像又回到了当年的英雄时代。

不过好景不长，他们做的期货崩盘了，好几个人被抓，他们都往小于身上推卸责任。听说公安要抓她，他哥哥找朋友帮忙，叫她去了印度孟买。

小于说，她到了印度，好多方面都受不了。最叫她受不了的，就是男人的骚扰。平时正在街上走着，两个黑手就突然伸过来，狠狠抓一把她的乳房，然后撒腿就跑，叫人气急败坏。那里天热，她穿得又少，那个难受劲儿就别提了。所以她决定离开印度，就又让哥哥托朋友，把她送到了新西兰。

到了奥克兰，她举目无亲，十分孤单。在报上看广告找工作，看到一家保洁公司正招人，就应聘了。公司老板是个30多岁的女人，姓黄，让小于跟着她干。这家公司，其实就是几个人组合起来搞保洁，服务对象是家庭和私营企业。她们很能干，收费又低，只要客户有需要，她们什么都做，像打扫卫生、洗熨衣服，等等。

时间不长，小于就和老板成为要好的姐妹，叫她黄二姐。黄二姐是天津人，没有身份，非常聪明，很有主见，说话办事有条不紊。她身段小巧，脸蛋漂亮，给人的感觉是既可爱又靠得住。

后来，有个男客户看上了黄二姐。他是英国人，有一个9岁的男孩。黄二姐起初不同意，说你有家庭、有孩子，多幸福啊，不要胡思乱想，那是不可能的事。没想到，过了一段时间，英国人竟然离婚了。他带着儿子又来找黄二姐，非要娶她不可，黄二姐见他认真，就跟他结了婚。黄二姐一结婚，就有了新西兰户口，不用做苦工了，就把公司转给了小于。

这样，小于就当上了小老板，领着几个人继续干保洁。后来，她经常去一个加油站干活，认识了老板赛尔德。赛尔德办了一座加油站，院里还有修车店和百货店，生意很红火。赛尔德很喜欢这些保洁女工，说中国姑娘工作认真，活泼可爱。

小于后来才知道，赛尔德是黎巴嫩人，英国牛津大学毕业。在一次旅行中，认识了一个空姐，两人在飞机上一见钟情。空姐叫卡琳娜，荷兰人，他俩后来在新西兰结婚定居，有了两个女儿。

在小于眼里，赛尔德才貌双全，又是大老板。她说，起初她从来没想过，也不敢想，以后能跟他在一起。但她万万没有料到，就像黄二姐被客户看上一样，她也被赛尔德看上了。赛尔德向她表示爱意，她想，这绝对不能接受，他一家过得挺好的，怎么能破坏他的家庭呢？

但是，时间长了，她对赛尔德也产生了感情，与他发生了亲密关系。有一天，小于发现大姨妈该来没来，就去医院检查。检查结果出来，医生说，恭喜你怀了双胞胎！

她一听，高兴得不得了，转身跑到车里坐着，心情久久不能平静。她想，这几年天天漂着，有国不能回，想爹想娘见不上，一年年黑在这里。而现在，她感觉天一下子亮了。因为，有了赛尔德的孩子，即使不和他结婚，也能在新西兰扎下根，拥有身份。新西兰有个好处，看病和生孩子都是免费的，生一个孩子还奖励 1000 纽币。国家有补助金，她一个人带着两个孩子也能生活。

她把化验结果给赛尔德看，赛尔德高兴地抱起她转了两圈，大笑着说："哈哈，我有儿子了，而且还是两个！"

几天后，赛尔德表情凝重地跟小于说，卡琳娜要离婚。小于说，你们不能离，你回去告诉卡琳娜，要是因为我，我就永远离开你，不会影响你的家庭，叫卡琳娜放心好了。赛尔德却紧紧地抱着小于说："亲爱的，我谁也不想离开，我都要。"可是，卡琳娜天天跟赛尔德闹，非离婚不行。

小于讲完这些，对我说："杜姐你相信不？我那时候真的不想叫他们离婚。后来我去找卡琳娜，不让他们离，向她保证，以后再也不和赛尔德接触。"

我问："卡琳娜怎么说？"

小于叹口气告诉我，她的劝解没有效果。卡琳娜说，她了解赛尔德，他是个善良的人，很有责任心。他想两全，那是不可能的事。为了将要出生的两个孩子，她只能退出，成全他们。后来，他们果然离了婚，把别墅也卖了，每人买了一套联体房，两个女儿跟着母亲。再后来，小于就和赛尔德住在一起了。

我问小于："你在中国有男朋友吗？"

她沉默了一会儿说："有。"

我感觉到她很痛苦，又问："你很爱他？"

她点点头。

我又问："你们通信不？"

她说："前些年通，现在断了，但是我还忘不了他。"

这时她流泪了。我把纸巾递给她说："我理解你，你哭吧，哭出来痛快。"

她哭了一会儿，掏出烟来抽了一口，深深地叹了口气："人啊！每向前迈一步，都不知道下一步会走向哪里。"

我问："你和赛尔德什么时候结婚的？"

她说："别提了！至今没有结婚！"

我问怎么回事，小于说："我俩把材料交上去，工作人员说，女方已婚，不能再结婚了。我一下蒙了！怎么会这样呢？我们拿过表一看，原来入境新西兰的时候有一栏填错了，填了‘已婚’。你说荒唐不荒唐。所以，我和赛尔德至今还没结婚。”

听了小于的情史，我就想，他们两家人，谁跟谁是真爱？谁是幸福的？我弄不明白。

我感觉到，小于和赛尔德感情非常好，但是，两人说吵架就吵架。据我观察，是小于脾气暴躁，导致两人产生冲突。但她有个好处，不记仇，和赛尔德吵上一通，很快又会和他好成一个人。

我问她：“你跟他吵架，相互听得懂对方的话吗？”

她说：“我的英语，大部分是吵架学会的，哪句不懂我就查词典。这样记得很快，下次再吵我就用上了。”

有一天晚上，他们又吵，怕我听见，都压低了声音。但我听见，小于吵着吵着，就想要动手打赛尔德。赛尔德无奈，躲到阳台抽烟。抽半天回来，不敢去卧室，就围着毛毯坐在客厅里。半夜 12 点我起来喂小虎，看见他还坐在那里，就打着手势叫他回卧室，他摇摇头表示不回。我想劝小于请他回去，推门看她在睡觉，就没打扰她。我又退出来，叫赛尔德回去，他还是摇摇头，就这样坐了一夜。早上 6 点，他自己做了一块三明治，带着上班去了。

我替他难过，心想，什么人能经得起这样的折腾呢？不过，我又感觉他是活该，怪他馋嘴，偷吃鱼叫鱼刺卡住了。他要是规规矩矩，跟卡琳娜生活在一起，守着两个可爱的女儿，该有多么幸福。

迷迷糊糊入道

这天，小于说：“杜姐，明天咱去佛堂。星期六点传师讲课，我好长时间没去了。怀孕，生孩子，这一段时间把我憋死了。现在我满月了，以后咱常带着孩子到处逛逛。”

我问，什么是佛堂，她说，到那里你就知道了。她说，和赛尔德说好了，叫他跟着看孩子。她还让我叫上女儿琳琳，说到那里能学到好多东西。

我答应了她，并按照她的吩咐，做了一些小笼包和水饺，因为这是他们最喜欢吃的。

第二天上午，我们带着吃的出发了。赛尔德平时开的是宝马轿车，这天开着小于的奔驰越野车。

我说：“小于，你开小轿车多好看，这个车这么大，适合男的用。”

她说："新西兰的家庭妇女，大部分都开豪车，为了孩子安全。"

佛堂到了。从外面看上去，是一座两层别墅。

一进门是小客厅。每个人进去要洗手、换鞋。里面是个大厅，正面供着牌位，我小声问小于，那是谁的牌位，她说是无生老母的。供桌上还供着弥勒佛、观世音、关公等，均为瓷像，每尊高约50厘米。两边还悬挂着孔子、孟子等圣贤画像。再往里去，是茶室、厨房。

来了很多人，室内忙忙乱乱的，厨房里有人做午饭。小于忙着打招呼，叫这个姐，叫那个姨，热热乎乎的。

从楼上下来一美女，长相秀丽，温文尔雅。她瓜子脸，眼睛黑亮，两腮一对小酒窝，给人一种可爱温暖的感觉。小于吆喝一声"贺丽"，两人笑着揽在一起，好像有说不完的话。

黄二姐也来了，她们寒暄几句，小于介绍我们互相认识。原来贺丽是台湾人，台湾清华大学毕业，是佛堂的点传师。这个佛堂，是她家捐款盖起来的。

黄二姐和小于向我们娘儿俩讲了入道的好处，说对自己、对家庭、对社会都有益处，问我入不入。

其实我不想入，因为我本族一个老爷爷当年信道，"文化大革命"的时候，被红卫兵天天批斗，还叫他戴大高帽子，押他游街。可是我又想到，今天要是不入，她们会不高兴。我们娘儿俩到一边商量，琳琳说："我才不信呢，以后不来就是。"我说："反正信不信人家也不知道，就答应她们，别伤了和气。"

听说我们同意，她们果然高高兴兴地教我俩各种礼节，怎么献香、怎么磕头，等等。我这个人，对所有宗教都没有概念，也许是我的慧根太浅，学什么教都沉不下心。

大家来到坛场举行仪式。男的是乾道，女的是坤道。乾道在左，坤道在右。仪式开始，烧香磕头。道长讲了一会儿，点传师贺丽就开始讲道。她伶牙俐齿，讲得头头是道。

最后大家吃饭，菜大多是道友带来的。让我奇怪的是，大家不吃荤，为什么还上整鸡、整鱼、火腿，等等。吃了才知道，那全是素的。我就不明白，不吃就不吃，为什么还弄个假的呢？还有鼻子有眼，看上去跟真的一样，吃起来是一样的味道。小于向我解释：这叫素菜荤做。

黄二姐跟我们说："农历三月十五是大典，那天举行新人入道仪式，杜姐你俩来吧。"

到了这天，小于说，入道要交功德费。我问交多少，她说，一块也行，多了不限。我女儿问："一人20纽币行不？"她和黄二姐都说："不少。"

新人入道，每个人得有两个保师，我们娘儿俩的保师是黄二姐和小于。黄二姐拿来两张表，叫琳琳填好。

举行入道仪式那天，大厅里人很多，乾道坤道各站两侧。坛主上前叩头，送上入道者的表文。那天的入道者有7个人，道长指挥大家作揖磕头，一叩首，再叩首，三叩首。

这时，我耳边又响起了当年红卫兵喊口号的声音。心想，我本来最讨厌迷信的，今天这是怎么了？迷迷糊糊就入道了？我心里五味杂陈，心想，真是什么环境造就什么人。

点传师又念了一会儿经，大家又磕头作揖。我还愣在那里，琳琳用肩膀碰了我一下说："磕头。"我就跟着她们磕。起来，跪下；再起来，再跪下，也不知道磕了多少个。我小声问小于为什么光磕头，她说这不算多，有人每次都磕100个。我心里想，就这样磕得头晕眼花，就能成仙上天？

贺丽这时拿着一张黄表纸念，念完，将纸烧掉。接着，她对我们几个新入道的人说，这表是龙天表，表文上升，天榜挂号，地府除名。你们从今已脱离阎君关系，不在阎君管界。以后你们要多做好事，以报天恩师德。

我暗暗发笑，像我这样的无名小卒，能在天榜挂号？挂了号，好是好，可是俺家老赵要是挂不上号，那么百年以后，俺俩天上地下两分离，那不成了牛郎织女了？笑话。

仪式最后，贺丽向我们传"五字真言"，让我们牢牢记住这五个字，绝对保密，不传给任何人，就是爹娘、爱人，也不能告诉。

完成入道仪式，我们就回去了。以后又去过两次，我就回国了。

回到家里，我忍不住把这件事告诉了老赵："俺入道了，还发了一个小本本。"

老赵拿去看看，说："你入这个道干嘛？"

我说："他们说，入道对全家好。对了，他们还传给我五字真言。"

他问："哪五个字？"

我神神秘秘地笑着说："不能告诉你，要是告诉你，我就成不了仙了。"

他转身去了书房，一会儿出来，一张口就念出了那"五字真言"。

我大吃一惊："啊！你怎么知道的？"

他笑着说："我有一本书，专门讲这个道的内幕。这个道，民国时期在大陆盛行，1949年之后被取缔，你千万不要信。"

我笑着说："实际上我是反感的，叫我信也信不下去，只是随大流而已。"

没想到，我老杜出了一趟国，糊里糊涂犯了个大错误，呵呵。

小于的朋友圈

赛尔德中午在加油站吃饭，不回家。我和小于经常吃完早餐，就带着两个孩子到处游玩。

我们最常去的是公园，那里有水，有电烤炉，可以做菜。让我印象深刻的是，公园里到处都有小箱子，里面放着塑料袋，带狗逛公园的人，好用塑料袋装狗屎。

新西兰非常干净，不管走到哪里坐下，起来后裤子上都干干净净的。我不相信全国都这么干净，后来我走到哪里，都故意摸摸看，结果哪里都一样干净，真是服了。

在公园里玩一会儿，我们就去超市，那里有妇婴室、沙发、微波炉、小婴儿床，等等，方便得很。我们在那里休息一会儿，吃了午饭就逛超市。看着货架上的价格，我脑子里立刻计算出折合人民币多少钱。比如一个青椒 3 纽币，脑子里便跳出了 15 这个数字，觉得什么都贵。

我们还经常参加培训班，那里的老师教新妈妈怎样带孩子，一个中年白种女人，拿着一个塑料娃娃，一边讲一边比画。我听不懂，但看懂了她的动作：怎么给孩子洗澡，怎么喂奶……她还讲，不要给孩子穿多了衣服，穿多了会感冒，孩子没有冻出病的，病都是捂出来的。最关键的是，带孩子一定要有个好的心情，心情好、性格开朗的人，带出的孩子就身心建康。她讲了好多好多。我参加这种培训，学到了很多知识，后来我带外孙就用上了。

在奥克兰，还有专门带孩子去玩的场所，跟在家一样，有厨房，有服务人员，有咖啡、牛奶、饼干、面包……什么都是免费的。我发现，大都是妈妈或者爸爸亲自带孩子，用保姆的不多，也没有让爷爷奶奶带的。

最让我佩服的是新西兰政府对孕妇、孩子和老人像宝贝一样呵护。女人一怀孕，就安排专业医生定期检查，掌握孕妇的有关情况。快要生产的时候，这位专业医生就在医院里安排好，叫孕妇过去，家人该上班的上班。家人想在医院里陪护，也不用带吃的，大厅里有微波炉，有咖啡、牛奶、面包、饼干，随便吃。孩子生下后，医生每周去家里检查一次孩子的身体情况。所有的费用，都不用个人负担。

小于还经常带我去找她的朋友玩，让我见识了各种各样的人物。

她有个朋友叫莎莉丝。那天我们带着包子去她家，一开门我就惊呆了：这真是个西方美女呀。她 30 多岁，亭亭玉立，金黄色的披肩发，蓝蓝的大眼睛，瘦长脸，长得太迷人了。

她家是靠着山坡设计的，三层楼，很接地气，给人的感觉就像是一幅油画。院子里有一个大泳池，一个篮球架，还有蹦蹦床，她儿子在上面跳得正欢。

听小于讲，莎莉丝的丈夫是医生。她是有名的律师，现在有两个孩子，辞职在家当专职太太。在洋人的观念里，再重要的职位也没有当好母亲重要，所以一般不要保姆，只是让保洁工定期去打扫卫生。小于没和赛尔德恋爱时，经常到这里做保洁。

据说，莎莉丝的妈妈是个官员，一直没结婚，却生了三个女儿，都很漂亮。

我们说了一会儿话，莎莉丝做西餐招待我们。她笑着对我叽里呱啦说了些什么。小于给我翻译："她说包子好吃，有时间叫你教她。"我笑着说："好的，谢谢你的夸奖。"

我们也经常去贺丽家。她住的奥克兰东区是富人区，到处是豪华别墅。我们离她家园子十几米远，电动栅拦就自动开了。

那是一座三层别墅，周围是空地、草坪，再外面是花园，有各种果树和蔬菜，好美的一个庄园。

小于继续开车前行，又有一扇门自动打开，车就直接开到她屋里了，里面能放三辆车。贺丽迎接我们，笑着打招呼。我一看她们都赤脚，也脱掉鞋赤脚进去。走到客厅里的枣红色地板上，感觉脚底下是热的，舒服得很。这是我第一次见识地暖。

房子的装饰为中式风格，富丽堂皇，叫人震撼。家具全是红木的，墙上挂着一幅幅书法和中国画。一层有开放式的厨房、很大的餐厅、三个卧室、一个佛堂，二层是客厅、卧房，三楼又是开放式厨房、健身房和小孩的游乐场。俺活了大半辈子，头一回见这么豪华的住宅。

贺丽领着我们到佛堂磕头，里面布置得也很气派。

我们拍照、说话，她男朋友路友强过来说，饭好了。

一个60多岁的女人抱着一大捧鲜花来了，小于说，那是贺丽的母亲，我们叫她邱妈。邱妈与我们打过招呼就去换衣服了。我想，她长得不漂亮，怎么生了个天仙似的女儿呢?

贺丽拿起花一边插一边说，我妈是专业的插花艺术师，在台湾时，国民党中央办公楼里用的花，都是她们送的。我又想，邱妈个子不高，长得也不漂亮，居然做着这样的美丽事业，真了不起。

吃饭时，邱妈向我们讲插花艺术，让我大开眼界。

我们又说到园子里的瓜果蔬菜。小于说："杜姐你尝尝，这些菜都是贺爸亲手种的。他为了给菜施肥，尿尿都得去菜园子里尿。"话没说完，邱妈脸一沉说:

“吃饭哪！”

我为了缓解气氛，说：“邱妈有时间教我们插花好吗？”她高兴地说：“好，好。”

饭后，贺丽叫我们去二楼客房休息。我跟小虎一个房间。我躺在床上想，听说这房子不算地皮，光盖起来就要花 130 多万纽币，再加上装修、家具，应该值上千万人民币。这么大的一个豪宅，就贺丽自己长住，其他人是新西兰、台湾两头跑，我感觉太浪费了。我也想到了国家与国家的差异，民族和民族的不同，家庭和家庭的悬殊，还有人和人的复杂性……

下午我们回家，小于办了件有惊无险的事。开车前，我们把孩子放在后座上，我安装小虎的安全座椅，她安装大虎的。安装好后，我坐到了副驾驶座。车子开到了一座大桥上，后面一辆皮卡追上来，司机大声吆喝：“你的车门开了！”原来，大虎那边竟然没关上车门。她真是粗心！

还有一次，朋友约好去北海岸玩，走了一会儿停下给孩子喝水。她点着烟，吸了几口就上车，然后把烟头一撂，加油门就走。走着走着，她说：“了不得，车冒烟了！”急忙停车查看。原来是车窗没关，风把烟头刮到大虎的座椅里去了！幸亏有好几层纯毛毯，才没烧着孩子，但我俩都出了一身冷汗。

我们也是黄二姐家的常客。

听小于说，黄二姐嫁给洋人之后，没生孩子，但生活还比较幸福。唯一让她不好接受的是，什么开支都是 AA 制，就连黄二姐过生日也是这样。小于评论说，什么 AA 制，那样子，还有夫妻味儿吗？

我去黄二姐家，见到了她的丈夫，英国人布朗宁。这个人高鼻子凹眼睛，尖嘴猴腮，让人没有好感。但他和前妻生的儿子，长得挺好，胖胖乎乎的。他们一家住在一栋旧别墅里，我发现，客厅里的地毯，毛都磨没了。

这天黄二姐给小于打电话说，周六她过生日，在一家酒店订了生日宴，叫我们都去。我想，这回我要见识 AA 制了。

我发现黄二姐今天特开心，小脸笑得跟花儿一样。酒宴开始，她说：“感谢朋友们来捧场！今天我最高兴的是，布朗宁改变了观念。以前我们都是 AA 制，自从领他回了趟中国娘家后，他享受了咱们老家亲戚朋友的热情招待，很感动，说从今以后，我过生日他买单。”

大家纷纷说，还是中国的传统美德好，一齐跟布朗宁干杯。大家祝贺黄二姐生日快乐，祝他俩幸福。

我感觉，布朗宁跟赛尔德不是一路人。

割礼与洗礼

黎巴嫩人信伊斯兰教，赛尔德按家乡风俗，满月后给两个儿子举行割礼。我问过小于才知道，割礼就是把孩子的包皮割去。

他提前和医院约好，我们去时，医生已准备好了。先给大虎割，也不打麻药，孩子疼得哇哇直哭。很快割完了，小鸡头用纱布包着。

他俩把大虎给我，又去给小虎割。大虎在我怀里哭个不停。小虎做完后，也和他哥哥一起哭，喂奶也不吃，急死人了。赛尔德心疼孩子，发起火来，对着我俩叽里呱啦吵了几句。我听不懂，小于就和他吵。

因为疼，孩子一直哭，我们一点办法也没有。直到哭累了，他俩才睡了一会儿。我说："还有这样的风俗，叫孩子活受罪。"

小于擦擦泪水和汗水说："就是，我说不割，他不同意，说他那里以前女孩也割，怕女人不守妇道，割了以后就没有快感了。真不可思议。"

两个孩子的割伤好了以后，没有了包皮，小鸡头直接露在外面，要多难看有多难看。

赛尔德到新西兰后改信基督教，等到两个孩子一百天时，又去做洗礼仪式，并且邀请亲戚朋友参加，地点在一家教堂。

教堂是一个很大的起脊平房，一进门先要脱鞋洗手。满满的一屋人，入座后一个说话的也没有。华人有10多个，其他全是洋人。

里面是雪白的墙，蓝绿地毯，棕红色的实木排椅。屋山最高处挂着十字架，下面是个高高的长桌，两头摆了花篮，中间还有个金色的十字架，有两根蜡烛燃烧着。

仪式开始。教父说了几句，全场起立，他又说了几句，全场又坐下，场面庄重，鸦雀无声。

从最后一排开始，一个接一个，低头合掌，去台上从教父手上领圣饼。领到圣饼，回到自己的座位上。我想，纪律真好，那么多人连个脚步声都没有。轮到我了，可是我上去之后，教父说了句什么，却没给我圣饼。我觉得很没面子，感觉受到了歧视。回到座位上，我对着贺丽把手一摊，意思是没有圣饼。她悄悄地告诉我，因为咱们不是基督徒，没有资格领圣饼。

教父是个大个子，秃顶，50多岁，穿着到脚跟的白大褂，束着大红腰带，肩上搭了个橙色丝巾，和衣服一样长。

赛尔德两口子抱着孩子上台，站在高高的烛台下。有两个男的端着蜡烛站在桌子后边，其他亲友手持蜡烛站在一旁。桌子上放着盆、碗、杯子还有黄表纸。我不懂他们说什么，就看到教父嘴里咕噜着什么，拿手沾点水，拍拍大人，再拍拍小孩，还抚摸了几下。仪式结束后，大家开始祷告，祷告一会儿，仪式结束。

第二天，小于和我带着孩子去了皇后大街。在广场玩了一会儿，就去了旁边的商场吃饭，饭后在妇婴室里休息。

我们说起了赛尔德的身体，小于说："他血压高，不敢吃盐。我怀孕时都是他做饭，太淡了，淡得我一点也咽不下去，委屈得掉泪。我一埋怨，他就说是为孩子好。"她叹口气，拿着烟去了抽烟区。

我知道，他们昨天夜里又吵架了。她和丈夫年龄相差太大，有代沟，好多事谈不拢。

小于经常想，赛尔德以后要是没了，她得给孩子留个后路。加油站隔壁有沿街房，她想买下来，娘儿仨以后光用租金就够了。

我听她说得有道理，但心里很难受，为她，也为赛尔德。

她回来坐下喝水，我说："你俩又为什么吵架？"

她说："就是他那两个女儿，天天不是这事就是那事，钱肯定没少给，我想起就来气。"

我知道赛尔德有两个女儿，但从来没见过。我想，那两个女孩不生你的气就不错了。卡琳娜还来看你的孩子，人家是什么肚量？

他俩吵架的事，她如果不说，我从来不问。这次我决定说说她："小于，你反过来想想，女儿是他一手抚养大的，有事能不找爹吗？"

她说："她们都超过 18 岁了，不应该再问他要钱了。"

我说："那是她们的亲爹，都在上学，你叫她们找谁？你同意，他给；你不同意，他也给，甚至更多。你为什么不顺水推舟送个人情？"

她说："你的意思是，我养着她们？"

我说："你们在这里没有亲戚，你还担心赛尔德老了怎么办，你要是跟他的女儿们处得好了，你就赚了。你想，姐姐能不管弟弟吗？你别忘了她们与大虎小虎是有血缘关系的。实际上，卡琳娜才是最可怜的人。"

她沉默了好长时间说："她们不跟我说话怎么办？"

我说："你跟赛尔德说说你的想法，叫她们星期天来吃个饭，熟悉熟悉，赛尔德就开心了。你热情招待就行，只要你真心，就能换来真心，不信你试试看。"

她说："你说得有道理，好，那我试试。"

小于为了挽回面子，跟赛尔德说，杜姐教育我了，不应该这样做，应该那样做。

第二天早上，赛尔德笑着向我举起大拇指："娟，谢谢你。"

我笑着回应："不要客气。"

周六 10 点，她们来了。小于把她们迎到屋里说话，两个女孩抱着弟弟又亲又笑。

我正在包水饺，小于向她们介绍我。两个女孩活泼可爱，都继承了爸妈的优点。唯一不同的是，一个随爸是黑发，一个随妈是黄发，也许是正处在妙龄阶段，美得无法形容。

怕女儿吃不惯水饺，赛尔德又叫了个比萨。

小于炒了一桌子菜，大家坐到一起吃饭。女孩说水饺好吃，小于就向她们讲水饺在中国的重要性。最开心的是赛尔德，他一直在笑。饭后，全家又一起去了一树山公园，拍照合影，玩了半个下午。

一树山

一树山在奥克兰南郊的康沃尔公园中，占地 120 公顷，高 182 米。山下有好多大树，有绿油油的草地，还有成群的牛羊。公园里有公共烧烤炉，是野餐聚会的风光餐厅，也是漫步休闲的好地方，里面还有个天文馆。

这山是一座死火山。奥克兰是地震多发地，市内有好几座火山锥。这里是个著名景点，登上山顶，能看见奥克兰全景。从前山上有很多大树，是毛利人的一座圣山。他们痛恨外来人侵占了他们的领土，就把愤怒发泄在这山上，经常在晚上来偷偷砍树。虽然政府加强了保护，但他们一有机会就砍，时间长了，山顶只剩下了一棵树。再后来，这棵树让雷电劈死了，只留下一个老枯的树桩。

一树山与小于家就隔一条马路。大部分日子里，下午 2 点之后，我就推着两个孩子带着奶粉来这里玩。公园里有好多人，他们热情地跟我打招呼，我就会一句"哈喽"，人家再多说，我只是笑。

小于家有个邻居是毛利人，跟我年龄相仿，小于介绍我们认识。她很胖，至少有 200 斤，棕色的皮肤很有光泽，一对大乳房，就像两个豆腐布袋挂在那里。屁股像两片加厚的磨盘，立在腰下。她婚前在歌舞团工作，婚后在家带孩子。她有 4 个孩子，最小的一岁多。她性格开朗，讲究礼节。

每次我们见面"哈喽"后，她都要跟我碰鼻子。那是她们的大礼，表示对人的信赖和喜欢。我们虽然语言不通，但玩得很开心，她一高兴就跳草裙舞，伸舌头瞪眼，手舞足蹈，浑身的肌肉都动起来了。我一边看一边鼓掌称赞。

她跳一会儿，擦擦汗比画，意思是有孩子以后胖了，不行了。

我好奇心强，一天一天，推着孩子，把附近的区域走了个遍。

我看见他们住着各种各样的房子，种一圈花草当院墙，只管好看，不用来挡人。有孩子的家里都有游泳池、篮球架、蹦蹦床、秋千、滑梯……就像儿童乐园。

以前从琼瑶小说里读到这里前花园后花园，像仙境一样。当时就想，这都是作者编的，哪里有这样的好地方。现在明白了，这里就是她描述的那样。

我走在街上，看着那一座座美丽的别墅，就想，什么时候我女儿能有这么一套房子，那该有多好。几年后，女儿在吉斯伯恩市买了一套那样的新房，2015年又搬到了奥克兰，也是一座三层楼的别墅，让我很开心。

我发现，新西兰人素质普遍高，我和老赵刚去时，看着街上的车跟流水一样，就站在路边等，司机却停下车笑着对我们摆手，意思是叫我们过去，让我们心里很感动。老赵说，他写的“君子梦”，在新西兰实现了。

有一天，我推着孩子逛街，看见路上的车堵了好长一串，心想出了什么事，想去看个明白。到了斑马线一看，原来是一个残疾人坐着轮椅要过马路，他刚滚了几下车轮子，车就都停了下来。等到残疾人过去，车才开动。

关键是他们的心态好，遇到这种情况，在车里不急不躁，有的吃东西，有的听音乐，心平气和。我被那一幕感动得热泪盈眶。我到现在也搞不懂，现场也没有警察指挥，他们心都这么齐，到底是怎么教育的?

琳琳没事就去找我一起玩，我每周去女儿那里一天，给她收拾房间。

小于跟我说：“赛尔德说妈妈人品好，女儿也差不了，想叫琳琳到他那里管账。”

我说：“她没干过，能行吗？”

她说：“能行，不会的叫赛尔德教教。”

琳琳去干了一周，出纳有事，赛尔德就叫琳琳管着。

几周后小于跟我说：“赛尔德高兴地说，没看错人。琳琳一接手他才知道，以前的会计和出纳贪了多少。”

贺家姐妹

两个孩子长得飞快，尤其是头发，又黑又长。小于这天说，她约好了贺美，明天去她那儿，叫她对象给大虎、小虎剃胎发。

我说：“贺美是谁？没听说过。”

小于说：“就是贺丽的姐姐，跟娘家不来往，只有贺丽有时候去看她。”

我问：“为什么不来往？”

她说：“贺美在新西兰跟一个理发师搞上了，全家人都反对。甭看贺爸在台湾是个人物，却管不了自己的闺女，贺美偷着结婚了，现在孩子都2岁了。老两口气坏了，至今没去看过。”

我问：“贺爸是什么官职？”

小于说：“不清楚，反正不一般，那年还参加过议员竞选。现在老两口都退了，台湾、新西兰两头跑。他们有3个孩子，儿子是台湾大学的教师。”

第二天去理发店，我见到了贺美。跟那个“美”字恰恰相反，她一点也不漂亮。要是姐妹俩在一起，我怎么也不相信她们是一个娘生的。

她丈夫叫邓伟，看上去是一个很实在很可靠的人，有一米七左右。听小于说我是山东来的，他就说：“大姐，咱们是老乡，我是济宁人。”

我们说了几句，他就忙着给大虎理发。

有句老话说，老乡见老乡，两眼泪汪汪。我见了邓伟还真是那样，有一种很亲切的感觉，他不会花言巧语，一直笑眯眯的。他把大虎的头发剪下来，捋得齐刷刷的，叫小于收起来，说：“胎毛可做成毛笔，收藏着很有意义的。”

我在想，人美生活不一定美，人丑生活不一定丑。接触了这个圈子，感觉最幸福的还是贺美，夫妻两人一心一意，平平淡淡地过日子，比什么都好。

一天晚上，贺丽打电话给小于说，路友强他父亲病危了，他第二天早上要坐飞机回国。

小于放下电话说：“真巧，路友强跟贺丽承诺，回家离婚了，就和她结婚，她正开心着，没想到又摊上这事。”

我问：“贺丽快30了，那男的也少不了40吧？怎么还不结婚？”

她说：“别提了，以前她打算一生不嫁，天天修道讲道。她爸看她那么痴迷，就捐款在新西兰建了佛堂。”

小于还说，路友强是设计师，佛堂是他设计的，当时贺丽监工，两人天天在一起，就爱上了。路友强个子不高，心眼不少，长得倒挺好看。他是河南人，早就娶了个洋人老婆，儿子已经12岁了。路友强说要离婚，他娘听说之后，来劝他，不让他离。他那洋媳妇真好，人家不说也不闹，就这样拖了两年多。

我说：“也真是邪门了，贺丽才貌双全，什么样的找不着，非得找他，图个什么？”

小于说：“就是。家家都有本难念的经，道友们都这样认为。邱妈说事情发展成什么样，由她去吧。贺丽想谈恋爱就不错了，以前说什么也不谈，都把父母急死了。唉，这都是命呀！”

我不明白，命是什么，到底有多大的威力，越想越糊涂。

第二天我们去机场送行。他们一家早到了，贺爸也来了，老人风度翩翩，很有气质。

来送行的还有其他几个朋友。贺丽招呼说，时间还早，大家先去咖啡厅休息。到了那里，她点了咖啡、甜点，让大家享用。

路友强坐在那里，神情悲伤。贺爸安慰他，叫他想开一些，人来到世上，最后都要走的……大家说了一会儿话，到时间了，路友强拉着箱子，跟大家告别。贺丽上去与他拥抱，安慰他，然后对我们说："你们先回吧，我等他起飞再回去。"

后来听说，路友强回国把他爹送走后，把房子也卖了，带着老娘回到了新西兰。他娘这次来，不打算回去了，把新西兰当作终老之地。安顿下来后，路友强想要跟妻子离婚，跟贺丽结婚。他娘还是反对，声称，他要是离了，她就死给他看。这样，贺丽的婚事又拖了下来。

给卡琳娜送行

有一天，我们去加油站，小于看见一辆红色轿车停在院子一角，立马火冒三丈，气呼呼地去找赛尔德吵了起来。

琳琳把我和孩子们带到财务室，说那是卡琳娜的车，放在这里叫赛尔德帮忙给卖了，小于看见后受不了了。

我看他俩吵得起劲，就去把她拉过来说："不就是放一辆车吗？又不是人过来，吵什么？"

她说："他什么事都瞒着我，为什么不早跟我说？吵起来他才说。卡琳娜找了一个 60 岁的老头，要去澳大利亚定居。"

我说："那对你来说是好事啊，你还吵什么？"

她说："我感觉他最近不正常，果然有事。"

两周后的一天，小于跟我说："杜姐，早点儿喂孩子，今天咱们去给卡琳娜送行。"

赛尔德出去买了很多吃的，放在保温箱里带着，说请卡琳娜母女吃饭。

卡琳娜住的也是联体房，两室一厅。院子里有一棵很粗的老杜鹃树，比两层楼还高，罩着大半个院子。一树盛开的鲜花，一半是火红色，一半是粉色，我活了大半辈子，头一回见这么大的杜鹃树，便连声惊叹。

卡琳娜把我们迎进屋里，就去了厨房。

赛尔德把保温箱打开，把菜摆放好，还拿出一个大蛋糕、一个比萨。他忙前忙后，好像依旧是这家的主人。卡琳娜拿出两半瓶酱，默默地放在桌上。我发现，只有她的大女儿在家，小于向我解释，卡琳娜说了，小女儿出去办点事，直接去机场。

我看她们娘儿俩都不开心，也没准备早餐。屋里除了两张床，就是沙发、桌子，别的什么也没有，真不像过日子的。墙角，放着两个装好的行李箱。我看着这一切，心里酸酸地想：好好的一个家，说散就散了。

卡琳娜12点去机场。赛尔德招呼大家吃饭，大女儿迟迟不出来，爸爸去叫她，她眼睛红红的，怕我们看见，去洗手间洗了脸才来坐下。

赛尔德一边切蛋糕，一边叽里呱啦说着什么。他表情复杂，眼神恍惚，瞅瞅这个，看看那个，献着殷勤，讨她们开心。

但是，一桌人谁也不开心。小于抱着大虎坐在那里，满脸醋意。卡琳娜什么也不说，闷闷不乐，只是应付着。她们好像都没有什么话可说，只说这么一句：“娟，吃。”其实，我也吃不下。

赛尔德把所有人的盘里都加满了饭菜，但谁也不领他的情。我感觉他们坐在桌子前，如坐针毡。这一顿饭，谁也没吃多少。

饭后，赛尔德的大女儿回了房间，我抱着小虎站在客厅里。

赛尔德坐在门口台阶上，窗台下有个花坛，卡琳娜坐在花坛上看他抽烟，好像有很多话想说，又不能开口。

小于抱着大虎坐在餐厅里，盯着赛尔德的一举一动。

卡琳娜用一对蓝蓝的大眼睛盯着前夫，好像要把满肚子的话用眼神传给他。他也明白，目不转睛地接着。

我站在窗户里面，窗帘是拉上的，闪了一条缝。我观察着他们，心想，要是老赵看见这个场面，一定能写一篇好文章。

外面的两个人，一直相互看着，眼睛都不舍得眨一下。

我想把时间定住，叫他们多看几眼，因为他们也许永远不能相见了。卡琳娜当年是一个漂亮空姐，跟赛尔德一见钟情，相亲相爱，漂洋过海来到新西兰，生下两个可爱的女儿，她大概无论如何也想不到，有一天会与丈夫离婚，与孩子分别，孤身一人去澳大利亚。唉，人的命运真是难以预料！现在，她的两个女儿都没成家，她把她们扔在新西兰，一个人离开，心里该有多痛！

我替他们难过，不由得泪水直流，低头用小虎的衣服擦了擦。

这时，赛尔德和卡琳娜站起身来，抱在了一起。

小于看不见他，却好像感觉到了什么，阴沉着脸，嘴噘得老高。我想，小于要是冲动起来，想出去闹事，我一定要拦住她。

外面的两个人一直抱着，不顾周围的一切。

我看见，他大女儿趴在床上，好像在哭。这时，屋里屋外一片安静。

一会儿，他女儿从床上爬起来，提着包走出去，说了一句什么，可能是提醒他们该去机场了。她父母听见了，相互拍拍后背，亲了一下，回到屋里。

我跟小于去车上安排孩子，赛尔德跟前妻和女儿说了几句，就坐进了驾驶室，卡琳娜站在车旁。我和小于下来，跟卡琳娜拥抱告别。我们上车以后，赛尔德急忙下来，跟卡琳娜紧紧地拥抱在一起。小于气愤地喊了一声，意思是快走。

我们走了很远，看见卡琳娜还站在那里。

一拐弯，小于的情绪就爆炸了，和赛乐德"嗷嗷"地吵个不停，后来还动起了手。赛尔德一手扶着方向盘，一手招架。

我实在看不下去，不管她生不生我的气，就教育小于说："小于你也太过分了，我知道你爱他，但是，你也得替他想想，他到这一步，不都是为了你吗？他是一个有责任心的人，手心手背都是肉，好好的一个家四分五裂，两个女儿离开了爹娘，她们容易吗？你怎么不能忍一忍！"

好在，她没生我的气，停止吵闹，坐在那里不吭声。

赛尔德听不懂我说什么，只看到小于老实了。他一手扶着方向盘，一手举起大拇指说："娟很棒。三克油。"

我摆摆手："不客气。"

小于瞪了他一眼。

辞工回国

老话说，金窝银窝不如自己的老窝。我在新西兰住着，想家是必然的。不过，我和女儿在一起，感觉就好多了。

我的签证是6个月期限，眼看再有两周就到期了，可是琳琳不让我走，小于也不让我走。我就让女儿又给我续签了3个月。

3个月也很快过去了。我跟小于说："签证快到期了，该回国了，你心中有个数。"

她说："俺俩经常提起这事，想叫你再续3个月，以后孩子大点儿，我自己带就行。"

我说："不续了，时间够长了。"

她没再坚持。

琳琳这时候谈了个对象，跟我说，趁我没走，叫我和小于看看怎么样。

女儿对象姓杨，老家在广东，爹妈都在吉斯伯恩定居。琳琳刚来新西兰时是在那里上学，认识了这个小伙子。小于说，叫他礼拜天来吧。

那天，琳琳领着男孩来了，跟大家介绍一番，赛尔德端上咖啡和水果。赛尔德跟他们用英语叽里呱啦说话，我一句不懂。我觉得，小杨长相一般，身高一般。

小于跟我说："赛尔德说小杨不错，是个有担当、靠得住的年轻人。"

后来琳琳就去了吉斯伯恩，和小杨结婚了。

第二天，我推着孩子到一树山公园玩，又看到那个毛利女人在唱歌跳舞，一个黄皮肤女人过来说："大姐，你是山东人吧？"

我们说了一会儿，原来她是烟台人，刚来几天，儿子在这里上学，就租住在路西那户人家。她还说，她先生跟日照市一位领导是同学。我们相互感觉很亲切。

她天天跟我在一起玩，我感觉她人挺好，就跟小于说："这人不错，你看看她，要是满意，以后叫她帮你带孩子。"

小于和她见了面，谈了谈，说可以，杜姐的接班人有了。

赛尔德笑着说，上帝保佑，这边关上一扇门，那边打开一扇窗。

在新西兰华人圈里，山东人口碑很好。一说是山东人，大家就会高看一眼，说山东人实在、可靠。

那一段时间，小于和赛尔德吵架少了，两个女儿经常过来，关系更加融洽。

想不到，那天晚上两口子又大吵了一架。第二天我问小于，又出了什么事，小于愤愤地说："他六亲不认，气死我了！"

原来，在新西兰，车检由各个修车行检查，并出具证明。小于有个朋友，车子快到报废期了，但她再过一个月就回国了，不值得另买车，想将就着开一段时间，于是找小于走后门，想让赛尔德开一个车检合格证明。可是赛尔德不同意，说不能那么做，要是出了事，害了她也害了别人。小于爱面子，觉得没法跟朋友交代。

我说："你就跟朋友实话实说，赛尔德也是为她好。"

我 10 月 11 号回国，那天晚上小于设宴给我送行，贺丽、黄二姐人都来了，还买了礼物。

我说："我只是个保姆，你们这样抬举我，我真是受宠若惊了，谢谢大家。"

小于说；"杜姐，你就放心地回国，琳琳在这里有我呢，我就是她娘家人。"

第二天一早，琳琳去机场送我，小于和一帮朋友也都去了。我和她们一一告别，心中有说不出的感动，觉得和她们不是姐妹，胜似姐妹。这真是我生命中一段难得的缘分。

三年后，2004 年 3 月中旬，我又去了新西兰，这时，琳琳已经和小杨结婚，生了孩子，在吉斯伯恩定居。小于去机场接我，让我在她家住了一宿。她这时已经搬家，住进了一套很大的别墅，她爸妈也去了。两个孩子虎头虎脑，十分可爱。

小于说，她到吉斯伯恩看过琳琳，说她生活得挺好。

小于还跟我介绍了朋友们的情况。她说黄二姐离婚了，因为布朗宁又跟一个马来西亚女留学生搞上了。黄二姐气坏了，说一开始就不看好布朗宁，布朗宁死缠烂打，说怎么怎么爱她，为了她婚都离了，黄二姐信以为真，就勉强答应了，没想到他真是个流氓。

小于说，路友强一直没离婚，贺丽生了个儿子，做着单身妈妈。她把那个豪宅卖了，说风水不好。

我问小于，赛尔德的两个女儿怎么样了，她说，她跟她们处得还不错。二女儿已经找了男朋友，两人住在一起。老大还是单身，我和她爸都让她抓紧找男朋友，老大却说不打算找了，也不知道她是怎么想的。

我听了这些，感叹人生无常，夜里失眠了好久。

第二天，小于送我到机场。我要去吉斯伯恩，给女儿当保姆了。

《时代文学》2017 年第 10 期